BERND KÖSTERING
Goetheruh

GOETHES ERBEN Ganz Weimar fiebert den Feierlichkeiten zur »Kulturhauptstadt Europas« entgegen. Doch mitten in den Vorbereitungen werden aus dem Goethehaus wertvolle Exponate gestohlen, die in direktem Zusammenhang mit dem Leben des berühmten Dichters stehen. Die einzigen Hinweise sind Goethe-Zitate, die der Täter – einem Rätsel gleich – an Stadtrat Kessler sendet.

Hendrik Wilmut, Dozent für Literaturgeschichte an der Universität Frankfurt am Main und ausgewiesener Goethe-Kenner, wird von Kessler gebeten, diese Zitate zu analysieren. Langsam und geduldig tastet sich Wilmut durch die Literatur und die Psyche des Täters. Als er sich fast am Ziel wähnt, muss er erkennen, dass er sich auf gefährliches Terrain begeben hat: Die Frau, die ihm mehr bedeutet als die deutsche Klassik, ist durch sein Verschulden in höchste Gefahr geraten …

© das portrait

Bernd Köstering wurde 1954 in Weimar/Thüringen geboren und lebt heute in Offenbach am Main. Er ist verheiratet, hat zwei Töchter und drei Enkelkinder. Die Romane und Kurzgeschichten des Autors leben von seinem feinen Gespür für die Beweggründe seiner Figuren. Gemeinsam mit dem Gmeiner-Verlag entwickelte er das Genre des Literaturkrimis, in dem ein bekanntes Werk der Weltliteratur den jeweiligen Fall auslöst oder auflöst. Köstering Goethekrimis um den Privatermittler Hendrik Wilmut haben unter Fans inzwischen Kultcharakter. »Goethespur« ist der vierte Band der Reihe. www.literaturkrimi.de

Bisherige Veröffentlichungen im Gmeiner-Verlag:
Goethespur (2019)
Falkentod (2018, E-Book only)
Mörderisches Oberhessen (2017)
Düker ermittelt in Offenbach (2016)
Falkenspur (2016)
Falkensturz (2014)
Von Bänken und Banken in Frankfurt am Main (2013)
Goethesturm (2012)
Goetheglut (2011)
Goetheruh (2010)

BERND KÖSTERING

Goetheruh

Kriminalroman

SPANNUNG

GMEINER

Personen und Handlung sind frei erfunden.
Ähnlichkeiten mit lebenden oder toten Personen
sind rein zufällig und nicht beabsichtigt.

Immer informiert

Spannung pur – mit unserem Newsletter informieren wir Sie
regelmäßig über Wissenswertes aus unserer Bücherwelt.

Gefällt mir!

Facebook: @Gmeiner.Verlag
Instagram: @gmeinerverlag
Twitter: @GmeinerVerlag

Besuchen Sie uns im Internet:
www.gmeiner-verlag.de

© 2010 – Gmeiner-Verlag GmbH
Im Ehnried 5, 88605 Meßkirch
Telefon 07575/2095-0
info@gmeiner-verlag.de
Alle Rechte vorbehalten
8. Auflage 2019

Lektorat: Claudia Senghaas, Kirchardt
Herstellung / Korrekturen: Daniela Hönig / Sven Lang, Katja Ernst
Umschlaggestaltung: U.O.R.G. Lutz Eberle, Stuttgart
unter Verwendung eines Fotos von: © Viola Boxberger / PIXELIO
Karte auf S. 6 wurde gestaltet von: Felix Volpp, www.fevo-design.de
Druck: CPI books GmbH, Leck
Printed in Germany
ISBN 978-3-8392-1045-1

Meinem Vater

WEIMAR INNENSTADT 1998

1. DIE LEIDEN
DES JUNGEN WERTHER

Bis zu den Ereignissen dieses Sommers hatte ich ganz selbstverständlich angenommen, die Wahrheit sei eindeutig und unbestechlich. Diese Wahrheit, die seit meiner frühen Kindheit feststand wie in Stein gemeißelt, eine unumstrittene Landmarke des Lebens, immun gegen jegliche schizophrene Angriffe.

Alles begann an einem heißen Julitag im Jahr 1998, als ich mit meinem alten roten Volvo die Reise von Frankfurt am Main nach Osten antrat. Etwa drei Stunden später verließ ich die Autobahn und hielt vor einer roten Ampel. Ich drehte das Fenster herunter, um frische Luft hereinzulassen. Stattdessen schlug mir die Mittagshitze entgegen. Eine Klimaanlage wäre jetzt Gold wert gewesen. Ich freute mich auf eine kalte Dusche, doch zuvor stand eine kurze Stadtrundfahrt auf dem Programm. Das hatte ich mir nach der Wiedervereinigung so angewöhnt. Jedes Mal, wenn ich zurückkehrte.

Als die Ampel auf Grün sprang, bog ich ab Richtung Gelmeroda. Ich sah die kleine Verkehrsinsel auf der anderen Seite der Autobahn, auf der zu DDR-Zeiten immer die Volkspolizei gelauert hatte. Noch lange nach der Wende beschlich mich an dieser Stelle ein Gefühl der Unsicherheit.

Hinter Gelmeroda konnte ich rechts durch die Bäume bereits Teile des städtischen Krankenhauskomplexes erkennen, ein paar Minuten später erreichte ich das Ortsschild meiner Stadt. Dieser Augenblick gibt mir jedes Mal innere Ruhe und Zufriedenheit. Warum? Weil dies meine Geburtsstadt ist? Weil ich hier so viele prägende Dinge erlebt habe? Oder einfach nur weil es eine unvergleichliche Stadt ist? Ich weiß es nicht. Aber es ist meine Stadt: mein Weimar.

Nachdem ich den historischen Friedhof erreicht hatte, winkte ich kurz nach links, so, als ob mein Großvater mich noch sehen könnte. Ich fuhr die Berkaer Straße entlang und meine Weimarer Stimmung umfing mich. Geradlinig und beschützend, klare, unverblümte Zeugen jeder Epoche: Goldenes Zeitalter, Silbernes Zeitalter, Weimarer Republik, Nationalsozialismus, Sozialismus und Wendezeit. Weitgehend ohne Bausünden in der Innenstadt, ein von mir hoch geschätzter Vorteil gegenüber den westdeutschen Städten, in denen ich nach dem Verlassen der DDR gelebt hatte.

Ohne anhalten zu müssen, fuhr ich links in die Belvederer Allee hinein. Wenig später öffnete sich der Wielandplatz vor mir. Links an der Ecke gab es immer noch das RTF Radio- und Fernsehgeschäft, das bereits zu meiner Jugendzeit existierte, in der ich regelmäßig die Sommerferien bei meinen Großeltern in Weimar verbrachte. Bei RTF konnte man einen Tuner fürs Westfernsehen kaufen. Wenn man genug Geld hatte – oder Beziehungen. So konnten wir die Fußball-WM 1966 verfolgen, mit dem berühmten Wembley-Tor, Uwe Seeler und allem Drum und Dran.

Ich bog rechts ab in die Ackerwand. Hier wohnten einst die Frau von Stein und Großmutters Putzfrau, beide sind schon längst tot. Ein kurzer Blick auf den Park an der Ilm, und schon ging es Richtung Schloss, auf schwerem Kopfsteinpflaster, fast wie zu Goethes Zeiten. Linkerhand stand das ›Residenz Café‹, im Volksmund ›Café Resi‹ genannt – Jugenderinnerungen an dicke Sahnetorten. Überall erhoben sich Baugerüste, sogar an der Anna-Amalia-Bibliothek und am Residenzschloss. Weimar bereitete sich mit viel Enthusiasmus auf das nächste Jahr vor, um sich 1999 als Kulturhauptstadt Europas zu präsentieren. Ich passierte das Schloss und den Marstall. Kurz vor der Kegelbrücke spürte ich den kühlen Luftzug, der von der Ilm heraufwehte. Ich rollte langsam über die Brücke und atmete tief ein. Gerade als mein Volvo mit dem typischen Dieselgeräusch den kurzen Anstieg zur Jenaer Straße hinaufkroch, sprang die Ampel auf Rot. Ich hatte es nicht eilig. Ich saugte die Stadt in mich auf und genoss ihren vertrauten Geruch.

Als die Ampel Grün zeigte, nahm ich die Jenaer Straße stadteinwärts. Am ehemaligen Gauforum bog ich links ab. In der ›Halle des Volkes‹, einem riesigen Betonklotz, sollten einst 20.000 Menschen einem gewissen Adolf Hitler zugejubelt haben. Bei diesem Gedanken schüttelte ich instinktiv den Kopf.

Einen Moment lang war ich versucht, mir in der ›Brasserie Central‹ am Rollplatz einen Milchkaffee zu gönnen. Aber ich wollte noch einige Vorbereitungen für die nächsten Tage treffen, und deshalb zog es mich zunächst in meine Wohnung in der Hegelstraße. Ich war aus mehreren Gründen nach Weimar gekommen. Zum einen hatte mich mein Cousin Benno eingeladen, an seinem privaten Literaturkreis teilzunehmen, und heute Abend sollte ich den anderen vorgestellt werden. Außerdem hatte er mich gebeten, ihm bei einer dringenden Angelegenheit zu helfen, die er nicht näher erklärt hatte und die mir etwas mysteriös vorkam. Ich wusste lediglich, dass es mit seiner Arbeit zu tun hatte. Er war bei der Stadt Weimar beschäftigt. Wahrscheinlich handelte es sich um irgendeinen langweiligen Beamtenkram, doch für Cousin Benno tat ich alles. Weiterhin hatte ich von der ›Frankfurter Presse‹ den Auftrag erhalten, eine Buchbesprechung zu schreiben. Solche Rezensionen sind zwar nicht meine Lieblingsbeschäftigung, aber es ging um Goethes Feinde, und als anerkannter Goethe-Spezialist konnte ich das kaum ablehnen, ohne meinen Ruf zu gefährden. Für solche Aufträge nahm ich mir gerne Urlaub vom Universitätsalltag und zog mich aus dem hektischen Frankfurt ins ruhigere Weimar zurück.

Ich passierte zügig die Weimarhalle, folgte der Straße nach links durch den Park, ließ das Schwanseebad rechter Hand liegen und bog einige Minuten später schließlich in die Steubenstraße ein. In diesem Moment klingelte mein Handy. Ich meldete mich über die Freisprechanlage: »Hier Hendrik Wilmut.«

»Wo bist du?«, wollte Benno wissen.

»Steubenstraße …«

»Wir warten auf dich!«

Ich stieg auf die Bremse und schoss in halsbrecherischer Manier in eine Parklücke. »Wieso wartet ihr auf mich, wann waren wir denn verabredet?«

»Vor 20 Minuten!«

Ich sah auf die Uhr. »Oh, tut mir leid.«

»Macht nichts, ich kenn dich ja.« Seine Wahrheitsliebe war manchmal frappierend. »Nur heute warten drei weitere Leute auf dich«, meinte er betont gelassen.

Ich zog die Augenbrauen hoch. »Wieso, wer denn noch?«

»Das erzähle ich dir, wenn du hier bist.«

»Gut, gib mir zehn Minuten!«

Ich schoss wieder aus der Parklücke heraus, wendete und gab Gas. Wenn etwas für Benno so dringend erschien, dann war es auch wirklich dringend, dann konnte es sich nicht um langweiligen Beamtenkram handeln.

Während ich mich geduldig durch den dichten Verkehr am Goetheplatz quälte, sah ich meinen Cousin in Gedanken vor mir.

Benno Kessler war ein Mann, der sofort jeden Raum einnimmt. Seine imposante Erscheinung mit den schwarzen Haaren, dem dunklen, akkurat geschnittenen Vollbart und dem lebhaften, von einer dünnen Goldrahmenbrille getragenen Blick vermittelte eine starke physische Präsenz. Zusammen mit seiner Fähigkeit zur analytischen Denkweise und seinen Führungseigenschaften ließ ihn das in den Augen vieler Mitbürger als eloquenten Macher erscheinen. Doch kaum einer wusste, dass ihm auch ein sensibler, nachdenklicher Geist innewohnte. Einen Großteil der zum Menschsein notwendigen seelischen Befriedung zog er aus seiner beruflichen Tätigkeit, die er weniger als Arbeit denn als Dienst an der Gemeinschaft verstand. Und aus seinem Engagement für Familie und Freunde. Dieses Verhalten war ein Relikt aus der DDR-Zeit, in der man nicht anders existieren konnte. Ich mochte das sehr. Er wusste das und dies ist Teil einer unausgesprochenen Verbindung zwischen uns.

Bennos Büro lag im Westflügel eines großen Gebäudekomplexes in der Schwanseestraße, aus seinem Fenster hatte man einen wunderschönen Blick über den Weimarhallenpark. Ich kannte den Weg. ›Benno Kessler – Stadtrat für Kultur und Bildung‹ stand an der Tür. Ich ging ins Vorzimmer, seine Sekretärin erwartete mich bereits.

»Hallo, Herr Wilmut, gehen Sie bitte gleich durch, es sind schon alle da.«

Mit einem kurzen Nicken und ohne zu fragen, wer denn *alle* wären, öffnete ich die Tür. Am Besprechungstisch saßen vier Männer. Außer Benno kannte ich nur einen – und den lediglich aus der Zeitung: Hans Blume, der persönliche Referent des Oberbürgermeisters. Benno erklärte kurz, dass Blume diesen Fall im Auftrag des OB übernommen hatte, und stellte mich vor. Blumes Hand fühlte sich schwammig an. Ich betrachtete ihn interessiert.

Hans Blume war ein blasser, gestresst wirkender Endvierziger, rundes verschwitztes Gesicht, weißes Hemd, Ärmel hochgeschlagen, biedere Krawatte, schwarz mit weißen Punkten.

Die beiden anderen Herren begrüßten mich ebenfalls. Martin Wenzel, eleganter 60-Jähriger im Nadelstreifenanzug, volles grau meliertes Haar, spitze Nase, Leiter des Goethe-Nationalmuseums, und Siegfried Dorst, immergebräunter, verlebter Mittfünfziger, Glatze, drahtiger Typ, hessischer Dialekt, Hauptkommissar bei der Kripo Weimar.

Ich war verwirrt.

Der Referent ergriff sofort das Wort: »Herr Wilmut, wir haben Sie auf Wunsch von Herrn Stadtrat Kessler zu dieser Besprechung eingeladen. Ich kann nicht verhehlen, dass ich dagegen war, einen Amateur hinzuzuziehen, aber ich wurde sozusagen ... überstimmt.«

Für den Moment war ich sprachlos. Benno wollte noch etwas einwenden, doch Blume überging es einfach.

»Da der Hauptkommissar mit anwesend ist, können Sie sich wahrscheinlich denken, dass es sich um eine Straftat handelt. Wir brauchen äh ... bitten Sie um Ihre Hilfe. Ich muss Sie aber darauf hinweisen, dass dies ein ehrenamtlicher Job ist, Sie können sich keine goldene Nase damit verdienen, maximal eine Erwähnung im Stadtarchiv.«

Benno verdrehte die Augen.

Ich sagte nichts.

»Sind Sie dabei?«, fragte Blume.

»Herr Blume ...«

»Herr Referent reicht!«

Toller Typ.

»Also, Herr Referent, bevor ich zusage, möchte ich doch gern wissen, unter welcher Rubrik ich ins Stadtarchiv komme, unter Beleidigungen, Mordfälle oder Parteispendenaffären?«

Blume sah Hauptkommissar Dorst auffordernd an.

»Gut, Herr Wilmut, ich gebe Ihnen einen kurzen Abriss der Situation.«

Bevor Dorst weiterreden konnte, stand Blume unvermittelt auf und sagte im Hinausgehen: »Kommen Sie später in mein Büro, Wilmut, und geben Sie mir Bescheid!«

Als er draußen war, sahen sich die vier Männer ungläubig an. Wenzel öffnete das Fenster, Dorst schüttelte den Kopf.

»Entschuldige, Hendrik«, sagte Benno langsam und strich

sich durch seinen Bart, »sein Weltbild ist so wie seine Krawatte: schwarz mit einigen weißen Punkten.«

Ich nickte.

»Es geht um das Goethehaus«, begann Hauptkommissar Dorst, »dort werden seit einiger Zeit Ausstellungsstücke gestohlen.«

»Oh nein!«, entfuhr es mir.

»Leider ist es so. Den ersten Diebstahl bemerkte Herr Wenzel im Mai dieses Jahres, den zweiten vor vier Wochen, den dritten gestern. Die Stücke haben keinen hohen Materialwert, für das Goethemuseum sind sie allerdings von großer historischer Bedeutung.« Er ließ das Gesagte einen Moment wirken. »Das Goethehaus ist nur während der Öffnungszeiten zugänglich, sonst ist es durch eine Alarmanlage gesichert. Bisher ist völlig unklar, wie die Stücke nach draußen geschmuggelt werden konnten. Um es offen zu sagen, wir sind ratlos.«

Martin Wenzel ergriff das Wort: »Wir haben statt der verschwundenen Exponate Schilder aufgestellt, mit dem Hinweis, dass diese restauriert werden. Aber so langsam befürchte ich, dass uns das niemand mehr glaubt. Ich musste schon die Presse abwimmeln.«

»Und nun«, schaltete sich auch Benno ein, »drängt die Zeit, weil wir auf das Europäische Kulturjahr zusteuern und bis dahin alle Exponate wieder im Museum sein müssen. Außerdem kommt im September eine UNESCO-Kommission, die besonders das Goethemuseum und Goethes Wohnhaus unter die Lupe nehmen will.«

»UNESCO-Kommission …?«

»Ja, in ein paar Monaten, am 2. Dezember, findet in Japan eine Sitzung des Welterbekomitees statt, auf der entschieden werden soll, ob das sogenannte Ensemble ›Klassisches Weimar‹ ab Januar 1999 in die Liste des Welterbes aufgenommen werden soll. Zusätzlich zum Domizil des Bauhauses, das bereits vor zwei Jahren anerkannt wurde.«

»Im Übrigen befürchten wir, dass weitere Stücke gestohlen werden könnten«, ergänzte Dorst.

Ich ging zum offenen Fenster, um Luft zu holen. Das Goethehaus hatte für mein kulturelles Bewusstsein einen sehr hohen Stellenwert. Ich hatte viel Zeit dort verbracht, mit Studien und Forschungsarbeiten, aber auch mit Träumen und Nachdenken über die Person Goethes und seine Zeit.

In meinem Kopf drehte sich alles. Nur langsam wurde mir die Tragweite der Angelegenheit bewusst. Ich sah in Gedanken schon ein leeres Goethehaus vor mir und empörte Touristen, die uns vorwarfen, die deutsche Klassik nicht geschützt zu haben.

Meine Zunge klebte am Gaumen. Ich sah mich nach etwas Trinkbarem um. »Was, äh … was soll ich denn tun?«, fragte ich umständlich.

»Wir haben eine Sonderkommission eingesetzt«, antwortete der Hauptkommissar, »die Kommission ›JWG‹. Wir brauchen Sie als Berater. Wir … naja, wir können uns nicht so richtig in den Täter hineinversetzen, wissen nichts von seinen Beweggründen, seinen Motiven. Er hat bisher weder eine Lösegeldforderung gestellt noch sonstige Bedingungen genannt, unter denen er bereit wäre, das Diebesgut wieder zurückzugeben. Das Einzige, was wir von ihm haben, sind diese seltsamen Verse …«

Ich wurde sofort hellhörig: »Was für Verse?«

»Tja, Hendrik«, antwortete Benno, »das ist etwas ganz Spezielles. Jeweils einen Tag, nach dem ein Exponat gestohlen wurde, bekam ich eine E-Mail mit merkwürdigen Texten beziehungsweise … Versen oder was auch immer.«

»Wie bitte?«

»Ja, so ist es«, bestätigte Hauptkommissar Dorst, »wir wissen nicht, was die Verse bedeuten. Einer sei von Goethe, sagt Herr Wenzel, er hat aber keine Zeit, sich näher damit zu befassen. Benno ..., also Herr Kessler sagt, Sie seien Spezialist für Literaturgeschichte und ein profunder Goethe-Kenner, somit der ideale Mann für uns. Wir brauchen Interpretationen und Zusammenhänge, die uns zum Täter führen. Würden Sie die Texte für uns analysieren?«

Erwartungsvolle Blicke waren auf mich gerichtet.

»Bitte!«, fügte Benno auffordernd, aber höflich hinzu.

Ich dachte einen Moment nach, obwohl mein Entschluss eigentlich schon feststand. »Für mich hört sich das eher so an, als bräuchten Sie ein Täterprofil«, warf ich ein. »Ist das nicht Aufgabe eines Psychologen?«

»Wir brauchen Sie hauptsächlich für die Auswertung der Texte, das Täterprofil erstellt natürlich unser Polizeipsychologe.« Der Hauptkommissar schien bereits alles durchdacht zu haben.

Ich sah die drei Männer der Reihe nach an. »Gut, ich werde Ihnen helfen«, sagte ich mit fester Stimme, »für Weimar und für Herrn Kessler.«

Benno lächelte.

Dorst war sichtlich erleichtert. »Danke, Herr Wilmut.«

Ich setzte mich und Martin Wenzel reichte mir ein handbeschriebenes Blatt.

»Hier finden Sie die Auflistung der drei verschwundenen Exponate mit dem Raum, aus dem sie gestohlen wurden, und den E-Mail-Kommentaren des Täters. Ich kann Ihnen gerne noch ein paar Details geben.«

»Ja bitte, ich brauche vor allem Informationen über die Zeit, aus der die Stücke stammen, und deren Beziehung zu Goethe.«

Die Sekretärin brachte Kaffee und ein paar Kuchenstücke –
in Thüringen geht nichts ohne Kuchen. Ich ging aufmerksam
die Liste durch.

1.

Bucht von Palermo und Monte Pellegrino
Kleines Esszimmer
›*Wie ich hereingekommen, ich kann's nicht sagen*‹

»Das Erste ist eine Zeichnung von Christoph Heinrich
Kniep«, erklärte Wenzel, als diktiere er einem imaginären Schreiber, »er begleitete Goethe teilweise auf seiner ersten Italienreise
und erhielt von ihm den Auftrag, seine Sizilien-Eindrücke in
Bildern festzuhalten. Dargestellt wird die Bucht von Palermo
und der Monte Pellegrino, Entstehungsdatum 1788.«

2.

Goethes Gartenhaus von der Rückseite
Christianes Wohnzimmer
›*Sag ich's euch, geliebte Bäume*‹

»Das Zweite ist eine Tuschezeichnung von Goethe selbst, die
sein Gartenhaus von der Rückseite darstellt. Er verwendete hier
zur Kolorierung zusätzlich blaue Wasserfarbe. Die Zeichnung
entstand 1779/80. Das Dritte …«, Wenzel hustete nervös, »das
Dritte ist ein besonders bekanntes Exponat – der Fußschemel
aus Goethes Sterbezimmer.«
Ungläubig sah ich ihn an und schüttelte den Kopf.

3.

Fußschemel vor Sterbestuhl
Goethes Schlafzimmer
›*Alles Vergängliche ist nur ein Gleichnis;*
Das Unzulängliche hier wird's Ereignis;
Das Unbeschreibliche hier ist's getan.‹

»Alles ist gesichert«, beteuerte Martin Wenzel und hob entschuldigend die Arme, »in Goethes Arbeits- und Sterbezimmer sogar mit Lichtschranken.«

Ich las nochmals aufmerksam die Tabelle und ließ meine Gedanken durch das Goethehaus schweifen. Wie konnte es nur möglich sein, einen Fußschemel dort hinauszuschmuggeln?

»Sagen dir die Verse etwas?«, fragte Benno ungeduldig.

»Der erste Text im Moment noch nicht«, erklärte ich, »da muss ich erst nachschlagen. Da die beiden anderen von Goethe stammen, gehe ich allerdings davon aus, dass auch dieser von ihm geschrieben wurde. Das Gedicht ›Sag ich's euch, geliebte Bäume‹ stammt ungefähr aus der Zeit, aus der auch die Zeichnung von Goethe stammt, ich prüfe das später genau. Zu dieser Zeit lebte er im Gartenhaus im Ilmpark, noch nicht am Frauenplan. Der dritte Text stammt aus ›Faust II‹ und passt insofern gut zu dem verschwundenen Fußschemel.«

»Wie meinen Sie das?«, wollte Dorst wissen.

»Nun, der Fußschemel ist ein Relikt, das in engem Zusammenhang mit Goethes Tod steht. Seine Füße lagen darauf, als er starb. Eines der zentralen Themen von ›Faust II‹ ist das Sterben, außerdem hat Goethe bis kurz vor seinem Tod daran gearbeitet, und veröffentlicht wurde das Drama erst posthum.«

Benno machte eine nachdenkliche Miene. »Hast du irgendeine Idee, was der Täter uns damit sagen will?«

»Spontan nicht, aber ich werde mich heute Abend in Ruhe damit beschäftigen, morgen wissen wir hoffentlich mehr.«

»Sehr gut!«

»Übrigens, woher kamen denn diese E-Mails?«, erkundigte ich mich.

»Gute Frage«, meinte Dorst, »die Kripo ist leider erst nach dem dritten Diebstahl, also gestern, informiert worden …«, kurzer, strafender Blick zu Wenzel, »… während dieser Zeit haben wir festgestellt, dass die Mails aus einem Internetcafé in der Steubenstraße gesendet wurden. Wir konnten feststellen, von welchem Rechner die jeweilige Nachricht abgeschickt wurde, aber natürlich kann sich keiner mehr daran erinnern, wer zur fraglichen Zeit an diesem Rechner gesessen hat. Der Täter schreibt immer abends zwischen 19 und 21 Uhr, wenn es dort nur so vor jungen Leuten wimmelt.«

Ich machte mir einige Notizen. »Hm, also keine Chance, über diesen Weg etwas herauszufinden?«

»Nein, nichts zu machen«, antwortete Siegfried Dorst. »Gesendet wurden die E-Mails übrigens alle von … Moment bitte«, er blätterte in seinen Papieren, »ja hier, von ›jwg2@fun.de‹. Das Kürzel jwg soll wahrscheinlich für Johann Wolfgang Goethe stehen, die Zahl Zwei in diesem Zusammenhang ist unklar. Den Absendernamen kann man sich selbst aussuchen, viele von den dort verkehrenden Jugendlichen haben eine feste E-Mail-Adresse, so auch der Täter. Es muss allerdings keine Personenidentifikation hinterlegt werden. Man kann sich grundsätzlich auch nur über den Provider ›fun.de‹ einloggen, diesbezüglich besteht ein Vertrag mit dem Internetcafé, damit kommen wir also nicht weiter.«

»Benno, woher hatte der wohl deine E-Mail-Adresse?«, fragte ich. Benno lächelte. Ich konnte seine Gedanken fast lesen. Und er hatte recht: Das Jagdfieber hatte mich bereits gepackt.

»Er schickt die Mails auf meine dienstliche Adresse hier im Amt«, antwortete er, »die steht auf unserer Website.«

»Oh, sehr bürgerfreundlich!«

»Ja, ja …«

»Immerhin ist es der einzige Kommunikationsweg mit dem Täter, den wir derzeit haben«, bemerkte der Hauptkommissar, »leider nur in eine Richtung.«

Martin Wenzel meldete sich: »Herr Stadtrat, wir müssen unbedingt etwas tun, damit nicht wieder etwas gestohlen wird!«

»Das stimmt«, pflichtete Benno ihm bei, »wir müssen etwas tun. Dazu ist allerdings ein Ortstermin notwendig. Wir sehen uns das Goethemuseum an, besonders die Räume, aus denen etwas entwendet wurde, und entscheiden dann vor Ort zusammen, was zu tun ist, einverstanden?«

Alle stimmten zu.

»Gut«, sagte Benno, stand auf und sah mich an. »Hast du morgen Vormittag Zeit?«

»Klar«, erwiderte ich, ohne zu zögern.

»Dann treffen wir uns um 10 Uhr am Frauenplan. Und bitte keinerlei Informationen an die Öffentlichkeit!«

Ich atmete tief durch und versuchte mir vorzustellen, was in den nächsten Tagen auf mich zukommen würde. Aber es gelang mir nicht.

Vom Auto aus rief ich Blume an.

Nach dem dritten Klingeln hob er ab: »Referent Hans Blume!«

»Hallo, Blume, hier Wilmut, ich bin dabei!« Dann legte ich wieder auf. Benno hätte mich jetzt bestimmt strafend angesehen und seinen bärtigen Kopf missbilligend geschüttelt. Ich stehe doch nicht auf seiner Gehaltsliste, hätte ich ihm entgegnet. Ich konnte mir Bennos breites Grinsen lebhaft vorstellen.

*

Die Gegenwart war ihm zuwider. Er liebte die Vergangenheit. Und er liebte seine Stadt. Die Vergangenheit war hier allgegenwärtig mit all den berühmten Literaten, Musikern und Philosophen. In Gedanken wiederholte er manchmal die Inschrift der kleinen Anzeigetafeln unter den Straßenschildern, zum Beispiel: ›Franz Liszt, Komponist, 1811–1886‹. Er prahlte gern vor sich selbst mit seinem Wissen. Das gab ihm Sicherheit. Die anderen konnten das nicht verstehen. So behielt er sein Wissen für sich, nur der Großvater, der hatte ihn verstanden, und sogar mehr als das: Er hatte ihn respektiert.

Die großen Söhne seiner Stadt bewegten ihn, die Berühmten, die Geistreichen. Am liebsten hätte er sich selbst in diese sagenumwobene Kette von kunstdurchtränkten Männern eingereiht. Sein eigener Name auf einem Straßenschild, dieser Gedanke sorgte für eine Gänsehaut auf seinen dünnen Unterarmen. Er bewunderte vor allem die Wortgewandten, die Schriftgewaltigen. Goethe war sein absoluter Favorit, sein Stern am Himmel der Vergangenheit.

Er hatte alle seine Werke gelesen. Goethe konnte mit seinen Worten bewegen, ja sogar mit seinen Worten liebkosen. Doch er konnte auch mit Worten Menschen zum Äußersten treiben.

*

Ich musste wie immer weit entfernt von meiner Wohnung parken. Ein Wunder, dass die Rollen meines Koffers die zehnminütige Tortur über das holprige Pflaster bis zum südlichen Ende der Hegelstraße überstanden. Meine gemütliche Dachwohnung hatte alles, was ein eingefleischter Junggeselle und ein schreibender Mensch braucht. Das große Arbeitszimmer war mein ganzer Stolz. Besonders das riesige Dachfenster mit dem wunderbaren Blick ins Grüne. Ich hätte zwar lieber in der Humboldtstraße gewohnt oder im Silberblick, direkt neben dem ehemaligen Haus meiner Großeltern, doch so war es auch gut, fast wie zu Hause. Und in Hannas Nähe.

Ich packte meinen Koffer aus und schaltete den Laptop ein, um meine E-Mails abzurufen. Während der Aktualisierung nahm ich eine kurze Dusche. Ich entschied mich für ein kurzärmliges hellblaues Hemd mit dezentem Muster, eine schwarze Jeans und helle Sommerschuhe. Für den Fall, dass wir später noch draußen auf dem Rollplatz saßen, musste ein dünner Pullover herhalten.

Dann prüfte ich meinen Posteingang. Eine Mitteilung vom Feuilleton-Redakteur der ›Frankfurter Presse‹, mit der Bitte, die Buchrezension in zwei Wochen vorzulegen. Daran hatte ich bei der Vereinbarung des morgigen Ortstermins im Goethehaus gar nicht mehr gedacht. Doch bevor ich mir dazu weitere Gedanken machen konnte, fiel mein Blick auf eine andere E-Mail: Nachricht von Hanna.

›Lieber Hendrik, bin heute noch in Eisenach unterwegs, wie wäre es morgen Abend mit einer Pizza bei Pepe? Deine Hanna.‹

Ich hatte schon seit einiger Zeit versucht, wieder mit ihr Kontakt aufzunehmen, doch Hanna war sehr zurückhaltend. Vorgestern hatte ich ihr eine Mail geschickt, lediglich mit der Information, dass ich ab heute in Weimar sei. Ohne Fragen. Ohne Druck. *Deine.* Dieses Wort war etwas Besonderes, das wusste ich.

Der Rest war unwichtig. Auf dem Anrufbeantworter war ein kurzer Gruß meiner Mutter, sie wünschte mir eine schöne Zeit in Weimar. Wie Mütter so sind. Vor ein paar Jahren hätte ich das missbilligt und als Einmischung betrachtet, inzwischen freute ich mich darüber. Weimar lag auch ihr sehr am Herzen, sie war hier aufgewachsen. Ich antwortete nicht, das war nicht nötig – wir wussten inzwischen miteinander umzugehen. Nachdem der Rechner heruntergefahren war, verließ ich die Wohnung.

Als ich unten auf die Hegelstraße trat, war es nach wie vor heiß, keine Spur von Abkühlung. Der Literaturkreis traf sich um 20 Uhr in der ›Brasserie Central‹ und ich wollte zuvor noch Benno und Sophie besuchen. Ohne Hast schlenderte ich durch das Viertel. Nach zehn Minuten hatte ich die Lisztstraße erreicht.

Bennos Haus war eines dieser alten Mietshäuser aus der Zeit der Jahrhundertwende: drei bis vier Stockwerke, hohe Räume, Versuche eines aristokratischen Äußeren. Zu Zeiten des real existierenden Sozialismus waren diese Häuser schwer zu halten gewesen, niedrige Mieten und hohe Reparaturkosten prägten den Alltag. Inzwischen erstrahlten viele wieder in bescheidenem Glanz, so auch Bennos Haus. Nach der Wende war es an die Familie Kessler zurückgegeben worden, ohne Proteste – keiner wollte den alten Kasten haben. Cousin Benno hatte es von Onkel Leo und Tante Gesa übereignet bekommen, mit allen Vor- und Nachteilen. Er hatte bereits viel Geld, Zeit und Arbeit investiert. So etwas lag ihm: Projekte mit hohen Anforderungen, Aktivität, Handwerksarbeit, ein hoher Lebenstonus. Dafür sah das Haus jetzt fast wieder aus wie vor dem Zweiten Weltkrieg – meinte jedenfalls Onkel Leo.

Benno und Sophie saßen gerade beim Abendbrot.

»Hallo, Hendrik«, rief Sophie sogleich, »willst du mit uns essen?« Ohne meine Antwort abzuwarten, lief sie in die Küche.

»Ich dachte, wir essen im Café bei Thomas!«, wunderte ich mich.

»Nein«, brummte Benno, »während des Literaturtreffens wird nicht gegessen, das lenkt nur ab. Die körperlichen müssen hinter den geistigen Freuden zurückstehen. Trinken ist allerdings erlaubt.« Er grinste mir zu.

Nach drei Leberwurstbroten mit Senf und Gurke fühlte ich mich besser.

»Hast du dir ein Diskussionsthema für heute Abend überlegt?«, fragte Benno neugierig.

»Ja, natürlich!«, antwortete ich.

»Und?«

»Erfährst du später, wie alle anderen.«

Sophie lächelte.

»Mach aber keinen Mist!«, warnte Benno.

»Na, du kennst mich doch.«

»Eben.«

Sophie hatte sich als Fahrerin angeboten, weil sie Bereitschafts-dienst hatte und nichts trinken durfte. Wie fast immer war sie guter Laune und erzählte von ihrem Tag.

Sophie Kessler arbeitete als chirurgische Oberärztin im Weima-rer Krankenhaus. Eine attraktive Frau mit schwarzen, kinnlangen Haaren, die eine ungemeine Wärme und Fröhlichkeit ausstrahlte. Manchmal erinnerte sie mich an die Schauspielerin Barbara Rüt-ting, die sich selbst oft als ›Trainerin fürs Lachen und Weinen‹ bezeichnet hatte. Dieses Prädikat passte wunderbar zu Sophie.

Sie parkte direkt auf dem Rollplatz. Wir waren die ersten in der Brasserie, Benno wollte das so, weil er den Literaturkreis ins Leben gerufen hatte und sozusagen der Vorsitzende war. Sozusagen – denn das stand nirgends geschrieben, nein, es war auch niemals ausgesprochen worden.

Thomas stand hinter dem Tresen und begrüßte uns wie immer sehr herzlich. Langsam trafen die anderen Mitglieder ein. Der Erste war Professor Karl Bernstedt, der Einzige, den ich schon kannte.

»Hallo, Bernstedt«, begrüßte ich ihn freudig. Er wurde von seinen Freunden immer so genannt, verbunden mit einem gewis-sen Ausdruck an Respekt, denn Bernstedt war ein kluger und erfahrener Mann, ein gemütlicher Endfünfziger mit einem gro-ßen Schnauzbart und einem deutlichen Bauchansatz, einen gan-zen Kopf kleiner als ich. Er lehrte an der Weimarer Bauhaus-Universität. Vor zwei Jahren hatte er die Gelegenheit ergriffen und sich im Bereich Altbausanierung selbstständig gemacht. Zudem war er äußerst belesen, in allen Bereichen, nicht so ein

Schmalspurgelehrter wie ich. Wir hatten uns bei Onkel Leo kennengelernt.

Dann kam Felix Gensing. Felix war ein untersetzter mittelgroßer Mann mit dunklen, wirren Haaren und einem Gesicht, dem man ein bewegtes Leben ansah. Wie mir Benno später berichtete, war er ein verarmter Künstler, der mit seiner Familie auf dem Lindenberg im Osten Weimars wohnte und sich mit Parkbänken aus Beton über Wasser hielt, denen er versuchte, eine künstlerische Seele einzuhauchen. Er war verheiratet mit der esoterisch orientierten Anna und hatte einen 19-jährigen Sohn. Ich musste zugeben, dass mir Felix auf den ersten Blick nicht sonderlich sympathisch war.

Kurz darauf rauschte Cindy herein. »Hi, sorry, ich bin so spät, musste noch etwas telefonieren!«

Die Wortwahl und der Akzent ließen keinen Zweifel: Amerikanerin. Während meiner Zeit am Goetheinstitut in Boston hatte ich etwas Erfahrung mit der amerikanischen Lebensweise gesammelt.

»Hi, Cindy, I'm Hendrik, how're you doing?«

Sie sah mich erstaunt an. »Hallo, Hendrik, ganz schön, dass du da bist!«

Ich war gerührt. Sie setzte sich neben mich. Während die Getränke bestellt wurden, erfuhr ich, dass sie aus Texas stammte und als Expertin für Musikgeschichte an der Musikhochschule Weimar arbeitete. Cindy war einer der Menschen, die während des Sprechens ständig in Bewegung waren. Sie gestikulierte unentwegt, zeigte immer wieder auf einen imaginären, fernen Punkt, drehte ihren Kopf dorthin, anschließend sofort wieder zu mir zurück, und ihre kurzen blonden Haaren wippten dabei aufgeregt hin und her. Ich mochte sie sofort.

Es war drückend schwül im Raum und nur die weit geöffneten Glastüren sorgten für etwas frische Luft und machten es einigermaßen erträglich. Nachdem Thomas für Cindy einen Eistee gebracht hatte, richtete Benno das Wort an die Runde: »Liebe Freunde, wie bereits besprochen, wollen wir heute ein neues Mitglied in unserem Kreis willkommen heißen. Es ist mein Cousin Hendrik Wilmut, den ich hiermit herzlich begrüße!«

Ich nickte kurz. Hoffentlich dachten die anderen nicht, dass ich mir als Cousin einen Vorteil verschaffen wollte, und hoffentlich … Ach Quatsch, nichts als dumme Gedanken eines Hessen in Thüringen.

»Ich möchte ihn kurz vorstellen. Hendrik ist Weimarer, er wurde hier geboren.« Das war ein kluger Schachzug, die Gesichter entspannten sich.

»Im Sophienhaus!«, ergänzte ich und alle lachten. Außer Felix Gensing. Das Sophienhaus war damals ein Krankenhaus. Einst eine Weimarer Institution, ist es heute lediglich ein Altersheim.

»Hendrik hat in Frankfurt am Main Literaturwissenschaften studiert und war danach einige Jahre für das Goetheinstitut in Boston tätig. Später ging er zurück an die Universität Frankfurt und arbeitet dort nun als Dozent für Literaturgeschichte. Er interessierte sich schon immer für die Weimarer Klassik, hat mehrere Bücher veröffentlicht und gilt als Kenner des Lebens und Werks von Johann Wolfgang von Goethe.«

Die Aufmerksamkeit stieg.

»Er hat eine Zweitwohnung in Weimar und hält sich mehrere Wochen im Jahr hier auf. Er ist 43 Jahre alt, sieht aber aus wie – 42 …«, ein leichtes Grinsen umspielte Bennos Mund, »und er ist ledig.« Das Grinsen wurde breiter. »Im Alter von vier Jahren verließ er mit seinen Eltern Weimar und lebt seitdem in Hessen. Hab ich noch was vergessen?« Er sah mich an.

»Ich spiele gern Tennis!«

»Ach ja, das ist natürlich sehr wichtig.«

Sophie fügte an, dass mich doch alle duzen sollten, das sei ja so üblich im Kulturkreis. Die anderen hatten nichts einzuwenden, woraufhin alle mir die Hand gaben und zusammen darauf anstießen. Benno fuhr fort: »Wie üblich bringt jedes Mal einer von uns ein Diskussionsthema mit. Heute kommt es natürlich von Hendrik!«

Er sah mich auffordernd an. Die Einzelheiten hatte er mir vorher erklärt. Es ging nur um ein Thema, zu dem die Diskussion angestoßen werden sollte, eventuell ein paar kleine Zusatzinformationen, mehr nicht. Der Rest ergab sich aus der Gruppe. Ich muss gestehen, dass ich doch etwas aufgeregt war, obwohl ich bereits viele Referate und Vorlesungen gehalten hatte, aber dies war etwas Besonderes.

»Ja«, begann ich zögernd, »ich hoffe, das Thema interessiert euch. Ich möchte gerne zur Diskussion stellen, ob Goethe mit seinem Werther nicht einige Selbstmorde verursacht hat und somit für verlorene Menschenleben verantwortlich ist.«

Keine Reaktion. Stille. Verunsicherung.

»Äh … ist das in Ordnung?«, fragte ich vorsichtig nach.

Anscheinend nicht. Keiner sah mich an. Schließlich ergriff Bernstedt das Wort. »Entschuldige, Hendrik, aber dieses Thema ist so oft besprochen worden, dass wir es kaum mehr hören können, auch wir haben es hier schon einige Male diskutiert. Und es gibt dazu dermaßen viel Sekundärliteratur, dass man ganz Weimar damit pflastern könnte.«

»Ja, ja, genau!«, rief Felix Gensing laut.

Ich war sprachlos. Offensichtlich hatte ich den Anspruch dieser Leute unterschätzt.

Benno kraulte sich den Bart. »Vielleicht sollten wir es einfach noch einmal versuchen, ich meine, vielleicht hat Hendrik ja ein paar neue Aspekte?«

Ich nickte heftig, ohne ihn zu unterbrechen.

»Und wenn sich herausstellt, dass wir bereits alles diskutiert haben, dann wissen wir zumindest, dass wir genauso gut sind wie ein Literaturexperte.«

Nicht schlecht. Jetzt wusste ich auch, warum Benno Politiker geworden war. Nach einigem Gemurre und Gebrumme stimmte man zu.

»Wisst ihr eigentlich, dass Goethe später eine zweite Version des Werther veröffentlichte, die die besagten Vorwürfe erneut schürte?«, fragte ich. So schnell ließ ich nicht locker.

Die meisten sahen mich erstaunt an, nur Cindy schien davon gehört zu haben. »Well, ja«, begann sie, »mit dieser zweiten Version ging er aber weg von dieser individuellen Lösung, die der Kerl, der Werther, für sein Problem suchte. Er konzentrierte sich mehr auf den gesellschaftspolitischen – wie sagt man – Aspekt?«

»Aspekt, ja, richtig!«, antwortete ich verblüfft. Selten hatte ich eine solch gute Argumentation zu diesem Thema gehört – Respekt! Damit war der Bann gebrochen, die Diskussion in Gang.

»Jedenfalls«, meinte Bernstedt, »ist es erwiesen, dass viele Menschen nach der Veröffentlichung des Werther die sehr … wie soll ich sagen … schicksalhafte Art der Liebesbeziehung übernahmen, Werthers blau-gelbe Kleidung kopierten und sich in einigen Fällen sogar das Leben nahmen.«

»Soviel ich weiß, hat der Werther ja erst Goethes Weltruhm begründet«, warf Sophie ein, »vielleicht hatte er ja gar nicht mit solch einer weitreichenden Wirkung gerechnet?«

»Das glaube ich auch nicht. Ich meine, dass er das richtig geplant hatte«, ereiferte sich Felix Gensing.

»Aber vielleicht hat er es zumindest billigend in Kauf genommen!«, antwortete ich.

»Wie kommst du darauf?«, wollte Benno wissen. Alle starrten mich an.

»Na ja, ganz sicher bin ich nicht, wir können den großen Meister ja nicht mehr fragen und es gibt keine eindeutigen Nachweise. Jedenfalls sagte Goethe viel später zu seinem Freund Eckermann: ›Ich habe das Buch‹ – gemeint war der Werther – ›nur ein einziges Mal wieder gelesen und mich gehütet, es abermals zu tun. Es sind lauter Brandraketen!‹.«

»Das hat er gesagt?«

»Ja.«

»Und die Brandraketen sind …?«

»Eine Menge Dinge, die die damalige Gesellschaft erregt haben. Er erhob die Liebe zu Lotte in eine religiöse Dimension, benutzte Worte wie göttlich oder Engel, was für die Kirche damals an Blasphemie grenzte. Er griff den Adel an, der in Regeln und Konventionen erstarrte und für Emotionen und Individualismus keinen Raum ließ. Und er rüttelte das Bürgertum auf, sich aus seiner Resignation zu erheben. Drei gefährliche Brandraketen.«

»Stimmt.«

»Und er erhob den Suizid gewissermaßen … in einen mystischen Status«, ergänzte Benno.

Bernstedt bewegte abwägend den Kopf hin und her.

Sophie strich sich ihre dunklen Haare hinter das Ohr. »Vielleicht musste er aber zu solch drastischen Beispielen greifen, um überhaupt Gehör zu finden und etwas zu bewirken.«

»Interessante Theorie«, antwortete ich nachdenklich, »auf jeden Fall war es Goethes Ziel, nach Vorbild des römischen Dichters Catull, die Individualität gegen die Anpassung an zeitgenössische Strömungen zu verteidigen. Dazu benutzte er eine geänderte Sprache mit einer sogenannten radikalen Emotionalität, die auch zur Überwindung von gesellschaftlichen Zwängen und Schablonen dienen sollte. Und die Verdammung des

Suizids war und ist auch heute immer noch eine gesellschaftliche Schablone.«

»Das hat sich jetzt ein bisschen angehört wie ein Teil deiner Vorlesung«, meinte Benno lakonisch.

»Oh, tut mir leid.« Ich hatte das Gefühl, etwas rot zu werden.

»Ist ja nicht schlimm«, beschwichtigte er, »aber ich weiß nicht, ob solche Zusammenhänge nicht eher Interpretationskonstrukte von euch Literaturforschern sind.«

Cindy sah ihn an. »In diesem Fall glaube ich nicht, man kann nämlich lesen, dass unser Goethe, kurz bevor er den Werther schrieb, die Schriften von diesem Catull studiert hat. Und der Kerl hatte ähnliche Theorien.«

Ich nickte anerkennend.

»Gibt es eigentlich Werke von anderen Dichtern, in denen der Selbstmord als Lösung von persönlichen Problemen propagiert wurde?«, fragte Bernstedt.

»Ja, es gab durchaus welche«, antwortete ich, »zum Beispiel ›Emilia Galotti‹ von Lessing. Dort ging es um eine Frau, die den Suizid als einzige moralische Rettung betrachtete. Auch sonst taucht dieses Thema als Ehrenrettungstat in vielen anderen Kulturen auf, insbesondere als Harakiri in Japan. Insofern ist das Thema keine Erfindung von Goethe. Es passte aber irgendwie in die Stimmung der damaligen Zeit.«

»›Emilia Galotti‹ soll einen erheblichen Einfluss auf den Werther gehabt haben, oder?«

»Ja«, antwortete Sophie, »angeblich soll ein Exemplar auf dem Pult des realen Werther-Vorbilds ... wie hieß der noch?«

»Carl Wilhelm Jerusalem«, half ich ihr aus.

»Genau, auf seinem Schreibtisch soll es gelegen haben, als er sich umbrachte. Behauptete zumindest der, der ihn fand.«

»Außerdem ist es besser, sich selbst umzubringen als irgendeinen anderen Menschen«, sagte Felix Gensing.

»Was meinst du damit?«

»Na, an einer Stelle erzählt Werther doch von einem Bauernburschen, dem dasselbe widerfuhr wie ihm, dieser Liebeskummer und so. Der aber hat in seiner Not seinen Rivalen getötet!«

»Guter Punkt«, entgegnete ich beeindruckt. Thomas kam mit neuen Getränken. Wir diskutierten noch eine ganze Weile über mögliche Gründe für einen Selbstmord, ob dieser einen Einfluss auf die Hinterbliebenen ausübte und inwiefern Krankheiten einen Selbstmord induzieren konnten.

»Könnt ihr euch vorstellen«, fragte ich, »dass ein Mensch wirklich solche seelischen Qualen erleidet, dass diese wie Symptome einer körperlichen Krankheit wirken und er daran stirbt?«

»Wieso fragst du das?«

»Weil Goethe Werther diese Begründung für seinen Suizid in den Mund legt, ich glaube, in einem Gespräch mit Albert.«

»Ja, ich denke, das ist möglich.« Sophie machte ein ernstes Gesicht. »Ihr müsst nur mal auf unsere Intensivstation kommen und sehen, wie schädlich sich fehlender seelischer Beistand auf die Genesung auswirkt.«

»Ja, schon«, entgegnete Bernstedt, »aber seelischer Kummer als alleinige Todesursache?«

»Das halte ich durchaus für möglich. Es gibt extreme Fälle von psychosomatischen Erkrankungen. Die Gürtelrose ist ein gutes Beispiel. Die hat weitgehend psychische Ursachen und führt zu starken Schmerzen.«

»Au ja, das hatte ich auch mal, tat höllisch weh!«, meinte Felix Gensing und man konnte seinem Gesichtsausdruck entnehmen, wie stark die Schmerzen gewesen sein mussten.

»Ich denke, niemand kann einen Menschen dafür verantwortlich machen, dass er krank ist«, sagte Bernstedt langsam. Alle waren damit einverstanden.

»Was willst du damit sagen?«, fragte Sophie etwas skeptisch.

»Na ja, wenn Selbstmord auf einer Krankheit beruht oder zumindest beruhen kann, dann sollte man den Selbstmörder nicht verurteilen und somit auch nicht Goethe!«

Ich hatte das Gefühl, dies sei ein schöner Endpunkt unserer Diskussion. Benno schien das Gleiche zu empfinden.

»Gut«, sagte er ein wenig feierlich, »ich danke euch sehr für die lebhafte Diskussion. Und ich danke Hendrik für seine interessanten Beiträge. Es hat viel Spaß gemacht.«

Ich freute mich über dieses Lob.

Benno fuhr sanft, aber bestimmt fort: »Zum Abschluss halte ich also fest, dass Goethe den Suizid von Werther als Metapher benutzt hat, um die Emanzipation des Individualismus und des Gefühls gegenüber der Konvention zu unterstützen.«

Wahr oder nicht wahr – jedenfalls gefiel mir diese Formulierung. Wir hoben die Gläser und stießen an. Es wurde still an unserem Tisch. Draußen war es dunkel geworden, wir waren die letzten Gäste, nur Thomas stand noch hinter seinem Tresen und hörte uns zu.

In diesem Moment ahnte ich nicht, welch wichtige Rolle der Inhalt unserer Diskussion in den nächsten drei Wochen für mich spielen sollte.

2. GEFUNDEN

Es war ein strahlender Sommermorgen. Ich hatte sehr gut geschlafen und spürte eine tiefe Befriedigung aufgrund der Diskussion mit meinen neuen Freunden. Je näher ich dem Goethehaus kam, desto stärker wurde allerdings meine Beunruhigung wegen der gestohlenen Gegenstände. Vom Parkplatz in der Puschkinstraße lief ich links hinauf zum Goethehaus. Die anderen warteten bereits. Wir gingen hinein und mischten uns auf ausdrücklichen Wunsch von Martin Wenzel unter die Touristen, später wollten wir uns dann in seinem Büro im Erdgeschoss treffen.

Wir nahmen den normalen Besuchereingang, der vom Goethemuseum aus durch eine Seitentür in den Innenhof des Goethe-Wohnhauses führt. In der Mitte des Hofs, der wie ein breit gezogenes U geformt ist, blieb ich stehen. Der kleine Brunnen plätscherte wie eh und je und gab mir das Gefühl von Unvergänglichkeit. Das gleichmäßige Geräusch des fließenden Wassers mochte glauben machen, der Brunnen sei seit Goethes Zeit nie zum Stillstand gekommen.

Wir wandten uns dem Vorderhaus zu und betraten es durch den zum Hof gelegenen Eingang des Haupttreppenhauses. Durch diesen Eingang kamen zu Goethes Zeiten die Besucher, die mit der Kutsche anreisten. Der Kutscher fuhr durch das linke Tor in den Hof, hielt in der Mitte des breiten Us, die Gäste stiegen aus und der Kutscher verließ das Anwesen durch das rechte Tor – für die damalige Zeit sehr komfortabel. Das große, breite Treppenhaus, das Goethe nach seiner ersten Italienreise gemäß einem italienischen Vorbild einbauen ließ, wirkt noch heute sehr imposant. Es war Ende des 18. Jahrhunderts das einzige dieser Art in ganz Weimar. Von hier gelangt man in die erste Etage. Bevor ich in Goethes Gemächer eintrete, bleibe ich normalerweise auf dem obersten Treppenabsatz stehen und genieße den Blick in dieses ganz besondere Treppenhaus. Nicht so heute – der Sinn stand mir nicht danach. Ohne den ›Salve‹-Gruß auf der Türschwelle zu beachten, betrat ich den Gelben Saal. Dieser Raum stellt den Mittelpunkt des Hauses dar. Hier pflegte Goethe größere Gesellschaften zu geben. Bei der Vorstellung, wie Goethe hier mit seinen Freunden tafelte, überkam mich wieder dieses Gefühl der Unvergänglichkeit. Unterstützt wurde dieser Eindruck von der Art der Präsentation im Goethehaus: Nirgendwo hingen Hinweisschilder oder Erklärungstafeln, das gesamte Haus war so belassen, als sei der Hausherr nur eben kurz weggegangen.

Wenzel führte uns diskret zu einer Tür direkt neben der Büste des ›Zeus von Otricoli‹. Das kleine Esszimmer war durch eine Leine abgetrennt, die Besucher durften es nicht betreten. Da wir uns unauffällig verhalten sollten, gingen auch wir nicht hinein. Ich beugte mich über die Leine und blickte unwillkürlich nach links. Vier Bilder sollten eigentlich an dieser Wand hängen, doch links unten fehlte eines. Unter den ›Eichen im Willingshäuser Wald‹ klaffte ein großes Loch. Es wirkte wie eine Verletzung. Ich hob meine Hand in dem Bestreben, etwas zu tun, und ließ sie sofort wieder sinken. Im Moment konnte ich nichts tun – noch nicht. Neben der hässlichen Lücke hing ein dilettantischer Zettel mit der Aufschrift: ›Bucht von Palermo und Monte Pellegrino, Christoph Heinrich Kniep, 1788, Federzeichnung, aquarelliert. Zur Zeit in der Restaurierung.‹

Ich saugte den Anblick und die Stimmung in mich auf, ohne auf die vielen Menschen zu achten, die das Goethehaus durchströmten. Ich wollte mich ganz auf den Ort und die Tat konzentrieren und stellte mir vor, ich sei der Täter. Wie konnte man ein Bild aus einem Raum stehlen, durch den sich täglich Hunderte von Leuten bewegten? War er ein eiskalter Profi, der nur das Geld sah, oder ein Fanatiker, nervös, darauf bedacht, seinen Traum wahr werden zu lassen? Und welchen Traum? Ich spürte, dass sehr viel Arbeit vor uns lag, doch ich spürte auch den unbändigen Willen, dieses Rätsel zu lösen. Wie ein Fußballspieler nach dem Gegentor: jetzt erst recht!

Als eine Gruppe französischer Touristen mit einer laut sprechenden Führerin in den Gelben Saal trat, wurde ich aus meinen Tagträumen gerissen. Ich ging weiter durch das Büstenzimmer – auch Brückenzimmer genannt – in Richtung Garten. Vom Gartenzimmer aus wandte ich mich nach links in Christianes Gemächer. In ihrem Vorzimmer blicken Goethe und seine Frau von zwei großen Kreidezeichnungen auf die Besucher herab, nicht jovial oder überheblich, nicht historisch oder altklug wie in einer Ahnengalerie, nein: sympathisch und familiär, wie ein ganz normales Ehepaar, das ab und zu einen kleinen Streit austrägt, sich aber ansonsten liebt und achtet. Man meint sogar, eine gewisse körperliche Anziehungskraft zu spüren. Einige Kunstexperten streiten bis heute darüber, ob das weibliche Porträt tatsächlich Christiane darstellt.

Aus Christianes Wohnzimmer war das nächste Exponat verschwunden: ›Goethes Gartenhaus von der Rückseite, Goethe, 1779/80, Graphit, Feder mit Tusche und Bister, blaue Wasserfarbe.‹ An der Wand zum Garten, direkt neben ›Auf einem Sofa schlafende Christiane Vulpius‹, hatte es gehangen. Ein von Goethe selbst gemaltes Bild – das hatte den Dieb interessiert. Warum? Sein Garten war Goethe immer wichtig gewesen – er war ein Naturforscher, noch viel mehr aber ein Naturliebhaber. Insofern hatte dieses Bild eine sehr persönliche Bedeutung für Goethe. Hatte es damit zu tun? Doch in der Vitrine in Christianes Wohnzimmer waren mehrere handgeschriebene Stücke von Goethe ausgestellt, die womöglich persönlicher waren. Die hatte der Dieb nicht mitgenommen. Etwa die beiden Versionen des Gedichts ›Gefunden‹, in dem Goethe seine Christiane mit einer Blume vergleicht.

Gefunden

Ich ging im Walde
So für mich hin,
Und nichts zu suchen,
Das war mein Sinn.

Im Schatten sah ich
Ein Blümlein stehn,
Wie Sterne leuchtend,
Wie Äuglein schön.

Ich wollt es brechen,
Da sagt es fein:
»Soll ich zum Welken
Gebrochen sein?«

Ich wurde von einer fülligen Frau beim Lesen unterbrochen. Sie drängelte sich mit einer gehörigen Portion Selbstbewusstsein zwischen mich und die Vitrine, so als meinte sie, ich hätte lang genug dort gestanden.

Warum hatte ihn dieses Gedicht nicht interessiert, diese intimen, zu Papier gebrachten Gedanken? Vielleicht wollte er keine Gewalt anwenden, wollte die Vitrine nicht aufbrechen?

Die Zeichnung des Gartenhauses war technisch gesehen am leichtesten zu stehlen, sie hing ungesichert an der Wand und jeder Besucher hatte freien Zugang zu diesem Raum.

Ganz im Gegensatz zu dem Fußschemel. Das Sterbezimmer durfte niemand betreten. Vom Schreibzimmer aus konnte man lediglich in das Sterbezimmer hineinsehen, das durch ein hüfthohes Gitter und Lichtschranken gesichert war, ebenso wie Goethes Arbeitszimmer.

Der Anblick traf mich wie ein Schlag. Dieses allseits bekannte, ja vertraute Bild von Goethes Sterbestuhl mit dem davorstehenden Fußschemel war zerstört. Der Fußschemel war verschwunden, ja er fehlte so sehr, dass ich mir die Qualen vorstellen konnte, die Goethe im Todeskampf aushalten musste, da er nicht wusste, wo er seine schmerzenden Füße hinlegen sollte. Ich konnte den Anblick nicht länger ertragen und ging hinunter ins Erdgeschoss.

Wir trafen uns in Wenzels Büro, dort wo früher Goethes Wirtschaftsräume waren. Es kam mir vor wie der Übertritt in eine andere Welt. Moderne Büromöbel, Aktenschränke aus Metall, Telefon, Fax – irgendwie hatte ich darauf im Moment keine Lust. Ich sah auf die Uhr und beschloss, jetzt Hunger zu haben.

»Meine Herren, es ist bereits nach eins und mein Magen knurrt, wie wär's mit einem netten kleinen Mittagessen?«

»Aber das geht doch nicht, Herr Wilmut«, jammerte Wenzel, »wir müssen das unter Ausschluss der Öffentlichkeit besprechen!«

Benno überlegte. »Ich könnte nebenan im ›Weißen Schwan‹ fragen, ob wir das kleine Kaminzimmer bekommen, da sind wir völlig ungestört.«

»Klingt gut«, fand Dorst, »ich hoffe nur, der Kamin wird nicht befeuert.«

Wir gingen die wenigen Schritte zum ›Weißen Schwan‹ und während Benno drinnen die Situation prüfte, warteten wir drei draußen im Schatten der Bäume. Nach kurzer Zeit winkte er uns hinein. »Eigentlich ist das Kaminzimmer werktags geschlossen, aber …« Benno war kein Selbstdarsteller.

»… aber für den Stadtrat macht man eine Ausnahme«, vollendete ich.

»Ja, ja.« Er winkte ab.

Ich war sehr froh über diese Ausnahme. Im Kaminzimmer war es schön kühl, das Interieur sehr alt, ähnlich dem im Goethehaus, was mich zum Nachdenken anregte. Ich bestellte Schweinebraten, Thüringer Klöße und ein Ehringsdorfer Urbräu. Während des Essens diskutierten wir lebhaft über die zu erfolgenden Maßnahmen, nur kurz unterbrochen von dem Kellner und dem Chefkoch, der uns seine Aufwartung machte.

»Siggi, erzähl uns doch zuerst einmal, was die Kripo bisher unternommen hat, beziehungsweise woran ihr arbeitet«, bat Benno.

»Nun«, begann der Hauptkommissar, »zunächst haben wir, wie bereits erwähnt, die Spur ins Internetcafé verfolgt – ohne Ergebnis. Ein Kollege kontrolliert den Hersteller der Alarmanlage, eine Firma ›DomoTech‹ in Leipzig. Das läuft noch. Die Anlage wurde 1992 installiert. Gestern Nachmittag habe ich von Herrn Wenzel die Liste der Angestellten des Goethemuseums bekommen, die überprüfen wir gerade, Kommissar Hermann hat das übernommen. Da wir damit rechnen müssen, dass die Bilder auf dem Schwarzmarkt angeboten werden, haben wir unsere Verbindungsleute in der Hehlerszene aktiviert. Wir können davon ausgehen, dass bei solch prominenten Beutestücken im Raum Thüringen nichts passiert, ohne dass wir davon Wind bekommen. Fingerabdrücke wurden keine gefunden. Das ist bisher alles.«

»So weit, so gut«, meinte Benno, »wir wissen allerdings nicht, ob die Beute vielleicht längst nach Hessen, Bayern oder ins Ausland verschoben wurde.«

»Das ist richtig«, bestätigte Siggi, »zumindest haben wir den

Bundesgrenzschutz und den Zoll informiert, die achten auf derartige Stücke. Ein Bild von 30 Zentimeter Kantenlänge ist allerdings leicht zu verstecken.«

»So weit, so gut«, wiederholte Benno, »Herr Wenzel, was haben Sie bisher unternommen?«

Wenzel wirkte unsicher. »Wieso ich, das ist doch Aufgabe der Polizei, was soll *ich* denn da machen?«

Benno strich sich durch den Bart. »Wenzel, Sie sind der Leiter des Goethemuseums. Es ist Ihre Pflicht, die Polizei nach besten Kräften zu unterstützen, und ein paar eigene Ideen wären da sicher hilfreich!«

»Ja, ja, wir tun ja schon, was wir können. Vor zwei Jahren haben wir eine Taschenkontrolle eingeführt, beim Verlassen des Museums. Aber bei mehreren hundert Besuchern am Tag, am Wochenende über tausend, können wir nur Stichproben machen. Eine lückenlose Kontrolle ist unmöglich!«

»Das wäre sowieso mein nächster Vorschlag gewesen«, warf der Hauptkommissar ein, »wir brauchen eine lückenlose Besucherkontrolle.«

»Das ist doch unmöglich«, rief Wenzel aufgeregt, »woher sollen wir denn so viel Personal nehmen, dann müssten Sie uns ja Polizeibeamte zur Verfügung stellen!«

»Darüber lässt sich reden.«

»Nein«, ging Benno sofort dazwischen, »das geht nicht, wir brauchen alle verfügbaren Polizeikräfte zur Ergreifung des Täters, da müssen wir uns etwas anderes ausdenken.«

»Im ›Realo‹-Supermarkt in Süßenborn gibt's ein System, das wir vielleicht nutzen könnten«, schlug ich vor, »alle Taschen werden am Eingang abgegeben, der Besitzer bekommt ein Märkchen und kann sie dann später wieder abholen.«

Wenzel schien wenig begeistert. »Dann bräuchten wir ja Schränke oder Spinde und Personal – was das alles kostet!«

»Siggi, was hältst du davon?«, fragte Benno, ohne auf Wenzel einzugehen.

»Finde ich gut. Ist auch wesentlich effektiver und schneller als die Taschenkontrolle. Wir könnten auch die Mäntel mit einbeziehen, besonders im Herbst und Winter.«

»Gute Idee«, lobte Benno, »es gibt sowieso eine Garderobe, die integrieren wir dann in das Sicherheitssystem und erweitern sie ganz nebenbei ohne große Ankündigung zur Zwangsabgabe. Das heißt, es geht kein Besucher mehr ins Goethemuseum mit irgendeiner Tasche, einem Mantel, einer Jacke oder dergleichen. Danke, Hendrik!«

Dorst und ich nickten zufrieden.

Bevor Martin Wenzel etwas einwenden konnte, fuhr Benno fort: »Um das Budget kümmere ich mich, und Sie, Wenzel, sorgen bitte dafür, dass das System lückenlos funktioniert, sonst macht es keinen Sinn!«

»Das müsste allerdings schnell geschehen, bevor der Täter wieder zuschlägt«, fügte Dorst hinzu.

»Richtig. Wenzel, ich gebe Ihnen drei Tage Zeit, also bis nächsten Freitag, vor dem Wochenende muss alles stehen. Wenn Sie Hilfe brauchen, melden Sie sich. Das Projekt hat höchste Priorität.« Da war er, der eloquente Macher.

»Na gut«, stieß Wenzel trotzig hervor, während ich begann, mich über meinen zweiten Kloß herzumachen.

»Wie sicher ist eigentlich die Alarmanlage?«, erkundigte sich Benno.

Der Hauptkommissar antwortete: »Ich habe mir die Technik genau angesehen. Alle Außentüren und Fenster sind mit einem Sensor versehen, inklusive Keller- und Dachfenster sowie jene zu den Innenhöfen. Sobald eine Erschütterung oder Berührung wahrgenommen wird, löst der Alarm aus.«

»Bewegungsmelder im Inneren des Gebäudes?«, fragte ich.

»Nein, so etwas gibt es nicht. Sonst sind da nur noch die bereits von Wenzel erwähnten Lichtschranken an den Türen zum Sterbe- und zum Arbeitszimmer.«

»Wo erfolgt die Alarmmeldung, nur außen am Haus durch Sirenen oder durch eine Standleitung zur Polizei?«, wollte Benno wissen.

»Durch eine direkte Leitung ins Polizeipräsidium, die Alarmzentrale ist 24 Stunden am Tag besetzt.«

»Sehr schön. Und die Anlage ist sicher? Ich meine, so was wie Fehlalarm oder technische Defekte sind ausgeschlossen?«

»Davon kann man zwar ausgehen, aber nichts ist hundertprozentig. Wir überprüfen zur Zeit die Qualitätssicherung beim Hersteller in Leipzig. Angeblich arbeiten die nach einem Qualitätsmanagement-System, bei dem maximal 3,4 Fehler auf eine Million Alarmfälle kommen. Morgen wissen wir mehr.«

»Diese 3,4 Fehler sind dann aber nicht näher definiert«, sinnierte ich, »das könnten Fehler in Form eines Fehlalarms oder eines nicht gemeldeten Alarms sein, richtig?«

»Vollkommen richtig.«

»Und wie ist er an den Fußschemel aus dem mit Lichtschranken gesicherten Sterbezimmer gekommen?«

»Nun, das liegt an der sehr intelligenten Konstruktion«, meinte Siggi Dorst sarkastisch. »*Über* dem Gitter sind Lichtschranken angebracht, aber nicht *im* Gitter. Der Kerl hat mit einem Werkzeug kurzerhand das Gitter entfernt, übrigens sehr fachmännisch, und ist dann unter den Lichtschranken durchgetaucht.«

»Wieso bitte sind denn nicht in der gesamten Tür Sensoren installiert?«

Wenzel zuckte mit den Schultern. »Keine Ahnung.«

Ich legte mein Besteck zur Seite. »Ich bin ehrlich gesagt sehr besorgt. Wir wissen bisher fast nichts über den Täter und seine

Methoden. Auch wenn das jetzt hart klingt, aber sollten wir das Goethemuseum nicht für einige Zeit komplett schließen?«

»Aber Herr Wilmut!« Martin Wenzel war empört.

»Moment mal, ganz langsam«, ging Benno sofort dazwischen, »daran haben wir auch schon gedacht, Hendrik. Ich halte das für ein probates Mittel, und Siggi ... äh, der Hauptkommissar hält es für die effektivste Maßnahme überhaupt, logischerweise. Aber Blume hat es abgelehnt. Und er hat so viel Einfluss bei OB Gärtner, dass ich mich nicht durchsetzen konnte. Also vergiss es bitte!«

Ich schaute skeptisch in die Runde und Wenzel stopfte sich zufrieden eine Kartoffel in den Mund.

Der Hauptkommissar meldete sich noch einmal zu Wort: »Wir sollten übrigens damit rechnen, dass wir's mit mehreren Tätern zu tun haben. Drei Bilder aus einem so gut gesicherten Gebäude zu entwenden ist keine Kleinigkeit. Und egal, ob die Beute auf dem Schwarzmarkt verkauft werden soll oder ein Lösegeld gefordert wird, so was macht man schlecht allein.«

Dorst schien ein guter Mann zu sein, mein Respekt für ihn stieg kontinuierlich. Am liebsten hätte ich ein zweites Bier getrunken, doch ich musste einen klaren Kopf behalten für die Analyse der Täter-Lyrik. Nachdem alle fertig gegessen hatten, schloss Benno die Runde.

»Gut, meine Herren, ich danke für die Diskussion. Jeder weiß, was er zu tun hat. Sobald sich Neuigkeiten ergeben, möchte ich umgehend darüber informiert werden. Das Teamwork zwischen uns spielt eine entscheidende Rolle, nur so kommen wir zum Erfolg. Und noch eins: Bitte keinerlei Informationen an die Öffentlichkeit! Zunächst muss alles geheim gehalten werden. Zum einen wollen wir die Bevölkerung nicht beunruhigen und zum anderen dem Täter keinerlei Hinweise geben. Ansonsten viel Glück!«

Ich fühlte mich ein bisschen wie bei der Motivationsansprache unseres Trainers vor dem Tennismatch. Nur dass unser Gegner unsichtbar war.

*

Er liebte das Goethehaus. Stundenlang konnte er in einem der Cafés am Frauenplan verweilen und Goethes Wohnhaus anstarren. Im Sommer saß er immer unter einem Baum, denn in der Nähe von Bäumen fühlte er sich sehr wohl. ›Du und deine geliebten Bäume‹, pflegte sein Vater oft zu sagen. Aber was wusste *der* schon von ihm?

Er hatte sich auch oft im Innern des Gebäudes aufgehalten, es war wie eine zweite Heimat für ihn geworden. Besonders die Treppen imponierten ihm sehr, die große Wendeltreppe, die vielen kleinen Stiegen und natürlich die breite italienische Eingangstreppe. Immer wenn er den Gelben Salon von der italienischen Treppe kommend betrat, erwiderte er innerlich den ›Salve‹-Gruß auf der Türschwelle. Der Gelbe Salon faszinierte ihn ganz besonders, der zentrale Raum des Hauses, der Mittelpunkt des dichterischen Universums. Er mochte Goethes Farbenlehre, nach der jeder Raum in einer eigenen, Charakter gebenden Farbe angelegt war. Und er war überzeugt, dass Goethe die Farben mit Bedacht ausgewählt hatte. Wie eben jenes Gelb, eine sanfte, muntere Farbe, nahe am Licht und damit passend zu diesem Raum, in dem Gäste empfangen und bewirtet wurden. Gern wäre er selbst einmal Goethes Gast gewesen.

Auch heute saß er wieder im Straßencafé. Die große Kastanie mit ihrer mächtigen Krone spendete ihm Schatten. Es wurde ihm nicht langweilig, mehrere Stunden hier zu sitzen, im Gegenteil, er genoss es. Denn er besaß die Fähigkeit, den widerwärtigen Fluss der Alltäglichkeit von sich abgleiten zu lassen, so als befände er sich auf einer Insel der gedanklichen Erhabenheit. Auf dieser Insel entwarf er einen Plan. *Seinen* Plan. Und es war ein guter Plan, der ihn mit Hoffnung und Spannung erfüllte.

Obwohl er sich hauptsächlich auf das Haus konzentrierte, bemerkte er eine Gruppe von Männern, die sich irgendwie auffällig verhielten. Sie bewegten sich nicht wie Touristen, sondern eher wie Geschäftsleute. Und sie betrachteten das Haus Goethes nicht interessiert, sondern vielmehr prüfend. Den einen erkannte er zweifelsfrei, sein Bild hatte er mehrmals in der Zeitung gesehen: Stadtrat Kessler, Kulturdezernent der Stadt Weimar. In einem der anderen glaubte er den Leiter des Goethemuseums zu erkennen, grauhaarig, im feinen Anzug. Er hatte bereits einige Male mit ihm gesprochen, bei Ausstellungen, Lesungen und ähnlichen Veranstaltungen. Aber heute sah er ihn nur von hinten. Die beiden anderen kannte er nicht. Ein glatzköpfiger, sportlicher Typ und ein hochgewachsener, schlaksiger Mann um die 40. Er wusste nicht, was da vor sich ging, aber er hatte zunehmend das Gefühl, sein Plan könne in Gefahr geraten.

Nachdem die vier Männer wieder aus dem Goethehaus herausgekommen und im ›Weißen Schwan‹ verschwunden waren, zahlte er und ging. Er lief zu Fuß. Und er nahm den üblichen, beschwerlichen Weg zu seinem Zimmer. Als er aus dem Keller kam, ging er an der Küche vorbei. Eigentlich hätte er etwas essen müssen, doch wie so oft hatte er keinen Hunger und deshalb winkte er einfach nur dem Mädchen zu, das immer noch in der Küche arbeitete. Er mochte sie nicht, aber er brauchte sie. Dann stellte er seine Schuhe vor die Zimmertür, so wie es von ihm erwartet wurde, schloss ab und legte sich aufs Bett, um nachzudenken. Sein Nachbar hörte wie so oft laute Musik.

Es war kaum zu ertragen. Er würde sich irgendwann rächen, das wusste er. Und er würde herausbekommen, wer die beiden anderen Männer waren.

*

Diesmal fand ich einen Parkplatz direkt vor dem Haus, auch solche kleinen Glücksmomente muss man genießen. Ich öffnete die Wohnungstür. Ein heißer, muffiger Geruch schlug mir entgegen. Ich hielt die Luft an, rannte durchs Wohnzimmer und öffnete das große Dachfenster. Obwohl es draußen heiß war, kam mir die hereinströmende Luft vor wie ein Lebenselixier, deshalb verweilte ich einige Minuten am Fenster und genoss den Blick über die grünen Bäume in der Prellerstraße. Langsam erwachte in mir der Wunsch nach einem weiteren Lebenselixier: Kaffee. Ich schaltete meine italienische Kaffeemaschine ein und bereitete mir in aller Ruhe einen Espresso. Gemütlich auf dem Sessel neben dem großen Fenster sitzend, genoss ich die kräftige süditalienische Mischung.

Dann machte ich mich an die Buchbesprechung. Ich wollte zunächst meine Gedanken einem anderen Thema zuwenden, um mich später wieder mit klarem Kopf der Textanalyse widmen zu können. Außerdem wartete der Redakteur der ›Frankfurter Presse‹, und der konnte manchmal recht fordernd werden.

Zwei Stunden später klingelte das Telefon. Ich war so konzentriert bei der Arbeit, dass ich es kaum schaffte, den Kopf zu drehen, um auf die Uhr zu blicken: kurz vor sechs.

Es war Hanna. Während ich mit ihr sprach, musste ich mir eingestehen, dass ich unsere Verabredung vergessen hatte. Meine Gedanken kreisten um eine Lösung. Irgendwie wollte ich Hanna und die Textanalyse, die bis morgen fertig sein sollte, unter einen Hut bringen. Natürlich bemerkte sie mein Zögern.

»Wenn es dir heute nicht passt, können wir uns auch nächste Woche treffen, ich bin sowieso müde von der Reise!«

Sie war sehr einfühlsam, baute mir eine Brücke. Ich wollte jedoch die sich anbahnende Kontaktaufnahme auf keinen Fall gefährden und versuchte es deswegen einfach mit der Wahrheit.

»Weißt du, Hanna, ich habe mich sehr gefreut über deine Nachricht.« Für einen Moment erstrahlten die letzten Worte ihrer E-Mail vor meinen Augen wie eine leuchtende Reklametafel: ›Deine Hanna‹. »Allerdings habe ich ein Problem … heute habe ich Benno getroffen, meinen Cousin, den kennst du doch?«

»Benno? Ja, natürlich!«

»Und der hat … also, ich meine – ich muss ihm helfen, und zwar schnell.«

»Ich verstehe, das macht doch nichts.«

Jeder andere Mensch wäre zumindest etwas beleidigt gewesen, aber nicht Hanna. Genau so kenne ich sie aus unserer Jugend, klar und ohne Unterton, glaubhaft und ehrlich. Kann man auf Jugenderinnerungen bauen? Wie stark ändert sich ein Mensch in 25 Jahren?

Eine leise Brise zog durch das Dachfenster. Mein Blick fiel auf die leere Espressotasse. Und ich fasste einen Entschluss – einen Entschluss, der sich vielleicht als Fehler herausstellen könnte.

»Also, ich meine, vielleicht möchtest du mir ja helfen bei meinem … Problem?«

Sie war überrascht. »Gerne, wenn du wirklich glaubst, dass *ich* dir helfen kann!«

Diese Reaktion bestärkte mein Vertrauen. Sie hatte sich nicht geändert, stets die gleiche zurückhaltende Art.

»Kannst du«, sagte ich voller Überzeugung, »mit deiner guten Menschenkenntnis.«

Ihr Lächeln kroch förmlich durch die Leitung.

»Bei Pepe, halb acht?«, fragte ich.

»Gut, ich freue mich!«

›Pepes Pizzeria‹ lag in der Nähe des Markts in der Windischenstraße. Seit drei Jahren führte Pepe dort sein Restaurant und hatte
sich schnell das Prädikat ›Best Pizza In Town‹ erworben. Wieder
zurück im wahren Leben, begann mein innerer Motor auf Tou-
ren zu kommen: aufräumen, zwei Anrufe erledigen, Tisch bei
›Pepe‹ bestellen, kalte Dusche, frisches Hemd. Immerhin fand
ich noch Zeit, in meinen gesammelten Goethe-Werken nach den
Zitaten des Täters zu suchen. Die Ansprache an die Bäume und
das Zitat aus ›Faust II‹ fand ich sofort. Das erste Zitat jedoch war
nicht wirklich einfach zuzuordnen, ich musste eine ganze Weile
in der zwölfbändigen Gesamtausgabe blättern. Nachdem ich es
gefunden hatte, zog ich den zugehörigen Band aus dem Regal und
machte einige Notizen. Dann verließ ich die Wohnung.

Wie immer kam ich zehn Minuten zu spät. Hanna hatte schon
an unserem Tisch Platz genommen und stand auf, als ich hereinkam. Sie sah umwerfend aus.

Hanna Büchler war ein Jahr jünger als ich. Sie hatte eine
natürliche, weibliche Figur. Jedenfalls war sie keines von den
mageren Models, die man lieber füttern als lieben möchte. Ihre
blonden Haare waren auf Kinnlänge geschnitten und die Spit-
zen nach innen geföönt. Das unterstrich sehr schön ihre ruhigen blauen Augen.

»Hallo, Hanna, schöne Haare!«

»Hallo, Hendrik, schöne Arme!«

Wir lachten beide und umarmten uns mit einem angedeute-
ten Wangenkuss.

Ich erinnerte mich wieder an diesen Sommer, in dem wir uns
ein bisschen verliebt hatten. Sie war 16 und ich 17. Es war der
letzte Ferientag, bevor ich wieder zurückmusste, zurück in den

Westen, zu meinen Eltern und meinem Abitur. Wir hatten ein kleines Spiel vereinbart, jeder sollte dem anderen ein Geheimnis anvertrauen, welches er niemals irgendjemandem verraten durfte. Meines war, dass mir ihre langen blonden Haare so gut gefielen, ihres war, dass sie meine braun gebrannten Arme so toll fand. Ja, so war das damals. Und ich glaube, so ist es auch heute. Oder war ich zu naiv? Sollte ich die Jugenderinnerungen vielleicht nicht überbewerten?

Sie wollte nicht eingeladen werden, dazu war sie zu stolz, und ich akzeptierte es. Sie bestellte eine Pizza Alla Casa, Pepes Spezialrezept mit echtem Büffelmozzarella, frischen Tomaten und Basilikum. Ich bestellte eine Pizza Vesuvio mit viel Peperoni.

Der Chianti war hervorragend. Sie nahm ein Tiramisu als Nachspeise, ich musste passen, aufgrund der zwei Thüringer Klöße von heute Mittag. Während des Essens unterhielten wir uns angeregt über verschiedene Themen. Über Hannas Mutter, mit der sie weiterhin in dem Haus in der Humboldtstraße wohnte, über Maiers, die das Haus meiner Großeltern gekauft hatten, über meine Mutter und über Hannas Arbeit als Pharmareferentin. Der Job machte ihr Spaß und sie war erfolgreich. Allerdings war sie inzwischen viel auf Reisen, denn ihr Gebiet hatte sich erweitert. Gera bis Eisenach, Sonneberg bis Eisfeld – das war schon was. Es war schön, mit Hanna zu reden, sie konnte zuhören und die Gedanken ihres Gesprächspartners aufgreifen, ohne sofort das Thema zu wechseln. Ich gab mir Mühe, auf sie einzugehen, bevor wir uns dem Thema des Abends näherten.

Zwischen dem Tiramisu und dem Espresso hielt sie es dann schließlich nicht mehr aus: »Jetzt bin ich aber doch neugierig geworden, was ist denn nun Bennos Problem?«

»Lass uns erst mal den Espresso nehmen, denn was ich zu erzählen habe, ist harter Stoff.«

Sie sah mich verwirrt an.

»Bitte, glaub's mir!«

Bevor sie weiter nachfragen konnte, kam der Kellner. Wir schlürften genussvoll unseren Espresso. Dann erzählte ich ihr die ganze Geschichte, langsam und ausführlich, weil ich keine Missverständnisse aufkommen lassen wollte und weil ich mir Hilfe erhoffte.

Als ich geendet hatte, überlegte Hanna einen Moment, bevor sie zu sprechen begann: »Pass auf Hendrik, ich muss dich jetzt etwas fragen. Ich weiß, dass du oft eine rege Fantasie hattest – bist du sicher, dass das alles wahr ist, oder willst du mich hier irgendwie … beeindrucken?«

Ich musste kurz lachen, wurde dann aber schnell wieder ernst. »Du hast recht«, antwortete ich, »früher hatte ich eine rege Fantasie und ich hoffe sogar, dass ich ein bisschen davon behalten habe. Doch das alles ist leider die reine Wahrheit. Ich war heute Morgen ziemlich geschockt, weil die Exponate im Goethemuseum für mich zu den wertvollsten historischen Schätzen überhaupt gehören. Deswegen bitte ich dich um deine Hilfe. Nie würde ich dir eine solche Lügengeschichte auftischen, da wäre mir das Risiko viel zu groß, unser Verhältnis zu belasten.«

Sie nickte. »Tut mir leid, aber ich muss solche prinzipiellen Dinge geklärt haben, bevor ich mich in eine Sache emotional vertiefe!«

Das war Hanna. Ich weiß noch, wie ich sie eines Tages bat, mir zu helfen, im Haus meiner Großeltern Ameisen zu bekämpfen. Sie hatten eine Ameisenstraße vom Garten über den Balkon bis ins Bad gebaut und waren zu Hunderten unterwegs. Die Diskussion über die Nützlichkeit von Ameisen und das biologische Gleichgewicht dauerte fast eine Stunde, dann hatte ich Hanna endlich davon überzeugt, dass es nicht schön sei, wenn die Ameisen sich bis ins Schlafzimmer ausbreiteten, und dass es draußen genug davon gebe, um das biologische Gleichgewicht zu erhalten. Dann war ihre Hilfe allerdings sehr effektiv – und überraschend. Sie bereitete eine Zuckerlösung zu und legte damit eine Spur vom Balkon an der Hauswand herunter zurück in den Garten. Die Umleitung funktionierte, und Oma war die Ameisen los.

»Der Hauptkommissar ist überzeugt, dass der Täter hinter dem Geld her ist«, erzählte ich, »Lösegelderpressung oder Schwarzmarkt. Was denkst du?«

Sie überlegte. »Den Schwarzmarkt hat dieser Dorst ja offensichtlich unter Kontrolle, und an Lösegelderpressung glaube ich nicht. Normalerweise lassen sich Erpresser doch nicht so viel Zeit damit, eine Forderung zu stellen. Auch die exakt abgestimmten Goethe-Zitate passen nicht wirklich ins Bild.«

»Du denkst an ein Ablenkungsmanöver?«

Sie wiegte den Kopf hin und her. »Möglich, aber ich glaube eher, der Kerl will die Bilder einfach nur besitzen. Wozu, weiß ich allerdings nicht.«

Das klang plausibel. Ich grübelte nach. »Vielleicht will er die Bilder tatsächlich auf dem Schwarzmarkt verkaufen, hat lediglich keinen Abnehmer gefunden. Oder er lässt absichtlich erst mal Gras über die Sache wachsen oder hat sich längst ins Ausland abgesetzt. Oder, oder …«

»Höre ich da etwa einen leichten Unterton von Resignation?«

»Kann sein«, murmelte ich.

»Aber Hendrik, so kenne ich dich ja gar nicht. Denk doch mal daran, wie wir bei deiner Oma Ameisen gejagt haben.«

Ich sah sie erstaunt an. Wie kam sie gerade jetzt auf die Ameisen?

»Da hast du auch nicht aufgegeben, so lange, bis wir eine patente Lösung gefunden hatten.«

Wir hatten also eine Lösung gefunden. Die Wahrheit ist

49

manchmal sehr vielschichtig. Diese Wahrheit, die offensichtlich nichts Absolutes darstellt.

»Vielleicht hast du recht.«

»Mit den Ameisen?«

»Nein … doch, auch … ich meine, mit den Bildern. Vielleicht will er sie ja wirklich nur besitzen.«

»Das ist zumindest meine Vermutung. Die Frage ist nur: Warum? Und damit solltest du dich auseinandersetzen, nicht mit den kriminalistischen Fragen, die sind Sache der Polizei!«

Da musste ich ihr zustimmen. Vielleicht hatte ich mich zu sehr auf den kriminalistischen Aspekt konzentriert, doch Benno und Dorst wollten einen Literaturexperten und keinen Amateurdetektiv, der dilettantische Vermutungen anstellte.

»Hast du eigentlich inzwischen etwas über die Texte herausgefunden?«, fragte sie.

»Ja, habe ich. Alle Verse stammen von Goethe. Der erste Text war schwer zu finden, weil er nur ein kleiner Ausschnitt aus einem größeren Gesamtwerk ist, das wiederum nicht sehr bekannt ist, die ›Römischen Elegien‹. Der Täter scheint sich gut auszukennen, denn dieses Werk stammt aus der gleichen Zeit wie die gestohlene Zeichnung und ist zudem über das Thema Italien mit dieser verbunden. Die Textzeile hat er meiner Ansicht nach willkürlich aus dem Kontext gerissen, um uns zu verspotten: *Wie ich hereingekommen, ich kann's nicht sagen.*«

Hanna nickte langsam, während ich weitersprach.

»Der zweite Text ist der Titel eines Gedichtes, in dem Goethe die Bäume anspricht, seine geliebten Bäume, was seine Hingebung zur Natur zeigt:

Sag ich's euch, geliebte Bäume,
Die ich ahndevoll gepflanzt,
Als die wunderbarsten Träume
Morgenrötlich mich umtanzt?

Er bezeichnet die Bäume sogar als Teil seiner Träume, bringt demnach der Natur große Vertrautheit entgegen. Dazu passt sehr gut die Zeichnung Goethes mit dem Motiv des Gartenhauses und vielen Bäumen. Auch hier wieder datieren Zeichnung und Gedicht aus dem gleichen Jahr. Der dritte Text stammt aus ›Faust II‹. Leben und Sterben, Sinn des Lebens und die Frage nach der absoluten Erkenntnis, das sind Fausts Themen. Der Tod ist das Unbeschreibliche, und Goethe erlebte das Unbeschreibliche auf diesem Schemel:

Alles Vergängliche
Ist nur ein Gleichnis;
Das Unzulängliche,
Hier wird's Ereignis;
Das Unbeschreibliche
Hier ist's getan.

Gleichzeitig spricht aus diesen Zeilen erneut der blanke Hohn, denn: *das Unbeschreibliche, hier ist's getan,* hier hat der Dieb tatsächlich ein unbeschreiblich wertvolles Stück entwendet. Das klingt nicht nur, als wolle er uns verspotten, sondern auch wie die Heroisierung der eigenen Tat.«

Die Geschichte hatte Hanna in ihren Bann gezogen. Ihr Gesicht hatte eine leicht aufsteigende Röte angenommen.

»Und was schließt du daraus?«

»Möglicherweise will er uns damit seine Macht demonstrieren. Um uns zu einem späteren Zeitpunkt nachhaltig erpressen zu können, zeigt er uns *jetzt* seine Macht. Das ist ein durchaus bekanntes Thema aus der Literatur. Und zwar lässt er uns diese Macht nicht nur durch das dreiste Stehlen der Ausstellungsstücke spüren, sondern auch durch sein Wissen. Denn Wissen ist Macht. Das Ganze treibt er auf die Spitze, indem er sich über uns lustig macht. Er verspottet uns, Hanna. Leider muss ich das Benno morgen sagen.«

»Ja, das musst du wohl«, antwortete sie nachdenklich.

Wir bezahlten, und ich brachte Hanna nach Hause. Sie war zu Fuß gekommen, obwohl es recht beschwerlich war, die steile Humboldtstraße in der Nacht hochzulaufen. Ich dachte an meine Großmutter. Sie hatte zwei Häuser neben Hannas Eltern gewohnt. Wie oft sie wohl diesen Berg hinaufgelaufen sein mochte? Mit schweren Einkaufstaschen?

Heute, in dieser schönen lauen Sommernacht machte uns der Weg nichts aus. Aus dem Felsenkeller auf halber Höhe roch es nach alkoholischer Gärung, wie zu unserer Jugend. Der Sender oben auf dem Berg war auch noch da, allerdings nicht mehr unter sozialistischer Führung, sondern unter Leitung des MDR. Dort, wo rechts hinter dem Sender die Scharnhorststraße abzweigte, stand das Haus ihrer Eltern. Es sah gut aus, soweit ich es im Dunkeln erkennen konnte. Erneut zog mich eine unsagbare Sehnsucht zum Haus meiner Großeltern. Ein Onkel hatte es verkauft, nachdem Großvater nach langer Alzheimerkrankheit gestorben war und Großmutter zu uns in den Westen kam. Ich war damals stinksauer. Für den Großonkel war das Haus zu DDR-Zeiten eine Belastung, heute wäre es mein ganzer Stolz. Ich ging nicht weiter, um es nicht sehen zu müssen.

Ich gab Hanna die Hand und strich mit der anderen vorsichtig über die ihrige. »Danke für deine Hilfe«, sagte ich leise. Ihr Gesichtsausdruck spiegelte eine gewisse ›Na, so viel war's doch nicht‹-Stimmung wider, aber sie ging nicht weiter darauf ein.

»Übrigens Hendrik, du hast vorhin von unserem Verhältnis gesprochen, das du nicht belasten wolltest, was meintest du damit?«

Ich sah sie überrascht an. »Ungefähr das Gleiche wie du mit dem Wort ›emotional‹ in dem Satz: Bevor ich mich in eine Sache emotional vertiefe.«

Ihr Lächeln leuchtete in der Dunkelheit. Als sie die Treppe

hochging, drehte sie sich um und sagte: »Du könntest recht haben mit deiner Macht-Theorie. Aber was will er wohl mit dieser Macht anfangen?«

Ratlos hob ich die Arme: »Ich weiß es nicht – und genau das macht mich so nervös!«

3. ERINNERUNG

Als ich wieder einmal kurz vor dem Erwachen zwischen Traum und Wirklichkeit hin- und hertaumelte, meinte ich, die Vögel singen zu hören. Vor mir erschien das Bild meines Philosophielehrers, der zu Beginn jeder Schulstunde die Frage stellte, ob wir alle Menschen seien und manchmal träumten, fliegen zu können, oder Vögel, die träumten, ab und zu Menschen zu sein. Irgendwann, es schien Stunden später, meldete sich ein klopfender Kopfschmerz hinter meinem rechten Auge. Dort, wo er sich immer meldet. Ich war sicher, ein Mensch zu sein. Wobei ich keine Ahnung hatte, ob Vögel auch Kopfschmerzen haben können.

Ich sah auf den Wecker: halb fünf. Draußen wurde es bereits hell. Ich stand auf, um zwei Schmerztabletten zu nehmen, und beschloss, trotz der frühen Stunde mit der Textanalyse zu beginnen. Recht untypisch für mich. Aber ungewöhnliche Ereignisse erfordern ungewöhnliche Maßnahmen. Nach Dusche, Kaffee und einem Joghurt setzte ich mich an den Schreibtisch. Die Kopfschmerzen hatten sich vorübergehend zurückgezogen, harrten aber weiterhin in einer Lauerstellung. Dort, wo sie immer lauern.

Am Anrufbeantworter blinkte das rote Licht. Es war Cindy, die gestern Abend angerufen hatte und fragte, wie es mir beim Literaturkreis gefallen habe. Ich solle mich doch mal melden, Telefonnummer … klick, Ende. Ich freute mich und nahm mir vor, sie später anzurufen.

Ich öffnete das große Dachfenster, die kühle Morgenluft strömte herein, sie gab mir Kraft. Zunächst schrieb ich alles auf, was ich Hanna gestern Abend zu den Texten berichtet hatte, und fügte an, dass dies eine vorläufige Analyse darstellte, an der im Laufe der nächsten Tage weiter intensiv gearbeitet werden müsse. Dann kam mir die Idee, eine vorläufige Zusammenstellung zur Identifikation des Täters zu erstellen:

>Geschlecht: unbekannt
Körperliche Merkmale: unbekannt
Alter: 16-30 Jahre.
Der Täter verfügt über ausführliche Kenntnisse zu Goethes Leben und Werken, muss also über ein gewisses Bildungsniveau verfügen, daher Mindestalter 16. Er versteckt sich im Internet-Café zwischen jungen Leuten, daher Maximalalter 30.
Bildungsstand: hoch, wahrscheinlich Abitur.
Der Täter verfügt über ausführliche Kenntnisse zu Goethes Leben und Werken, die man nur mit einem guten Grundwissen in Deutsch und Literatur erwerben kann.
Sonstige Fähigkeiten: handwerkliches Geschick, wahrscheinlich Übung im Umgang mit Metall.<

Ich ging meine Aufzeichnungen erneut durch, korrigierte, ergänzte, kürzte. So viel wie nötig, so wenig wie möglich. Es war kurz nach neun, als ich zum Telefon griff. Die Sekretärin stellte mich sofort durch.

»Benno, die vorläufige Textanalyse ist fertig.«

»Sehr gut, danke. Ich schlage vor, du fährst zu Siggi, also zu Hauptkommissar Dorst, und besprichst alles mit ihm.«

»In Ordnung, und was ist mit dir?«

»Ich habe im Moment alle Hände voll zu tun – keine Zeit!«

Er gab mir die Telefonnummer von Dorsts Büro und verabschiedete sich.

Er schien ziemlich unter Druck zu stehen, denn sonst war er nicht so kurz angebunden. Ich rief Dorst an und ließ mir die Wegbeschreibung zu seinem Büro geben.

Dann fiel mir Cindy wieder ein. Ich spulte das Band des Anrufbeantworters zurück und notierte mir ihre Telefonnummer. Sie war sofort am Apparat.

»Hi, Hendrik, dass du anrufst, ist schön. Es war sehr interessant mit dir an dem Montag.«

Ihr Deutsch mit texanischer Sprachmelodie war umwerfend. Ich bedankte mich, und wir plauderten eine Weile, locker und nett – Small Talk eben. Dann lud sie mich zum Essen ein.

»John, dieser Kerl, er kommt heute aus München zurück. Wie wäre es morgen Abend mit einer original amerikanischen Pizza bei uns zu Hause?«

Ich stimmte zu.

»Hast du denn eigentlich eine Freundin?«, fragte sie amerikanisch unverblümt.

Ich stotterte etwas Unverständliches vor mich hin.

»Gut, dann bring sie mal mit.«

Kurz danach saß ich in meinem Volvo und fuhr Richtung Innenstadt. Ich passierte den Goetheplatz. Dann nahm ich die Carl-August-Allee in nördlicher Richtung. Links und rechts von mir lagen die bulligen Gebäude des ehemaligen Gauforums. Inzwischen beherbergten sie das Thüringer Landesverwaltungsamt und das Polizeipräsidium. Die Räume der Kripo lagen im nördlichen Teil des Gebäudekomplexes. Dorst hatte mir geraten, über den Rathenauplatz zu kommen und neben dem ›Neuen Museum‹ zu parken. Der Weg durch den alten Bunker war schwierig, verworren, über verschiedene Treppen und Zwischengeschosse.

»Hallo, Herr Wilmut«, rief der Hauptkommissar freundlich, als ich sein Büro betrat.

Ich sah mich um. Ein Optimist hätte die Einrichtung als zweckmäßig bezeichnet, ein Pessimist als spartanisch. In der Ecke lag ein Schäferhund auf einer alten Decke.

»Hallo, Herr Dorst«, sagte ich, »hallo, Rex.«

»Er heißt nicht Rex«, erwiderte der Hauptkommissar, »er gehört meiner kranken Tante und heißt Erich!«

»Und mit Nachnamen sicher Honecker?«

Dorst grinste. »Das ist gar nicht so weit hergeholt, meine Tante war ein großer Honecker-Fan.«

»Ach, tatsächlich?«

»Ja, aber heute prahlt sie nicht mehr damit.«

Dorst bot mir einen Platz an und winkte fragend mit der Kaffeekanne. Ich nickte. Wir sahen uns an, neugierig, ein bisschen taktierend. Bei mir unvertrauten Personen achte ich sehr auf die Körpersprache. Seine Zeichen waren offen, unverkrampft.

»Wie hat Sie's denn hierher verschlagen«, erkundigte ich mich, »Sie kommen doch aus Hessen, oder?«

Er lachte auf. »Ei, des stimmt, so'n hessischer Dialekt lässt sich net so leischt verbersche!«

Ich grinste.

»Ich bin in Darmstadt geboren«, fuhr er fort, »später war ich lange Zeit beim BKA in Wiesbaden. 1988 ging meine Ehe in die Brüche, und als man mir nach der Wende diese Stelle hier anbot, hielt mich nichts mehr in Hessen. Meine Mutter stammt hier aus der Nähe, und irgendwie hat's mich hierhergezogen. Warum, kann ich auch nicht näher erklären.«

»Und Sie fühlen sich wohl hier?«, fragte ich.

»Ja, sehr sogar. Die Menschen sind direkter und ehrlicher. Und sie kommen sich näher, ich meine geistig und auch körperlich. Ein freundliches Schulterklopfen, ein verbindlicher Händedruck – unkomplizierter als im Westen.«

»Aber nur, wenn man sich selbst zurücknimmt, sich nicht zu sehr in den Mittelpunkt stellt, sondern als Teil des Ganzen betrachtet.«

Er sah mich überrascht an. »Ja, das stimmt, ganz genau. Woher ... äh ... kennen Sie das?«

»Ich bin selbst in Weimar geboren und habe hier seit einigen Jahren eine Zweitwohnung.«

»Aha!«

Ich erzählte ein wenig aus meiner Lebensgeschichte. »Wie lange waren Sie beim BKA?«, fragte ich danach.

»Knapp 14 Jahre.«

»Das merkt man.«

»Wieso?«

»Nun, Sie machen den Eindruck, als verstünden Sie etwas von Ihrem Beruf!«

Dorst lächelte. »Danke«, sagte er und strich sich über den kahlen Kopf, »dafür habe ich meine Haare verloren!«

Ich unterbrach ihn nicht. Er wirkte sehr ernst, als er von sich aus weitererzählte.

»Ob Sie's glauben oder nicht, während meiner ersten Jahre beim BKA hatte ich noch leidlich viele Haare, einen Haarkranz, Sie verstehen ...«

Ich machte eine zustimmende Geste.

»... dann zogen wir eine Kinderleiche aus dem Rhein – ein paar Tage später hatte ich kein einziges Haar mehr auf dem Kopf!«

Nach einer kurzen Pause fuhr ich behutsam fort: »Und, wenn ich fragen darf, wie sind Sie aus diesem ... Tief wieder herausgekommen?«

»Sie werden es vielleicht nicht glauben, aber ich habe angefangen zu lesen.«

Ich hob erstaunt den Kopf: »Und das hat geholfen?«

»Ja, das hat geholfen!«

Ich sah ihn etwas verblüfft an.———

»Ich kann mich dabei gut entspannen. Außerdem habe ich dadurch erkannt, dass es vielen Menschen schlechter geht als mir, und die haben sich trotzdem durchgebissen, warum also nicht ich?«

Ich nickte zustimmend.

»Am Anfang habe ich nur Trivialliteratur gelesen, inzwischen auch tiefgründigere Sachen, seit Kurzem lese ich sogar Gedichte.«

»Ach – interessant. Welche Art von Gedichten?«

Er zeigte auf das Buch, das auf seinem Schreibtisch lag, und machte eine einladende Handbewegung. Ich öffnete es dort, wo das Lesezeichen hervorlugte. Dann begann ich zu lesen:

›Willst Du immer weiter schweifen?
Sieh, das Gute liegt so nah,
Lerne nur das Glück ergreifen,
Denn das Glück ist immer da.‹

Es kommt in der heutigen Zeit selten vor, dass Männer Gedichte lesen. Zumindest aus privaten Gründen, nur für sich. Und wenn, dann würden die meisten es nicht zugeben.

»Ich finde es toll, dass du Gedichte liest«, sagte ich.

Er beugte sich vor und reichte mir die Hand über den Tisch. »Ich heiße Siegfried, kannst mich auch Siggi nennen.«

»Hendrik.«

»Natürlich darf ich im Dienst nichts trinken«, raunte Siggi mir zu, »aaaber ...« Er ging zum Schrank und öffnete die Tür. Erich knurrte. »... In einem solchen Fall müssen wir einen Verdauungsbeschleuniger nehmen – aus rein gesundheitlichen Gründen natürlich!«

»Selbstverständlich!«, bestätigte ich.

In Frankfurt oder Wiesbaden wäre jetzt ein Jägermeister zum Vorschein gekommen oder ein Ramazotti. Nicht so in Thüringen: Hier gibt es Aromatique – kurz Aro genannt –

einen bereits zu sozialistischen Zeiten sehr beliebten Kräuterschnaps.

Siggi füllte zwei Schnapsgläser, und wir prosteten uns zu. Gläserklappern. Schranktür zu.

»Alle Spuren beseitigt?«, lachte ich.

»Alle Spuren beseitigt«, bestätigte er vergnügt.

Ich legte die vorläufige Textanalyse auf den Tisch. Neugierig griff Siggi nach dem Papier und begann zu lesen.

»Kann ich dir ein paar Fragen stellen?«, wandte er sich wieder an mich, nachdem er fertig war.

»Nur zu.«

»Woher hat der Täter wohl diese profunden Goethe-Kenntnisse? Sind sie so detailliert, dass man Zugang zu speziellen Fachbüchern haben muss? Oder kann man dieses Wissen in öffentlichen Bibliotheken und übers Internet erlangen? Braucht er dazu ein Studium, oder reicht eine gute Schulbildung, gepaart mit einem literaturinteressierten Elternhaus und reichlich Fleiß?«

»Der erste Text aus den ›Römischen Elegien‹ wird in der Schule und auch sonst in der breiten Öffentlichkeit kaum gelesen, ebenso die Ode an die Bäume. Es ist recht unwahrscheinlich, dass er diese Verse im Schulunterricht oder zuhause kennengelernt hat. Dennoch sind sie natürlich für jedermann frei zugänglich. Zumal es zu Goethes Werken sehr viel Sekundärliteratur gibt und man im Internet fast alles findet. Wenn es um die Charakterisierung des Täters geht, halte ich den Aspekt, dass er ein grundlegendes Interesse für Literatur haben muss, für sehr wichtig. Wahrscheinlich schon seit seiner Jugendzeit. Mehr kann ich im Moment nicht sagen.«

Er bemerkte mein Zögern und sah mich fragend an.

Da er mir gegenüber offen gewesen war, wollte ich ihm ebenfalls nichts vorenthalten, auch wenn vieles unsicher war. »Na ja«, meinte ich deshalb, »in Anbetracht des von mir vorausgesetzten Alters zwischen 16 bis 30 Jahren ist es recht wahrscheinlich, dass er durch eine literaturerfahrene Person sozusagen ... angeleitet wurde.«

Siggi überlegte. »Um wen könnte es sich dabei handeln, Vater, Mutter ...?«

»Möglich, aber ehrlich gesagt ...«

»Ja?«

»Es sind eben alles nur Vermutungen!«

»Keine Sorge, ich kann das schon einschätzen. Ich brauche deine Vermutungen, um mir selbst ein Bild machen zu können.«

Polizeiliche Ermittlungen waren Neuland für mich, also beschloss ich, ihm zu vertrauen. Er würde schon wissen, was er mit meinen Äußerungen anzufangen hatte. »Ich habe bei meinen Studenten oft die Erfahrung gemacht, dass solch eine lehrende Person eher von außerhalb der Familie kommt, quasi ein neutraler Coach. Manchmal ist es ein Verwandter, manchmal ein Lehrer oder ein guter Freund.«

»Interessant. Und du denkst also, er macht sich über uns lustig?«, wollte Siggi wissen.

»Ich bin mir sogar ziemlich sicher.«

»Da kann ich nur sagen: Wer zuletzt lacht, lacht am besten. Viel mehr Sorgen mache ich mir über den Aspekt der Macht.«

»Ich auch. Es kann sein, dass er jetzt seine Macht zeigt, um uns später damit unter Druck zu setzen, das ist ein bekanntes Thema aus der Literatur. Aber wie und warum ... keine Ahnung.«

»Okay. Damit hast du gleich ein paar Ideen zum Täterprofil mit eingebracht ...« Er sah mich an. »Das war es doch, was du eigentlich *nicht* wolltest, oder?«

»Stimmt«, antwortete ich nachdenklich, »ich war mit meinen Gedanken wohl zu sehr in den Fall vertieft ...«

Er sah mich prüfend an. »Du bist ein Wadenbeißer?«

Ich hob die Schultern.

»Gut, gut, ich bespreche das mit unserem Psychologen.«

»Was, den Wadenbeißer?«

Er lächelte. »Nein, deine Gedanken zum Täter.«

Ich nickte.

»Wie kommst du übrigens darauf, er verstecke sich zwischen jungen Leuten?«

»Du hast gestern selbst gesagt, dass der Täter immer abends zwischen 19 und 21 Uhr kam, wenn es dort nur so vor jungen Leuten wimmelte. Das heißt für mich, er kommt bewusst zu dieser Zeit und nutzt die Menge der jungen Leute als Tarnung. Normalerweise würde ein junger Mensch mit seiner Tat prahlen, und zwar so schnell wie möglich. Warum sollte er also nach seinem Diebstahl den ganzen Tag verstreichen lassen, bevor er sich meldet, wenn nicht aus dem Grund des Sich-Versteckens?«

»Da ist was dran.«

»Du fragst wegen der Altersbestimmung?«

»Ja, sie ist sehr wichtig für uns.«

»Ich habe den Altersbereich eher konservativ geschätzt. Normalerweise könnte man bei diesem Klientel sogar auf 25 Jahre runtergehen.«

»Du schreibst: ›Geschlecht: unbekannt‹. Wenn die Person über handwerkliches Geschick verfügt, eventuell gelernter Schlosser ist, wäre es dann nicht wahrscheinlich, dass es ein Mann ist?«

»Im Westen ja«, erwiderte ich, »hier im Osten nicht.«

Siggi lachte. »Stimmt. Das Thema verfolgt uns wohl ständig. Übrigens – es gibt etwas Neues!«

»Nämlich?«

»Wir haben einen Verdächtigen!«

»Im Fall Goethehaus?«, fragte ich erstaunt.

»Ja. Wir haben die Mitarbeiterliste des Goethemuseums genau geprüft. Alle sind sauber, bis auf einen: Oliver Held.«

»Oliver Held«, wiederholte ich lakonisch.

»Er ist 28 Jahre alt«, fuhr Siggi fort.

»Ach, deswegen die Frage nach dem Alter?«

»Genau. Und er hat unberechtigterweise einen Schlüssel an sich genommen. Das kam erst heraus, nachdem ich angeordnet hatte, alle Schlüssel zu überprüfen. Er hat ihn sich durch einen Trick von Wenzels Sekretärin erschlichen, sein Name wurde aber im Schlüsselbuch eingetragen.«

»Um was für einen Schlüssel handelt es sich?«

»Er gehört zu einem relativ großen Abstellraum im Keller. Hier lagern Exponate, die restauriert werden müssen.«

»Und worin besteht nun der Verdacht?«

»Nun, er könnte die Exponate dort versteckt haben, um sie dann später irgendwie unauffällig hinauszuschaffen.«

»Das ist aber noch etwas dünn, oder?«

»Es geht weiter. Oliver Held kommt jeden Tag mit einem Rucksack zur Arbeit. Er ist Museumswärter und bringt darin laut seiner Aussage Schuhe und Kleidung mit, die er während der Arbeit trägt. So eine Art Uniform.«

Ich runzelte die Stirn.

»Zwei seiner Kollegen behaupten aber, er lasse seine Arbeitskleidung immer im Umkleideraum des Museums. Es ist also nicht auszuschließen, dass er im Rucksack Diebesgut transportiert hat.«

»Aber nicht den Fußschemel.«

»Nein, den nicht. Weiterhin haben wir sein Bankkonto überprüft. Es weist einen Guthaben-Saldo von 130.000 DM auf.«

Ich pfiff durch die Zähne. »Vielleicht eine Erbschaft?«, mutmaßte ich. Im selben Augenblick kam mir die Antwort ziemlich naiv vor.

»Nun, möglich ist alles, wir sind gerade dabei, das zu überprüfen.«

»Wisst ihr sonst noch etwas über ihn?«

»Ja, er ist gelernter Bauschlosser.«

»Oh, là, là!«, entfuhr es mir.

Siggis Telefon klingelte. Es war einer seiner Mitarbeiter. Sie unterhielten sich ein paar Minuten, es ging offensichtlich um Oliver Held. Nachdem er aufgelegt hatte, sagte er: »Meine Leute haben ihn heute Morgen zu Hause vernommen, wegen des Geldes. Er kann oder will nicht sagen, woher es stammt. Jedenfalls hat er nicht geerbt, nicht im Lotto gewonnen oder Ähnliches. Und das Geld wurde bar eingezahlt.«

Ich war weiterhin skeptisch.

»Darüber hinaus haben meine Leute festgestellt, dass er sich gut mit PCs, Internet und E-Mails auskennt.«

»Das trifft heutzutage aber auf viele Leute zu.«

»Auch wieder wahr.«

Erneut klingelte das Telefon. Siggi hörte wortlos zu, dann brummte er etwas in den Hörer und legte auf. »Tut mir leid, Hendrik, lass uns später weiter diskutieren, ich muss jetzt zur Staatsanwältin.«

»Wieso?«, wollte ich wissen.

»Ich brauche einen Haftbefehl für Oliver Held!«

*

Er wusste wenig über seine Geburt, außer, dass er im Sophienhaus zur Welt gekommen war. Genau genommen wusste er gar nichts darüber. Es gab keine Fotos aus dem Krankenhaus, seine Mutter behauptete, sich nicht daran erinnern zu können, selbst sein Großvater schwieg sich aus. Immerhin hatte er ihm seinen Zweitnamen zu verdanken. Das war das Einzige, was ihn in Bezug auf seine Geburt mit Stolz erfüllte. Erstens, weil er seinen Großvater achtete, und zweitens, weil auch Goethe den Namen seines Großvaters, Johann Wolfgang Textor, erhalten hatte.

Textor war einst der Frankfurter Stadtschultheiß und bekleidete in Goethes Geburtsjahr 1749 bereits seit geraumer Zeit dieses höchste Amt der freien Reichsstadt. Als der kleine Johann Wolfgang am 28. August unter dramatischen Umständen das Licht der Welt erblickte, bewirkte er allein dadurch eine Veränderung. Denn bei seiner Geburt, wie damals üblich eine Hausgeburt, war nur eine unkundige Hebamme zur Stelle, durch deren Ungeschicklichkeit – wie Goethe später schrieb – der Junge zunächst für tot gehalten wurde. Erst die resolute Großmutter, die ihrer Schwiegertochter zur Seite stand, konnte Johann Wolfgang durch ein warmes Bad und eine Einreibung mit Wein zum Leben erwecken. Dass der Wein später zu Goethes Lieblingsgetränk wurde, führen nicht wenige auf dieses Ereignis zurück. Angeregt durch diese fast missglückte Geburt seines Enkelkindes und die plastischen Schilderungen seiner Ehefrau, veranlasste Textor daraufhin die Einführung eines geregelten Hebammenunterrichts in Frankfurt – sicher ein löblicher Verdienst.

Er bewunderte Goethe dafür, allein mit seiner Geburt bereits die Welt verändert zu haben. Es wäre das Größte für ihn gewesen, dasselbe auch von sich behaupten zu können, aber dafür war es zu spät. Immerhin hatte er einen Plan – einen großen Plan. Und der musste gelingen.

*

Als ich das Polizeipräsidium verlassen hatte, beschloss ich, mir etwas zu gönnen. Ein schönes Mittagessen, zu Hause in meiner kleinen Küche. Dazu musste ich aber erst einkaufen. Ich parkte im Untergraben und lief durch die Kaufstraße hinüber zum Marktplatz.

Es war Mittwoch. Mir wurde bewusst, dass dies erst mein dritter Tag in Weimar war, obwohl ich das Gefühl hatte, als sei bereits eine ganze Woche vergangen. So viele Dinge waren passiert und so viele neue Eindrücke waren auf mich eingestürzt, dass es mir schwerfiel, alles zu ordnen. Während ich über den Markt schlenderte, schossen mir viele Gedanken durch den Kopf: War Oliver Held wirklich der Täter? Konnte Siggi einen Haftbefehl für ihn erwirken? Wo waren die Beutestücke? Ich konnte mich kaum auf meine Einkäufe konzentrieren. Als ich endlich alles im Auto verstaut hatte, änderte ich kurzerhand meinen Plan und beschloss, bei Thomas in der ›Brasserie Central‹ einen kleinen Imbiss zu nehmen. Kochen konnte ich auch morgen.

Viele meiner Kollegen in der Universität kannten diese spontane Art, mit der ich oft weit im Voraus geplante Termine kurzerhand über den Haufen warf. Sie nannten es Chaos. Ich nannte es kreative Flexibilität.

Also drehte ich die Parkscheibe weiter und marschierte schnurstracks zum Rollplatz. Thomas stand hinter dem Tresen und winkte mir zu. Als ich mich im Café umsah, sprach mich jemand von der Seite an.

»Hallo, Hendrik!«

Ich drehte mich um. Es war Felix Gensing. Neben ihm saßen eine dunkelhaarige Frau und ein junger Mann.

»Setz dich doch zu uns!«

Ich zögerte einen Moment, wusste aber auch nicht, wie ich die Einladung hätte ablehnen können.

»Na, komm nur, ein Platz ist noch frei.«

Felix schien sich tatsächlich richtig zu freuen, mich zu sehen, und stellte mir stolz seine Familie vor. »Das ist meine Frau Anna«, erklärte er in gewichtigem Ton.

Anna stand auf und gab mir die Hand. Eine dünne, fast zerbrechliche Hand, die ich kaum zu drücken wagte. Sie lächelte nicht und sagte kein Wort. Sie war sehr hübsch, mit dunklen Rehaugen und einem kühlen Zug um die Mundwinkel.

»Und das ist unser Sohn Jens.«

Mit Jens Gensing hatte ich einen sehr schlanken und blass wirkenden jungen Mann vor mir. Seine Haare waren schlecht gekämmt, seine Kleidung unachtsam zusammengestellt. Ansonsten verhielt er sich wie seine Mutter: keine überflüssige Zurschaustellung von Emotionen. Zunächst wollte er mir die Hand geben, dann zog er sie aber mit einem knappen Hallo wieder zurück und sprach die gesamte restliche Zeit über nichts.

»Jens hat gerade sein Fachabitur gemacht«, erzählte sein Vater stolz.

»Mit einem sehr guten Durchschnitt!«, ergänzte seine Mutter. Sie hatte eine hohe, durchdringende Stimme.

»Toll«, gab ich zurück und drehte mich zu Jens um, »gratuliere!«

»Danke«, antwortete sein Vater. »Er ist unsere große Hoffnung!«

»Was willst du denn nach dem Abitur machen?«, fragte ich wieder an Jens gerichtet.

»Er will studieren, aber wir wissen noch nicht, was«, erwiderte Anna Gensing.

Wir wissen noch nicht, was *er* studieren will.

»Auf jeden Fall soll er weg aus Weimar, um die Welt kennenzulernen«, fügte Felix hinzu.

Jens Gensing sagte nichts dazu. Jedoch lehnte er sich mit dem letzten Satz seines Vaters zurück und verschränkte die Arme vor der Brust.

Ich bestellte einen kleinen Imbiss: drei Spiegeleier mit Speck, zwei Brötchen, einen Obstsalat, einen Joghurt und einen großen

Milchkaffee. Nach dem kleinen Frühstück brauchte ich etwas für meinen Magen. Felix und ich unterhielten uns angeregt über Montagabend. Es schien so, als hätte er sich von der anfänglichen Empörung über mein angeblich langweiliges Thema erholt. Er war offener geworden, und ich freute mich darüber.

»Ich finde es schön, dass du dich von unserer anfänglichen Kritik nicht ..., dass du trotzdem unbeirrt weitergemacht hast«, druckste Felix herum, »aber es war in dem Moment – du weißt schon.«

»Ja, ich verstehe. Das war in Ordnung. Ich bin froh, dass ihr eure Meinung offen ausgesprochen habt. Die Fähigkeit zur Streitkultur ist wichtig«, sagte ich.

Felix nickte. Sein Sohn schwieg.

»Übrigens, Hendrik, stell dir vor, gestern wurde unser Auto gestohlen!«

»Gestohlen?«, rief ich.

»Ja«, bestätigte Felix, wohl etwas verwundert über meine heftige Reaktion.

Eigentlich wollte ich nichts mehr hören von jeglichen Diebstählen. Dann überwog jedoch mein Mitleid mit der Familie Gensing. »Was für ein Auto ist es denn?«

»Nun, ein alter Golf, ein roter ... nichts Besonderes, im Prinzip eine alte Rostlaube, weißt du. Wir haben sehr oft daran herumgebastelt, wenn was kaputt war. Dann lief er wieder für eine Weile. Kein lohnendes Ding also.«

»Ich kenne jemanden bei der Polizei«, bot ich meine Hilfe an.

»Oh, gut, gut, könntest du mal fragen ...?«

»Habt ihr den Diebstahl denn schon beim Polizeirevier gemeldet?«

»Nein, Anna meint, das sei nicht nötig, das bringe nur Unglück.«

Interessanter Standpunkt. Ich musterte Anna nachdenklich. »Wie gedenken Sie denn, das Auto wiederzubekommen?«

»Ich weiß nicht«, flötete sie und blickte zur Decke, »irgendwie habe ich das Gefühl, dass das Auto auch ohne unser Zutun wieder zu uns zurückkehrt.«

»Na schön, in der Zwischenzeit kümmere ich mich mal um eine polizeiliche Fahndung«, entgegnete ich leicht genervt. Ich ließ mir von Felix das Kennzeichen geben: WE - FG 223. Ich versprach ihm, mich der Sache anzunehmen. Mehr als einen Anruf bei Siggi wollte ich allerdings nicht investieren.

In diesem Moment kam eine ältere Frau mit einem Pudel herein. Sie setzte sich an den Nebentisch, der Hund legte sich brav neben ihren Stuhl. Gensings Sohn rückte mit seinem Stuhl ein Stück ab. Er sah den Hund mit einem Blick an, der Unbehagen signalisierte.

Ich streichelte den Pudel, der es sich gutmütig gefallen ließ.

»Du magst wohl Hunde?«, fragte Felix neugierig.

Ich schaute auf. »Oh ja, sehr sogar. Seit ich denken kann, hatten wir zu Hause Hunde, wenn ich nicht so viel unterwegs wäre, besäße ich auch einen.«

Anna räusperte sich: »Vielleicht waren Sie in ihrem früheren Leben ja mal ein … Hund?«

Unwillkürlich musste ich lachen. »Äh … wie meinen Sie das?«

»Nun, wir alle waren in unserem früheren Leben ein Tier, nicht wahr?«

Ich schluckte. Das schien ihr voller Ernst zu sein. Am liebsten hätte ich ihr jetzt klar entgegnet: ›Nein, *nicht* wahr!‹ Aber das wollte ich Felix nicht antun. »Aha, Sie sprechen von Reinkarnation?«, fragte ich stattdessen vorsichtig.

»Ja, genau, ich war einst ein Kolibri, und das hilft mir sehr, mein heutiges Wesen und meine Aura zu verstehen.«

Kein Zweifel, diese Frau war vollkommen überzeugt von dem, was sie sagte. Ich schwieg, auch wenn es mir schwerfiel.

»Da kommt dein Essen«, rief Felix, offensichtlich erleichtert, vom Thema ablenken zu können.

Hungrig machte ich mich über meinen kleinen Imbiss her. Die Unterhaltung musste warten. Gensings tranken nur Tee und Saft und sprachen über das Wetter, während ich aß. Trotz der offensichtlichen Spannung innerhalb der Familie schienen sich Felix und Anna sehr nah zu sein. Sie tauschten hin und wieder verständnisvolle Blicke und berührten sich zärtlich an den Händen.

Als ich beim Obstsalat angekommen war, sah Felix auf die Uhr. »Wir sollten jetzt gehen«, sagte er eindringlich zu seinem Sohn, »du ... also ... wir müssen zurück.«

Nach ein paar höflichen Worten entschwanden die drei, ein besorgter Familienvater mit seinem schweigsamen Eleven und seinem Kolibri.

Der nächste Morgen war der reinste Horror. Ich schlug die Augen auf, sah hinauf zur Zimmerdecke und überlegte, ob ich meinen Kopf überhaupt jemals wieder bewegen sollte.

Es war sehr spät geworden gestern Nacht, bis weit nach Mitternacht hatte ich an der Buchrezension gearbeitet. Für dieses Buch, das mir so gar nicht gefiel. ›Goethes Feinde‹, von einem Hans-Jürgen Dingsda. Ich konnte mir einfach nicht den Namen des Autors merken. Auch bin ich nicht der Typ, der sich gerne mit solch einem für mich negativ behafteten Thema auseinandersetzt. ›Goethes Freunde‹ wären mir lieber gewesen. Stundenlang hatte ich in meinen Büchern und im Internet nach Goethes Feinden recherchiert. Newton war klar, sein Intimfeind sozusagen. Goethe hatte sogar die Spektralzerlegung des Lichts angezweifelt, wohl einer seiner eklatantesten Fehler. Damals sprach man ironisch vom Gerichtsprozess ›Goethe gegen das Spektrum‹, womit dieser indirekt aufgefordert wurde, bei seinem erlernten Beruf der Juristerei zu bleiben. Auch Kant war Goethe gegenüber eindeutig missgestimmt. Goethe war massiv gegen dessen kategorischen Imperativ vorgegangen. Da konnte ich ihn verstehen, denn welcher Mensch kann sich schon so verhalten, dass sein Handeln immer zugleich Gesetz werden könnte? Eindeutig zu hoch gegriffen. Kant und sein philosophisches Tunnelsyndrom. Unmenschlich. Gottgleich. Eigentlich fast blasphemisch. Nur bei Herder hatte ich gewisse Zweifel. Ich hatte ihn bisher nie als Goethes Feind gesehen, wenngleich die beiden sich einige Zeit voneinander entfernt hatten. Goethe war zu lebenslustig und Herder zu streng moralisierend gewesen. Später hatten sie wieder zueinandergefunden, im Geistesaustausch, wie damals zu Studientagen in Straßburg. Goethe hatte sogar eine viel beachtete Rede an Herders Grab gehalten. Nein – ein Feind Goethes war Herder nicht gewesen, da irrte sich Hans-Jürgen Dingsda. Nach meiner Arbeit an der Buchrezension war ich so aufgedreht, dass ich nicht einschlafen konnte, und genehmigte mir noch eine Tiefkühlpizza, zwei Flaschen Bier und einen drittklassigen Western.

Das Wetter hatte über Nacht umgeschlagen, der Himmel war stark bewölkt und es nieselte. Auch das trug sicher zu meinem desolaten Zustand bei. Der Kopfschmerz saß wie eine brennende, klopfende Kugel kurz hinter meinem rechten Auge. Da wo er immer sitzt. Auch spürte ich eine leichte Übelkeit aufsteigen. Ich suchte die gesamte Wohnung nach Migränetabletten ab, konnte aber keine finden. Eine heiße Dusche mit anschließendem Kälteschock bewirkte wenig. Vorsichtig zwängte ich mich in eine alte Jeans und warf mir ein buntes Hemd über. Ich sah auf die Uhr – kurz nach zehn. Nur mit meinen alten Schlappen an den Füßen schlurfte ich hinunter und schleppte mich durch den Nieselregen bis zur Apotheke in der Schubertstraße. Die Apothekerin sah mir wohl an, dass es besser war, nicht viel zu reden, und beschränkte die Kommunikation auf ein Minimum. Ich deutete auf eine Tablettenpackung und setzte meinen dankbarsten Blick auf. Zurück in meiner Wohnung nahm ich zwei Tabletten und musste mich sehr beherrschen, um meinen Magen im Zaum zu halten. Kurz nachdem ich die Kaffeemaschine angestellt hatte, klingelte das Telefon. Oh nein, bitte nicht! Nicht jetzt. Erstaunlicherweise gehorchte das Gerät und beendete sein Klingeln auf der Stelle – Erleichterung.

Sekunden später jedoch erneutes Läuten, schrecklich laut und durchdringend. Das Gespräch mit Siggi kehrte in mein Bewusstsein zurück und ich bildete mir ein, er hätte mir etwas Wichtiges mitzuteilen. Also taumelte ich zum Telefon. Mehr als ein schwaches Hallo brachte ich jedoch nicht heraus. Die Stimme am anderen Ende übertraf alle meine Erwartungen. »Guten Morgen, Hendrik, hier ist Hanna. Wie geht's dir?«

»Oh, Hanna, nicht gut, entschuldige, ich bin heute irgendwie …«

»Du klingst ja furchtbar«, meinte sie besorgt. »Soll ich nicht besser vorbeikommen und nach dir sehen?«

»Ach, das musst du nicht. Nur wenn du möchtest …«

Sie erwiderte noch etwas, aber das verstand ich nicht mehr. Die Tabletten begannen zu wirken und versetzten mich in einen schlafähnlichen Dämmerzustand. Als ich wieder zu mir kam, hatte ich jegliches Zeitgefühl verloren. Es duftete nach Kaffee und Toast, und aus der Küche kamen leise Geräusche. Mein Kopf fühlte sich wesentlich besser an und ich richtete mich langsam auf. Hanna kam mir entgegen und lächelte. Sie trug ein leichtes rot-weißes Sommerkleid und sah aus wie einem Monet-Gemälde entsprungen.

Ich war begeistert. »Wie bist du hier hereingekommen?«

»Ich habe deine Frau Semarak aus dem ersten Stock überredet, mir aufzuschließen. Wir waren beide sehr besorgt um dich. Ich glaube, sie mag dich auch sehr gern.«

Das ›auch‹ hatte ich registriert.

»Wenn sich gleich zwei Frauen um mich Sorgen machen, geht es mir sofort viel besser!«

Sie lachte, und ihr Lachen war wie eine leichte Brise an einem heißen Sommertag.

»Wie spät ist es?«

»Halb eins.«

»Ach, du liebe Zeit, habe ich so lange geschlafen?«

»Ja, möchtest du ein Spiegelei?«

»Zwei, bitte.«

Der Tisch war bereits gedeckt, alles nett arrangiert, mit einem kleinen Blumenstrauß, einer Kanne Kaffee und der Zeitung – ja, sogar daran hatte sie gedacht – einladend und fröhlich, unverkennbar von Frauenhand. Unvermittelt fiel mir Siggis Gedicht ein.

Lerne nur das Glück ergreifen,
Denn das Glück ist immer da.

Ein wohliges Gefühl überkam mich. War das Glück? Ja, das *war* Glück! Sollte ich es wagen, dieses Glück zu ergreifen?

»So, jetzt wollen wir erst mal unser Frühstück genießen«, verkündete Hanna gut gelaunt, als sie mit den Spiegeleiern aus der Küche kam.

»Ja, das werden wir, und vielen Dank. Das sieht alles hervorragend aus.«

Wir blickten uns in die Augen und erkannten, dass uns etwas verband. Vielleicht war es die gemeinsame Erkenntnis zweier Menschen, die schon einen guten Teil ihres Lebens hinter sich gebracht hatten und wussten, dass die Zeit kostbar war.

Wir aßen und tranken Kaffee, ohne viel zu reden. Später inspizierte Hanna meine Bücherregale. Allgemeine Literaturwissenschaften und Sekundärliteratur zu Goethes Werken nahmen den größten Raum ein.

»Hast du denn keine Bücher über Literatur*geschichte*?«

»Doch«, antwortete ich, »aber die sind alle in Frankfurt, hierher komme ich, um etwas anderes zu arbeiten oder um abzuschalten.«

»Verstehe. Was genau machst du eigentlich an der Uni?«

»Oh, das ist eine lange Geschichte«, erwiderte ich.

»Ich habe mir heute extra freigenommen.«

Unglaublich, diese Frau!

»Um mit mir über meine Arbeit zu sprechen?«

»Zum Beispiel.«

»Na gut.« Ich schluckte den letzten Bissen meines Brötchens hinunter. Dann erzählte ich ihr von meiner Lehrtätigkeit, von den Studenten und ihren Eigenheiten, von dem Fachbuch, das unser Institutsleiter gerade schrieb und zu dem ich ein Kapitel beisteuern durfte sowie von dem Forschungsprojekt, mit dem ich gerade beschäftigt war. »Wir betreiben dieses Projekt zusammen mit dem Institut für Kulturpsychologie, Thema ist das kulturelle Selbstverständnis verschiedener Epochen, zu dem natürlich auch die Literatur gehört.«

»Um welche Epochen geht es da im Speziellen?« Sie strich sich Erdbeer-Rhabarber-Marmelade aufs Brötchen.

»Wir beschäftigen uns vorwiegend mit den kulturellen Veränderungen in Deutschland seit dem Zweiten Weltkrieg bis heute.«

»Gibt es denn zwischen der Nachkriegszeit und heute so große Unterschiede?«

»Und ob! Stell dir mal vor, ein Mensch aus den 50er-Jahren würde unvermittelt und ohne Vorwarnung in die heutige Zeit geworfen – sozusagen in einer Art retrospektiven Zukunftsreise. Dieser Mensch würde feststellen, dass die Leute in der heutigen Zeit ihre Türen stärker verschlossen halten, dass sie Angst haben, ihre Kinder in der Schule durch einen Amokläufer zu verlieren, und dass es viel mehr allein stehende Personen als zur damaligen Zeit gibt, die sich zudem auch oft emotional abschotten. In der Literatur würde er registrieren, dass alle Worte mit dem Bestandteil *Selbst* stark an Bedeutung gewonnen haben: Selbstbestimmung, Selbstverwirklichung, Selbstbewusstsein und so weiter. Er würde aber auch bemerken, dass wir uns heute in einer individual-disphorischen Epoche befinden.«

»Was heißt das?«

»Dass wir einerseits individualistischer, extrovertierter und durchsetzungsfähiger geworden sind, zum anderen aber auch ängstlicher, ja sogar depressiver.«

Sie überlegte: »Weil trotz aller Selbstbestimmung der Sinn des Lebens fehlt?«

»Genau. Grund ist der Schwund an verbindlichen Werten und objektiven Orientierungen. Aber auch die erzwungene Mobilität, die kaum noch zu beherrschende Informationsflut und die höhere Brüchigkeit von Bindungen trägt dazu bei. Es wird geheiratet, geschieden und wieder geheiratet, auf der Suche nach dem Lebensglück. Und Prominente mit Vorbildfunktion demonstrieren es. Einen Beweis für diese Theorie liefern die Amish-People, die abgeschottet von der modernen Welt leben wie zu Beginn des 20. Jahrhunderts und sich eben nicht in diesem individual-disphorischen Status befinden.«

»Das klingt ja recht negativ.«

»Nun, für den Menschen, der diese retrospektive Zukunftsreise unternimmt, ist es sicher negativ. Uns sollte es zumindest zum Nachdenken anregen, das ist eine unserer Aufgaben. Und man darf nicht vergessen, dass diese Veränderungen auch viele positive Folgen mit sich bringen.«

»Da bin ich jetzt aber gespannt!«

»Beispielsweise hat sich durch den Rückgang der lokalen Sozialbindungen gleichzeitig die internationale kulturelle Bindung verstärkt. Man interessiert sich weniger für den Dorfklatsch, dafür dank Fernsehen oder Internet sehr viel mehr für fremde Kulturen, informiert sich über Muslime, über afrikanische Literatur, japanisches Essen und das Leben der Eskimos. Ein weiteres Beispiel ist die Emanzipationsbewegung, durch die sich die Durchsetzungsfähigkeit und auch das Wohlbefinden der Frau erheblich verbessert haben – auch wenn da weiterhin Einiges zu wünschen übrig bleibt!«

Sie sah mich provozierend an. »Aha. Was wünschen sich die Frauen denn noch so alles?«

Ich grinste. »Das wüsste ich auch gerne!«

»Das musst du aber bald herausfinden, sonst …«

»Was sonst?«

»Sonst … mache ich dir nie wieder Frühstück!«

Ich sah ihr tief in die blauen Augen.

Sie lächelte. »Gibt's etwas Neues im Fall Goethehaus?«, fragte sie schnell.

Ich musste mich erst wieder sammeln.

»Wie? Ja …, es gibt sogar große Neuigkeiten!«

Ich erzählte ihr, dass Oliver Held verdächtigt wurde und Siggi ihn verhaften lassen wollte. Wir diskutierten noch eine Weile darüber, ob Held der Täter sein konnte. Plötzlich fiel mir Cindys Einladung wieder ein. Zum Glück – denn Verabredungen zu verpassen, war meine Spezialität. Ich schenkte Hanna Kaffee nach und berichtete ihr dabei über Cindy und John und von ihrer Einladung. Sie war sofort bereit mitzukommen. Ich freute mich sehr. Wir sprachen nicht darüber, in welcher Rolle sie an meiner Seite auftreten würde. Es war eine unausgesprochene, nicht sichtbare, aber für uns beide fühlbare Rolle.

»Cindy ist Dozentin für Musikgeschichte an der Franz-Liszt-Hochschule. Sie hat einen hervorragenden Ruf, und man kann sehr gut mit ihr über die Weimarer Musikszene zur Zeit Goethes diskutieren.«

»Interessant, und was macht John beruflich?«

»Er ist Patentanwalt und arbeitet für verschiedene amerikanische Firmen. Er kümmert sich um die Patentanmeldungen in Europa. Deswegen muss er oft nach München zum Europäischen Patentamt. John spricht übrigens kein Deutsch, er versteht das meiste, traut sich aber nicht zu sprechen. Ich werde dir alles übersetzen.«

»Wie alt sind die beiden eigentlich?«

»John hat ungefähr unser Alter, Cindy müsste etwas jünger sein, Ende 30 vielleicht. Sie wohnen übrigens in der Geleitstraße, direkt neben der Metzgerei Schmidt.«

»Oh ja, da waren wir oft mit deinem Großvater.«

»Stimmt, hauptsächlich um Hackfleisch für uns und irgendwelche Innereien für seinen Hund zu holen.«

»Genau!« Sie lachte.

»Ihren Hauptwohnsitz haben die beiden übrigens in Dallas, doch den Sommer über ist Cindy immer hier an der Musikhochschule und John versucht während dieser Zeit, seine Aufgaben in Europa zu erledigen. Trotzdem ist er viel unterwegs und die beiden sehen sich eigentlich sehr selten.«

»Schade«, meinte sie versonnen.

»Ja, das finde ich auch«, sagte ich mindestens genauso versonnen.

Zufällig griffen wir beide gleichzeitig nach der Kaffeekanne und unsere Hände berührten sich kurz. Ein angenehmer Schauer lief mir über den Rücken.

»Willst du die Kaffeekanne nicht wieder loslassen?«, fragte sie.

»Oh ja, entschuldige!« Es war mir fast ein bisschen peinlich. Anderseits auch wieder nicht. Aber wer kann in solchen Momenten schon seine eigenen Empfindungen verstehen?

Mein Handy klingelte und riss mich aus den Gedanken. Es war unser Institutsleiter. Ein Kollege war krank geworden und ich sollte dringend dessen Vorlesungen und Seminare in Frankfurt übernehmen.

Hanna schwieg zunächst. Ich sah auf den Kalender.

»Heute ist Donnerstag, am Samstag muss ich zurück nach Frankfurt«, meinte ich lakonisch, »den Sonntag brauche ich noch zur Vorbereitung. Am nächsten Donnerstag komme ich wieder zurück.«

»Na ja«, seufzte Hanna nach einiger Zeit, »es hätte schlimmer kommen können.«

*

Er erkannte selbst, dass er sich wieder einmal zu sehr mit der Vergangenheit beschäftigte. Er hätte wohl besser mehr über seine Zukunft nachgedacht. ›Unsere Zukunft liegt in der Vergangenheit!‹, pflegten viele Politiker in Weimar zu sagen. Er hätte sich ebenso geäußert, wenn ihm nur jemand zugehört hätte.

Schlagartig wurde ihm klar, dass ihn die Hinwendung zu seiner Stadt nicht nur stärkte, sondern auch einschränkte. Seine geliebte Stadt hielt ihn in ihren Grenzen. Und plötzlich beschloss er, seinen Plan zu ändern. Er musste seinen Aktionsradius erweitern, den Ablauf variieren. Und dazu benötigte er die Adresse von Stadtrat Kessler.

*

Um 19.30 Uhr standen Hanna und ich schmuck und adrett vor der Metzgerei. Nicht um einzukaufen, nein, weil wir dies aus sentimentaler Erinnerung als Treffpunkt vereinbart hatten.

Hanna hatte sich umgezogen. Das kleine Schwarze war angesagt, mit einem atemberaubenden Dekolleté, einem silbernen Edelschal und schwarzen Pumps. Ich hatte mich für eine leichte graue Sommerhose, ein weißes kurzärmliges Hemd und eine meiner edelsten Seidenkrawatten entschieden, dunkelblau glänzend. Unabhängig voneinander hatten wir uns für die gleiche Garderobe entschieden. Wieder einmal waren wir uns einig, ohne vorherige Absprache, ganz im Stillen.

Meine Freude darüber ließ allerdings schnell nach, als wir Cindy und John begrüßten. Die beiden kamen uns lässig in Jeans, T-Shirt und Holzfällerhemd entgegen. Zunächst waren Hanna und ich völlig perplex, vor Schreck vergaß ich sogar die Begrüßung, und Hanna brachte nur ein stammelndes »Hallo, ich bin Hanna!« hervor. Cindy und John waren wahrscheinlich ebenso peinlich berührt und blickten sich unsicher an. Schließlich meinte Cindy: »Dann kommt ihr doch bitte mal rein.«

Als wir dann so verkrampft im Flur standen und keiner richtig weiterwusste, fing John plötzlich herzhaft an zu lachen. »Seems we are behaving like college boys and girls!«

Das traf den Nagel auf den Kopf, wir benahmen uns tatsächlich wie Schüler vor der ersten Tanzstunde. Cindy prustete los und Hanna und ich stimmten ein. Zwischen all dem Lachen nahm ich Hanna den silbernen Edelschal ab und legte ihn Cindy übers T-Shirt. Dann zog ich meine Seidenkrawatte aus und band sie John um sein Holzfällerhemd.

Es gab hervorragende hausgemachte Pizza und einen trockenen südfranzösischen Rosé – der war zum Niederknien gut. Die Pizza konnten wir selbst belegen und alles stand in der engen

Küche bereit. Wir hatten viel Spaß und kamen uns nah. Besonders Hanna und ich.

»Wie lang kennt ihr euch schon?«, fragte Cindy.

»So ungefähr 25 Jahre«, erwiderte Hanna.

»Oh, eine … wie sagt man – Jugendliebe?«

Hanna und ich sahen uns an. Das gleichnamige Lied von Ute Freudenberg kam mir in den Sinn. War es eine Jugendliebe?

»John und ich kennen uns seit fünf Jahren, nur.«

»Oh yes, only five years!«, bekräftigte John. »We both are divorced and married a second time.«.

Hanna sah mich hilflos an.

»Sie sind beide bereits einmal geschieden und zum zweiten Mal wieder verheiratet«, übersetzte ich ihr.

»Oh«, entfuhr es Hanna.

»Und das war die beste Entscheidung, die wir gemacht haben!« Cindy lächelte zu John hinüber.

»Welche Musik hört ihr denn am liebsten?«, fragte Hanna in Richtung Cindy, mit der sie aufgrund ihrer lückenhaften Englischkenntnisse leichter reden konnte. Wie ich ihr eingeschärft hatte, duzte sie Cindy und John von Anfang an, wie es in den USA üblich ist.

»Ich liebe den Beethoven, aber oft höre ich auch Rock 'n' Roll oder Blues.«

»Oh toll!« Da war Hanna in ihrem Element. »Hast du eine CD von Elvis?«

Natürlich hatte sie eine, wir gingen ins Wohnzimmer und hörten ›Hound Dog‹ und ›Only You‹. Cindy zeigte uns auch ihre Beethoven-Sammlung.

»Goethe und Beethoven hatten übrigens einige Sachen gemeinsam«, meinte sie, »die beiden Kerle haben sich sogar mal persönlich gesehen.«

»Echt? Das wusste ich gar nicht«, sagte Hanna erstaunt.

»Yes«, bekräftigte Cindy, »das war in Tschechien. Teplitz war damals der Badeort für diese High Society.«

»And why did they meet in Tep … whatever?«, schaltete sich John ein.

»Teplitz«, half ihm Cindy.

»Goethe war dort oft zur Kur«, antwortete ich, »Beethoven wollte ihn unbedingt treffen und war von der Idee einer Zusammenarbeit völlig begeistert. Goethe sah das viel nüchterner.«

»Allerdings!« Cindy erinnerte sich wohl an meine Kritikfähigkeit gegenüber Goethes Leben und Werk. »In einem Brief schrieb der Beethoven: ›Goethe behagt die Hofluft zu sehr, mehr als es einem Dichter ziemt!‹«

»Ja, ja«, erwiderte ich lachend, »der gute alte Goethe saß manches Mal auf einem hohen Ross!«

John sah mich verwirrt an: »What does it mean: hohen Ross?«

»This is a special term for being arrogant«, antwortete ich.

»Oh, thanks.«

»Hat Beethoven nicht trotzdem einige Stücke von Goethe vertont?«

»Ja, das stimmt. Zum Beispiel hat er die Musik zu ›Egmont‹ komponiert«, berichtete Cindy, »mit 39 Jahren, da war er bereits fast taub.«

»Und dann hat er weiterkomponiert?«

»Ja, das hat der Kerl getan, unglaublich, nicht?«

»Wirklich unglaublich!« Hanna überlegte. »Cindy, glaubst du wirklich, dass so etwas möglich ist? Dass jemand trotz Taubheit solch geniale Werke komponieren kann?«

»Ja, das denke ich schon. Eine Komposition hat man zuerst im Kopf, dann bringt man sie aufs Papier und danach ans Klavier. Es klingt vielleicht seltsam, aber der Beethoven musste nur diesen letzten Schritt weglassen.«

»So etwas könnte ich nie!«, stellte ich fest.

»Dafür kannst du etwas anderes«, tröstete mich Hanna.

»You should not let her go, boy«, schmunzelte John, während er in der Küche verschwand, um nach der Pizza zu sehen.

»Was sagt er?«, raunte Hanna mir zu.

»Er meint, dass du wohl recht hast«, antwortete ich schnell und Cindy setzte ihr breitestes texanisches Grinsen auf.

»Pizza is ready!«, rief John mit dem unvergleichlichen texanischen Slang, der die beiden z in Pizza so weich schmelzen ließ wie den Käse.

Inzwischen war es fast 21 Uhr geworden und alle hatten Hunger. Wir nahmen die Pizzastücke einfach in die Hand, ohne Besteck, und störten uns nicht an verschmierten Fingern. Cindy hatte die Servietten vergessen und holte stattdessen eine dicke Küchenrolle. Ich bemerkte, dass Hanna sich wohlfühlte, und somit ging es auch mir gut. *Lerne nur das Glück ergreifen.* Ja, ich griff mit beiden Händen zu.

Plötzlich fragte Cindy: »Ach Hendrik, du kennst doch bestimmt auch gut dieses Goethehaus?«

»Klar«, gab ich gut gelaunt zurück, »das ist fast so was wie mein dritter Wohnsitz!«

»Ja, weißt du, da ist was Komisches passiert. John sagt, in dem Sterbezimmer fehlt plötzlich dieser … wie sagt man … dieser kleine Stuhl für die Füße.«

Mir stockte fast der Atem. »Fußschemel«, ergänzte ich automatisch.

»Genau! Und es steht auf einem seltsamen Zettel dort, dass er restauriert wird. Aber ich war erst vor zwei Wochen dort und da sah dieser Fuß-sche-mel noch sehr gut aus!« Sie dehnte das Wort so lang, dass es einen grotesken, ja fast abstoßenden Klang bekam.

»*Alles Vergängliche ist nur ein Gleichnis!*«, stammelte ich.

4. AN LUNA

Mir fiel nichts Besseres ein, als ein Magenproblem vorzu-
täuschen, was mir eigentlich sehr leidtat, denn die Pizza
hatte wirklich hervorragend geschmeckt. Aber ich musste unter
allen Umständen die von Benno verhängte Informationssperre
einhalten, zumal ich Blume keine Argumente gegen mich liefern wollte. Hanna wusste sofort Bescheid und bemitleidete
mich derart, dass es mir schon fast peinlich war.

Cindy und John sahen meine plötzlich auftauchende Übelkeit eher belustigt und ließen, unterstützt vom Wein, einige
unfeine, aber lustige Bemerkungen fallen. Da es mir jedoch offiziell schlecht ging, durfte ich noch nicht einmal darüber lachen.
Im Nachhinein hatte ich sogar den Eindruck, dass Cindy ahnte,
mich mit ihrer Frage in eine unangenehme Situation gebracht zu
haben. Deswegen nahm sie mir die Sache auch nie übel, selbst
dann nicht, als sie später den wirklichen Grund meines angeblichen Magenproblems erfuhr.

Am nächsten Morgen begann ich mit der Planung der kommenden Tage. Meine Kollegen an der Uni hätten dazu wahrscheinlich bemerkt, dass man gar keine Planung brauche, wenn man
später sowieso alles wieder über den Haufen wirft. Nun gut —
man kann es ja immerhin versuchen. Heute, am Freitag, hatte ich
einige Behördengänge zu erledigen und wollte dann an meiner
Buchrezension weiterarbeiten. Ich musste mich damit beeilen,
denn der Redakteur der ›Frankfurter Presse‹ hatte eine erneute
Nachricht auf meinem Anrufbeantworter hinterlassen, die diesmal etwas drängender klang. Später wollte ich kurz bei Onkel
Leo und Tante Gesa in der Tiefurter Allee vorbeischauen. Am
Samstag mit Hanna treffen, abends dann nach Frankfurt fahren,

um mich am Sonntag auf die Vorlesungen vorzubereiten. Jeder Student hat ein Recht auf eine einwandfrei gehaltene Lehrveranstaltung. Am folgenden Donnerstag plante ich, wieder nach Weimar zurückzukehren.

Die Behörden nervten zwar, dennoch konnte ich verhindern, dass ein wichtiger Antrag vom schwarzen Loch der Niemandszuständigkeit verschluckt wurde. Gegen Mittag kam dann das Schnitzel von gestern in die Pfanne, wurde mit Käse überbacken und mit Salat garniert. Zum Kartoffelschälen hatte ich keine Lust, deshalb gab es nur Brot dazu. Zum Nachtisch nahm ich einen Vitamin-C-Schub, bestehend aus einem Apfel, einer Schüssel Heidelbeeren und einer großen Portion Zitroneneis. Dabei fiel mir Mutter Hedda in Offenbach ein (›Junge, du ernährst dich zu ungesund!‹), und ich nahm mir die Zeit für einen kurzen Anruf, über den sie sich sehr freute.

Die Buchrezension lief schlecht. Eine Gedankenblockade verhinderte jede Art von Kreativität, erlaubte höchstens eine mechanische Niederschrift profanster Gedanken, immer wieder unterbrochen von insgesamt fünf Tassen Espresso. Da ich nur sechs Tassen besaß, eine davon einen Riss hatte und mir der Sinn nicht nach Spülen stand, war nach der fünften Tasse Schluss. Damit kam leider auch die Arbeit an dem verhassten Werk von Hans-Jürgen Dingsda zum Erliegen.

Endlich war es 17 Uhr, und ich durfte in die Tiefurter Allee aufbrechen. Der Himmel hatte aufgeklart. Die Regenwolken waren verschwunden, die Temperatur sehr angenehm, etwa 23 Grad, ein leichter Wind blies und ein paar dünne Zirruswolken zogen über den Himmel. Ich beschloss zu laufen, nahm den Weg über die Steubenstraße und die Ackerwand, bog hinter der Anna-Amalia-Bibliothek in den Ilmpark ein, ging über die Sternbrücke und an der Altenburg vorbei. Etwa eine halbe Stunde später klingelte ich bei Onkel und Tante.

Onkel Leo und Tante Gesa waren zwei Menschen, denen ich großen Respekt entgegenbrachte. Leonhard Kessler war lange Zeit Oberbürgermeister von Weimar gewesen, bereits zu DDR-Zeiten. Zunächst hatten die Parteifunktionäre ihn zu dem Amt gezwungen, doch als er sich damit abgefunden hatte, machte er das Beste aus der Situation – vor allem zum Nutzen der Bürger. Nach der Wende wurde er wiedergewählt, was ihn zu Recht mit Stolz erfüllte. Tante Gesa pflegte das in ihrer typisch lieben, aber bestimmenden Art zu kommentieren: ›Siehst du, damals war doch nicht alles so schlecht!‹ Und ich erwiderte dann stets: ›Das stimmt, Tante Gesa, aber das, was schlecht war, sollten wir nicht vergessen!‹

Drei Jahre später gab Onkel Leo 70-jährig aus gesundheitlichen Gründen sein Amt auf. Immerhin hatte er viel auf den Weg gebracht, dass sein Nachfolger Peter Gärtner eine gute Ausgangsposition hatte. Gärtner war immer noch amtierendes Stadtoberhaupt und bat seinen Freund Leo manches Mal um Rat.

Benno, Sophie und Bernstedt waren bereits da. Sie saßen auf der Terrasse. Das Haus war seit über 100 Jahren im Familienbesitz, und Onkel Leo hatte es gut in Schuss gehalten, auch während der DDR-Zeit. Gut, er war lange Jahre Oberbürgermeister gewesen und hatte dadurch sicher einige Vorteile, aber trotzdem steckte viel Eigenarbeit darin. Das Haus war groß, besaß gut und gerne um die 180 Quadratmeter Wohnfläche. Das Walmdach war mit Biberschwänzen gedeckt, die bereits einen leichten grünen Moosbelag erkennen ließen. Der kleine Vorgarten auf der Nordseite war akkurat gepflegt, ein hohes Pampasgras bestimmte das Bild, flankiert von Rhododendren, Azaleen und Bergenien. Die Fensterläden aus Holz waren frisch gestrichen, in einem satten Dunkelgrün. Innen gab es ein wunderschönes altes Treppenhaus aus Eichenholz, das imposant den Eingangsbereich dominierte, und eine wirklich sehenswerte Bibliothek. Die große Terrasse war mit Granitplatten ausgelegt. Tante Gesa hatte die Gartenmöbel aus Teakholz frisch gereinigt und gewachst. Seitlich der Terrasse standen zwei Rankgitter, eines mit Glyzinien, eines mit Rosen. Beide Blumen waren bereits verblüht, doch ich konnte mich genau an den Anblick im Mai und Juni erinnern, wenn sich diese einzigartige Blütenpracht entfaltete. Das Ganze mutete ein wenig kleinbürgerlich an, doch es schuf eine angenehme, warme Atmosphäre. Ich liebte das Haus.

Onkel Leo brachte mir sofort eine Flasche Bier, die ich dankend annahm. Er war ein toller Mann, sehr gebildet und erfahren, und ich konnte mich bestens mit ihm unterhalten – über alle Themen dieser Welt. Er war bereits 75 Jahre alt, hatte streng zurückgekämmtes weißes Haar und trug eine große Hornbrille. Er hatte einen lädierten linken Fuß, aufgrund eines schweren Arbeitsunfalls mit einem Mähdrescher. Seitdem humpelte er. Ich war damals erst drei Jahre alt und kann mich gar nicht mehr daran erinnern, ihn nicht humpeln gesehen zu haben. Seit einigen Jahren hatte er zudem große Probleme mit einer Herzerkrankung, die ihn schließlich dazu bewogen hatte, das Amt des Oberbürgermeisters aufzugeben.

»Prost Hendrik, mein Junge«, rief Onkel Leo und wir stießen an. Er nannte mich oft ›mein Junge‹ und mir gefiel es. Mein Vater war schon lange tot und ich hatte seinen Bruder in gewisser Weise als meinen Ersatz-Vater akzeptiert.

Tante Gesa fragte, ob ich ein Stück Kuchen essen wolle, aber ich lehnte dankend ab. Erstens passte Kuchen nicht zum Bier und zweitens sah ich Benno bereits mit dem Grillrost hantieren. Tante Gesa ist der klassische Typ der lieben Oma. Wenn sie mich lange Zeit nicht gesehen hat, umarmt sie mich sofort, auch wenn das bei meinen 1,93 Meter und ihren 1,60 Meter Körpergröße nicht leicht ist. Manchmal nimmt sie meine Hand und streichelt sie zärtlich, während sie mir Wichtiges erzählt. Die einzige Meinungsverschiedenheit, die wir beide kontinuierlich und liebevoll pflegen, beruht auf ihrem Früher-war-alles-besser-Komplex. Diese Art von Bemerkungen ärgert mich sehr. Und sie weiß das. Trotzdem hört sie nicht auf, weiterhin dergleichen in die Welt zu setzen: ›Früher war's doch nicht so schlecht!‹ oder ›So toll ist heutzutage auch nicht alles‹. Dieses früher bezieht sich heute auf die DDR-Zeit, damals wiederum hat es sich auf die Zeit vor der sozialistischen Enteignung ihres elterlichen Bauernhofes in Ungarn bezogen. Meist kann ich ihr diese Eigenart schnell verzeihen, weil sie ansonsten ein sehr liebenswerter Mensch ist und weil ältere Leute wohl generell dazu neigen, ihre jüngeren Jahre zu glorifizieren. Vielleicht wird es mir auch einmal so ergehen.

Benno setzte sich zu uns. »So Leute«, begann er unvermittelt, »jetzt lasst uns mal über Oliver Held und die Diebstähle im Goethehaus sprechen!«

Überrascht sah ich ihn an.

»Keine Sorge«, beruhigte er mich, »wir sind hier unter uns. Alle wissen Bescheid, auch Bernstedt, er kennt Oliver, ebenso wie mein Vater.«

»Ihr kennt Oliver Held?«

Ich blickte von einem zum anderen. Bernstedt nickte.

»Ja, das stimmt«, antwortete Onkel Leo, »und – was gibt es da zu bereden?«

»Oliver Held ist gestern Abend verhaftet worden.«

Ich wusste nicht, ob ich betroffen sein sollte oder zufrieden.

»Verhaftet?«, fragte Onkel Leo ungläubig.

»Ja, gestern. Er steht im Verdacht, die verschwundenen Gegenstände aus dem Goethehaus gestohlen zu haben. Und darüber müssen wir reden!«

»Was heißt denn: ›Darüber müssen wir reden!‹?« Onkel Leo

klang verärgert. »Ich kann doch nichts dafür, dass ich Oliver zufällig kenne.«

»Nun ja, immerhin bedeutet das, dass mein Vater in Verbindung mit einem Verdächtigen steht.«

»Erstens stehe ich nicht mit ihm in Verbindung, ich kenne ihn lediglich von früher. Außerdem ist das doch eher mein Problem als deins.«

»Du stehst aber nicht so in der Öffentlichkeit wie ich. Nicht mehr.«

»Moment mal«, unterbrach Bernstedt. Sein Schnauzbart wackelte. »Ich finde, wir sollten uns erst mal darüber unterhalten, ob es Oliver überhaupt gewesen sein könnte.«

»Das stimmt«, pflichtete ich bei, bemüht, Bernstedt zu helfen, die Schärfe zwischen Vater und Sohn herauszunehmen. »Am besten, ihr erzählt erst mal, woher ihr Oliver Held kennt und was er für ein Mensch ist.«

Onkel Leo putzte seine große Hornbrille. »Er hat kurz vor der Wende eine Ausbildung beim Rat der Stadt Weimar angefangen und ich habe ihn unterstützt, das ist alles.« Er machte den Eindruck, als wollte er weiterreden, doch er zögerte.

»Was heißt in diesem Fall *unterstützt*?«, fragte ich.

Alle sahen Onkel Leo an.

»Na ja …, ich fand, er war ein talentierter junger Mann, mit Ambitionen, mit Ehrgeiz. Er kam aus sehr schwierigen Familienverhältnissen, seine Mutter litt an Krebs und sein Vater war ein Trinker, so jemanden *muss* man doch unterstützen, oder nicht?«

Ich erkannte, dass es ihm sehr ernst war. Eigentlich wäre es mir lieber gewesen, das Ganze unter vier Augen zu besprechen, doch jetzt mussten die Karten auf den Tisch.

»Und wie ist Oliver dann im Goethemuseum gelandet?«

Onkel Leo hob die Hände. »Tja, eines Tages wurde er beschuldigt, Geld aus der Gemeindekasse gestohlen zu haben.«

Bernstedt nickte. »Es konnte ihm aber nie nachgewiesen werden. Trotzdem wollte ihn Blume nicht mehr in der Stadtverwaltung haben und so hat Leo ihm die Stelle im Museum verschafft, damit er wenigstens seinen Lebensunterhalt bestreiten konnte.«

»Und keiner hat sich die Mühe gemacht, seine Schuld oder Unschuld zu beweisen?«, fragte Sophie.

»Nein«, Tante Gesa klang traurig. »Auch Leo konnte nichts mehr ausrichten.«

Ich *musste* die Frage stellen. »Was ist denn deine persönliche Meinung, Onkel Leo, hältst du ihn für schuldig?«

Er stand auf und ging langsam die Treppe zum Garten hinunter.

»Ich weiß es nicht«, murmelte er.

Wir ließen ihn allein. Benno kümmerte sich weiter um den Grill und Sophie half Tante Gesa beim Salat.

Ich setzte mich zu Bernstedt.

»Ich habe mit Leo damals viel über den Fall gesprochen«, erzählte er, »ich konnte Oliver am Ende aber auch nicht helfen. Blume war zu dominant und Gärtner zu schwach. Außerdem hat Oliver sich ungeschickt verhalten, hat nichts getan, um sich zu rechtfertigen, irgendwie … schart er seine Fehler um sich wie Freunde. Man sagt, er hätte danach zu trinken angefangen.«

»Hast du ihn in letzter Zeit mal gesprochen?«, fragte ich.

»Es war im Frühjahr, ich glaube im März. Da habe ich mit einem Verwandten das Goethehaus besucht. Oliver war nicht sehr gesprächig.«

»Hm. Kannst du dir vorstellen, warum? War er nur zurückhaltend oder wirkte er eher abwesend?«

»Abwesend – ja, das könnte man sagen.«

»Wie hat er sich sonst verhalten? Hat er dir bei dem Gespräch in die Augen gesehen, oder ist er deinem Blick ausgewichen?«

Bernstedt musterte mich erstaunt. »Warum fragst du all diese Dinge?«

»Sag ich dir später!«

»Gut, wenn ich's recht bedenke, hat er mich kaum angesehen. Und seine Augen waren irgendwie ...«

»Unruhig, flatterhaft?«

»Ja genau!«

»Worüber habt ihr gesprochen?«

»Ich fragte ihn, ob er nicht mal wieder zum Literaturkreis kommen wolle.«

»Oliver Held war Mitglied im Literaturkreis?«

»Ja, ganz am Anfang. Nachdem er des Diebstahls beschuldigt wurde, hat er sich nicht mehr blicken lassen.«

»Und was hat er auf deine Nachfrage gesagt?«

»Gar nichts, er hat von etwas ganz anderem gesprochen, fing plötzlich an, von seiner Schulzeit zu erzählen.«

Mein Bild von Oliver Held nahm allmählich Gestalt an. »Benno, hol mir doch bitte mal ein großes Blatt Papier«, bat ich. Ich spannte den großen Sonnenschirm auf, und Benno erschien mit einem Bogen Papier, zwei Filzstiften und drei Flaschen Ehringsdorfer. Wir stießen an, und ich begann zu zeichnen.

»Ich versuche, das Ganze mal anders zu betrachten. Nehmen wir an, der Täter sei die tragische Figur eines Theaterstücks. Wie ... Götz von Berlichingen oder Graf Egmont.«

Ein Strichmännchen erschien auf dem leeren Blatt.

»Auf irgendeine Weise ist er von der restlichen Welt abgeschnitten.« Ich zog einen Kreis um das Strichmännchen. »Die Ursache dafür«, ich malte einen dicken Pfeil, der auf dem Kreis endete, »kann ein bestimmtes Erlebnis, ein Unfall, ein Trauma oder etwas Ähnliches sein, das sich im vorigen Akt des Theaterstücks abgespielt hat, den wir leider verpasst haben. Jedenfalls führt es zu einer langsamen, schleichenden Veränderung seiner Persönlichkeit.« Ich fügte dem Pfeil ein Blitzsymbol und zwei stilisierte Gesichter hinzu, die eine gespaltene Persönlichkeit darstellen sollten. Ich zog einen zweiten Pfeil zum Kreis und versah ihn mit einer Flasche und einer Spritze.

»Wenn wir dieses dramatische Theaterstück in die heutige Zeit versetzen, können Alkohol oder Drogen diesen Vorgang der Desintegration verstärken, wenn sich der Konsum über einen längeren Zeitraum erstreckt«

Benno betrachtete die Zeichnung eine Weile. »Du meinst also, das bewusste Ereignis könnte der Diebstahl aus der Gemeindekasse gewesen sein – oder zumindest der Verdacht – und der Beschleuniger Alkohol?«

»Es wäre denkbar. Das Ganze ist aber nur das amateurhafte Modell eines …«

»… eines Literaturbesessenen«, ergänzte Benno.

Ich war unsicher, ob ich das als Kompliment verstehen sollte oder nicht. »Jedenfalls heißt das noch lange nicht, dass es tatsächlich so gewesen sein muss. Es steht bisher nicht mal fest, ob Oliver Held ein wasserdichtes Alibi hat.«

»Wo stehen *wir* denn in diesem Bild?«, fragte Bernstedt.

»Wir befinden uns irgendwo hier außen und überlegen, ob und vor allem wie wir eingreifen sollen.« Ich malte viele kleine Strichmännchen auf das Blatt.

Bernstedt nahm mir den Stift aus der Hand und fügte zwei besonders große Strichmännchen hinzu. »Diese hier sind aber gewichtiger, weil sie aktiv sind und sehr bedrohlich für den Täter!« Er schrieb die Namen Siegfried Dorst und Hendrik Wilmut neben die beiden Strichmännchen.

»Na, das hoffe ich«, antwortete ich nachdenklich.

»Das klingt alles recht plausibel«, brummte Benno. »Wirf die Zeichnung lieber weg, sonst gelangt sie vielleicht in falsche Hände.«

Bernstedt ging ins Haus, um mein Kunstwerk zu entsorgen. Für Benno war es Zeit, das Fleisch auf den Grill zu legen.

Am Samstag Abend verließ ich Weimar über die Berkaer Straße und nahm den gleichen Weg zurück, den ich am Montag gekommen war. Die Autobahn war einigermaßen leer und ich war froh, dass es Samstag war und nicht Sonntagabend, wenn sich die Lawine der Thüringer Wochenendpendler nach Hessen in Bewegung setzte. Bei Alsfeld musste ich durch die berühmte Baustelle, die sich dort schon mehrere Jahre langsam voranschob, Kilometer für Kilometer. Es wurde etwas zähflüssig, doch ich kam nie zum Stillstand. Die Raststätte Homberg/Ohm nutzte ich für einen kleinen Spaziergang, aber nach ein paar Minuten wurde ich unruhig und fuhr weiter. Ich wollte nach Hause. Es dämmerte bereits, als ich von der A 5 am Westhafen Frankfurt abbog und den Weg Richtung Innenstadt nahm. Zuerst fuhr ich auf der Frankfurter Seite des Mainufers entlang und überquerte dann den Main auf der ›Alten Brücke‹ nach Sachsenhausen. Ich war froh, wegen einer roten Ampel auf der Brücke halten zu müssen. Das gab mir die Gelegenheit, einen Blick nach rechts über den Main auf die Innenstadt werfen zu können. Vielen ist die Frankfurter Skyline nicht geheuer, ein Symbol für die Macht des Geldes und deren teils abstoßende Folgen. Ich verstand diese Leute zwar, doch meine Gefühle waren ganz anderer Art. Für mich bedeutete dieses Bild Vitalität. Dank der untergehenden Sonne hinter den Wolken strahlte es sogar eine gewisse Romantik aus. Aber diese Interpretation gelang wahrscheinlich nur demjenigen, der in Frankfurt lebte, Frankfurt wirklich kannte, die Vorteile zu schätzen und die Nachteile zu ertragen gelernt hatte.

Zehn Minuten später stand ich vor meiner Tür in der Textorstraße. Ich bewohnte eine Dreizimmer-Altbauwohnung mit hohen Decken und sehr schönen alten Holztüren. Ich hatte mich hier immer sehr wohlgefühlt, doch im Moment kam ich mir seltsam verloren vor. Woran mochte das liegen?

Während ich dabei war, die Post und die Zeitungen durchzublättern, dachte ich darüber nach. Und über Hanna, Frankfurt und Weimar. Die Zeitung lag vor mir, doch ich blickte durch sie hindurch, die Buchstaben verschwammen und waren nur noch schemenhafte Zeichen.

Plötzlich schnellte ich aus dem Stuhl hoch. Wie gefesselt hing mein Blick an einer kleinen Meldung im Frankfurter Lokalteil: ›Gestohlenes Bild aus dem Frankfurter Goethemuseum bleibt verschwunden!‹

*

Er dachte nicht nur oft über seine Geburt nach, sondern ebenso über seine Kindheit. An viele Dinge konnte er sich nicht mehr erinnern, auch wenn ihm die Mutter dicke Fotoalben zeigte. Im Grunde wusste er mehr über die Vergangenheit Weimars als über seine eigene. Und der Vater konnte überhaupt nichts dazu beitragen, er sprach kaum mit seinem Sohn. Offensichtlich hatte er genug mit sich selbst zu tun. Nur sein Großvater, der hatte sich die Mühe gemacht, mit ihm zu reden, ihm aus seinen frühen Kindertagen zu erzählen. Hatten ältere Menschen ein besseres Erinnerungsvermögen? Er wusste es nicht.

Sein Großvater hatte ihm viel von der DDR-Zeit berichtet, als er ihn oft mit in die LPG genommen hatte. Stolz sprach er von Hunderten von Kühen in einem einzigen riesigen Stall, den man nur mit spezieller Kleidung betreten durfte, aus Angst vor Keimen. Er selbst war damals noch jung gewesen, vielleicht vier oder fünf Jahre alt und hatte das alles bewundert. Heute fragte er sich, warum man sich damals mehr Sorgen um die Tiere gemacht hatte als um die Menschen.

Auch hatte ihm sein Großvater viel vorgelesen. ›Lesen bildet‹, hatte er immer gesagt. Damals, als kleiner Junge, hatte er die Bedeutung dieser Worte natürlich nicht ermessen können. Jedenfalls gefielen ihm die Geschichten, und oft erdachte er sich eine Fortsetzung, allein im Bett, auch wenn die Geschichte schon längst zu Ende war. Viel später erfuhr er, dass Goethes Mutter ihren beiden Kindern auch regelmäßig Gutenachtgeschichten vorgelesen hatte. Manchmal, kurz vor dem Ende der Geschichte, behauptete sie plötzlich, der Rest sei ihr entfallen und die beiden sollten sich bis zum nächsten Tag selbst ein Ende ausdenken oder erträumen. Er hatte einen Artikel gelesen, in dem ein Literaturwissenschaftler dies als ›Anstiftung zum literarischen Denken‹ bezeichnete. Die Formulierung gefiel ihm und für ihn stand fest, dass sein Großvater nichts anderes getan hatte.

Sein Großvater war auch ein Kunstkenner gewesen. Er hatte Bilder gesammelt, zum Teil recht seltsame Gemälde mit nackten Frauen und abgeschnittenen Köpfen. Sie hingen in einem versteckten Raum in der Scheune und kaum einer bekam sie zu Gesicht. Auch er mochte diese Bilder. Als Junge war er einer der Wenigen gewesen, die den Raum mit den Kunstwerken betreten durften. Später fand er eine Fotografie eines dieser Bilder. Auf die Rückseite hatte sein Großvater geschrieben: ›Die Kunst ist die Hoffnung der Verlorenen.‹

Eine bildhafte Erinnerung, die ihm besonders im Gedächtnis geblieben war, zeigte seinen Großvater, der mit ihm Fußball spielte, auf einer Wiese hinter dem Haus. Unweit davon zog sich träge ein kleiner Fluss durch die Wiesenaue. Die Mutter rief vom Haus: ›Vorsicht, Junge, fall nicht in den Fluss!‹. Und das rief sie bestimmt zehnmal am Tag. Ab und zu wünschte er sich, im Traum in den Fluss zu fallen. Er wollte einmal erleben, wie es wäre, wenn das Wasser plötzlich über einem zusammenschlug und man glücklich und zufrieden unterging. Aber es war ihm noch nie gelungen, den Traum zu Ende zu träumen.

Er war gerade im ersten Schuljahr, als sein Großvater plötzlich verschwand. Als er mittags aus der Schule gekommen war, war sein Opa nicht mehr da gewesen. Er wusste bis heute nicht, wo er sich aufgehalten hatte, alle mieden das Thema, keiner wollte mit ihm darüber sprechen, am wenigsten seine Mutter. Er wusste nur, dass sein Großvater Jahre später zurückkehrte, wie ein Geist hatte er eines Tages vor der Tür gestanden. Aber er war nicht mehr der Großvater gewesen, den er kannte. Er war dünn geworden, mit tiefen Falten im Gesicht, wirkte traurig und zurückgezogen. Den ganzen Tag über saß er im Wohnzimmer in seinem Sessel und regte sich nicht. Nicht einmal zum Mittagessen stand er auf, die Mutter brachte ihm den Teller an seinen Sessel. Nur abends in der Dämmerung war es etwas besser, dann erzählte er seinem Enkel aus seiner Kindheit. Und ein einziges Mal spielten sie wieder Fußball, im Wohnzimmer, der große Tisch diente als Tor. Er hatte sich glücklich gefühlt.

Einen Tag später war der Sessel leer gewesen. Seine Mutter hatte verweint ausgesehen. Sie hatte versucht, ihm zu erklären, dass Opa es nicht mehr ausgehalten hätte, nach all den schrecklichen Erlebnissen, und sich das Leben genommen habe. Er solle seinem Großvater deswegen aber nicht böse sein, so etwas sei wie eine Krankheit, da könne man nichts machen.

Ja, er war tatsächlich tot. Er hatte sich in den Fluss gestürzt, das Wasser war über ihm zusammengeschlagen und er war zufrieden untergegangen.

*

Als der Wecker klingelte, war es halb sieben am Montagmorgen. Trotz der überraschenden Nachricht über den Diebstahl im Frankfurter Goethehaus hatte ich gut geschlafen und freute mich auf die Vorlesungen. Nachdem ich geduscht und angezogen war, packte ich meine übliche Arbeitsausstattung zusammen, Laptop und Handy, und ging hinunter auf die Textorstraße.

Ich nahm die Zeitung aus dem Briefkasten und ging in Richtung Schweizer Straße. Als ich ins Café ›Nachtschwärmer‹ kam, begrüßte mich Roy mit einem freundlichen Winken. Roy stammte aus Zentralafrika, hatte die schwärzeste Hautfarbe, die ich jemals gesehen hatte, und war irgendwann in Frankfurt hängen geblieben. Er hatte kleine, verschmitzte Augen und sprach ein gediegenes Gemisch aus Französisch und Hessisch, womit er die eigentliche Attraktion des Cafés darstellte.

Roy stellte mir den üblichen Cappuccino, das Mineralwasser und ein Croissant auf den Tisch und ich schlug die Zeitung auf. Es war nichts Neues über den Diebstahl im Museum am Großen Hirschgraben darin, übers Wochenende war natürlich nicht viel passiert. Ich hatte inzwischen Benno und Siggi angerufen. Benno war überzeugt, dass die Ereignisse in Frankfurt und Weimar zusammenhingen, während Siggi mit seiner beruflich bedingten Skepsis davon nichts wissen wollte. Benno hatte ziemlich niedergeschlagen geklungen, was ich bei ihm selten erlebt hatte. Es war keine leichte Situation für ihn.

Während des Sonntags hatte ich Zeit gefunden, mich etwas mit dem gestohlenen Gegenstand zu befassen. Laut Zeitungsbericht handelte es sich um eine von Goethe handgefertigte Porträtzeichnung seiner Schwester Cornelia. Ich kannte dieses Porträt. Es hing an einer Wand des sogenannten Dichterzimmers, Goethes Arbeitszimmer in seinem Elternhaus. Aber warum seine Schwester? Der Dichter hatte zeitlebens ein sehr gutes Verhältnis zu ihr gehabt. So langsam keimte der Verdacht in mir auf, dass der Dieb

– vorausgesetzt, es war derselbe wie in Weimar – ein besonderes Interesse an Dingen hatte, die Goethe selbst sehr wichtig gewesen waren. Und die über sehr persönliche Gefühle Goethes Auskunft gaben. Weiter war ich mit meinen Erwägungen nicht gekommen, zunächst wollte ich mir das Goethehaus am Großen Hirschgraben erneut ansehen und das Dichterzimmer auf mich wirken lassen. Ich hatte den Dienstagnachmittag dafür vorgesehen.

Ich trank den Kaffee aus, nahm meinen Laptop und winkte Roy zu, der mir sein unnachahmliches »Schöne Tach, mon chèr!« nachrief.

Als die Straßenbahn den Hauptbahnhof passierte, betrachtete ich aufmerksam die Menschen. Hier herrschte ein anderes Leben als in Weimar. Großstadthektik, Gedränge vor den Schaufenstern, Menschen aus aller Herren Länder, geschniegelte Banker, eilige Pendler, flippige Studenten und schäbige Junkies. Ein bisschen von allem, etwas Duft von der weiten Welt, sowohl vom ganz großen Geld als auch vom tiefen Elend. Das war das wahre Leben, nicht die fast ländliche Idylle Weimars mit ihren behäbigen Reminiszenzen an die Vergangenheit. Bisher wusste ich nicht, was besser für mich wäre. Für mich persönlich.

Mein erster Vertretungstag in der Universität verlief sehr angenehm, ich unterrichtete Studenten aus dem achten Semester, die wussten, worum es ging, die engagiert waren. Ich vergaß Goethe und vertiefte mich in die Sprachtheorie von Karl Bühler, dozierte, diskutierte, provozierte und motivierte.

Als ich gegen Mittag nach Hause kam, hatte ich zwei Nachrichten auf meinem Anrufbeantworter. Die erste war von Hanna, die gerade im Café der Uniklinik Jena eine Pause machte und hören wollte, wie es mir ging. Die zweite stammte von meinem geliebten Redakteur, der allerdings nicht wusste, was er aufsprechen sollte, sodass ich nur eine Minute Bürogeräuschen lauschen konnte. Immerhin besser als irgendwelche dummen Sprüche.

Zunächst genehmigte ich mir eine Tütensuppe und einen Espresso, bevor ich Hanna anrief. Sie war inzwischen schon wieder bei einem Kunden und ich sprach ihr etwas Liebes aufs Band. Erst jetzt fiel mir auf, dass mich schon lange niemand mehr angerufen hatte, einfach nur um zu fragen, wie es mir ging. Auch meine Mutter nicht. Wenn sie sich meldete, wollte sie mir stets etwas mitteilen oder mich an etwas erinnern.

Am nächsten Tag brauchte ich erst um 10 Uhr ein Seminar zu übernehmen. Die Straßenbahn überquerte gerade den Main, als mein Handy klingelte. Die Leute um mich herum warfen mir vorwurfsvolle Blicke zu. Und ich konnte sie verstehen. Normalerweise hätte ich das Telefon jetzt einfach ausgeschaltet, doch in dieser Situation, in der sich täglich Neues im Fall Goethehaus ergeben konnte, wollte ich das Gespräch doch lieber annehmen.

Es war Felix Gensing. Er erklärte mir, dass sein alter Golf wieder aufgetaucht sei, er stand einfach vor der Haustür. Just an dem Tag, an dem wir uns im Café am Rollplatz getroffen hatten. Ich rechnete kurz nach. Es musste also am vergangenen Donnerstag gewesen sein, heute hatten wir bereits Dienstag. Es war ihm zwar peinlich, das zuzugeben, aber er hatte schlicht vergessen, mir rechtzeitig Bescheid zu geben. Einerseits war ich darüber verärgert, andererseits froh, ein Problem weniger zu haben. Ich brach das Gespräch ab, um nicht noch mehr ärgerliche Blicke zu provozieren.

Auf dem Weg ins Institut rief ich Siggi an, um ihn über Gensings Auto aufzuklären, und erreichte kurz vor zehn abgehetzt den Seminarraum.

Zum Glück war heute Gruppenarbeit angesagt. So verbrachte ich die erste Viertelstunde mit der Einleitung und Erklärung, Gruppeneinteilung und Raumzuordnung. Dann hatte ich eine

Stunde Zeit bis zur Präsentation der Ergebnisse und deren Diskussion im Plenum. Ich setzte mich in eine Sitzgruppe auf dem Flur vor den Seminarräumen, öffnete meinen Laptop und begann, den Anschein von wissenschaftlicher Arbeit erweckend, in die detaillierte Analyse der gestohlenen Gegenstände einzusteigen. Um mir einen besseren Überblick zu verschaffen, legte ich zuerst eine Tabelle mit allen verfügbaren Daten an, die ich bereits auf dem Laptop gesammelt hatte. Martin Wenzels handschriftliche Ur-Tabelle diente dabei als Grundlage.

1.
Bucht von Palermo und Monte Pellegrino
Kleines Esszimmer
Christoph Heinrich Kniep, 1788
Federzeichnung, aquarelliert
Wie ich hereingekommen, ich kann's nicht sagen

2.
Goethes Gartenhaus von der Rückseite
Christianes Wohnzimmer
Goethe, 1779/80,
Graphit, Feder mit Tusche und Blister,
blaue Wasserfarbe
Sag ich's euch, geliebte Bäume

3.
Fußschemel vor Sterbestuhl
Goethes Schlafzimmer
Tabonret, 1828
Füße aus bronziertem Messingblech
mit Bacchusköpfen, Seiten mit grünem
Leder, bezogen mit Handstickerei

(stilisierter antiker Kopf), Geschenk
der Pianistin Maria Szymanowska
Alles Vergängliche ist nur ein Gleichnis;
Das Unzulängliche hier wird's Ereignis;
Das Unbeschreibliche hier ist's getan.

4.
Porträt von Cornelia
Dichterzimmer, Frankfurt a. M.
Goethe, 1771/73, handgezeichnet
schwarze Kreide auf grauem Papier

Kaum hatte ich die Tabelle vervollständigt, wurde mir der Vorteil dieser Methode klar. Ich entdeckte sofort etwas, das uns allen schon am Samstag Abend hätte auffallen müssen: Zu dem Frankfurter Diebstahl existierte kein lyrischer Kommentar. Keine E-Mail an Benno. Warum? War es doch ein anderer Täter? Oder hatten wir etwas übersehen?

Nein, Benno hätte bestimmt eine weitere E-Mail bemerkt.

Meine Gedanken rotierten. Kurz entschlossen nahm ich mein Handy und rief Benno an. Seine Sekretärin war zunächst zögerlich, doch als ich ihr mitteilte, dass es sich um den Museumsdiebstahl handelte, beeilte sie sich, Benno aus einer Sitzung zu holen.

»Hallo, Hendrik, gibt's was Neues?« Er klang abgehetzt.

»Nicht direkt«, antwortete ich, »aber mir ist gerade aufgefallen, dass nach dem Frankfurter Diebstahl keine E-Mail mit irgendwelchen lyrischen Ergüssen an dich geschickt wurde. Also, entweder haben wir etwas übersehen oder es handelt sich wirklich um zwei unabhängige Fälle.«

Benno sagte nichts, nur ein leises Stöhnen war zu hören. Dann fragte er mit unterdrückter Stimme: »Wann genau war der Diebstahl in Frankfurt?«

»Letzte Woche Dienstag.«

»Ach, du Schande!«

»Was ist los, Benno?«, rief ich besorgt.

»Mir geht's gut, nur ähm … mir ist gerade eingefallen, dass Sophie am Tag danach, also am Mittwoch, einen ganz seltsamen Zettel im Briefkasten gefunden hat, dem wir leider keine besondere Bedeutung beigemessen haben. Das war wohl ein Fehler.«

Ich hielt die Luft an.

»Ich konnte ja nicht ahnen, dass der Kerl plötzlich seine Taktik ändert und einen Zettel bei mir einwirft«, fuhr Benno fort, »so ein verdammter Mist!«

»Jetzt mach dir doch keine Vorwürfe, erzähl mir lieber, was auf dem Zettel stand!«

»Leider weiß ich nicht mehr alles, nur noch ein paar Bruchstücke.«

»Benno, bitte!«

»Das Einzige, an das ich mich erinnere, ist *Schwester* und *Silberschauer* – tut mir leid, das ist alles.«

Ich musste nicht lange überlegen:

Schwester von dem ersten Licht,
Bild der Zärtlichkeit in Trauer!
Nebel schwimmt mit Silberschauer
Um dein reizendes Gesicht;

»Ja genau, genau, das war es, du bist genial, woher weißt du das?«

»Dazu muss man nicht besonders genial sein, das ist ein bekanntes Gedicht von Goethe: ›An Luna‹. Mit dem reizenden Gesicht ist wahrscheinlich das Porträt gemeint …«

»Oh Mann! Das heißt, du glaubst, dass in Weimar und in Frankfurt derselbe Täter am Werk war?«

»Davon gehe ich aus!«, erwiderte ich.

*

Er übte gerade ein Klavierstück von Beethoven. Er liebte das Klavierspiel, es trug ihn fort aus der unerträglichen Gegenwart. Schubert und Beethoven mochte er am liebsten, besonders die Stücke, bei denen der Komponist einen Text von Goethe vertont hatte. Nach langem Nachdenken hatte er den einzigen Schwachpunkt Goethes entdeckt. Der Dichter war wortgeprägt statt melodiegeprägt. Während für die meisten Menschen die Melodie wichtiger ist als das Libretto, war es für Goethe genau umgekehrt.

Während der Klavierstunden konnte er alles vergessen, konnte sich in jeder einzelnen Note verlieren. Die Beethoven-Musik hatte etwas Revolutionäres, etwas, das an den Sturm auf die Bastille erinnerte, weg von der Barockmusik, weg von der bachplätschernden Gleichmäßigkeit, dem andauernden simultanen Einsatz aller Instrumente. Er bewunderte Beethovens feine, leise Soli und die anschließenden mächtigen Tutti.

Plötzlich, kurz vor dem Ende des Klavierstücks, machte er einen Fehler, den ersten überhaupt an diesem Tag. Er spielte ein F statt ein Fis. Er hasste Fehler. Überhaupt war er heute nicht voll konzentriert. Wahrscheinlich lag es daran, dass er inzwischen wusste, wer einer der beiden unbekannten Männer war, die er vor dem Goethehaus beobachtet hatte. Er brach die Klavierstunde ab und machte sich auf den Heimweg.

Siegfried Dorst, Kriminalhauptkommissar. Es war nicht schwer gewesen, seinen Namen herauszufinden. Er hatte am nächsten Tag eine der Angestellten im Goethemuseum befragt, die Beschreibung ›sportlicher Typ mit Glatze‹ war ziemlich eindeutig. Sie meinte, das müsse jemand von der Sicherheitsfirma aus Leipzig gewesen sein, so prüfend wie der sich das ganze Gebäude angesehen hatte. Ihm dagegen war sofort bewusst, dass es ein Polizist war. Sie begannen nun ernsthaft, den Dieb zu suchen. Er hätte viel früher damit gerechnet. Später hatte er im Polizeipräsidium angerufen und sich nach einem Beamten erkundigt, der ja so nett gewesen sei, er habe nur leider den Namen vergessen, ein drahtiger Mann mit Glatze sei es gewesen. ›Ach ja, dann weiß ich, wen Sie meinen‹, hatte die Telefonistin geantwortet, ›das ist Kriminalhauptkommissar Dorst, ich verbinde Sie‹. Er hatte sofort aufgelegt. Nun wusste er, wer sein Gegner war, das war wichtig. Er musste sich auf ihn einstimmen, seine Eigenarten und sein Umfeld kennenlernen. Er fand ein paar Zeitungsartikel, in denen über ihn berichtet wurde. Siegfried Dorst. Ob seine Freunde ihn wohl Siggi nannten?

Über den zweiten Mann wusste er bislang nichts, aber das schien im Moment unwichtig, er wollte sich auf denjenigen konzentrieren, der ihm am gefährlichsten werden konnte. Er schlug das Telefonbuch auf und suchte nach Dorst. Im Grunde hatte er gar nicht erwartet, ihn dort zu finden, er hatte angenommen, ein Kriminalhauptkommissar habe eine Geheimnummer. Doch er stieß sofort auf seinen Eintrag. ›Dorst, S., Windmühlenstraße 115‹. Er machte sich auf den Weg.

*

Die Sitzgruppe vor den Seminarräumen füllte sich immer mehr. Ich nahm es nicht wahr. Ich war zu sehr vertieft in meine Liste. Eine Zeichnung von Goethes Italienreise, ein selbst gemaltes Bild seines Gartenhauses, sein Fußschemel aus dem Sterbezimmer und ein handschriftliches Dokument mit einer Zeichnung seiner Schwester. Wo waren die Zusammenhänge? Was hatte der Dieb sich dabei gedacht? Was hatte er mit den Gegenständen vor? Definitiv kannte der Täter sich sehr gut mit Goethe aus. Die Zeichnung von Christoph Heinrich Kniep stammte von 1788 aus der Endphase von Goethes erster Italienreise, das dazugehörige Zitat war den ›Römischen Elegien‹ entnommen, die 1788–90 entstanden waren, also im gleichen Zeitraum. Natürlich wollte er uns mit dem Zitat, *Wie ich hereingekommen, ich kann's nicht sagen*, nur verspotten, aber die Zusammenhänge demonstrierten sein Wissen. Die Kombination des Bildes von Goethes Gartenhaus mit *Sag ich's euch geliebte Bäume* war auch klar, sie wies auf Goethes Liebe zur Natur hin und auch hier stimmten die Entstehungsdaten überein. War hier ein Unterschied zu erkennen? Zumindest wurde es persönlicher, da das zweite Bild von Goethe selbst gezeichnet worden war. Danach wurde es noch persönlicher, da Goethe auf diesem Schemel ruhend verstarb. Mit dem Frankfurter Diebstahl erfolgte nun ein Rückgriff auf einen essenziellen Teil von Goethes Frankfurter Zeit, in der wichtige Frühwerke entstanden waren. Zudem wurde Goethes Schwester mit einbezogen, zu der der Dichter eine starke Bindung hatte. Und zwar nicht nur als Bruder, sondern auch als Schriftsteller. Dieses Porträt war – ebenso wie das Gartenbild – ein handschriftliches Dokument von Goethe. Ich überlegte. Alle gestohlenen Dinge standen in einem sehr persönlichen Zusammenhang mit Goethe und alle waren Originale … ja genau: Originale!

Plötzlich wurde mir die Bedeutung dieses Begriffes bewusst: Beide Goethehäuser hingen voll von Kopien, nicht zuletzt deswegen, weil Goethe selbst viele Kopien von antiken Kunstgegenständen gekauft hatte oder eigens anfertigen ließ. Die antike Klassik stand damals hoch im Kurs, aber nachweislich war Goethe oft nicht an die Originalstücke herangekommen oder sie waren zu teuer gewesen. Der Täter wollte also Originale, er wollte zeitauthentische Gegenstände an sich bringen. Das war nicht viel an neuen Erkenntnissen, wahrlich nicht, aber zumindest wieder ein kleiner Schritt vorwärts.

Erst viel später sollte ich begreifen, welch wichtiger, tatrelevanter, ja vielleicht sogar tatinitiierender Zusammenhang mir in diesem Moment klar geworden war.

Ich blickte auf die Uhr. Die Zeit für die Gruppenarbeit war fast um. Ich fuhr meinen Laptop herunter, grüßte einige Studenten aus den unteren Semestern und schaltete mein Handy aus, um mich wieder dem Seminar zu widmen. Die Vorstellung der Ergebnisse im Plenum verlief etwas zäh und ich musste viel unternehmen, um das Ganze in Schwung zu bringen, selbst die anschließende Diskussion verlief sehr schleppend und ich machte mir Vorwürfe, die Gruppen nicht genügend unterstützt zu haben.

Wie geplant stellte ich gegen 15 Uhr meinen Volvo im Parkhaus am Dom ab und lief hinüber zum Römerberg. Es erstaunte mich selbst, dass ich viel pünktlicher wurde, seit ich mit dem Fall JWG beschäftigt war. Ich überquerte die Braubachstraße und lief schräg über den großen Platz an der Paulskirche vorbei. Die Frankfurter Innenstadt war voll von flanierenden Paaren und Touristen. Überall saßen Leute in den Straßencafés oder eilten hinauf zur Zeil, um einzukaufen. Zehn Minuten später hatte ich das Goethehaus am Großen Hirschgraben erreicht.

Natürlich war ich schon oft in Goethes Elternhaus gewesen, doch heute kam mir das alte Gebäude irgendwie verändert vor. Es sprach in einer anderen Sprache zu mir. Vielleicht lag es daran, dass ich erst kurz zuvor das Weimarer Goethehaus besichtigt hatte und nun automatisch einen Vergleich zog. Jedenfalls fiel mir beim Blick auf die Treppe im Erdgeschoss diesmal auf, wie ähnlich sie der nachträglich von Goethe in Auftrag gegebenen Treppe in Weimar war. Alle beschrieben diese als die italienische Treppe und führten ihr Entstehen und ihr Design auf Goethes erste Italienreise zurück. Doch jetzt hatte es für mich eher den Anschein, als wäre die Weimarer Treppe eine Reminiszenz an seine Kindheit.

Die beeindruckendsten Stücke des Hauses befanden sich in den Fluren der drei oberen Stockwerke. Wenn man die Treppe in den ersten Stock hinaufging, blickte man sofort auf die beiden phänomenalen Frankfurter Schränke, in denen Goethes Mutter ihren reichhaltigen Vorrat an Wäsche aufbewahrt hatte. Glaubhaften Quellen zufolge besaß sie 144 Garnituren Bettwäsche zu je fünf Teilen, dazu Tischwäsche, Küchentücher und dergleichen.

Da ich sofort ins Dichterzimmer wollte, begab ich mich weiter auf die zweite Ebene. Hier wurde der Blick sofort von der großen astronomischen Standuhr angezogen. Sie war von zwei Neuwieder Uhrmachermeistern geschaffen worden und enthielt außer dem normalen Zifferblatt ein Sonnenstandzifferblatt mit den Tierkreiszeichen und ein Mondzifferblatt, das die jeweilige Mondphase optisch darstellte. Dazu der Bärenfänger, der anzeigt, wann die Uhr aufgezogen werden muss – ein Meisterwerk der Uhrmacherkunst. Nicht nur Goethe wurde als Kind magisch von dieser großen Standuhr angezogen, auch ich erlag bei jedem Besuch im Goethemuseum wieder ihrer Faszination.

Ich riss mich von dem Anblick los und erklomm die Stufen zum dritten Stock. Mein Herz klopfte. Ich betrat das Dichterzimmer. Die Lücke klaffte links neben der Tür zum Puppentheaterzimmer. Das gleiche Gefühl wie in Weimar. Stilles Entsetzen. Ohnmacht.

Er hatte sich absichtlich dieses Zimmer ausgesucht, ich spürte das. Hier wurde der Werther zu Papier gebracht, der Götz, Clavigo, der Urfaust. Von Goethe persönlich niedergeschrieben, denn damals hatte er noch keinen angestellten Schreiber. Was wollte der Dieb? Goethe nahe sein? Ihn imitieren? War er ein verhindertes Dichtergenie, abgeblitzt bei Verlagen und Literaturkritikern? Der Gedanke, dass er mit den gestohlenen Ausstellungsstücken Geld machen wollte, lag mir fern. Aber das war nicht mehr als ein Bauchgefühl. Weitere Handzeichnungen Goethes hingen an den Wänden. Der Sesenheimer Pfarrhof, eine Erinnerung an Friederike Brion. Der Kühhornshof bei Frankfurt. Eine Federzeichnung seines eigenen Arbeitszimmers. Doch keines war so persönlich wie das Porträt seiner geliebten Schwester Cornelia.

Der Universitätsalltag forderte meine Präsenz und Konzentration. Am Mittwoch, meinem dritten und letzten Vertretungstag, wurde ich mitten in der Vorlesung unterbrochen. Die Sekretärin unseres Institutsleiters kam hereingestürmt und rief aufgeregt, ich solle umgehend den Kriminalrat anrufen. Die Studenten waren natürlich neugierig – und begeistert zugleich. Sie wollten sofort wissen, um was es ging, doch ich lehnte jede Auskunft ab, mit dem Hinweis, dass es sich um ein laufendes Ermittlungsverfahren handele. Damit schürte ich die Neugier natürlich erst recht und wurde mit Fragen bombardiert. Ich verordnete zehn Minuten Pause und rannte ins Institutsbüro. Leider wusste die Sekretärin weder den Namen des Kriminalrats noch seine Telefonnummer, da sie selbstverständlich angenommen hatte, der Anruf käme aus dem Frankfurter Präsidium. Ich vermutete jedoch, dass es Siggi oder Göschke gewesen waren, und rief deshalb zuerst Benno an. Und damit lag ich absolut richtig.

»Hendrik, gut dass du zurückrufst, gestern Abend ...«

»Was war gestern Abend?«, schrie ich fast in den Telefonhörer.

»Gestern Abend ...«

»Benno!«

»... ist wieder etwas gestohlen geworden.«

Ich stand da, mit dem Telefonhörer in der Hand, und hatte das Gefühl, als betrachtete ich mich selbst von oben. Ich sah mich als steife, unbewegliche Puppe, nicht in der Lage, irgendetwas zu tun, geschweige denn etwas Sinnvolles zu sagen.

»Wo, aus dem Goethehaus? In Weimar?« Völlig überflüssige Fragen.

»Ja, eine Bronzestatue ›Italienische Venus‹. Wir wissen wieder nicht, wie es passiert ist. Siggi und sein Team sind derzeit mit der Spurensicherung beschäftigt. Außerdem ...«

»Was denn noch?«, fragte ich matt.

»Siggi musste Oliver Held freilassen, aus Mangel an Beweisen.«

Ich hatte kaum Kraft, den Kopf zu schütteln. Bisher hatte ich die Taten immer nur theoretisch betrachtet, quasi wie ein Sachbearbeiter, vom Schreibtisch aus. Doch jetzt erlebte ich ganz unmittelbar die Ohnmacht derjenigen, die ihr Bestes zu geben versuchten und doch nicht verhindern konnten, dass ein weiteres Stück deutscher Historie ins Ungewisse entschwand.

»Was machen wir jetzt?«, presste ich hervor.

»Ich weiß es auch nicht. Im Moment bin ich vollkommen ratlos«, gab Benno zu.

Diese Antwort schockierte mich um so mehr, als ich mir von Benno Tatkraft und Entscheidungsfreude erhofft hatte. Gleichzeitig rekapitulierte ich die gesamte Situation: Blume verhielt sich unkooperativ, Siggi hatte bislang keine Erkenntnisse gewonnen und Oliver Held war entlassen worden. Wenzel drehte sich im Kreis und auch meine eigenen Fortschritte kamen mir zunehmend nichtig vor. Wir wussten im Grunde *nichts* über den Täter. Und vor allem hatten wir keine Ahnung, wo sich die gestohlenen Exponate befanden. Während wir einige belanglose Details besprachen, reifte in mir ein Entschluss heran. »Es tut mir leid, Benno«, sagte ich langsam, aber bestimmt, »ich habe gerade beschlossen, aus dem Fall auszusteigen.«

5. HANSWURSTS HOCHZEIT ODER DER LAUF DER WELT

Mein Entschluss stand fest. Ohne auf die Worte der Sekretärin zu hören, die mir mehrmals ins Ohr flötete, dass unser Institutsleiter mich dringend sprechen wolle, wankte ich zurück in den Hörsaal und beendete unter großen Mühen meine Vorlesung. Eine knappe Stunde später saß ich in meinem Wohnzimmer in der Textorstraße und sinnierte vor mich hin.

Mein Handy hatte ich ausgeschaltet, ich wollte nichts mehr hören, nichts von gestohlenen Gegenständen, von Stadträten und Hauptkommissaren, von abgedrehten Referenten oder Präsidenten, überhaupt von Weimar und vielleicht noch nicht einmal von der ganzen Welt da draußen. Selbst die Zeitung warf ich unter die Couch, um die Titelzeile nicht dauernd im Blick haben zu müssen.

Die alte Gaggia-Maschine gurgelte vor sich hin. Selbst die Lust auf einen Espresso war mir vergangen. Ich überlegte, ein spätes Mittagessen zu mir zu nehmen, doch ich hatte keinen Appetit. Draußen hatte es leicht angefangen zu regnen. Eine Nachbarin klingelte, um sich eine Zwiebel zu leihen. Ich gab sie ihr widerwillig, ohne ein Wort zu sprechen.

Ich versuchte, mich abzulenken, und schaltete den Fernseher ein. Es liefen Nachrichten. Die konnte ich nicht ertragen und schaltete um. Ein paar Minuten blieb ich bei einer Nachmittags-Talkshow hängen, bis mir diese zu niveaulos wurde und ich den Fernseher wieder ausmachte. So saß ich da, in meinem Zimmer, und ich brütete vor mich hin. Sogar der Gedanke an Hanna konnte mich nicht aufmuntern.

Ich sah sie vor mir, ihre wachen blauen Augen, ihre blonden Haare. Hanna, die Vermittlerin. Schon als Jugendliche hatte sie so manchen unsinnigen Streit geschlichtet, ohne dabei ihre eigene Meinung zurückzuhalten. Ihr ging es nicht darum, einen Streit um jeden Preis zu verhindern. Ein rechtes Wort zur rechten Zeit – und zwar mit Streitkultur. So war Hanna. Und auch dafür liebte ich sie.

Ja, ich liebte sie, und es war an der Zeit, mir das einzugestehen. Als kleiner Junge hatte ich von meiner Großmutter in Weimar wissen wollen, woran man eigentlich erkennen konnte, dass man verliebt sei. Sie hatte geantwortet: ›Verliebt bist du, wenn du immer in ihrer Nähe sein möchtest.‹ Ich hatte mit dieser Antwort nichts anfangen können, brauchte etwas Konkreteres. Schmunzelnd hatte sie gesagt: ›Ganz sicher verliebt bist du, wenn du dir vorstellen kannst, ihre Zahnbürste zu benutzen.‹ Das war eine klare Aussage. Und damals wie heute hatte ich kein Problem, Hannas Zahnbürste zu benutzen.

Irgendwie musste ich im Sessel eingeschlafen sein, jedenfalls wachte ich kurz nach 23 Uhr wieder auf. Mühsam stemmte ich mich hoch und schleppte mich ins Schlafzimmer. Als ich am Schreibtisch vorbeikam, fiel mein Blick eher beiläufig auf die neu eingegangenen E-Mails. Ich schnappte nach Luft. Eine Nachricht von ›jwg2@fun.de‹. Der Täter!

Woher hatte der Kerl meine E-Mail-Adresse? Was wollte er von mir? Ich zwang mich, mehrmals tief durchzuatmen. Plötzlich merkte ich, dass ich fror, und warf mir schnell eine Jacke über. Meine Hand zitterte, als ich die Nachricht öffnete:

Und hinten drein kommen wir bey Nacht,
und vögeln sie daß alles kracht.

*

Er hatte sich schon immer eine Schwester gewünscht, eine kleine Schwester, um die er sich kümmern konnte, auf die er aufpassen und die er beschützen konnte. Doch seine Eltern wollten davon nichts wissen. ›Eine Geburt reicht mir‹, hatte seine Mutter geantwortet.

Nun hatte er sich selbst eine Schwester besorgt. Er hatte sie gesehen, der Mond schien durch das Fenster, und ihr Gesicht glänzte silbern. Er musste sie mitnehmen, es ging gar nicht anders, der Drang war zu stark.

Er spielte für sie Klavier, zeigte ihr seine Bücher, seine Bilder und Statuen. Er nahm sie oft mit, wenn er sein Zimmer verließ und durch Weimar fuhr. Heute saß er mit ihr auf einer Bank im Ilmpark, nicht weit von Goethes Gartenhaus. Und er erinnerte sich an gestern.

Gestern hatte sich plötzlich alles geändert. Welch ein Zufall, welch ein wahnsinniger Zufall! Er hatte gerade das Haus verlassen wollen und im Flur nach seiner Jacke gegriffen, als er im Papierkorb neben der Garderobe ein zerrissenes Blatt Papier liegen sah. Er entdeckte einige seltsame Kreise, Pfeile und Symbole. Als er die Papierschnipsel neugierig herausnahm und betrachtete, erkannte er am Rand den Rest eines Wortes: ›…eld‹. Und in der Mitte stand in großen Lettern ein Name: ›Siegfried Dorst‹. Schlagartig wurde ihm klar, welch wichtiges Dokument er da gefunden hatte. Es konnte sich nur um seine Gegner handeln, die vier Männer, die seinen Plan vereiteln wollten. Seinen großen Plan. Als er die anderen Papierfetzen untersuchte, fand er einen zweiten Namen. Einen Namen, den er nicht kannte: ›Hendrik Wilmut‹. Und der stand neben einem Strichmännchen, das größer war als das von Siegfried Dorst. Er stand wie angewurzelt im Flur und traute kaum seinen Augen.

Schlagartig realisierte er, dass nicht Hauptkommissar Dorst sein Hauptgegner war, sondern dieser Wilmut. Auch wenn er den Namen bislang nicht gehört hatte, wusste er doch sofort, dass es sich nur um den schmalen, groß gewachsenen Mann handeln konnte, der beim Gehen immer so seltsam den linken Arm schwenkte. Er besaß überhaupt keine Informationen über ihn. Für den Bruchteil einer Sekunde glaubte er, den Mann von irgendwoher zu kennen. Bilder zogen durch sein Gedächtnis und verschwanden wieder. Er musste mehr über Hendrik Wilmut erfahren, und zwar schnell.

Ganz leise hatte er die Jacke wieder auf den Haken gehängt und war nach oben geschlichen. Er hatte die Bürotür von innen verschlossen und sich an den Computer gesetzt. Seine Recherche im Internet hatte ungefähr eine Stunde gedauert. Danach wusste er fast alles über seinen neuen Gegner. Ein Literaturwissenschaftler ausgerechnet, noch dazu aus dem Westen, war also seine größte Gefahr. Irgendwie stand Wilmut mit Stadtrat Kessler oder mit diesem Hauptkommissar in Verbindung oder auch mit Bernstedt. Vor allem wusste er jetzt eines: Wilmut war ein profunder Kenner der Weimarer Szene, heute und zur Zeit der Klassik, und Wilmut war ein Experte in puncto Goethe. Zum ersten Mal hatte er das Gefühl, einen ebenbürtigen Gegner vor sich zu haben. Und er musste sich selbst eingestehen, dass ihm Wilmut einen gewissen Respekt abnötigte. Langsam lehnte er sich auf der Parkbank zurück und blinzelte in die Baumkronen. In das Grün seiner geliebten Bäume. Er beschloss, seinen Plan konsequent weiterzuverfolgen. Und er war sehr mit sich zufrieden.

*

Ich war verwirrt. Was sollten diese Schmuddelverse? Vermutlich stammten sie aus einer unveröffentlichten Komödie Goethes mit dem glanzvollen Titel: ›Hanswursts Hochzeit oder Der Lauf der Welt‹. Es war wohl dem Einfluss der Frau von Stein zu verdanken, dass dieses Stück nie publiziert wurde. Und das war auch besser, denn es enthielt Figuren wie Hosenscheißer oder Leckarsch, und das waren noch nicht einmal die deftigsten Beispiele. Da ich dieses Stück als dunkelstes Kapitel von Goethes Schaffenskraft betrachtete, besaß ich darüber auch keine Literaturnachweise, die musste ich mir nun erst besorgen.

Die wildesten Gedanken kreisten in meinem Kopf. Was wollte der Kerl mir damit sagen? Warum diese erotischen Anspielungen? Stammte die E-Mail tatsächlich vom Täter? Wenn ja, woher wusste er überhaupt, dass ich mit diesem Fall befasst war?

Mein Kopf schmerzte und meine Augen brannten. Dennoch musste ich sofort Benno anrufen. Es war inzwischen fast Mitternacht. Er ging sofort ans Telefon, offensichtlich hatte er bisher nicht geschlafen.

»Hast du's dir doch anders überlegt?«, fragte er.

»Ich nicht, aber der Täter!«

»Wie meinst du das?«

»Ist bei dir schon eine E-Mail von unserem Mann eingegangen, zur ›Italienischen Venus‹?«

»Nein, ich sitze schon die halbe Nacht hier und warte darauf.«

»Diesmal habe *ich* die Nachricht bekommen!«

»Waaas?«

»Ja, diesmal hat er mich kontaktiert, er weiß von mir, von meiner Mitarbeit, verstehst Du?«

Stille am anderen Ende.

»Benno?«

»Ja, ich bin noch dran. Pass auf, Hendrik, der Oberbürgermeister hat für morgen früh eine erweiterte Expertenkommission einberufen und du sollst dabei sein. Ich habe dir das heute Mittag nicht gesagt, weil du ja aussteigen wolltest. Aber jetzt ...« Er brummelte einige undefinierbare Laute ins Telefon. »Der OB will, dass die Kommission so schnell wie möglich zusammentritt. Wann kannst du frühestens in Weimar sein?«

»In zweieinhalb Stunden«, antwortete ich ohne Zögern. Mein Entschluss, aus dem Fall auszusteigen, war wie weggeblasen. Meine Kollegen an der Uni hätten sich über diesen schnellen Meinungswechsel nicht gewundert. Benno offensichtlich genauso wenig.

»Quatsch, jetzt schläfst du erst mal ein paar Stunden. Ich würde sagen, wir beginnen um 9 Uhr, dann musst du nicht allzu früh aufstehen.«

»Geht klar. Bis morgen früh also.« Ich wollte gerade auflegen, als mir noch etwas einfiel.

»Ach, Benno.«

»Ja?«

»Sag mal, hast du mich einfach so ... ohne meine Zustimmung für diese Expertenkommission eingeplant?«

»Natürlich. Ich wusste, dass du dir das nicht entgehen lassen würdest.«

Ich schüttelte ungläubig den Kopf. »Und du warst nicht sauer, als ich aussteigen wollte?«

»Doch. Ich war sauer. Aber ich konnte es auch verstehen – es ist für uns alle eine enorme Belastung. Nun leg dich hin.«

»Danke Benno!« Im Moment kam ich mir selbst ziemlich kompliziert vor. Aber Benno hatte mein inneres Chaos zum Glück als kreative Flexibilität interpretiert. Und ich war froh darüber.

Ohne Frühstück fuhr ich gegen 6 Uhr los. Als ich den Rasthof Herleshausen erreichte, hatte ich einen Riesenhunger, hielt aber nicht an der Raststätte, sondern gegenüber an einem schottischen Feinschmecker-Restaurant. Dort genehmigte ich mir einen Riesenburger mit Cola, eine Apfeltasche und einen großen Erdbeershake. Danach fühlte ich mich wesentlich besser und konnte den Rest der Strecke ausführlich über die neue Situation des Falles nachdenken. In der Nähe von Gotha rief Benno an und teilte mir mit, dass die Sitzung in seinem Besprechungsraum in der Schwanseestraße stattfinden werde. Das war mir sehr recht, so musste ich nicht erst in dem riesigen Gebäude des Polizeipräsidiums herumirren. Trotz lebhaftem, teils zähem Verkehr schaffte ich es, pünktlich zu sein. Genau um 8.50 Uhr betrat ich Bennos Büro.

Als Erstes traf ich Benno und Siggi. Sie begrüßten mich freundlich und stellten mir Kriminalrat Göschke vor. Siggi freute sich offensichtlich, mich zu sehen, und machte mich mit seinem Kollegen Kommissar Hermann bekannt. Neben ihm saß ein eher unauffälliger Mann, der Polizeipsychologe. Martin Wenzel war ebenfalls anwesend. Kurz danach humpelte zu meinem großen Erstaunen Onkel Leo herein, in Begleitung eines mir unbekannten Mannes, von dem ich vermutete, dass es Oberbürgermeister Gärtner sein musste. Ich hatte recht. Onkel Leo stellte mich dem Oberbürgermeister vor, und ohne große Umschweife wurde die Sitzung eröffnet. Benno fungierte als Sitzungsleiter. Gärtner, direkt neben ihm sitzend, schien ihm voll zu vertrauen. Zur Linken des Oberbürgermeisters hatte Onkel Leo Platz genommen, dann folgten Wenzel und ich. Auf der anderen Seite des ovalen Tisches befanden sich die drei Kriminalisten und der Polizeipsychologe.

Bennos schwarze Haare und sein Vollbart waren wie immer gut geschnitten, er trug einen grauen Anzug mit Weste und eine rote Krawatte. Seine feste, überzeugende Stimme erfüllte den Raum mit Hoffnung und Entschlossenheit. Die Anwesenden hörten ihm aufmerksam zu.

»Guten Morgen, meine Damen und Herren«, begann er. »Ich danke Ihnen auch im Namen des Oberbürgermeisters, dass Sie hier erschienen sind, um an der Expertensitzung der Sonderkommission JWG teilzunehmen. Ungewöhnliche Ereignisse erfordern ungewöhnliche Maßnahmen. Dies möchte ich als Motto für unsere Arbeit verstanden wissen. Was immer Sie zur Lösung des Falles beitragen können, bitte stellen Sie es zur Diskussion. Wir werden es aufnehmen und gemeinsam beraten.«

Er machte eine kurze Pause, um seine Worte wirken zu lassen. Diese Zeit nutzte Martin Wenzel für eine Zwischenfrage: »Wo ist eigentlich Herr Blume?«

Dessen Abwesenheit war mir bis jetzt völlig entgangen.

Oberbürgermeister Gärtner hob den Kopf. »Mein persönlicher Referent hat ein anderes wichtiges Projekt übernommen und steht uns für diesen Fall nicht mehr zur Verfügung«. Er sprach in einem Ton, der signalisierte, dass das Thema hiermit beendet sei.

Ich sah Benno an, dem ein kaum wahrnehmbares Lächeln übers Gesicht huschte. Ich war beeindruckt. Offensichtlich war eine Veränderung in ihm vorgegangen. Der leicht resignierte Politiker der letzten Tage schien sich in einen entschlossenen Krisenmanager verwandelt zu haben. Ich registrierte es mit großer Erleichterung, weil es eine gewisse Last von meinen Schultern nahm, die ich im Moment nicht in der Lage war zu tragen.

»Weiterhin möchte ich Ihnen Herrn Leo Kessler vorstellen. Er ist mein Vorgänger und aufgrund seiner langjährigen Erfahrung im Krisenmanagement habe ich ihn gebeten, unsere Expertenkommission zu unterstützen.« Gärtner deutete mit der Hand in Richtung Onkel Leo. Seine Worte trafen den Nagel auf den Kopf, Onkel Leo hatte für Weimar die größte denkbare Krise überhaupt gemeistert: den Zusammenbruch der DDR und den Übergang in ein neues Gesellschaftssystem.

Diejenigen, die Onkel Leo kannten, nickten anerkennend. Gärtner gab Benno ein Zeichen fortzufahren. Die Atmosphäre war äußerst geschäftsmäßig und professionell, keiner sagte ein unnötiges Wort.

»Zunächst möchte ich nochmals die Geschehnisse der letzten beiden Tage zusammenfassen, damit alle auf dem neuesten Informationsstand sind«, fuhr Benno fort, »ist das in Ordnung?«

Alle stimmten zu.

»Vorgestern wurde aus dem Großen Sammlungszimmer eine kleine Bronzestatue mit dem Titel ›Italienische Venus‹ gestohlen. Sie wurde aus dem sogenannten Sammlungsschrank entwendet und ist circa 15 Zentimeter hoch. Der Verlust wurde erst gestern früh kurz nach der Öffnung des Museums bemerkt, exakt um 10.09 Uhr. Da bis zu diesem Zeitpunkt kein Besucher das Museum betreten hatte, kann der Diebstahl nur am Vortag stattgefunden haben.«

Ich wollte etwas fragen, doch Benno bat mich, mit einem Handzeichen, bis zum Ende seiner Einführung zu warten.

»Herr Wenzel war sofort zur Stelle, kurz danach Hauptkommissar Dorst und sein Team. Kommissar Hermann wird uns gleich über die letzten Ergebnisse der Spurensicherung informieren.«

Hermann pflichtete Benno mit einer Geste bei.

»Gleichzeitig führte Hauptkommissar Dorst mit seinen Kollegen eine Wohnungsdurchsuchung bei Oliver Held durch. Bei dieser Gelegenheit unseren Dank an den Kriminalrat, der auf unbürokratische Weise die Soko JWG auf zehn Personen vergrößert hat!«

Göschke lächelte jovial in die Runde, und ich vermutete, dass ihn jemand heftig zu dieser unbürokratischen Handlungsweise animiert haben musste, wahrscheinlich der Oberbürgermeister höchst persönlich.

»Bei der Wohnungsdurchsuchung konnten leider keine belastenden Beweise gefunden werden, sodass der Haftrichter Oliver Held freilassen musste. Er wurde gestern Abend gegen Auflagen entlassen.«

Ich sah Siggi überrascht an. Sein Blick schien mir zu sagen: ›So ist das eben in einem Rechtsstaat.‹

»Sein Alibi für zwei der Raubtermine in Weimar ist allerdings sehr dürftig«, fuhr Benno fort, »hier besteht also weiterhin Klärungsbedarf. Hauptkommissar Dorst und sein Team arbeiten daran. Held ist heute Nachmittag zu einer weiteren Vernehmung geladen.«

Er wandte sich mir zu. »Außerdem haben wir inzwischen eine weitere E-Mail erhalten, die sich offensichtlich auf die gestohlene ›Italienische Venus‹ bezieht. Das Erstaunliche daran ist zum einen der Inhalt, darüber werden wir später mehr erfahren, und zum anderen die Tatsache, dass die Nachricht nicht, wie in den bisherigen Fällen, an mich geschickt wurde, sondern an Hendrik Wilmut.«

Ein Raunen ging durch den Raum.

Benno hob beschwichtigend die Hand. »Soweit die Fakten. Aufgrund dieser Sachlage hat Herr Oberbürgermeister Gärtner einen wichtigen Vorschlag zu machen, den er nun gerne selbst erläutern möchte.«

Alle blickten gespannt auf Peter Gärtner. Er beugte den Oberkörper nach vorn, um seinen Worten mehr Nachdruck zu verleihen. »Danke, Herr Kessler. Wie schon gesagt: Ungewöhnliche Ereignisse erfordern ungewöhnliche Maßnahmen. Um zu verhindern, dass noch mehr gestohlen wird, halte ich es für das Beste, ab sofort das Goethehaus zu schließen, und zwar so lange, bis der Täter gefasst ist. Wie stehen Sie dazu?«

Es wurde so still im Raum, dass wir Bennos Sekretärin im Nebenzimmer sprechen hören konnten. Die große Standuhr in Bennos Konferenzraum schien lauter zu ticken als zuvor.

Martin Wenzel hob die Hand, um etwas zu sagen. Der Oberbürgermeister reagierte zügig, aber ohne Hast: »Entschuldigen Sie, Wenzel, Sie haben Ihre Meinung bereits ausführlich erläutert und Ihre Position als Verteidiger des offenen Museums für alle Bürger ist klar. Ebenso klar wie die Zustimmung der Kripokollegen zu diesem Plan. In erster Linie interessiert mich die Meinung von Herrn Kessler senior und Herrn Wilmut.« Er blickte Onkel Leo an und wartete.

»Nun, meine Herren«, begann er nach kurzem Zögern, »dies ist sicher eine schwierige Entscheidung. Ein Museum solch herausragender Stellung hat einen Auftrag zu erfüllen. Es hat die Bevölkerung zu informieren und aufzuklären, auch zu unterhalten. Dazu muss es eigentlich das gesamte Jahr über geöffnet sein.«

Martin Wenzel nickte heftig.

»In diesem Fall jedoch muss der grundsätzliche Auftrag des Museums zurückgestellt werden zugunsten der Rettung der historischen Ausstellungsstücke. Wenn diese nämlich weiterhin verschwunden bleiben oder noch mehr Exponate gestohlen werden, bedeutet dies einen viel größeren Verlust für die Bevölkerung als nur die vorübergehende Schließung des Goethehauses. Außerdem könnte das eigentliche Museum geöffnet bleiben, nur Goethes Wohnhaus müsste geschützt werden. Unter dieser Voraussetzung spreche ich mich eindeutig für den Vorschlag des Oberbürgermeisters aus.«

Martin Wenzel stierte ihn wütend an.

Gärtner gab mir ein Zeichen. Ich richtete mich im Stuhl auf. »Niemand würde uns verzeihen, wenn wir nicht alles in unserer Macht stehende tun würden, um die historischen Exponate zu schützen. Stellen Sie sich vor, wir müssten vor der UNESCO-Kommission eingestehen, dass wir zögerlich gehandelt haben. Ich bin *für* die Schließung. Wir sollten der Bevölkerung und der Presse allerdings einen triftigen Grund nennen. Zum Beispiel eine Renovierung in Vorbereitung auf das Europäische Kulturjahr 1999.«

Die Abstimmung endete sieben zu eins für eine zeitweise Schließung des Weimarer Goethehauses. Ich hatte sehr gemischte Gefühle, denn die Zustimmung war keinem von uns leichtgefallen, doch insgesamt war ich erleichtert, dass es voranging.

Wenzel dagegen zeigte sich verärgert. Seine sonst äußerst korrekt sitzende Krawatte war verrutscht, mehrmals fuhr er sich mit der Hand durch sein graues Haar. Wahrscheinlich sah er durch diese drastische Maßnahme sein Lebenswerk gefährdet und wollte nicht erkennen, dass es im anderen Fall einer weitaus größeren Gefahr ausgesetzt war. Er lief wie ein Tiger unruhig im Zimmer hin und her, blickte immer wieder aus dem Fenster und wollte sich nicht zu uns an den Tisch setzen. Um an sein Fachwissen zu appellieren, forderte Benno ihn auf, das gestern gestohlene Stück näher zu beschreiben. Er setzte sich zwar nicht wieder, hielt aber zumindest in seinem Umherwandern inne und postierte sich hinter seinem Stuhl. »Es ist eine italienische Venus, eine Bronzestatuette auf einem Holzpostament. Sie ist relativ klein, circa 15 Zentimeter hoch und stammt aus der zweiten Hälfte des 16. Jahrhunderts, genauere Angaben sind nicht bekannt. Im Gegensatz zu vielen anderen Statuen, die Goethe als Kopie anfertigen ließ, hat er diese aus Italien mitgebracht, es handelt sich also um ein Original. Sie befand sich ganz links im mittleren Fach des Sammlungsschrankes im Großen Sammlungszimmer. Mehr wäre dazu nicht zu sagen.«

Meine Überlegungen von gestern hatten sich also bestätigt: wieder ein Original. Das Goethehaus war voll von Kopien, aber der Dieb hatte es nur auf die Originale abgesehen.

»Welchen Wert hat diese Statue?«, fragte Kommissar Hermann.

»Nun, wissen Sie, ebenso wie alle anderen gestohlenen Exponate ist der ideelle Wert wesentlich höher einzuschätzen als der Materialwert. Das einzig Greifbare ist der Versicherungswert, der für die Bronzestatuette genau ähm ...«, er setzte sich und blätterte in seinen Akten, »... genau 10.000 DM beträgt!«

»Na, wenigstens sind wir gut versichert«, meinte Gärtner sarkastisch.

»Gut«, resümierte Benno, »dann hätten wir dieses Thema geklärt. Nächster Tagesordnungspunkt: Was geschieht mit dem Goethemuseum während der Schließung? Irgendwelche speziellen Maßnahmen, Aktionen?«

Kommissar Hermann meldete sich zu Wort: »Zunächst sollte die Soko alle Tatorte nochmals genau untersuchen, besonders das Sammlungszimmer. Fingerabdrücke, Haare, Wollfasern und so weiter, Sie wissen schon – das volle Programm.«

»Einverstanden. Sonst noch was?«

»Entschuldigung«, begann ich, »es klingt vielleicht albern, aber ...«

Benno unterbrach mich sofort: »Hendrik, bitte, ich habe ausdrücklich gesagt, alle Ideen sind willkommen. Also, raus damit!«

Ich hätte einwenden können, dass der Oberbürgermeister in diesem Punkt Martin Wenzel aber ganz anders behandelt hatte. Doch dazu war die Zeit zu kostbar. »Gut, ich frage mich, ob die Außenhautsicherung des Museumsgebäudes wirklich perfekt ist, oder könnte der Täter trotz verschlossener Türen weitermachen?«

»Was meinst du dazu?«, fragte Benno in Siggis Richtung.

»Nach meinem Ermessen kann niemand von außen in das Gebäude eindringen. Die Alarmanlage ist in Ordnung, die Firma, die sie installiert hat, haben wir überprüft, alles sauber. Da habe ich keine Bedenken.«

»Wir sollten trotzdem auf Nummer sicher gehen«, warf

Onkel Leo ein. »Können wir das Gebäude nicht zusätzlich überwachen lassen?«

Der Kriminalrat schien nicht begeistert. Siggi versicherte, dass er von der Sonderkommission JWG einen Mann abstellen könne. Daraufhin erklärte sich Göschke bereit, einen zweiten Beamten zu organisieren, zunächst befristet für eine Woche. Für eine Überwachung rund um die Uhr brauchten wir aber vier Personen, je zwei im Wechsel.

Die zündende Idee kam von Martin Wenzel: »Die meisten meiner Angestellten sind während der Schließung des Museums sowieso ohne Aufgabe, zwei davon könnten jeweils zusammen mit einem Polizisten den Wachdienst übernehmen.«

Ich war verblüfft. Das war der erste brauchbare Satz, den ich von Martin Wenzel bisher gehört hatte. Seine Gesichtszüge unter dem weißen Haupthaar entspannten sich zusehends.

»Sehr gute Idee!«, lobte Benno. »Danke, Wenzel. Siggi, kann die Soko die Einweisung der Museumsangestellten übernehmen, reicht dazu ein Tag?«

»Ja, das müsste klappen!«

Ich war sehr froh, dass sich endlich etwas bewegte. Auch der Oberbürgermeister nickte zufrieden.

Es war bereits 10 Uhr und Benno machte mächtig Druck. »Nächster Tagesordnungspunkt: Oliver Held.«

Sofort meldete sich Siggi zu Wort: »Da die Wohnungsdurchsuchung nichts Konkretes ergeben hat, mussten wir ihn vorgestern entlassen. Das war einerseits natürlich von Vorteil für ihn, weil er wieder nach Hause konnte. Andererseits war es aber auch sein Pech, denn wäre er eine Nacht länger in unserer staatlichen Pension geblieben, hätte er ein astreines Alibi für den Diebstahl in der folgenden Nacht gehabt und wäre damit als Täter ausgeschieden. Ich bin gespannt, ob er tatsächlich heute Nachmittag zur Vernehmung kommt.«

»Wenn nicht, dann veranlassen Sie sofort eine Fahndung!«, befahl Göschke.

»Geht klar. Und noch eines muss ich erwähnen ...«

»Nur raus damit!«, rief Benno.

»Wir konnten bei der Wohnungsdurchsuchung keine Drogenhunde einsetzen, da es in Weimar keine gibt. Wir müssten dazu eine Hundestaffel aus Erfurt kommen lassen, das ist zwar aufwendig, wäre aber wichtig ...«

»Sie immer mit Ihren teuren Ideen«, meinte der Kriminalrat und warf Siggi einen vorwurfsvollen Blick zu. Siggi erwiderte den Blick nicht, sondern blätterte in seinen Akten. Ich wollte etwas sagen, wusste aber nicht, wie ich argumentieren sollte.

Benno suchte einen Moment nach den richtigen Worten, dann schlug er vor abzustimmen.

So viel Demokratie war Göschke wohl nicht gewohnt. Er blieb stumm. Der entsprechende Beschluss erfolgte einstimmig. Siggi sollte dafür sorgen, dass die erneute Wohnungsdurchsuchung so schnell wie möglich stattfinden konnte.

»Ich habe bereits alles vorbereitet, die Kollegen aus Erfurt treffen heute Mittag ein«, erklärte er.

Göschke machte ein überraschtes Gesicht. Bevor er jedoch etwas entgegnen konnte, hakte ich ein: »Na, das ist ja wunderbar, dann haben wir das Ergebnis vielleicht schon bis zu Helds Vernehmung!«

Der Psychologe blieb weiterhin stumm.

»Was ist eigentlich mit Helds Alibi?«, fragte Onkel Leo an Siggi Dorst gewandt.

»Nun, wie Benno bereits erwähnte, das ist ein Problem, an dem wir arbeiten. Seine Alibis werden Hauptthema bei seiner heutigen Vernehmung sein.«

»Wer führt die Vernehmung durch?«, fragte Göschke.

»Ich werde sie leiten«, antwortete Siggi, »unser Psychologe wird ebenfalls dabei sein.«

»Gut so weit«, bemerkte Benno. »Dann habe ich noch etwas Persönliches zu berichten!«

Alle Augen richteten sich auf ihn.

»Hendrik hat eine Tabelle erstellt, in der alle Diebstähle, die Tatzeit und der Tatort, die entwendeten Gegenstände und die dazugehörigen E-Mail-Kommentare des Täters aufgelistet sind.« Er hielt die Tabelle in die Höhe. »Dabei fiel ihm auf, dass es zu dem Diebstahl des Cornelia-Bildes in Frankfurt keine E-Mail gibt.«

Ein Raunen ging durch die Runde.

»Daraufhin erinnerte ich mich, dass meine Frau am Tag nach dem Frankfurter Diebstahl einen seltsamen Zettel im Briefkasten fand. Da ich ihn nicht zuordnen konnte, habe ich ihn weggeworfen. Nach der Rekonstruktion einiger Zeilen, die mir in Erinnerung geblieben waren, fand Hendrik heraus, dass es sich um das Goethe-Gedicht ›An Luna‹ handelte.«

Ich erklärte den vermuteten Zusammenhang zwischen Gedicht und gestohlenem Bild.

»Das ist ja sehr interessant, Hendrik«, warf Onkel Leo ein, »aber inwiefern bringt uns das jetzt weiter?«

»Na ja«, antwortete ich, »erstens wird damit unser Verdacht, dass die Taten in Frankfurt und Weimar zusammenhängen, eindeutig bestätigt. Zweitens hatte ich nach dem Cornelia-Diebstahl schon die Vermutung, dass der Täter es nur auf Originale abgesehen hat. Dies hat sich nun im Falle der Venus bestätigt. Er will Gegenstände an sich bringen, die für Goethe einen großen persönlichen Stellenwert hatten, und all diese Kunstgegenstände sind Originale, obwohl das Goethehaus ansonsten voller Kopien ist. Er weiß demnach ganz genau zwischen Nachbildungen und Originalgegenständen zu unterscheiden.«

Ich machte eine kurze Pause, blickte in die Runde und sah einvernehmliche Gesichter.

»Das bringt uns momentan zwar nicht auf die Spur der geraubten Gegenstände, aber in Bezug auf die Charakterisierung und die Einkreisung des Täters hilft uns das ein Stück weiter«, fuhr ich fort.

Onkel Leo machte eine zustimmende Geste und Benno ging zum nächsten Tagesordnungspunkt über: »Der Polizeibericht vom Tatort, Kommissar Hermann, bitte!«

»Wir erhoffen uns Einiges von der erneuten, ausführlichen Spurensuche, die wir morgen den gesamten Tag über vornehmen werden. Herr Wenzel, bitte sorgen Sie dafür, dass wir ab 9 Uhr in das Große Sammlungszimmer können und keiner vorher den Raum betritt!«

Wenzel nickte. Während Hermann in seinen Akten blätterte, fuhr er fort: »Die bisherigen Ergebnisse sehen wie folgt aus: Alle Fingerabdrücke am Sammlungsschrank und im Großen Sammlungszimmer stammen von den Angestellten des Museums. Den Besuchern ist es streng verboten, Ausstellungsstücke zu berühren, und mit sehr wenigen Ausnahmen halten sie sich auch daran. Der Täter hat offensichtlich Handschuhe benutzt. Wir haben Spuren eines weißen Pulvers gefunden, das derzeit analysiert wird. Es könnte sich dabei möglicherweise um Talkum handeln, das zur Beschichtung von Gummihandschuhen benutzt wird.«

»Waren auch Fingerabdrücke von Oliver Held dabei?«, schaltete Onkel Leo sich ein.

»Ja, auch Oliver Helds Fingerabdrücke haben wir am Schrank gefunden, doch sie waren meist unvollständig und wahrscheinlich schon älter. Außerdem ist er berechtigt, den Schrank anzufassen, sodass ihm das nicht zum Vorwurf gemacht werden kann. Keine der Außentüren des Gebäudes war beschädigt, die Alarmanlage zeigte keinerlei Einträge im Logbuch. Das einzig Verwertbare, das wir gefunden haben, sind Fußabdrücke auf der großen Wendeltreppe. Sie liegt nicht im Besucherbereich und ist komplett abgesperrt.«

Ich sah ihn interessiert an. Das schien ja wenigstens eine verwertbare Spur zu sein.

Als hätte er meine Gedanken gelesen, schüttelte Hermann leicht den Kopf und meinte:»Versprechen Sie sich nicht zu viel davon, Herr Wilmut. Die Fußabdrücke bestehen aus Staub, wie er überall im Museum zu finden ist. Außerdem ist keinerlei Profil zu erkennen. So, als hätte er sich ein Tuch um die Schuhe gebunden oder eben völlig profilfreie Schuhe getragen.«

»Schuhgröße?«, fragte Benno.

»Das ist der einzige Anhaltspunkt. Wir haben lediglich einen verwertbaren vollen Schuhabdruck auf der Wendeltreppe gefunden: Schuhgröße 46. Das heißt, wir wissen, dass er über die Wendeltreppe ins Obergeschoss gekommen ist und dass er relativ große Füße hat. Vermutlich also eine Körpergröße zwischen 1,80 und 1,95.«

Unwillkürlich sahen mich alle an. Ich lachte:»Die Körpergröße stimmt, aber ich habe Schuhgröße 48.«

Onkel Leo schaltete sich ein:»Welche Schuhgröße hat Oliver Held?«

»Das steht nicht in seiner Akte«, antwortete Siggi, »aber bis morgen werden wir es in Erfahrung bringen. Seine Körpergröße beträgt 1,81 Meter.«

»Irgendwelche Spuren im Außenbereich?«, fragte ich.

»Nein«, erwiderte Hermann, »das hat uns auch überrascht. Keinerlei Spuren im Garten oder vor dem Haus, auf dem Dach oder an einem der Nachbarhäuser.« Er schüttelte missmutig den Kopf.

»Hat irgendjemand eine Idee, wie die Statue aus dem Museum geschafft worden sein könnte, obwohl wir eine erweiterte Personenkontrolle durchgeführt haben und keiner mehr seine Tasche mit hineinnehmen darf?« Benno schaute fragend in die Runde.

»Nun«, meldete Siggi sich zögernd zu Wort, »falls Oliver Held der Täter ist, oder ein anderer Museumsangestellter, kann sie im Handgepäck der Angestellten hinausgeschmuggelt worden sein.«

»Wurde das Handgepäck der Angestellten nicht überprüft?«, wollte Gärtner wissen.

»Nein«, gab Martin Wenzel zu.

Benno und ich sahen uns erstaunt an. Daran hatten wir im Kaminzimmer des ›Weißen Schwan‹ nicht gedacht.

»Und wenn es kein Angestellter war?«, gab Onkel Leo zu bedenken. Sein Einwand blieb unkommentiert im Raum stehen.

Siggi hob ratlos die Schultern. »Zumindest ist der Täter offensichtlich auf kleinere Exponate umgestiegen, die er leichter aus dem Gebäude schaffen kann«, meinte er.

»Wer sagt denn eigentlich, dass die Statue bereits aus dem Gebäude herausgebracht wurde? Vielleicht hat der Täter sie nur irgendwo innerhalb des Gebäudes versteckt, um sie später zu holen?« Onkel Leos Blick wanderte zwischen Siggi, Göschke und Wenzel hin und her.

»Ist das denkbar, Wenzel?«, fragte Göschke.

»Nun ja, grundsätzlich schon, das Weimarer Goethehaus ist sehr groß und bietet einige Schlupfwinkel.«

»Gut, Hermann, Sie suchen morgen im Goethehaus nicht nur nach Indizien, sondern bitte auch nach den geraubten Gegenständen selbst«, bestimmte Siggi.

Mir fiel noch etwas ein: »Hat der Täter eigentlich im oder am Versammlungsschrank irgendetwas zerstört?«

»Nein, nichts, alles sauber und aufgeräumt, die Schranktüren wurden wieder sorgfältig geschlossen.«

»Das dachte ich mir«, murmelte ich.

Benno hob sofort interessiert den Kopf. »Wieso?«

»Es sieht so aus, als hätte er grundsätzlich eine positive Einstellung zu Goethe, seinen Werken und seinen Besitztümern. Er hat bisher nichts zerstört, hat nur Originale gestohlen und diese, soweit wir wissen, auch nicht verkauft, also nicht aus der Hand gegeben. Er kennt sich sehr gut mit Goethes Lyrik aus und weiß von dem Bezug der gestohlenen Stücke zu Goethes Werken. Solch ein Detailwissen besitzt nur jemand, der sich lange und intensiv mit Goethe beschäftigt hat, und das wiederum tut nur jemand, der ihn und seine Werke schätzt, mehr noch … verehrt.«

»Und was schließen Sie daraus?« Alle sahen erstaunt auf. Zum ersten Mal überhaupt hatte der Polizeipsychologe etwas gesagt.

»Bis jetzt kann ich anhand dieser Indizien nur davon ausgehen, dass er die gestohlenen Werke sehr wahrscheinlich nicht zerstören wird, sodass die Chancen, diese unversehrt wiederzubekommen, relativ hoch sind.«

Benno und OB Gärtner vernahmen das mit einer gewissen Erleichterung. Wenzel sah dagegen skeptisch aus. »Hoffen wir's«, war sein einziger Kommentar.

»Hendrik«, Benno hob seine Hand in meine Richtung, »gibst du uns bitte noch ein paar Erläuterungen zu diesem seltsamen Text der letzten E-Mail?«

»Ja, der Text ist in der Tat recht ungewöhnlich«, begann ich, »und er hat eine eindeutig erotische Komponente.« Damit nahm ich die ausgedruckte Mail zur Hand und las vor:

»*Und hinten drein kommen wir bey Nacht,*
und vögeln sie daß alles kracht.«

Einige machten eine schockierte Miene, keiner lachte. Ich erklärte, aus welchem unveröffentlichten Stück von Goethe dieser Text stammte, und merkte an, dass ich aus Zeitmangel bis jetzt keine Analyse hatte erstellen können, dies aber heute Nachmittag sofort nachholen würde.

Benno schien zufrieden: »Ich danke Ihnen, dass Sie alle Ideen auf den Tisch gebracht haben, seien sie auch noch so unwahrscheinlich. Nur so kommen wir weiter. Noch etwas?«

»Wie verhalten wir uns denn der Presse gegenüber?«, fragte Onkel Leo.

»Guter Punkt, Leo«, antwortete Peter Gärtner. »Das hätten wir beinahe vergessen.«

Nach kurzer Diskussion wurde beschlossen, den Pressesprecher der Stadt Weimar einzuweihen und ihn zu beauftragen, so schnell wie möglich eine Pressemitteilung zur Schließung des Goethemuseums auszuarbeiten. Der Oberbürgermeister bat Benno, mit ihm Kontakt aufzunehmen. »Übrigens möchte ich, dass niemand sonst von den Vorgängen im Goethehaus erfährt«, bemerkte Gärtner, »erstens führt das nur zu unnötigen Irritationen in der Bevölkerung, besonders in der Presse, zweitens dürfen dem Täter keinerlei Informationen über die laufenden Ermittlungen zugespielt werden. Ich bitte, dies sehr ernst zu nehmen, meine Herren!«

Alle waren sich dessen bewusst. Wenzel hob die Hand, um etwas zu sagen: »Ich müsste allerdings dem Stiftungspräsidenten Bericht erstatten, schließlich ist er für alle Museen, Archive und sonstige Bauten der Klassik Stiftung Weimar verantwortlich.«

Der Oberbürgermeister legte die Stirn in Falten.

»Und schließlich soll das wichtigste Museum in Weimar geschlossen werden«, ergänzte Wenzel.

»Ich spreche mit ihm«, antwortete Gärtner.

Die nächste Sitzung wurde auf den kommenden Abend festgelegt.

Wir wollten gerade alle aufstehen, als Göschkes fordernde Stimme ertönte: »Eins würde mich jetzt aber doch noch interessieren: Woher wusste der Täter von Herrn Wilmuts Mitarbeit an diesem Fall und woher hatte er seine E-Mail-Adresse?«

Ich hob den Kopf: »Meine Mail-Adresse herauszubekommen, ist kein Kunststück. Sie steht im Vorlesungsverzeichnis der Uni Frankfurt, oder man fragt sich irgendwie durch. Viel interessanter ist die Frage: Woher weiß der Täter überhaupt von meiner Mitarbeit?«

Allgemeines Schweigen.

»Wir sollten vielleicht einmal lückenlos aufzählen, wer außerhalb unseres Teams von Hendrik Wilmuts Teilnahme an den Ermittlungen weiß«, schlug Siggi vor.

Benno reagierte verwirrt: »Na, wer soll das denn schon sein?«

»Zum Beispiel deine Sekretärin!«Erstaunte Blicke richteten sich auf Benno. Die Sekretärin wusste natürlich nichts über den Inhalt unserer Gespräche, aber ihr war in der Tat bekannt, dass ich der Soko JWG angehörte.

»Meine Frau«, warf Onkel Leo ein. Das nahmen alle ungerührt hin.

»Bernstedt«, sagte Benno.

»Bernstedt?«, wiederholte Peter Gärtner verwundert.

»Sie kennen ihn doch«, meinte Benno, »er ist absolut vertrauenswürdig. Er hat seit vielen Jahren Kontakt zu Oliver Held, deswegen wollten wir seine Meinung hören, zu Olivers Lebensgeschichte, seiner Persönlichkeit und seinen Problemen.«

Der Oberbürgermeister missbilligte das offensichtlich, gab aber keinen weiteren Kommentar dazu ab.

»Die anderen Kripo-Kollegen, Spurensicherung und so weiter?«

»Moment mal, für die lege ich meine Hand ins Feuer!« Göschke kritzelte ärgerlich mit seinem Stift Kreise auf einen

Schreibblock. »Wenn wir anfangen, dem Polizeiapparat zu misstrauen, dann können wir gleich aufgeben!«

Auch wenn ich seine Art und seine komische Stimme nicht leiden konnte, musste ich ihm zustimmen.

»Hans Blume?«, fragte ich. Ein leises Gemurmel erfüllte den Konferenzraum.

»Ja, der weiß davon«, sagte Benno in dem offensichtlichen Bemühen, neutral zu bleiben.

Peter Gärtner runzelte die Stirn. »Ich kümmere mich darum.«

6. DAS GÖTTLICHE

Nach dem Expertentreffen brachte ich meinen Laptop ins Polizeipräsidium, damit die Kriminaltechnik untersuchen konnte, von wem die E-Mail abgesandt worden war. Ein völlig vergeistigt aussehender, rappeldürrer Typ in einem ausgewaschenen T-Shirt nahm den Laptop entgegen und versprach, in einer Stunde mit der Arbeit fertig zu sein. In der Zwischenzeit gingen Siggi und ich zum Mittagessen in den kleinen Asia-Imbiss an der Weimarhalle. Wir entschieden uns beide für Sushi, ich benutzte Stäbchen, Siggi aß mit der Gabel. Das Sushi schmeckte hervorragend.

Wir konnten uns beide nicht erklären, wie der Täter herausbekommen hatte, dass ich mit dem Fall befasst war. Siggi versicherte mir jedoch, dass die Soko dem nachgehen würde.

»Hast du Angst?«, wollte er wissen.

»Nein«, entgegnete ich, »wie gesagt, ich halte den Täter für harmlos, er will aus irgendeinem Grund in den Besitz der Exponate kommen und sie behalten, mehr sicher nicht. Er wird sie nicht zerstören und auch sonst nicht gewalttätig werden.«

»Na, ich weiß nicht.«

»Glaubst du mir nicht?«, fragte ich zwischen zwei Maki-Häppchen.

»Doch, Hendrik, aber ich bin Polizist, und ich habe die Aufgabe, Gefahren von Menschen abzuwenden. Und die Tatsache, dass der Täter von *deiner* Rolle bei seiner Verfolgung weiß, lässt bei mir die Alarmglocken klingeln.«

»Na gut, ein bisschen Bedenken habe ich schon.« Es gibt Worte, die ich nur sehr selten gebrauche. Eines davon ist Angst. Ein anderes Hass. »Ich passe auf mich auf«, versicherte ich, »und Hanna weiß auch Bescheid.«

»Gut. Und noch etwas.« Siggi ließ einen kurzen Moment verstreichen, bevor er weitersprach: »Bitte nimm Kontakt zu unserem Psychologen auf.«

»Ach, du liebe Zeit.« Das hat mir gerade noch gefehlt.

»Hast du ein Problem mit ihm?«

»Allerdings!«

»Warum?«

»Na, der Mann hat bisher eine einzige Frage gestellt, hat überhaupt nichts Konstruktives zu dem Fall beigetragen und sich mehr oder weniger versteckt, was soll ich denn mit dem anfangen?«

»Er ist sehr zurückhaltend, das stimmt, aber ... vielleicht hat er ja einen Grund.«

»Und der wäre?«

»Nun, er ist bereits seit 15 Jahren Polizeipsychologe.«

»Ja, das hat mir Göschke auch schon gesagt. Und was heißt das?«

»Rechne doch mal zurück ...«

Ich begriff zunächst nicht, doch dann dämmerte mir, worauf Siggi hinauswollte. »Ah, du meinst also, er war bereits zu DDR-Zeiten als Polizeipsychologe tätig?«

»Richtig, und um gleich die Karten auf den Tisch zu legen: Er war bei der Stasi.«

»Nein. Nicht wirklich, oder?«

»Doch!«

»Ich glaub es nicht – und mit so jemandem soll ich zusammenarbeiten? Niemals!« Ich regte mich dermaßen auf, dass mir beinahe die Stäbchen heruntergefallen wären.

»Hendrik, bitte, komm wieder runter, es ist eine längere Geschichte und ich möchte sie dir gerne erzählen. Gib mir wenigstens die Chance dazu.«

Ich atmete ein paarmal tief durch. »Na dann leg mal los!«, knurrte ich schließlich.

»Nicht jetzt und nicht hier, zwischen all den Leuten. Erst musst du dich mal beruhigen. Wir gehen in dem Café gegenüber einen Espresso trinken und anschließend machen wir einen Spaziergang durch den Weimarhallenpark. Dabei erzähle ich dir alles, einverstanden?«

»Verdammt, du kennst mich schon viel zu gut«, fluchte ich, während er lachte, »ich dachte, du musst zur zweiten Hausdurchsuchung bei Held?«

»Die kann Hermann allein machen.«

»Das hier scheint dir ja sehr wichtig zu sein«, brummte ich.

»Stimmt, denn davon hängt der Erfolg unseres gesamten Teams ab!«

Das hielt ich zwar für reichlich übertrieben, erklärte mich aber einverstanden, denn jetzt wollte ich die ganze Geschichte hören, mehr aus Neugier als aus der Bereitschaft heraus, mit einem Ex-Stasi-Mann zusammenzuarbeiten.

Vom Café aus rief ich Benno zu Hause an. Auch er war besorgt wegen der Tatsache, dass der Täter von meiner Mitwirkung an der Aufklärung des Falls wusste, und wollte nochmals in Ruhe mit mir reden, bevor weitere Schritte unternommen wurden. Wir verabredeten uns für den heutigen Abend bei ihm zu Hause, zu einem gemütlichen Bier mit Jägermeister und einem gepflegten Männergespräch. Sophie hatte Spätdienst in der Klinik, mit ihr konnten wir ohnehin nicht vor Mitternacht rechnen.

In der Tat fühlte ich mich nach zwei Tassen Espresso deutlich besser. Wir schlenderten ein paar Meter durch den Weimarhallenpark und setzten uns dann auf eine Bank.

»Also, pass auf«, begann Siggi.

Ich lehnte mich zurück und sah ihn auffordernd an.

»Der Psychologe war in der Tat bei der Stasi, hat allerdings niemanden bespitzelt, niemanden verraten und auch sonst niemandem geschadet.«

»Mir kommen gleich die Tränen!«

»Hendrik, bitte!«

»Schon gut.«

»Er wurde nach seinem Psychologie-Studium an der Uni Jena dorthin versetzt.«

»Was heißt hier versetzt?«

»Nun, wie viele Dinge in der DDR war auch die Verteilung der Arbeitsplätze ein planwirtschaftlicher Akt. Man konnte zwar gewisse Wünsche äußern, doch besonders in Fachgebieten mit einer geringen Arbeitsplatz-Planzahl war die Auswahl nicht groß. Und solch ein Fachgebiet war zum Beispiel die Psychologie. Es gab nur wenige klinische Psychologen, sonst hätte man ja offiziell zugeben müssen, dass in der Bevölkerung Bedarf bestand. Viele der psychiatrischen Patienten landeten sowieso im Gefängnis. Da blieb den meisten Absolventen nur eine Wahl: Polizeipsychologe.«

»Das ist aber immerhin etwas anderes als Mitarbeiter bei der Stasi!«

»Stimmt, aber das haben sie ihm vorher nicht gesagt. Er sollte sich zum Dienstantritt auf dem Polizeipräsidium in Erfurt melden, wurde von dort aber direkt in die Stasi-Zentrale nach Gotha geschickt.«

»Und das glaubst du ihm?«

»Ich glaube es nicht, ich *weiß* es. Die Stasi hat natürlich auch über ihre eigenen Mitarbeiter Akten geführt und ich habe seine Akte gelesen.«

»Du hast seine Stasi-Akte gelesen? Wieso das denn?«

»Ich habe ihn nach der Wende eingestellt.«

»Waaas?«, entfuhr es mir und unwillkürlich schoss ich von der Bank hoch.

Siggi stand auf und legte mir die Hand auf die Schulter. »Nun setz dich wieder hin, Mann. Er war nachweislich nur für Schwerkriminalität in der DDR zuständig, nicht für politische Vergehen.«

»Und wozu zählte Republikflucht?«

»Das weiß ich nicht, Hendrik. Außerdem ist das Vergangenheit. Wenn ich eines gelernt habe hier in Thüringen, dann ist es, mehr Wert auf den Menschen und seine persönlichen Qualitäten zu legen als auf seine Vergangenheit. Und er ist ein sehr guter Psychologe.«

»Woher willst *du* das denn wissen?«

»Diese Frage ist sicher berechtigt.« Siggi ließ sich überhaupt nicht provozieren. »Ich kann natürlich nicht seinen theoretischen Hintergrund beurteilen, aber ich weiß, dass er in der täglichen Polizeiarbeit sehr gute Erfolge verbuchen konnte. Letztes Jahr hat er nach der Prüfung etlicher Zeugenaussagen den entscheidenden Hinweis auf einen Serienmörder in Apolda geliefert. Diese Leistungen beeindrucken mich mehr als seine Vergangenheit.«

Wir schwiegen eine Weile. »Wie war das denn mit diesem … Serienmörder?«, fragte ich schließlich leise.

Ein Lächeln huschte über Siggis Gesicht. Er wusste, dass er fast gewonnen hatte. »Der Würger von Apolda«, sagte er ohne weitere Erklärung.

»Ja und weiter?«, drängte ich. Er ließ mich schmoren, der Dreckskerl.

»Zunächst hat er uns geholfen herauszufinden, dass es überhaupt ein *Serien*täter war«, fuhr Siggi fort. »Das war nicht ohne Weiteres erkennbar. Danach rollten wir alle bisherigen Fälle erneut auf. Leider gelang es dem Würger, erneut zuzuschlagen, bevor wir ihn festnehmen konnten.«

Meine Achtung vor diesem Psychologen stieg, ohne dass ich bisher bereit war, das zuzugeben. »Und wie seid ihr ihm dann auf die Spur gekommen?«

»Wir fanden heraus, dass er immer sehr schnell den Tatort verließ und die Leiche in einem nahen Wald oder Gebüsch oberflächlich verscharrte, bevor er verschwand. Der Psychologe schloss daraus, dass der Täter möglichst rasch wieder in seine gewohnte Umgebung, also seine Wohnung oder sein Haus zurückkehren wollte, weil er sich dort sicher fühlte. Er nahm eine Zeit an, die der Täter sich selbst setzte, um in Sicherheit zu gelangen, und wir berechneten daraus den maximalen Abstand seiner Wohnung vom Tatort. Wir zogen einen entsprechenden Kreis um den jeweiligen Fundort der Leiche. In der Schnittfläche der Kreise musste der Täter zu finden sein.«

»Aha.«

»In diesem Gebiet lebten 225 Männer, die altersmäßig infrage kamen. Dann ging alles sehr schnell. Wir gingen an die Öffentlichkeit und forderten all diese Männer auf, sich zur Überprüfung ihres Alibis zu melden. Am nächsten Tag ermordete der Täter die fünfte Frau. Zwei Tage später fassten wir ihn. Seine Ehefrau hatte von dem fünften Mord aus der Zeitung erfahren und reimte sich mit allen ihr zur Verfügung stehenden Informationen zusammen, dass es ihr Mann gewesen sein musste.«

»Beachtlich!«

Er nickte.

»Nur eines ist mir nicht klar. Der Psychologe – so sagst du – ist von einer bestimmten Zeit ausgegangen, die der Täter sich selbst setzte, um nach dem Mord wieder in Sicherheit zu gelangen. Wo kam er auf diese Zeitspanne, war das ein Erfahrungswert oder eher eine zufällige Eingebung?« So schnell würde ich nicht aufgeben.

»Weder noch«, entgegnete Siggi ruhig, »diese Zeit hatte er von Viclas!«

»Viclas?«

»Das ist eine europäische Datenbank, das sogenannte ›Violence Crime Linkage Analysis System‹. Dort kann man nach allen Seriendelikten suchen, die in den betreffenden Ländern seit Bestehen von Viclas verübt wurden, kann Gemeinsamkeiten von bestimmten Delikten ermitteln und Tathergangsanalysen vergleichen. Man entschlüsselt sozusagen die Handschrift des Täters. Ich kenne den Leiter der Abteilung Operative Fallanalyse beim BKA und habe uns dadurch Zugang zu den Daten verschafft.«

»Nicht schlecht!« Ich überlegte einen Moment. »Können wir Viclas nicht auch für unseren Fall einsetzen?«

Siggi lächelte. »Kaum, in der Datenbank sind nur Kapitalverbrechen gespeichert. Wenn wir da mit einem simplen Diebstahl ankommen, lachen die sich kaputt!«

Wahrscheinlich hatte er recht.

»Aber etwas anderes können wir tun«, meinte Siggi und erhob sich.

»Ja?«

»Wir können von den wissenschaftlichen Ergebnissen, die uns Viclas geliefert hat, profitieren. Dazu müssen wir aber alle mit demjenigen zusammenarbeiten, der sich am besten damit auskennt. Und das ist unser Psychologe.«

»Verdammt, langsam hast du mich so weit!«, brummte ich.

»Gut, du hast einen Termin mit ihm zum Mittagessen, morgen um 13 Uhr im Kaminzimmer des ›Weißen Schwan‹, ich habe auf Bennos Namen reserviert.«

»Du bist der hinterhältigste Freund, den ich jemals hatte!«, rief ich verärgert und doch mit einem Lächeln auf den Lippen.

»Mit Betonung auf *Freund*!«, antwortete der Hauptkommissar, während er sich erhob, um fröhlich in Richtung Polizeipräsidium zu verschwinden.

*

Er liebte Frauen mit weiblicher Figur. Nicht unbedingt die Rubensfrauen, aber etwas zum Anfassen sollte schon vorhanden sein. Seit jeher hatte er auch einen Hang zu älteren, intelligenten Frauen, die jungen Hühner interessierten ihn nicht. Und sie mussten *natürlich* aussehen, durften keine starren Fratzen aus Schminke und Make-up haben, sich nicht mit Glitzerapplikationen oder teuren Handtäschchen schmücken. Christiane Vulpius war sein Ideal, einfach, selbstbewusst und mit einer naturgegebenen Ausstrahlung versehen. Die Ausstrahlung kommt von innen, in Koexistenz mit einem gesunden Selbstbewusstsein. Das wusste er, denn beides fehlte ihm.

Er lief mehrere Stunden durch den Ilmpark und überlegte, wie man das ändern könnte. Schließlich stand er auf der Schaukelbrücke und starrte in die Ilm. Die Baumkronen spiegelten sich im Wasser. Er erblickte sein eigenes Spiegelbild. Da plötzlich formte sich ein Gedanke in seinem Kopf. Eigentlich ein schlimmer Gedanke, doch er nahm Gestalt an, natürliche, positive Gestalt. Für ihn schien er die endgültige Lösung seines Plans zu sein, das Ende all seiner Überlegungen.

Doch er musste behutsam vorgehen. Wilmut würde ihn sonst durchschauen. Vor seinem Intellekt hatte er großen Respekt. Mit dem Hauptkommissar und dem Stadtrat hatte Wilmut außerdem zwei Freunde an der Hand, die seine Schlussfolgerungen sofort in Taten umsetzen würden. In Taten, die für ihn gefährlich werden konnten.

Zuerst würde er sich etwas anderes holen, etwas zur Vorbereitung seines endgültigen Plans. Und etwas, das seinen Drang zunächst befriedigen würde, um Zeit zu gewinnen. Er musste es endlich offen zugeben, vor sich und Wolfgang. Er musste zugeben, dass er von dieser Sucht befallen war. Er streckte seine Arme in den abendlichen Sommerhimmel und schrie laut: »Ich bin süchtig!« Er schrie es wieder und wieder, immer lauter, und es war befreiend und schön. Erst als ein alter Mann den Corona-Schröter-Weg heraufkam, verstummte er, machte sich auf den Weg zurück in sein Zimmer und war mit sich zufrieden.

*

Erstaunlicherweise schaffte ich es am Nachmittag, mich eine Zeit lang weiter mit Goethes Feinden und der angeblichen Feindschaft zwischen Goethe und Herder zu beschäftigen. Ich musste allerdings eingestehen, dass es mir keinen Spaß machte. Selbst ein Espresso zwischendurch konnte mich nicht aufmuntern. Für wen schrieb ich diese Buchrezension überhaupt? Sicher, für meinen Ruf in der Literaturszene. Mit einem lauten Seufzer arbeitete ich weiter.

Gegen Abend nahm ich eine Dusche und rasierte mich. Währenddessen hatte Hanna angerufen, aber nichts auf dem Anrufbeantworter hinterlassen. Ich hatte lange nicht mit ihr gesprochen. Langsam wie ein leichter Zahnschmerz machte sich das schlechte Gewissen in meinem Kopf breit. Ich versuchte es auf ihrem Handy, doch ich erreichte nur die Mailbox und hinterließ ihr eine Nachricht mit irgendeiner wirren Entschuldigung. Ich erwähnte, dass ich heute Abend mit Benno verabredet sei und morgen volles Programm hätte mit Verabredung zum Mittagessen und einer erneuten Sitzung der Expertenkommission am Abend, sodass wir uns erst am Samstag wiedersehen könnten. Kaum hatte ich aufgelegt, fiel mir ein, dass ich am Samstag ja noch mit Siggi Tennis spielen wollte, na ja, das würde sich alles irgendwie regeln lassen.

Gegen 20 Uhr waren wir bei Benno in der Lisztstraße verabredet und ich schaffte es, mit nur zehn Minuten Verspätung dort einzutreffen. Es gab das, was es immer gab, wenn wir uns zu einem Männergespräch trafen: Nudelsalat und Ehringsdorfer Urbräu. Benno konnte ansonsten wirklich nicht kochen, aber sein Nudelsalat war phänomenal. Das Rezept stammte natürlich von Tante Gesa, doch sie hielt es geheim. ›Das ist ein Familienerbe, nur Benno darf es wissen und irgendwann mal seine Kinder‹, pflegte sie zu sagen.

Benno und Sophie heirateten spät, nachdem sie jeweils eine gescheiterte Ehe hinter sich hatten. Da gab es nicht wenige, die ihre Hochzeit sehr skeptisch sahen, doch ich hatte ein gutes Gefühl. Manchmal vertraue ich in solchen emotionalen Dingen bestimmten Zeichen, und wenn diese Zeichen aus einem literarischen Umfeld kommen, bin ich stets sehr zuversichtlich. Benno schaffte es nämlich tatsächlich, die Trauungszeremonie im Hof des Goethehauses ausrichten zu dürfen, direkt neben dem kleinen Brunnen. Selbst als Stadtrat war dies kein leichtes Unterfangen gewesen. So, dachte ich, hatte diese Ehe sowohl den Segen Gottes als auch den Segen Goethes.

Benno mochte es nicht, wenn die Wohnung allzu aufgeräumt war, das habe etwas Ungemütliches. Er brachte das Wohnzimmer manchmal absichtlich etwas durcheinander, damit es nicht zu steril wirkte. Für Sophie war das ein rotes Tuch, doch heute war sie nicht zu Hause. Einige lässig verstreute Zeitschriften und Sophies Hausschuhe neben der Couch waren klare Anzeichen für seinen Gemütlichkeitstick. Sehr interessant fand ich das mit den Hausschuhen. Es wirkte, als wollte er Sophie so vergegenwärtigen und neben sich haben.

Der Nudelsalat war gut wie immer, das Bier ebenso und zunächst aßen wir, ohne viel zu reden. Nach der zweiten Flasche wurde die Unterhaltung etwas flüssiger. Ich berichtete von meinem Gespräch mit Siggi über den Psychologen, was Benno mit einem zufriedenen Grunzen quittierte. Dann erzählte er seine Neuigkeiten.

Oliver Held war tatsächlich zur Vernehmung erschienen. Er hatte sich weiter in Widersprüche verstrickt. Und er konnte kein lückenloses Alibi vorweisen. In seiner Wohnung hatten die Hunde kleine Mengen Heroin entdeckt, was immerhin für eine erneute Inhaftierung reichte. Ob dies etwas mit unserem Fall zu tun hatte, blieb unklar. Insgesamt hatte die Durchsuchung zu keinem eindeutigen Ergebnis geführt, das schien Onkel Leo sehr zu bedrücken.

»Es gibt außerdem etwas Neues von dem verschwundenen Bild ›Goethes Gartenhaus von der Rückseite‹.«

»Aha.« Ich sah ihn gespannt an.

»Das Bild ist bei einer Kunstauktion in London aufgetaucht!«

Endlich ein Hinweis. »Und?«

»Martin Wenzel fliegt morgen hin und prüft, ob es sich dabei tatsächlich um das verschwundene Exponat handelt.«

»Oh, das ging aber schnell!«

»Gärtner sei Dank. Dein Argument mit der Verantwortung gegenüber der UNESCO-Kommission hat ihn ziemlich beeindruckt.«

»Hoffentlich war ich da nicht zu … energisch?«

»Selbstzweifel?«

»Na ja, irgendwie schon.«

»Die sind ja manchmal angebracht, aber nicht jetzt!« Benno winkte ab. »Außerdem steht er politisch unter Druck, 1999 ist nicht nur europäisches Kulturjahr, sondern auch das Jahr der Kommunalwahl. Insofern muss er alles daran setzen, den Fall zu lösen. Und das Goethe-Bild könnte ein erster Schritt dazu sein.« Er wirkte nachdenklich. »Wie viele Originalzeichnungen oder Gemälde existieren eigentlich von Goethe?«

»Eine ganze Menge, fast 2.000 Stück. Da sind aber viele schnell angefertigte Handzeichnungen dabei, aus der Zeit, als er meinte, ein großes Zeichentalent zu haben. Warum ›Goethes Gartenhaus von der Rückseite‹ eine Sonderstellung einnimmt, weiß ich nicht. Wenzel kann das sicher beantworten. Im Übrigen denke ich, dass eine Federzeichnung mit Wasserfarbe nicht ganz so schwer zu kopieren ist wie zum Beispiel ein Ölgemälde. Deswegen glaube ich nicht, dass das Bild in London wirklich das Original ist.«

»Wir werden sehen. Leben und Werk von Goethe erscheinen mir inzwischen ziemlich kompliziert!«

»Wieso?«

»Du siehst das natürlich anders, du kennst dich ja aus. Aber auf mich wirkt das alles sehr undurchsichtig und vielschichtig.« Er ging in die Küche, kam mit zwei neuen Flaschen Ehringsdorfer zurück und drückte mir eine davon in die Hand.

»Danke. Musst du dich denn so intensiv mit Goethe auseinandersetzen? Dafür hast du doch Wenzel und mich.«

»Klar, aber einen gewissen Überblick brauche ich auch, um zu verstehen, was den Täter bewegt, oder?«

»Da ist was dran. Das Schwierige ist, dass Goethe immerhin 82 Jahre alt geworden ist. Das ist selbst für heutige Verhältnisse recht beachtlich. In dieser Zeit hat er eine Menge erlebt und dank seiner Kreativität bis ins hohe Alter auch enorm viel geschaffen. Und er war bereits mit 22 Jahren äußerst erfolgreich, wurde durch ›Götz von Berlichingen‹ bekannt. Das heißt, seine effektive Schaffensperiode dauerte immerhin 60 Jahre, also mehr als ein halbes Jahrhundert.«

»60 Jahre?«

»Ja. Beeindruckend, nicht? Auch die Einflüsse auf Goethe durch die Weltgeschehnisse sind enorm. Zu Goethes Geburtszeit war Frankfurt geprägt durch die Zünfte und die Vorherrschaft der Patrizier. Sogar das öffentliche Blutgericht wurde dazumal praktiziert. Er erlebte den Siebenjährigen Krieg, die Französische Revolution, Napoleons Weltherrschaft und deren Ende.«

Benno wirkte beeindruckt. »Das muss man erst einmal alles aufnehmen und verarbeiten.«

»Genau. Und ohne seine Offenheit und Aufnahmebereitschaft hätte Goethe nicht dazu beitragen können, die deutsche Literatur zu Weltruhm zu führen.«

»War er nicht auch naturwissenschaftlich tätig?«

»Das stimmt. Die Wissenschaft entwickelte sich von einer allumfassenden Disziplin zu spezifizierten Einzeldisziplinen wie Physik, Biologie, Theologie, Philosophie und so weiter. Ich glaube, Goethe selbst war der letzte Repräsentant des Universalgelehrten, des Uomo Universale.«

Benno prostete mir zu. »Was hältst du als Experte eigentlich für sein bedeutendstes Werk?«

»Oh, das ist schwer zu beantworten – der Götz hat ihn bekannt, der Werther sogar berühmt gemacht und Faust wird am häufigsten zitiert und gelesen. Ich persönlich finde seine Lyrik am eindrucksvollsten. Nicht die Balladen, sondern die kurzen, prägnanten Gedichte, die in wenigen Strophen eine zwischen den Zeilen liegende Aussage machen.«

Benno sah mich verwirrt an.

»Ich will damit sagen, dass in vielen seiner Gedichte eine Aussage steckt, die zwar nicht expressis verbis zu lesen ist, aber trotzdem klar herauskommt.«

»Unser Täter mag Goethes Lyrik offensichtlich auch«, überlegte Benno. »Vielleicht will er uns ebenfalls eine bestimmte Aussage vermitteln, wir erkennen sie nur nicht!«

Die gesamte Zeit über hatte ich genau das gleiche Gefühl, diesen Eindruck aber bisher nicht in Worte fassen können. »Du hast recht, Benno, du hast verdammt recht, Mann.«

»Prost!«

»Prost, Hendrik!«

»Aber was ist es – was will er uns mitteilen?«, sinnierte ich.

Mitten in unsere Überlegungen hinein klingelte es. »Wer stört denn jetzt unseren Männerabend?«, brummte Benno verärgert, erhob sich aber dennoch von der Couch. Es waren Sophie und Hanna. Beide waren bester Laune und anscheinend recht vertraut miteinander, worüber ich offen gestanden ziemlich überrascht war.

Benno schien es nicht anders zu gehen. »Mit dir hatte ich eigentlich noch gar nicht gerechnet«, stotterte er mit einem ungläubigen Blick auf die Uhr, »was machst du denn schon hier?«

»Ihr kennt euch?«, platzte ich dazwischen. »Wollt ihr was trinken?«

»Immer der Reihe nach«, entgegnete Sophie, »das sind drei Fragen auf einmal. Wir kennen uns beruflich, Hanna geht als Pharmareferentin in unserem Krankenhaus ein und aus. Freundinnen sind wir allerdings erst seit etwa drei Monaten, nach einer Fortbildungsveranstaltung in Hamburg. Sie hatte heute Abend einen späten Termin bei meinem Chef und da ausnahmsweise nicht viel los war, konnte ich ihn überreden, mir freizugeben. Ich habe zufällig erwähnt, dass Hendrik heute bei uns ist, und da wollte Hanna unbedingt mitkommen!« Sie zwinkerte Hanna zu und kicherte in sich hinein. »Und um die dritte Frage zu beantworten: Ein Sekt wäre jetzt nicht schlecht!«, fügte sie hinzu.

Hanna lächelte mir zu. Ich freute mich sehr, sie zu sehen, gab ihr einen Wangenkuss und dirigierte sie zu mir auf die Couch.

Benno und Sophie gesellten sich mit einer Flasche Rotkäppchen zu uns.

»Wir wollten euch natürlich nicht unterbrechen«, erklärte

Hanna, nachdem wir angestoßen hatten, »bitte redet doch weiter.«

»Wir sprachen gerade über Goethe«, berichtete ich.

»Wie langweilig! Habt ihr kein anderes Thema mehr?«

»Über Goethe und ... äh ... seine Liebschaften!«, korrigierte ich schnell. Beide Frauen waren sofort ganz Ohr. Benno setzte seinen Typisch-Frau-Blick auf.

»Der hatte doch ganz schön viele Liebschaften?«, erkundigte sich Sophie.

Ich lächelte. »Ja, allerdings.«

»Waren nicht auch einige darunter, die sich in seine literarischen Werke eingemischt haben?«

»So einfach kann man das nicht sagen.« Ich nippte an meinem Sekt. »Zunächst sammelte er eine stattliche Menge von Beziehungen. Das begann mit Käthchen Schönkopf in Leipzig, führte ihn über Friederike Brion in Sesenheim und Karoline Landgräfin zu Darmstadt hin bis zu Charlotte Buff, der personifizierten Vorlage für die Lotte im Werther. Nach einer kurzen Schwärmerei für Maximiliane LaRoche auf Ehrenbreitstein gipfelte das Ganze in die Verlobung mit Lili Schönemann in Offenbach. Als diese Verlobung von Goethe aus fadenscheinigen Gründen gelöst wurde, gab es eine kurze Affäre mit Barbara Schultheß während seiner Schweizreise, bevor er dann nach Weimar kam und die lange, sagenumwobene Beziehung mit Charlotte von Stein einging. Diese beschäftigte ihn offensichtlich so intensiv, dass es 13 Jahre lang keine anderen Frauengeschichten gab, zumindest wurden keine aktenkundig. Nach seiner Rückkehr aus Italien traf er dann Christiane Vulpius, die er bekanntermaßen später heiratete. Während seiner Ehe gab es nachweislich einen Flirt mit Wilhelmine Herzlieb in Jena sowie die Liebesbeziehung zu Marianne von Willemer, zu dieser Zeit 31 Jahre alt, er Mitte 60. Nach dem Tod von Christiane traf Goethe in

Marienbad dann Ulrike von Levetzow, 19 Jahre alt, der der 74-Jährige einen Heiratsantrag machte.«

»Und – hat sie eingewilligt?«, fragte Sophie gespannt.

»Natürlich nicht«, antwortete ich entrüstet, »auch wenn es damals durchaus üblich war, dass wesentlich ältere Männer relativ junge Damen heirateten, aber das war dann doch zu viel!«

Wir lachten und stießen an.

»Sah er denn auch gut aus, ich meine, stattlich und attraktiv, oder war es eher der Erfolg und Ruhm, der anziehend wirkte?«, meldete sich nun die nicht minder neugierige Hanna zu Wort.

»Gute Frage«, gab ich zurück und wiegte den Kopf hin und her, »wenn man seine Abbildungen betrachtet, würde man aus heutiger Sicht nicht behaupten, er sei ein gut aussehender Mann gewesen mit seiner langen Nase und den etwas hervorstehenden Augen. Zeitgenössische Stimmen dagegen beschreiben ihn durchaus als attraktiv, der Geschmack ist ja auch einem Wandel unterworfen. Jedenfalls hatte er stramme Waden, was damals bei der Damenwelt offensichtlich großen Anklang fand. Rauch und Rietschel, die beiden Künstler, die das Goethe-Schiller-Denkmal vor dem Weimarer Nationaltheater erschufen, verliehen ihm zumindest deutlich ausgeprägtere Waden als Schiller. Und von Wieland wird berichtet, dass er Goethe in puncto Waden deutlich unterlegen war.«

»Alles nur Äußerlichkeiten«, schnaubte Benno verächtlich, und Sophie lächelte ihn mild-süß an.

Ich musste lachen. »Unterm Strich gab es meiner Ansicht nach fünf Frauen, die einen Einfluss auf seinen Schaffensprozess ausüben konnten, wenn auch auf sehr unterschiedliche Weise: Charlotte von Stein, seine Ehefrau Christiane, Herzogin Anna Amalia, Marianne von Willemer und Susanna von Klettenberg.«

»Susanna von ... was bitte?«

»Susanna von Klettenberg aus Frankfurt. Sie ist nicht sehr bekannt, gab ihm aber einen wichtigen Teil seiner philosophischen Grundlagen. Sie brachte ihm die Lehren von Spener und Spinoza nah, im Sinne eines praktischen, naturnahen Christentums.«

»War das die Auffassung, dass Gott in allen Elementen der Natur wiederzufinden ist?«

»Genau!«

»Und Anna Amalia?«

»Tja, Anna Amalia schuf die ökonomischen und praktischen Rahmenbedingungen für Goethes literarische Aktivitäten, sie hielt ihm den Rücken frei und förderte damit natürlich in hohem Maße seine unabhängige Kreativität. Charlotte von Stein hingegen war seine ständige Kritikerin, seine hohe Instanz, die zum Teil sogar Entscheidungen über Veröffentlichungen mitbestimmte. Christiane war seine Muse, seine natürliche Inspiration.«

»Und Marianne von Willemer, was war an ihr so Besonderes? Die habe ich bisher immer als unbedeutend angesehen.«

»Ganz im Gegenteil. Marianne von Willemer hatte ein intensives Liebesverhältnis zu Goethe, wenn auch zumeist als Fernbeziehung. Sie lebte in dieser Zeit – ab ungefähr 1810 – mit ihrem Ehemann in der Gerbermühle in Frankfurt, Goethe war zu dieser Zeit längst in Weimar ansässig. Marianne war die einzige seiner Liebschaften, die ihm literarisch ebenbürtig war und in eine dichterische Wechselbeziehung mit ihm eintrat.«

»War sie es nicht auch, die einen Teil des Westöstlichen Diwan verfasst hat?« Hanna entpuppte sich als wahre Goethe-Kennerin. Ich war begeistert. »Genau. Sie war die Suleika und somit der Inbegriff für die Angebetete, die Begehrenswerte. Sie nimmt also im Leben Goethes eine ganz besondere Stellung ein und ist – aus meiner Sicht zumindest – die fünfte der wichtigen Frauengestalten.«

»Womit sich wieder zeigt«, meinte Sophie gelassen, »dass hinter jedem starken Mann fünf starke Frauen stehen!«

»Schön wär's«, schwärmte Benno versonnen, kurz bevor ihn ein fliegender Hausschuh traf. Er flüchtete lachend in die Küche.

»Und so etwas ist auch Teil deiner Arbeit an der Uni?«, fragte Hanna.

»Mitunter.«

»Schöne Arbeit!«

Ich nahm mir vor, öfter an diesen Aspekt zu denken, wenn ich mit einem der langweiligen Anträge für den Uni-Betrieb beschäftigt sein würde.

Es war wunderbar, neben Hanna zu sitzen. Ganz unvermittelt und ohne, dass ich es selbst wirklich merkte, legte ich den Arm zuerst auf die Sofalehne und dann auf ihre Schulter. Sie nahm es wie selbstverständlich hin, vielleicht genoss sie es sogar.

»Schön, dass du heute nicht so lange arbeiten musstest«, sagte ich an Sophie gerichtet, um das Gespräch auf ein anderes Thema zu lenken.

»Ja, das war eine große Ausnahme. Besonders im Sommer. Am schlimmsten ist es, wenn ich Dienst in der Ambulanz habe, und es kommen laufend Patienten mit Verletzungen, zum Beispiel am Samstagabend, wenn alle grillen und im Freien rumturnen. Und dann muss man sich garantiert noch um ein oder zwei Simulanten kümmern.«

»Wie meinst du das?«, wollte Hanna wissen, »da kommen doch wohl nicht etwa irgendwelche Hypochonder am Wochenende in die Ambulanz?«

»Doch, natürlich!«, erwiderte Sophie. »Gerade neulich, bei

meinem letzten Wochenenddienst, kam ein junger Mann, der behauptete, vom Baum gefallen zu sein. Obwohl sein Kopf völlig in Ordnung war, bestand er vehement darauf, eine Röntgenaufnahme zu machen. Ich merkte, dass er ziemlich starrsinnig war, also ging ich auf seine Forderung ein. Es war natürlich nichts.«

»Ach, du liebe Zeit!«

Sophie räusperte sich und senkte ihre Stimme. »Eigentlich darf ich das gar nicht sagen, aber ihr kennt ihn, es war der Sohn von Felix Gensing.«

»Ah!«, sagte ich spontan.

»Was heißt das denn?«, fragte Sophie.

»Was meinst du?«

»Na, dein promptes ›Ah‹!«

»Ja nun, ich habe die Familie Gensing neulich zufällig in der Brasserie getroffen und ... man sollte das sicher nicht überbewerten, aber ich hatte auch den Eindruck, dass der Sohn sich irgendwie komisch verhielt.«

»Hmm«, machte Sophie nachdenklich, und ehe sie mich fragen konnte, was ich mit komisch meinte, kam Benno mit Kartoffelchips und Erdnüssen aus der Küche und fragte beschwingt: »Sag mal, Hanna, hättest du denn Goethe geheiratet?«

Vor lauter Lachen hätte sie sich beinahe am guten Rotkäppchen-Sekt verschluckt. »Du meinst, wenn ich an der Stelle dieser Ulrike gewesen wäre?«

»Ja, genau!«

»Nein, sicher nicht«, antwortete Hanna sehr überlegt, »ich heirate nur einen Mann, für den ich Philosophin, Wegbereiterin, Kritikerin, Muse und Mitgestalterin in einer Person sein kann.«

*

Noch mehr als um seine Geburt kreisten seine Gedanken um den Tod. Genauer gesagt um *seinen* Tod. Manchmal wollte er möglichst lange leben, mindestens so lange wie Goethe. 82 Jahre immerhin. Doch in letzter Zeit konnte er sich immer häufiger auch ein kurzes, erfülltes Leben vorstellen. Vielleicht sogar kürzer als das Leben von Friedrich Schiller, der nur 46 Jahre alt geworden war, oder möglicherweise kürzer als das seines Klavieridols Franz Schubert. Kurz, aber erfüllt – eventuell war das besser als lang und nutzlos.

›Nicht der hat am meisten gelebt, der am meisten Jahre zählt, sondern der sie am tiefsten empfunden hat.‹ Das waren die Worte seines Lieblingsphilosophen Jean-Jacques Rousseau. Und irgendwie ahnte er, dass die Erfüllung seines Plans ihm ein kurzes, aber erfülltes Leben bescheren würde.

Manchmal stellte er sich vor, was seine Mutter wohl sagen würde, wenn sie an seinem Grab stünde. Die Reaktion seines Vaters interessierte ihn nicht, nur die der Mutter.

Goethes Mutter hatte ein robustes, teils derbes und widerstandsfähiges Wesen gehabt. Dazu diese bedingungslose Liebe zu ihrem Sohn, diese bis zur völligen Kritikunfähigkeit degradierte Mutterliebe. War es das, was ihn irgendwann eine fast ängstliche Distanz zu seiner Mutter hatte wahren lassen? Er hatte nicht gewollt, dass sie nach Weimar umzog, hatte sich in ihren letzten elf Lebensjahren völlig von ihr abgewandt und war sogar ihrer Beerdigung ferngeblieben. Er hatte zeitlebens die Gabe, sich weiterzuentwickeln und einen abgeschlossenen Lebensabschnitt hinter sich zu lassen wie ein pubertierender Jugendlicher, der den Schritt zum Erwachsensein vollzieht. Während einer dieser postpubertären Häutungen hatte er sich endgültig von seiner Mutter gelöst, konsequent und radikal.

Aber er war noch nicht so weit, zuvor musste er seinen Plan in die Tat umsetzen. Zum zweiten Mal in dieser Woche gab es zum Abendessen Pfefferminztee. Er hasste Pfefferminztee und kippte ihn angewidert ins Spülbecken. Neben der Teetasse lagen seine Tabletten. Kurz entschlossen warf er sie ebenfalls ins Spülbecken und drehte den Wasserhahn auf. Niemand hatte ihn dabei beobachtet. Als er hinausging, sah ihm das Mädchen bewundernd nach. Er misstraute ihrem Blick, er verabscheute ihn sogar. Komisch, dachte er, die mich lieben, hasse ich, und die mich hassen, liebe ich.

*

Der folgende Freitag war von allgemeiner Betriebsamkeit geprägt. Hauptkommissar Dorst und Kommissar Hermann waren mit der Auswertung der Spurensicherung vom Vortag aus dem Goethehaus beschäftigt und organisierten die 24-Stunden-Überwachung mithilfe der Museumsangestellten. Benno arbeitete mit dem Pressesprecher der Stadt Weimar an der Pressemitteilung und Martin Wenzel flog nach London, um die dort sichergestellte Zeichnung zu identifizieren. Hanna hatte Termine in der Gegend von Nordhausen und Sophie hatte den OP-Plan voll bis zum Abend. Ich vertiefte mich weiter in die Textanalyse und war mit dem Psychologen zum Mittagessen verabredet. Abends um 19 Uhr sollte das zweite Expertentreffen stattfinden, danach hatte ich mich locker mit Hanna auf ein Bier verabredet.

Und der Täter plante seinen nächsten Raubzug.

Ich machte mich zunächst daran, Quellen zum Hanswurst zu finden, was mir dank der Hilfe eines Kollegen von der Universität auch gelang. Dem Kollegen eine plausible Erklärung zu liefern, warum ich mich ausgerechnet mit diesem Stück befassen wollte, war naturgemäß etwas schwierig.

Warum hat Goethe so etwas überhaupt geschrieben?

Ich öffnete den Küchenschrank, nahm die Kaffeedose heraus

und füllte die süditalienische Mischung – 80% Arabica, 20% Robusta – in die Mühle.

Der Autor eines Artikels, der sich mit ›Hanswursts Hochzeit oder Der Lauf der Welt‹ beschäftigte, interpretierte Goethes pubertärsexuelle Sprachweise als Gesellschaftskritik, als Aufbäumen gegen die steifen Hofsitten und die damals übliche Doppelmoral. Irgendwie gefiel mir dieser Ansatz nicht, zu theoretisch, zu weit weg von den Menschen der damaligen Zeit.

Ich hielt den Siebträger unter die Kaffeemühle und drückte den Knopf. Die Mühle summte gleichmäßig, ein würziger Kaffeegeruch stieg mir in die Nase.

Auch ein Genie wie Goethe konnte doch mal einen Aussetzer gehabt haben. Mal voll danebenliegen? Einfach … Mist schreiben?

Ich nahm den Tamper und drückte das Kaffeemehl mit sanftem Druck zusammen, strich ab und drehte den Brühkopf ein.

Die damaligen Menschen … Da gab es doch ein Zitat: ›Den Menschen Mensch sein lassen!‹ Es stammte von Goethes Mutter. Sie war durchaus lebenslustig, weltoffen und hatte manches Mal einen derben Spruch auf den Lippen. Goethes Mutter … Sollte die Frau Aja, wie sie landläufig genannt wurde, tatsächlich einen solchen Einfluss auf ihn gehabt haben?

Ich nahm die dickwandige braune Espressotasse von der Vorwärmplatte. Untertasse, Löffel, Zucker.

Goethe beschrieb seine Mutter als derb und tüchtig, als Frohnatur, die das Leben genießen konnte. Sie hinterließ selbst einige kleine Geschichten, Anekdoten und Märchen. Sie nahm dabei kein Blatt vor den Mund, obwohl sie als Tochter des Stadtschultheißen und als die Rätin eine hohe soziale Stellung innehatte. Sie nannte Goethes Frau, Christiane, seinen ›Bettschatz‹, die Plastiken ihres Mannes waren ›Nacktärsche‹ und die feinen gutbürgerlichen Zuschauer im Theater beschrieb sie als ›Fratzen‹ und ›Affengesichter‹. Als während des Siebenjährigen Krieges viele Menschen die Stadt Frankfurt verließen, wollte sie auf jeden Fall bleiben und meinte, sie wolle nur, dass alle feigen Memmen gingen, so steckten sie die anderen nicht an. Sie war eine humorvolle Frau, quasi bis in den Tod. Kurz vor ihrem Ableben schrieb sie eine Anleitung für ihren eigenen Leichenschmaus, in der zu lesen war: ›Sagen Sie, die Rätin kann nicht kommen, sie muss alleweil sterben.‹ Ja, so war sie, die Frau Aja.

Ich legte den Schalter um. Brummend baute sich der Druck auf, bis der Kompressor schließlich seine volle Kraft erreicht hatte.

Es gab wenige Menschen, die wirklich Einfluss auf Goethe hatten. Gestern Abend hatte ich Sophie und Hanna noch von dem literarischen Einfluss seiner Liebschaften berichtet. Was die präliterarische Lebensphase des jungen Goethe betrifft, waren seine Mutter und seine Schwester sicher die wichtigsten Personen. Sie prägten ihn, weil er beide schätzte – vielleicht liebte. Und weil beide ein wichtiger Teil seiner Jugend waren, einer Zeit, in der er längst nicht gefestigt war, keine klare Weltanschauung hatte, keine Klettenberg'sche Beeinflussung, keine Lebens- und Liebeserfahrung. In seiner Schwester hatte er einen frühen literarisch-philosophischen Sparringspartner, in seiner Mutter eher einen Diskussionspartner für praktische Lebensfragen.

Der Kaffee lief als schmaler Strahl langsam und gleichmäßig in die Tasse und bildete eine schöne hellbraune Crema. Brühkopf entnehmen, ausklopfen und säubern.

Und hinten drein kommen wir bey Nacht ... Hatte dieser Vers eine Bedeutung, oder wollte er uns damit wieder nur verspotten, vielleicht auch provozieren? *Und hinten drein ...?* Gelangte der Täter von hinten ins Gebäude?

Zwei Löffel Zucker, umrühren. Ich setzte mich in den Sessel am Dachfenster. Heiß und kräftig rann der Espresso meine Kehle hinab. Das gab Kraft.

Ich starrte auf die leere Espressotasse in meiner Hand. Intuitiv entschloss ich mich, meine Überlegungen vorerst nicht fortzusetzen, sondern erst mit dem Psychologen zu sprechen. Vielleicht hatte er einige Ideen, die mit einfließen konnten.

Siggis Meinung kam mir in den Sinn: Die Kooperation zwischen dem Psychologen und mir sei ein wichtiger Punkt für das gesamte Team – möglicherweise hatte er recht, der glatzköpfige Sheriff.

Etwas ziellos rannte ich anschließend in der Wohnung umher, räumte auf, wusch das Geschirr ab. Danach musste ich einfach Hanna anrufen. Sie war gerade im Auto unterwegs. Ich erklärte ihr, dass das Wetter in Weimar gut sei, sonnig und 29 Grad. Sie lachte und meinte, in Nordhausen sei das Wetter ebenso. Ich weiß, das klang nicht gerade überzeugend, es wäre wohl besser gewesen, wenn ich zugegeben hätte, dass ich einfach ihre Stimme hören wollte. So wie ich diese Frau einschätzte, war ihr das aber sowieso klar.

Gegen Mittag machte ich mich zu Fuß auf den Weg zum Frauenplan. Der Psychologe wartete bereits vor dem ›Weißen Schwan‹. Er trug wie immer einen Rollkragenpullover, obwohl es fast 30 Grad im Schatten waren. Seine dünnen blonden Haare wehten im Wind.

Zur Begrüßung gab ich ihm die Hand: »Wir kennen uns ja schon.«

»Nun ja«, meinte er, »*kennen* ist vielleicht etwas übertrieben.«

Er lächelte dabei. Und ich musste ihm beipflichten.

»Aber was nicht ist, kann ja noch werden«, fügte er hinzu.

Wir hatten das Kaminzimmer für uns allein und konnten uns so ungestört über den Fall unterhalten.

»Ein offenes Wort ist mir immer am liebsten«, begann ich, nachdem wir bestellt hatten.

Er bedeutete mit einer Handbewegung, dass ich fortfahren solle.

»Bisher haben Sie kaum etwas zu diesem Fall gesagt.« Ich sah ihn fragend an.

»Ich habe gelernt, mich zurückzunehmen«, entgegnete er.

»Vielleicht etwas zu viel Zurückhaltung?«

»Möglich.«

Ich war der Meinung, dass es momentan keinen Sinn machte, noch persönlicher zu werden, und ließ es dabei bewenden.

»Na gut, Herr Wilmut, ich kann Ihnen gerne meine Sicht des Falls mal darstellen.«

»Bitte, ich bin sehr neugierig.«

Der Psychologe lehnte sich entspannt zurück. »Für mich sieht es nicht so aus, als habe der Täter ein finanzielles Motiv.«

»Auch wenn das noch nicht ganz sicher ist.«

»Natürlich, das zu klären ist aber Herrn Dorsts Aufgabe. Bis auf Weiteres sehe ich ihn als einen Serientäter. Offensichtlich ist er von dem Trieb befallen, Kunstgegenstände und Werke von Goethe zu besitzen. Werke, die in sehr persönlichem Zusammenhang mit dem Dichter stehen und zwar nur Originale, wie Sie ja selbst festgestellt haben. Er kennt sich sehr gut mit Goethe und seinem Leben aus, das benötigt viel Zeit. Und solch einen Aufwand betreibt ein normaler Mensch nicht im Geheimen, nicht ohne offensichtlichen Grund und nicht, ohne dieses Wissen irgendwie … zur Schau zu stellen.«

Ich strich mir übers Kinn. »Klingt plausibel, nehmen wir also an, Sie liegen richtig mit dieser These. Sie sagen, er ist von einem

›Trieb befallen‹ ... ich verstehe zwar nicht viel von Psychologie, aber das klingt irgendwie nach ... Geisteskrankheit?«

Er setzte eine ernste Miene auf. »Natürlich kann man das nicht definitiv sagen, ohne den Patienten gesprochen und verschiedene Tests gemacht zu haben, aber wenn Sie mich so fragen, neige ich doch sehr zu der Einschätzung, dass wir es mit einem *psychisch kranken* Täter zu tun haben.«

Über diese recht klare Aussage war ich sehr erstaunt, zumal der Psychologe mir bisher keine Gelegenheit gegeben hatte, seine Glaubwürdigkeit einzuschätzen. Im Sinne der von Siggi angemahnten Kooperation beschloss ich, seine Aussage nicht anzuzweifeln, sondern gewissermaßen einen diplomatischen Umweg zu nehmen.

»Sie haben den Begriff ›psychisch krank‹ so betont – spricht man nicht mehr von Geisteskrankheiten?«, fragte ich.

»Nein, dieser Ausdruck wird heute nicht mehr gebraucht, um die Tabuisierung dieser Krankheiten zu verhindern. Man spricht von psychischen Erkrankungen, die in verschiedene Kategorien unterteilt werden.«

»Aha. Angenommen der Täter ist tatsächlich psychisch krank«, dachte ich laut nach, »dann würde das die Analyse seiner Texte natürlich beeinflussen.«

Er machte eine zustimmende Handbewegung.

»Insofern bräuchte ich etwas mehr Informationen darüber. Können Sie mir vielleicht einen kurzen Überblick geben?«

»Über die psychischen Erkrankungen?«, entgegnete er.

Ich nickte.

»Gerne, wenn Sie etwas Zeit haben!«

»Die nehme ich mir.«

Der Psychologe lächelte. Er strich seine blonden Haare zurück. »Es gibt verschiedene Klassifizierungen der psychischen Erkrankungen. Am Besten zieht man die sogenannte ›International Classification of Diseases‹ zu Rate, abgekürzt ICD, die im gesamten Gesundheitswesen genutzt wird und auch alle anderen Krankheiten enthält. Im Kapitel F findet man die psychischen Erkrankungen und Verhaltensstörungen in zehn Hauptkategorien mit 99 Unterteilungen, die ihrerseits dann noch weiter differenziert werden können. Nach den bisherigen Informationen, die wir vom Täter haben – und die sind ja wirklich spärlich …«

Ich nickte.

»… sowie in Anbetracht der Häufigkeit des Auftretens in der Bevölkerung können wir meines Erachtens fünf der zehn Hauptkategorien ausschließen. Wir haben ein vorgegebenes Altersintervall, können also diejenigen Erkrankungen, die vorwiegend bei Kindern auftreten, außer Acht lassen. Das Gleiche gilt für die Gruppe der organischen Störungen, die fast nur bei älteren Patienten beobachtet werden – man denke nur an Demenz und Alzheimer. Ebenso ausschließen möchte ich die Verhaltensauffälligkeiten mit körperlichen Störungen, wie zum Beispiel Ess- und Schlafstörungen, da diese für die Mitmenschen von minderschwerer Tragweite sind, vorwiegend dem betreffenden Patienten selbst schaden und erfahrungsgemäß nicht zu derartig exzessiven Handlungen führen. Übrig bleiben dann die anderen fünf. Herr Wilmut?«

»Ja?«

»Können Sie mir noch folgen?«

»Natürlich, die anderen fünf.«

»Genau. Dies wären die Erkrankungen durch psychotrope Substanzen wie Alkohol, Rauschmittel oder Medikamente, zweitens die Schizophrenien, drittens die affektiven Störungen, weiterhin die neurotischen oder belastungsinduzierten Erkrankungen sowie die Persönlichkeitsstörungen.«

»Ich verstehe«, sagte ich. In Wirklichkeit hatte ich fast gar nichts verstanden. Nur die 99 Unterkategorien waren mir im

Gedächtnis haften geblieben. Ich versuchte, mir einige Notizen zu machen. Zehn Unterteilungen pro Hauptkategorie machten 50 Krankheitsbilder, mit denen wir uns beschäftigen mussten.

»Hören Sie, ich möchte Sie nicht unbedingt zu voreiligen Aussagen drängen ...«

»Keine Sorge, dafür ist Herr Dorst schon zuständig!« Er lächelte.

Seine Art von Humor gefiel mir. »Gut, also ... können Sie aus der Erfahrung heraus vielleicht weitere zwei oder drei Hauptkategorien ausschließen?«

»Warum? Um 50 Möglichkeiten auf 20 zu reduzieren?«

»Genau«, grinste ich. »Wir müssen praktikabel denken und handeln.«

Er schüttelte unwillig den Kopf. »Nun, wenn Sie mich so nett fragen, dann würde ich als Erstes die psychotropen Substanzen herausnehmen, da solche Patienten sehr stark zu unkontrollierten Handlungen und zur Beschaffungskriminalität neigen. Beides würde ich unserem Mann eher nicht zuschreiben, denn er folgt offensichtlich einem Plan und hat nicht versucht, die Kunstgegenstände sofort zu Geld zu machen. Bleiben vier: die Schizophrenien, die affektiven Störungen, zu denen die große Gruppe der depressiven und manischen Krankheitsformen gehört, die neurotischen oder belastungsinduzierten Erkrankungen und die Persönlichkeitsstörungen. Ich tippe auf Antwort C und D.«

»Sie tippen?«

»Natürlich, viel mehr Chancen als bei einem Fernsehquiz haben wir hier auch nicht!«

»Mit einem Unterschied: Sie dürfen zwei Antworten geben!«

Ich bemerkte, dass er lachen musste, ohne es zu wollen. »Sie sind ja noch schlimmer als Herr Dorst!«

Ich fasste das als Kompliment auf. »Also?«

»Wie schon gesagt: C und D, die neurotisch-belastungsindu-
zierten Erkrankungen und die Persönlichkeitsstörungen.«

»Gut, dann sollten wir uns damit etwas näher befassen.«

Der Psychologe nickte. »In den ersten Bereich fallen die Pho-
bien und alle Formen der Angststörungen, hier besonders interessant: die Zwangshandlungen. Es wäre denkbar, dass unser
Mann unter einem bestimmten Zwang handelt. Zur Identifikation des Täters würde es uns sehr helfen, herauszufinden,
wodurch dieser Zwang gesteuert wird. Weiterhin interessant in
dieser Gruppe sind die Belastungsstörungen, bei denen Lebens-
krisen – Stichwort Trauerreaktion und Anpassungsschwierig-
keiten, Stichwort Kulturschock – eine Rolle spielen. Für sehr
wichtig halte ich zudem die dissoziativen Störungen.«

»Was bedeutet dissoziativ in diesem Zusammenhang?«,
unterbrach ich ihn.

»Das Wort bedeutet gewissermaßen trennen oder auflösen.
Es handelt sich hier also um eine Auflösung der Persönlichkeitsstruktur, bis hin zur Trennung in verschiedene Persönlichkeiten. Die schwerste Form ist dann die Dissoziative Identitätsstörung, auch als Multiple Persönlichkeit bekannt.«

»Dr. Jekyll und Mr. Hyde?«

»So ungefähr. Die dissoziativen Störungen werden überwie-
gend durch traumatische Erfahrungen verursacht, die häufig in
der Kindheit zu suchen sind. Dies wäre ein weiterer Ansatz-
punkt bei der Suche nach dem Täter.«

Ich notierte mir die wichtigsten Punkte und begann, diese
gedanklich mit meiner Textanalyse abzugleichen.

»Zur zweiten Kategorie der Persönlichkeitsstörungen«,
fuhr der Psychologe fort, »gehören unter anderen die emotional instabile Persönlichkeit und die Borderline-Störung.« Er
musste wohl meinen fragenden Blick bemerkt haben.

»Borderline-Persönlichkeitsstörungen werden so genannt, weil sich diese Patienten an einer Grenzlinie zwischen Neurose und Psychose befinden. Diese Patienten haben also sowohl ein paradoxes zwischenmenschliches Verhalten als auch ein gestörtes Verhältnis zu sich selbst, bis hin zu Selbstverletzungen und Suizidgefahr. Als häufigste Ursache gilt eine wiederholte traumatische Erfahrung, oft mit engen Bezugspersonen, und dadurch erlittene körperliche oder psychische Gewalt, zum Beispiel durch Vernachlässigung oder sexuellen Missbrauch.«

Ich war unschlüssig.

»Gibt es ein Problem?«, fragte er vorsichtig.

»Ehrlich gesagt, ich bin unsicher, ob mir das weiterhilft.«

»Tja, das ist auch schwierig. Zumal einige Krankheitsformen durchaus in andere Formen übergehen können. Für Ihre Textanalyse kann ich Ihnen keinen Tipp geben. Ansonsten würde ich Ihnen raten, bevor Sie zu tief einsteigen, lieber auf die allgemeinen Anzeichen einer psychischen Störung zu achten. Taucht im Laufe der Ermittlungen eine Person auf, die solche Zeichen erkennen lässt, sollten wir uns gemeinsam damit befassen.«

Das hörte sich vernünftig an und zeigte mir gleichzeitig seine Bereitschaft zur Kooperation.

»Gut. Um welche Anzeichen handelt es sich dabei?«

»In erster Linie um Störungen der Ansprechbarkeit, der zeitlichen oder räumlichen Orientierung, des Erinnerungsvermögens und der Wahrnehmungsfähigkeit.«

Ich schluckte. »Tut mir leid, aber das kann ich mir nicht alles aufschreiben.«

»Kein Problem, ich fasse Ihnen alles in einer Mail zusammen«, entgegnete der Psychologe.

»Danke.« Ich war angenehm überrascht von seiner unkomplizierten Art. Damit hatte ich nicht gerechnet. Zumal ich zugeben musste, dass ich mir Psychologen immer etwas umständlich und kompliziert vorgestellt hatte.

Wir hingen einige Minuten unseren Gedanken nach, ohne zu reden. Mir ging die Diskussion in Onkel Leos Garten durch den Kopf. Mein zuvor konstruiertes fiktives Theaterstück mit dem potenziellen Täter Oliver Held in der Hauptrolle passte durchaus in das skizzierte Schema des Psychologen. Nur die Regieanweisungen kannten wir nicht. Und auch nicht den Regisseur. Plötzlich fiel mir die Skizze mit der Flasche und der Spritze wieder ein, die ich auf Tante Gezas frisch gewachstem Terrassentisch gezeichnet hatte. Auch Bernstedts Hinweise auf eine mögliche Alkoholabhängigkeit von Oliver Held kamen mir wieder in den Sinn. Sollte es sich doch um den Missbrauch einer psychotropen Substanz handeln?

»Haben Sie noch Fragen?«, unterbrach der Psychologe meine Gedanken.

Ich musterte ihn aufmerksam. »Sie kennen sich doch mit Serientätern aus.«

»Woher wissen Sie das?«

»Von Siggi.«

»Ach?« Das Erstaunen stand ihm ins Gesicht geschrieben. Er konnte sich wohl nicht erklären, warum Siggi und ich über ihn gesprochen hatten.

»Haben Sie eine Idee, was unser Mann als Nächstes tun wird?«

»Nun, ich denke, man kann ihn nicht so einfach mit einem Serientäter im klassischen Sinne vergleichen, schließlich ist er nicht gewalttätig und richtet die Ausübung seines Zwangs nicht gegen andere Menschen. Er stiehlt nur Gegenstände.«

»*Nur?*«

»Ja – *nur*. Bei aller Tragweite sollten wir auf dem Teppich bleiben. Würde er Menschen verletzen, entführen oder umbringen, wäre das eine andere Kategorie. Dennoch, wenn ich da einen Vergleich ziehen soll, basierend auf Ihren Erkenntnissen, vermute ich stark, dass er in Kürze wieder zuschlagen wird. Der Drang, erneut etwas zu stehlen, wird immer stärker und in immer kürzeren Zeitabständen muss er sich quasi … Erleichterung verschaffen. Es kann natürlich auch sein, dass ein Serientäter eine Pause einlegt. Ich hatte mal den Fall eines Serienmörders, der eine zweijährige Pause eingelegt hat.«

»Der Würger von Apolda?«

»Äh, ja!« Er war aufs Neue verblüfft. »Woher wissen Sie das?«

»Na ja, das … das stand doch damals in allen Zeitungen«, stammelte ich.

Er fixierte mich, als wollte er sagen, dass er eine bessere Ausrede von mir erwartet hätte.

»Warum hatte der Täter damals eine Pause eingelegt, wissen Sie das?«, fuhr ich schnell fort.

»Er hat geheiratet.«

Mir lief ein Schauer über den Rücken.

»Wenn wir weiterhin praktisch vorgehen«, wechselte ich wieder zu unserem aktuellen Fall, »und einfach mal ausschließen, dass er eine unmotivierte Pause macht, und wenn wir die bisherigen Zeitabstände in Betracht ziehen, dann müssen wir damit rechnen, dass er … irgendwann in den nächsten Tagen wieder zuschlägt, oder?«

Der Psychologe wiegte den Kopf unschlüssig hin und her. »Kann aber auch sein, dass er jetzt tatsächlich pausiert, weil er nicht mehr in das abgeriegelte Gebäude hineinkommt.«

»Möglich«, murmelte ich nachdenklich. »Aber ich habe so ein dumpfes Gefühl, dass er sich davon nicht abhalten lässt.«

»Ihnen ist aber schon klar, dass er dann an unseren Wachen

vorbeikommen und gleichzeitig die Alarmanlage ausschalten müsste!«

»Oder er kommt gar nicht von außen, sondern von innen.« Der Psychologe sah mich entgeistert an. »Wie soll das denn gehen?«

»Keine Ahnung, vielleicht lässt er sich einschließen, oder ...«

»... er wohnt da drin!«, ergänzte er lachend.

Und ich lachte mit, obwohl es mir innerlich gar nicht zum Lachen zumute war.

Nachdem wir gezahlt hatten, verweilten wir noch einen Moment draußen vor dem ›Weißen Schwan‹ und beobachteten die enttäuschten Touristen, die vor dem Goethehaus standen und nicht hineingelassen wurden.

»Schade, dass es so weit kommen musste«, kommentierte ich, »aber es ist die beste Lösung.«

»Na ja, die Leute werden es überleben!«, gab der Psychologe zurück.

Ich zog die Augenbrauen hoch. »Das klingt ja nicht gerade so, als wären sie ein echter Goethe-Fan!«

»Das lässt sich so einfach nicht sagen. In meinem Elternhaus war Goethe sehr präsent, mein Vater war Deutschlehrer und meine Mutter arbeitete im Verlag ›Deutsche Klassik‹. Die Indoktrination war einfach so stark, dass sie während meiner Pubertätsphase ins Gegenteil umschlug und ich das Thema als Teil meiner Abgrenzung von den Eltern und zu meiner Adoleszenz-Entwicklung nutzte.«

»Verstehe!«

»Ich habe mir damals heftige Wortgefechte mit meinen Eltern geliefert, da ging es hoch her«, erzählte der Psychologe mit einem verschmitzten Lächeln. »Mein Anti-Gedicht schlechthin war:

Edel sei der Mensch,

Hilfreich und gut!«

»Aha, ›Das Göttliche‹ – Warum? Zu schwülstig?«

»Ja, zu schwülstig und zu idealistisch – eigentlich nur fürs Poesiealbum geeignet.«

»Das mag sein, ich denke aber, man sollte das eher als Zielrichtung nehmen, nicht als konkrete Lebensregel.«

»Ja, ja, das wurde mir auch immer gesagt. Ich solle das alles nur als Metapher sehen. Das ist mir aber zu schwammig«, fuhr er gestikulierend fort, »ich brauche es eben konkreter. Hat denn der alte Pudelkerner nicht mal was Eindeutiges schreiben können, an dem nicht Generationen von Schülern herumrätseln müssen?«

Ich fing herzlich an zu lachen. »Ich gebe zu, dass ausgerechnet dieses Gedicht nicht zu meinen Lieblingswerken von Goethe zählt, es entstand in einer recht frühen Phase, vielleicht noch etwas geprägt von einer Art … jugendlicher Glorifizierung. Aber den *Pudelkerner* muss ich mir merken, für meine Studenten!«

»Verraten Sie bloß nicht, dass der Ausdruck von mir stammt!«

»Nein, nein, keine Sorge!«

7. DER BESUCH

Um 18.45 Uhr betrat ich Bennos Büro. Onkel Leo und Benno waren bereits da, die erstaunten Blicke wegen meines überpünktlichen Erscheinens entgingen mir nicht. Kriminalrat Göschke, Siggi, Kommissar Hermann und der Psychologe trudelten nach und nach ein. Martin Wenzel wurde später aus London zurück erwartet.

Benno eröffnete das zweite Expertentreffen der Sonderkommission JWG. Als Erstes las er die zu beschließende Pressemitteilung vor. Kerninhalt war die Nachricht über die Schließung des Goethehauses für einen Zeitraum von ungefähr zwei Wochen. Als Begründung wurde eine Teilrenovierung zum Jahr der Kulturhauptstadt Europas angegeben. Ausdrücklich wurde darauf hingewiesen, dass die Wiedereröffnung durch eine weitere Pressemitteilung des Kulturdezernenten bekannt gegeben werde und dass bis dahin sowohl das Museum direkt neben dem Goethehaus als auch die Internetseite der ›Klassik Stiftung Weimar‹ sowie das Ladengeschäft der Stiftung in der Frauentorstraße besucht werden könnten. Einige lobten den Pressereferenten für seinen umsichtigen Text, der Alternativen für die Touristen anbot, und die Pressemitteilung wurde einstimmig verabschiedet.

»Hendrik, gibt's etwas Neues von der Analyse der Goethe-Zitate?«

Ich war vorbereitet und konnte sofort reagieren. »Hier finden Sie die Liste aller bisher geraubten Exponate ...« Ich verteilte eine Kopie der Liste an jeden der Kollegen. Sie enthielt eine genaue Beschreibung der gestohlenen Gegenstände, inklusive deren Entstehungsdatum und den dazugehörigen Goethe-Text, den der Dieb uns hatte zukommen lassen.

»Die ersten drei Exponate – das Palermo-Bild, das Gartenhaus-Bild und den Fußschemel – kennen Sie bereits, auch die dazugehörigen Texte. Die anderen beiden möchte ich nochmals vorstellen. Bei dem vierten Diebstahl wurde aus dem Dichterzimmer im Frankfurter Goethehaus ein von Goethe selbst handgezeichnetes Porträt seiner Schwester Cornelia entwendet. Es entstand zwischen 1771 und 1773, Ausführung in schwarzer Kreide auf grauem Papier. Das vom Täter zugeordnete Gedicht lautet:

An Luna

Schwester von dem ersten Licht,
Bild der Zärtlichkeit in Trauer!
Nebel schwimmt mit Silberschauer
Um dein reizendes Gesicht;

Das fünfte Exponat ist eine Italienische Venus, eine Bronzestatuette, wie von Herrn Wenzel bereits beschrieben. Es handelt sich um ein Originalstück aus Italien, entwendet aus dem Sammlungsschrank im Großen Sammlungszimmer. Hier das zugehörige Gedicht – wenn man das so nennen will:

Und Hintendrein kommen wir bey Nacht
Und vögeln sie daß alles kracht!

Der Diebstahl des Cornelia-Bilds zeigt einen klaren Bezug zu Goethes Schwester, die er sehr liebte. Mit ›Schwester‹ ist im Gedicht der Mond gemeint, mit dem ›ersten Licht‹ die Sonne. Viele Literaturwissenschaftler interpretieren dies so, dass Goethe selbst sich mit der Sonne verglich. Die Zeile ›Bild der Zärtlichkeit in Trauer‹ deutet höchstwahrscheinlich auf das traurige Leben seiner Schwester und ihren frühen Tod hin. Ich bin der Meinung, dass der Täter uns hier erneut seine Macht demonstrieren will, indem er uns zeigt, dass er auch außerhalb Weimars agieren kann. Und der Trend zu sehr persönlichen Gegenständen hält an, wobei mir augenblicklich nicht klar ist, was das zu bedeuten hat.« Ich machte eine kurze Pause und holte tief Luft.

»Und was hat dieser komische Erotik-Vers zu bedeuten?«, fragte Benno.

»Der stammt tatsächlich auch von Goethe. Wie bereits erwähnt, gehört er zu einem Theaterstück, das – zum Glück – nie veröffentlicht wurde. Mit der Tatsache, dass der Täter dies weiß, zeigt er uns erneut seine Überlegenheit und macht sich meines Erachtens damit über uns lustig.«

Die Gesichter in der Runde verdüsterten sich.

»Die derbe Ausdrucksweise in Hanswursts Hochzeit hat wahrscheinlich mit Goethes Mutter zu tun, die selbst ähnlich vulgäre Ausdrücke benutzte. Und den Einfluss seiner Mutter auf Goethe sollte man nicht unterschätzen.«

»Danke, Hendrik«, meinte Benno ohne weiteren Kommentar.

Die Tatsache, dass keiner der Anwesenden Kritik an meinen Ausführungen äußerte, zeigte mir, dass ich als Experte akzeptiert und geschätzt wurde. Ich gehörte wie selbstverständlich dazu.

Siggi berichtete detailliert von Oliver Helds Vernehmung. Er blieb sehr sachlich und neutral, dennoch war klar, dass Oliver Held keine guten Karten hatte. Sein Alibi war bis jetzt nicht geklärt. Eine Verbindung zu irgendwelchen Drogendealern konnte ihm bisher aber nicht nachgewiesen werden. Onkel Leo sah mich fragend an. Ich hob die Schultern. Ich konnte nichts tun.

Es war heiß und Onkel Leo schlug vor, eine Pause von zehn Minuten einzulegen. Sein Vorschlag wurde sofort angenommen. Onkel Leo zog mich ans Fenster. Wir schauten hinaus auf den Weimarhallenpark und er begann, mich nach den Ermittlungen gegen Oliver Held auszufragen. Er sprach leise, sodass die anderen ihn nicht hören konnten, und ich hatte den Eindruck, es war ihm sehr wichtig. Bevor ich ihm Auskunft gab, musste ich meinerseits eine Frage stellen, die mir schon lange unter den Nägeln brannte. »Onkel Leo, eins würde mich interessieren, und ich hoffe auf eine ehrliche Antwort. Warum engagierst du dich eigentlich so für Oliver Held?«

Er ließ seinen Blick hinüber zum Schwanseebad schweifen und seufzte. »Ich dachte mir, dass du das irgendwann fragen würdest. Und ich will dir ehrlich antworten: Ich bilde mir ein, eine gute Menschenkenntnis zu besitzen. Zu DDR-Zeiten war das lebenswichtig. Bei Oliver Held hatte ich von Anfang an ein gutes Gefühl, ich wollte ihn unterstützen, ihm Lebenshilfe geben, auch für seine Karriere. Wahrscheinlich wäre das gar nicht nötig gewesen, er hätte sich wohl auch ohne mich gut durchgeschlagen, aber irgendwie drängte es mich, ihm zu helfen.« Er wandte sich wieder zu mir. »Ich dachte, er hätte es verdient.«

»Und nun möchtest du herausfinden, ob du recht hattest?«

»So ist es.«

»Du stellst also sozusagen deine Menschenkenntnis auf den Prüfstand?«

»So könnte man es nennen.«

»Vergiss aber nicht, dass es einige Jahre her ist, dass du ihn kennengelernt hast, dass du ihn sozusagen … als vertrauenswürdig eingestuft hast. Menschen ändern sich, teilweise durch schwerwiegende äußere Einflüsse.«

»Danke für deine Hilfe, mein Junge, aber damit muss ich schon selbst klarkommen.«

»Onkel Leo«, ich legte meine Hand auf seine Schulter, »du hast immer versucht, jeden Menschen in erster Linie als Mensch zu betrachten.«

»So, meinst du?«

»Aber natürlich!«

Onkel Leo schleppte sich zu seinem Stuhl zurück und setzte sich. Ich goss ihm ein Mineralwasser ein, das er dankbar entgegennahm. Während der nächsten halben Stunde sprach er kein Wort. Er war tief in Gedanken versunken und konnte unserer weiteren Diskussion zunächst nicht folgen.

Kommissar Hermann berichtete von der Auswertung der Spuren. Seine Leute hatten das gesamte Goethehaus auf den Kopf gestellt.

»Zunächst sei gesagt, dass wir keine der geraubten Gegenstände im Goethehaus gefunden haben, alles wurde demnach außer Haus gebracht. Nach der bis jetzt vorliegenden Spuren-Auswertung gelangte der Täter über die große Wendeltreppe ins Urbinozimmer und lief dann die gesamte berühmte Zimmerflucht entlang bis in den großen Sammlungssaal. Dort hat er den Großen Sammlungsschrank geöffnet, wiederum sehr versiert mit professionellem Werkzeug, ohne auch nur einen einzigen, von außen sichtbaren Schaden an der Schranktür zu hinterlassen. Hier haben wir, wie bereits gestern bei unserem ersten Treffen erwähnt, Spuren eines weißen Pulvers gefunden.«

»Konnten Sie dieses Pulver analysieren?«, wollte Benno wissen.

»Ja, aber dazu komme ich später – Entschuldigung! Wie schon vorgestern erwähnt, hat der Täter Fußabdrücke in Größe 46 hinterlassen, die allerdings kein Profil aufweisen. Nach sorgfältiger Analyse aller Abdrücke haben wir inzwischen festgestellt, dass er eine Art Überzug getragen hat, vermutlich aus Plastik. Wir haben aber bis jetzt noch kein handelsübliches Produkt gefunden, das zu den Spuren passen könnte. Möglicherweise hat er sich auch etwas Eigenes gebastelt, was unserer Erfahrung nach aber unwahrscheinlich ist.«

»Warum?«, fragte ich interessiert.

»Erstens, weil er als Serientäter eher auf serienmäßig verfügbare Dinge angewiesen ist. Zweitens, weil ich ihn für sehr intelligent halte, und er weiß, dass persönliche Dinge ein hohes Risiko bergen, identifiziert zu werden.«

Das stimmte mit meiner Einschätzung überein, der Täter war sicher überdurchschnittlich intelligent.

»Die Fußspuren auf der Wendeltreppe waren glücklicherweise sehr gut zu interpretieren, da dieser Bereich für das Publikum gesperrt ist. Am Fuß der Treppe im Erdgeschoss verloren sich die Spuren allerdings, da hier der öffentliche Bereich beginnt, in dem die Putzkolonne gute Arbeit geleistet hat.«

Siggi schaltete sich ein: »Das heißt, wir können den Weg vom Beginn der Wendeltreppe im Erdgeschoss bis ins Große Sammlungszimmer und zurück genau rekonstruieren, wissen aber nicht, wie er an den Fuß der Wendeltreppe kam?«

»Genau so ist es. Wobei man der Vollständigkeit halber sagen muss, dass das untere Ende der großen Wendeltreppe eigentlich im Keller liegt, nicht im Erdgeschoss.«

»Sie reden immer von der großen Wendeltreppe«, meldete sich Peter Gärtner zu Wort, »gibt es denn eine weitere Wendeltreppe?«

»Es gibt tatsächlich noch eine zweite«, entgegnete Kommissar Hermann, »die wurde zu Goethes Zeiten nur vom Personal benutzt, vorwiegend um das Essen aus der Küche in den Speiseraum im ersten Stock zu bringen, und ist wesentlich kleiner, enger und sehr verwinkelt. Hier haben wir keinerlei Spuren gefunden, was auch schwierig wäre, weil diese Treppe größtenteils zum Publikumsbereich gehört.« Er holte tief Luft. »Und nun zu den Laborergebnissen!« Er sagte das in so bedeutendem Tonfall, dass alle aufhorchten. »Zunächst zu den Pulverspuren. Wir haben die weiße Substanz analysiert und festgestellt, dass es sich wie vermutet um Talkum handelt. Die Zusammensetzung lässt darauf schließen, dass der Täter OP-Handschuhe trug.«

»OP-Handschuhe?«, fragte Benno skeptisch.

»Richtig, ganz normale Gummihandschuhe, wie sie im Operationssaal und im sonstigen Krankenhausbereich benutzt werden. Man kann sie in gut sortierten Sanitätshäusern kaufen, wir haben bereits damit begonnen, alle entsprechenden Läden in Weimar, Erfurt und Jena abzuklappern.«

»Wann haben Sie da Ergebnisse?«, rief Kriminalrat Göschke. Seine Stimme klang heute noch seltsamer als sonst, fast wie ein Fagott.

»Frühestens morgen Mittag!«, erwiderte Hermann, was Göschke zu einem unzufriedenen Fagott-Grunzen veranlasste.

»Wenn er OP-Handschuhe anhatte«, warf Benno ein, »dann ist zu vermuten, dass er an den Füßen ebenfalls OP-Überzüge aus Plastik trug, das würde zusammenpassen!«

»Was denn für OP-Überzüge?«, wollte Hermann wissen.

»Für die Besucher im OP oder auf der Intensivstation gibt es solche einfach überzustreifenden Plastik-Überschuhe, um nicht den Dreck und die Keime von der Straße hineinzutragen. Kann man wahrscheinlich auch im gut sortierten Sanitätsfachhandel kaufen.«

Dem skeptischen Blick von Kommissar Hermann begegnete er mit einer kurzen Bemerkung: »Meine Frau ist Chirurgin!«

Das tat seine Wirkung. Hermann nickte und machte sich Notizen. »War's das, Hermann?«, fragte Benno.

»Noch eine kurze Bemerkung, Herr Kessler. Ich habe auf der Wendeltreppe und im Großteil des Erdgeschosses eine Substanz versprühen lassen, mit der man mittels UV-Licht überall Fußspuren nachweisen kann, auch wenn der Täter vorher nicht durch Staub gelaufen ist. Wenn er ein weiteres Mal kommt, können wir seinen gesamten Weg nachvollziehen und wissen, wo er in das Gebäude eindrang. Nur zur Sicherheit!«

Ich wurde sofort hellhörig. »Das heißt also, Sie rechnen damit, dass der Kerl auch bei eingestelltem Publikumsverkehr mit Alarmanlage und doppelter Bewachung in das Gebäude eindringen kann?«

»Ich gehe grundsätzlich immer vom schlimmsten Fall aus, Herr Wilmut, das ist mein Job!«Ein breites Gemurmel hob an. Damit hatte keiner gerechnet. Außer mir. In diesem Moment klopfte es, und Martin Wenzel trat ein, mit zerzaustem Haar und einem müden Gesichtsausdruck.

»Guten Abend, die Herren!«

Benno übernahm wieder die Führung: »Mit dem Bericht der Spurensicherung sind wir so weit wohl … klar …«, für einen Moment schien er müde und unkonzentriert, »ich schlage deswegen vor, nun den Bericht aus London zu hören. Herr Wenzel, sind Sie bereit?«

»Bin ich. Um es kurz zu machen: Das Bild, das die englische Polizei bei einer Hausdurchsuchung im Hehlermilieu sichergestellt hat, ist *nicht* die gesuchte Original-Federzeichnung von Goethe. Es ist eine Fälschung. Keine sehr gute, aber dennoch eine Profiarbeit!«

»Woran haben Sie das erkannt?«

»Am Papier. Das bei der Fälschung verwendete Papier ist höchstens zehn Jahre alt. Ich habe von der Rückseite eine kleine Probe entnommen und einen einfachen chemischen Test durchgeführt. Die entsprechenden Reagenzien hatte ich bei mir.«

Zum ersten Mal empfand ich einen gewissen Respekt vor Wenzels Arbeit.

»Das heißt für uns …«, dachte Benno laut nach.

Siggi war der Knackpunkt sofort klar. »Das heißt, jemand muss von dem Diebstahl des Gartenhaus-Bildes gewusst haben.«

»Wieso?«, fragte ich.

»Wir kennen die Hehlerszene, solch ein relativ unbekanntes Bild wird nicht einfach nur so kopiert. Das war eine Auftragsarbeit, die verkauft werden sollte, sobald der Diebstahl in Weimar bekannt werden würde. Allerdings hat Scotland Yard das Bild schon vorher bei dem Hehler gefunden, der es sozusagen auf Lager liegen hatte.«

»Verdammt!«, schrie Benno und schlug mit der flachen Hand auf den Tisch. »Was ist hier eigentlich los? Wir haben eine strenge Nachrichtensperre verhängt und trotzdem weiß der Täter, dass Hendrik für uns arbeitet, und Informationen über das gestohlene Bild sind bis nach London durchgesickert. Was, zum Teufel, läuft denn hier?«

Keiner sagte einen Ton. Benno hatte natürlich recht, doch von solch einem Wutausbruch waren wir alle vollkommen überrascht. Selbst das Fagott kam nicht zum Einsatz.

»Bitte«, rief Benno und stand ruckartig auf, »ich warte auf eine Erklärung! Irgendjemand in dieser verehrten Expertenkommission wird doch wohl eine Idee haben?« Sein bärtiges Kinn zitterte.

Der OB schritt nicht ein, auch Onkel Leo machte keinerlei Anstalten, ihn zu bremsen.

Da es zum Teil um mich ging, hatte ich das Gefühl, ich müsse antworten, mir fiel aber beim besten Willen nichts Vernünftiges ein. »Also, die Frage, woher der Täter von meiner Mitarbeit weiß, hatten wir das letzte Mal ja schon erfolglos erörtert«, versuchte ich dennoch mein Glück. »Da gibt es auch nichts Neues. Wir müssen hier einfach sehr wachsam sein ... äh ..., besonders ich.«

Kaum ausgesprochen, kam mir das Gesagte plötzlich ziemlich dumm vor. Alle schwiegen.

Endlich ertönte das Fagott, diesmal pianissimo, jedoch mit einem scharfen Unterton: »Dorst?«

»Ja?«

»Sie haben doch Ihre Informanten in der Hehlerszene aufgefordert, die Augen offen zu halten. Haben Sie die auf spezifische Gegenstände angesprochen?«

»Nein, nur auf Kunstgegenstände im Allgemeinen!«

»Und Bardo?«

»Wer oder was ist Bardo?« Benno wurde ungeduldig.

»Das ist einer meiner wichtigsten Informanten«, erklärte Siggi.

»Und?« Siggi überlegte. »Wir haben ihn zur Kooperation aufgefordert, sobald eines der beiden Bilder auftaucht. Ja … nun ja … er wusste davon … ich meine von dem Gartenhaus-Bild.«

»Musste das sein?«, fragte Benno unwirsch und setzte sich wieder hin.

»Na ja, irgendwie müssen wir ja an die Bilder rankommen, ich kann meine Informanten ja nicht nach einem Phantom suchen lassen«, verteidigte sich Siggi.

»Dorst, Sie vermasseln uns hier aber nicht den Fall!« Göschke saß kerzengerade in seinem Stuhl. Bennos Blick wanderte zwischen Siggi und seinem Chef hin und her. Diese Art von Konflikt hatte er sicher nicht provozieren wollen. Siggi sagte nichts und trommelte mit beiden Händen auf der Tischplatte herum. Sein Gesicht war mit einer leichten Röte überzogen.

»Mein Gott, nun hören Sie doch endlich mal mit diesem nervigen Getrommel auf!«, schnarrte das Fagott.

Siggi gehorchte und sah demonstrativ aus dem Fenster.

Wieder hatte ich das Gefühl, etwas sagen zu müssen. Dieses Gefühl hatte mir an der Uni bereits manches Problem eingebracht. »Ich denke, wir können nicht ewig warten, wir müssen etwas unternehmen. Einen Köder auslegen, ist immer riskant, aber ich bin der Meinung, Hauptkommissar Dorst weiß, was er tut.«

»So, meinen Sie?« Der Kriminalrat lief zur Hochform auf. »Sie als Literaturhengst scheinen ja eine Menge Ahnung von Polizeiarbeit zu haben!«

Am liebsten hätte ich ihm eins aufs Mundstück gegeben.

»Göschke, bitte nicht in dem Ton!« Onkel Leo schien äußerlich völlig beherrscht. »Hendrik hat recht, ein gewisses Risiko müssen wir eingehen.«

Auch Siggi hatte sich wieder gefangen: »Dieser Bardo hat nur ein Interesse: Geld!«

Göschke wackelte unwillig mit dem Kopf, dann gab er Siggi ein kurzes zustimmendes Zeichen und dieser verließ den Raum. Ich hatte keine Ahnung, wie solche Informanten bezahlt wurden, aber Siggi schien es zu wissen. Wir hörten ihn in Bennos Sekretariat telefonieren.

Als er zurückkam, brachte er zwei Tassen Kaffee mit, eine für sich und eine für mich. Auf meiner Untertasse lag ein Schokoladenriegel.

Müde und abgekämpft übernahm Benno wieder die Sitzungsleitung. Realistischerweise musste er zugeben, dass wir den gestohlenen Exponaten noch keinen Schritt näher gekommen waren. Er berichtete kurz, dass er mit Ministerpräsident Adler in Erfurt gesprochen habe, um ihn über die Schließung des Goethehauses zu informieren. Er habe ihm aber nicht den wahren Grund genannt, sondern die offizielle Version aufgetischt. Dennoch habe Adler irgendwie besorgt gewirkt, besonders wegen der UNESCO-Kommission. Er wolle auf dem Laufenden gehalten werden.

Es ging auf 20 Uhr zu.

»Letzter Tagesordnungspunkt: das Täterprofil. Wer macht das?«, fragte Benno.

»Ich!«, sagte eine Stimme, die an diesem Abend bisher gar nicht erklungen war. »Ich mache das!«

Plötzlich starrten alle erstaunt auf den Psychologen. Ich wunderte mich über dieses Verhalten, denn wer sonst als der Polizeipsychologe war für das Täterprofil zuständig. Anderseits hatte er sich während der bisherigen Sitzung wieder ausgiebig in Zurückhaltung geübt. Ich war gespannt auf seinen Auftritt.

Benno gab ihm durch ein Handzeichen zu verstehen, dass er beginnen solle.

»Zunächst möchte ich erwähnen, dass ich das Täterprofil nicht allein erstellt habe. Herr Wilmut hat einen erheblichen Beitrag dazu geleistet.« Er sprach ruhig und selbstsicher. »Und ich möchte mich bei dieser Gelegenheit ausdrücklich für seine gute Kooperation bedanken!«

Siggi lächelte wissend.

Der Psychologe sah kurz zu mir herüber und begann vorzulesen: »Hier die erste Version unseres Täterprofils. Zunächst zur Identifikation. Geschlecht unbekannt, wahrscheinlich männlich. Alter: 16 bis 30. Der Täter kann profunde Kenntnisse zu Goethes Leben und Werken aufweisen, muss also über ein gewisses Bildungsniveau verfügen, daher wurde als Mindestalter 16 angenommen. Der Täter versteckt sich im Internet-Café zwischen jungen Leuten, daher das Maximalalter 30. Körperliche Merkmale: Schuhgröße 46, Körpergröße 1,80–1,95 Meter, sonstige Merkmale sind unbekannt. Bildungsstand, wie bereits erwähnt, hoch, wahrscheinlich Abitur, intelligent. Es ist wahrscheinlich, dass der Täter diese Kenntnisse nicht autodidaktisch erworben hat, sondern dabei angeleitet wurde durch eine ältere Person, Eltern, Lehrer, Bekannte mit literarischer Bildung etc. Weitere Fähigkeiten: handwerkliches Geschick, wahrscheinlich Übung im Umgang mit Metall, eventuell gelernter Schlosser oder ähnliche Metall verarbeitende Ausbildung.« Er sah kurz auf, um sich unserer Aufmerksamkeit zu versichern. »Nun zur psychologischen Tendenz. Grundsätzlich bestehen zwei Alternativen. Entweder der Täter ist ein bewusster, berechnender Straftäter. Er ist sich der Folgen seiner Handlungen voll bewusst und will die gestohlenen Exponate zu Geld machen. Diese Variante muss durch weitergehende polizeiliche Ermittlungen abgeklärt werden. Oder der Täter leidet an einer psychischen Erkrankung. Er möchte die Exponate einfach nur besitzen, um einen versteckten Wunsch, einen Wahn oder eine fixe Idee mit Zwangscharakter zu befriedigen. In diesem Fall handelt der Täter nicht in vollem Unrechtsbewusstsein, sondern unter Maßgabe seiner eigenen Wertvorstellungen. Dabei ist anzunehmen, dass er bereits in psychiatrischer Behandlung war oder weiterhin ist. Psychische Erkrankungen, die aus unserer derzeitigen – zugegeben beschränkten – Sicht am wahrscheinlichsten sind, wären die neurotische Störung – Stichwort Zwangshandlung – die Belastungsstörung, die dissoziative Störung, die emotional instabile Persönlichkeit und die Borderline-Störung. Im Falle einer Zwangshandlung wäre es wichtig, den Beweggrund zu kennen, also die Konstruktion des Wahns, die zugrunde liegenden überwertigen Ideen und Affekte. Bisher wissen wir nur, dass er auf Original-Exponate Wert legt, und vermuten deswegen, dass er sie selbst besitzen will, mehr können wir derzeit nicht aussagen. Bei den anderen genannten psychischen Störungen liegt die Ursache häufig in einer extremen Belastung während der Kindheit des Patienten. Gewalt spielt dabei eine wichtige Rolle, insbesondere sexuelle Gewalt. Oft entsteht bei diesen Patienten eine Art innere Leere, die gefüllt werden muss, zum Beispiel durch die selbstaufwertende Identifikation mit einer berühmten, verehrten Person. Aber auch extreme seelische Mangelzustände, hervorgerufen durch permanente Demütigungen, andauernde Vernachlässigung oder die komplette Ablehnung des Kindes sind entscheidend. Die Zeilen aus seiner dritten E-Mail: *Das Unbeschreibliche, hier ist's getan* könnten dahin gehend interpretiert werden. Die derbe Ausdrucksweise der Zeilen aus Hanswursts Hochzeit ist laut Herrn Wilmut Goethes Mutter zuzuordnen, die eine sehr praktisch veranlagte Frau war und nachweislich selbst ähnliche Worte benutzte. Dies könnte ein indirekter Hinweis des Täters auf seine eigene Mutter sein, auf die er seine Schuldgefühle projiziert. Wie bereits erwähnt, sind dies jedoch bisher reine Thesen.

Nun heißt es, herauszufinden, wie wir daraus praktische Erkenntnisse gewinnen können.«

»Das habe ich mich auch schon gefragt«, rief Göschke in die entstandene Pause hinein.

Der Psychologe reagierte sofort: »Und da ich mir dachte, dass Sie das interessiert, Herr Kriminalrat, habe ich die Antwort bereits vorbereitet.«

»Wie überaus umsichtig«, trötete das Fagott sarkastisch vor sich hin. In diesem Moment war mir klar, wie zufrieden ich mit meinem Chef sein konnte.

Der Psychologe fuhr unbeirrt fort: »Aufgrund des konstanten Modus Operandi gehen wir von einem Serientäter aus. Er wird möglicherweise durch einen Zwang getrieben und verschafft sich durch die Taten eine innere Erleichterung. Es ist damit zu rechnen, dass sich die Taten fortsetzen und dass die Abstände immer kürzer werden. Die erwähnten traumatischen Kindheitserlebnisse werden in solchen Fällen in den unbewussten Bereich verdrängt und steuern dann, ohne in den Wahrnehmungsbereich vorzudringen, den Zwang und somit auch den betreffenden Menschen. Man kann das erkennen an einer Störung der Ansprechbarkeit, der zeitlichen oder örtlichen Orientierung, des Erinnerungsvermögens, des Handlungsvermögens oder der Wahrnehmungsfähigkeit. In schweren Fällen zeigen solche Patienten eine psychomotorische Verlangsamung verbunden mit mimischer Starre. Da dies äußerlich erkennbare Symptome sind, sollte bei der Suche nach dem Täter besonders auf derartige Personen geachtet werden. Wird eine solche Person identifiziert, muss geklärt werden, ob sie in der Kindheit schweren Belastungsstörungen unterworfen war oder irgendwelche Zwangshandlungen bekannt sind. Vielen Dank!«

Einen Moment herrschte Stille. Ich hatte das Gefühl, dass alle beeindruckt waren. Benno schien sehr zufrieden.

Einzig Göschke schien wie immer unzufrieden: »Sagen Sie

mal, der größte Teil Ihres Berichts beschäftigt sich ja mit diesen … psychischen Erkrankungen. Woher wollen Sie wissen, dass der Täter unter einer solchen Störung leidet, wenn Sie den Mann gar nicht kennen?«

Der Psychologe ließ sich keinen Moment aus der Ruhe bringen. »Erstens ist das nur eines von zwei Modellen …«

»Dem Sie aber eine hohe Priorität einräumen«, knurrte Göschke dazwischen.

»Das stimmt. Aber nur, weil ich als Psychologe an dem anderen Modell nicht viel mitarbeiten kann, das wäre eher Ihre Aufgabe.«

Göschke sah ihn mit zusammengekniffenen Augen an.

»Außerdem«, fuhr der Psychologe ungerührt fort, »habe ich ja bereits erwähnt, dass dies lediglich eine These ist. Für die praktische Arbeit an dem Fall ist es aber besser, eine These zu haben, als gar nichts, oder?«

Göschke brummelte irgendetwas Unverständliches vor sich hin. Siggi und ich nickten. Wenzel sagte nichts.

»Gut«, ging Benno dazwischen, »vielen Dank. Mir ist übrigens aufgefallen, dass Sie sowohl von Tätern als auch von Patienten sprechen. Kann man da eine Trennlinie ziehen?«

»Nein«, erklärte der Psychologe, »da gibt es keine eindeutige Trennung. Da der Mann etwas Gesetzwidriges getan hat, ist er natürlich als Täter zu bezeichnen, insbesondere aus Sicht der Polizei. Aber für den Psychologen und den Psychiater bleibt er dennoch ein Patient. Ich denke, da hat jeder seine eigene Form von … Wahrheit.«

Es gibt Tage, da möchte ich überhaupt nicht reden, erst recht nicht mit mehreren Menschen. Doch es gibt auch Tage, da liegen mir Worte auf der Zunge, die einfach herausmüssen, weil ich befürchte, dass sonst ein schwarzes Loch entsteht. »Eins noch …«

»Ja, bitte?«, fragte der Psychologe höflich in meine Richtung.

»Sie sagen, die Abstände der Taten werden immer kürzer. Wann rechnen Sie mit dem nächsten Diebstahl?«

Ein breites Gemurmel erfüllte den Raum. Benno hob die Hand. Es wurde still.

Der Psychologe lehnte sich zurück. »Der Täter wird in der Nacht von Samstag auf Sonntag wieder zuschlagen.«

Meine Verabredung mit Hanna auf ein Bier fiel aus. Auch Peter Gärtners Parteisitzung fiel aus, genauso wie Kommissar Hermanns Kegelabend. Stattdessen kam der Pizzadienst und brachte fettige Salamipizza und Rotwein in einer Literflasche. Ich hatte nicht damit gerechnet, dass die Aussage des Psychologen so unwidersprochen akzeptiert würde. Erneut hatte ich das Vertrauen, das ihm innerhalb des Polizeipräsidiums entgegengebracht wurde, unterschätzt. Nachdem wir alle unsere Frau, Freundin oder Mutter angerufen und unseren leeren Magen mit italienischer Feinkost gefüllt hatten, ging es weiter.

Ich versicherte, dass ich mit dem Psychologen völlig einig war in Bezug auf die Vorhersage. Er hatte mir die Berechnung während des Essens genau erläutert. Selbst wäre ich nie darauf gekommen. Psychologen verstehen doch wesentlich mehr von Mathematik als Literaturwissenschaftler. Er erläuterte den anderen die Kalkulation anhand einer Extrapolationsrechnung und erntete auch hier keinen Widerspruch. Viel mehr entzündete sich die Diskussion daran, wie der Täter wohl in das Gebäude gelangen würde und wie wir ihn dabei fassen könnten. Zunächst hatte niemand einen brauchbaren Einfall und wir verbrachten zehn Minuten mit sinnlosem Philosophieren über parapsychologische Phänomene, Beamen nach Star-Trek-Methode und ähnliche Märchenerzählungen. Dann kamen aber doch noch einige realistische Ideen zusammen, von aufs Dach klettern über Tunnel graben bis Alarmanlage blockieren oder jemanden bestechen.

Zunächst wurde der Psychologe gefragt, welche Methode er aus seiner Sichtweise für wahrscheinlich hielt. Er meinte, dass Bestechung so gut wie auszuschließen sei, da wir den Täter als Einzelgänger einschätzten, der lieber auf sich allein gestellt und unabhängig arbeitete. Einen gewissen Perfektionismus konnten wir ihm auch zusprechen, sodass ihm die Beteiligung einer zweiten Person vermutlich zu unsicher erscheinen würde. Außerdem wusste der Psychologe zu berichten, dass sich 95 % der Serientäter – gemäß der deutschen Serientäter-Datenbank Viclas – der Erfüllung ihrer Zwangsvorstellungen lieber allein hingaben. Das Thema Bestechung wurde also fallen gelassen. Die anderen drei Möglichkeiten passten durchaus zu dem derzeitig bekannten Profil des Täters.

Nun wurden die Polizisten Dorst, Hermann und Göschke um ihre Einschätzung gebeten. Die Ausschaltung der Alarmanlage wurde als nahezu unmöglich eingestuft, da Hermann den Hersteller in Erfurt vorsichtshalber gebeten hatte, den Sicherheitscode zu wechseln und in Expertenkreisen bisher kein einziger Fall bekannt war, in dem dieser Typ von Alarmanlage außer Gefecht gesetzt werden konnte. Über das Dach einzusteigen, hielt Hermann ebenso für unwahrscheinlich, da auch an allen Dachgaubenfenstern der Mansardenwohnung Alarmsensoren angebracht waren. Die Möglichkeit, Ziegel von dem alten Gebäude zu entfernen, war ein ernst zu nehmender Einwand. Einen Tunnel zu graben, erschien mir irgendwie zu weit hergeholt, doch die Kollegen mit DDR-Vergangenheit betrachteten das durchaus als realistische Möglichkeit. Wir beschlossen, uns auf die beiden wahrscheinlichsten Varianten zu konzentrieren, das Dach-Szenario und die Tunnel-Variante, ohne den Rest vollkommen aus den Augen zu lassen.

Als es darum ging, eine Gruppeneinteilung vorzunehmen, bemerkte ich, dass Benno sehr müde und fahrig wirkte. Es war fast 21 Uhr. Irgendwie war ihm die Luft ausgegangen. Ich winkte ihm kurz zu und tippte mir mit dem Zeigefinger fragend auf die Brust.

Er nickte.

Mit der Selbstverständlichkeit eines Hochschuldozenten, für den Seminararbeit in Gruppen zum Alltag gehörte, teilte ich die Anwesenden in zwei Arbeitsgruppen auf, eine Dach-Gruppe und eine Tunnel-Gruppe. Es herrschte eine konzentrierte Atmosphäre, ein einvernehmliches Gefühl ungeduldiger Schöpfungskraft. Nach gut einer Stunde rief ich alle zusammen und bat jede Gruppe, ihre Ergebnisse zu präsentieren. Siggi übernahm diese Aufgabe für die Tunnel-Gruppe und Onkel Leo für die Dach-Gruppe. Ungewöhnliche Situationen erfordern eben ungewöhnliche Maßnahmen. Nach den beiden Präsentationen sortierten wir alle Vorschläge nach Prioritäten und der praktischen Durchführbarkeit. Dies gelang überraschend schnell. Ich schrieb sie nacheinander auf das Flipchart:

1.) Doppelte Bewachung des Gebäudes von außen in der Nacht von Samstag auf Sonntag durch vier weitere Personen (Dorst, Wilmut, Hermann, N. N.)

2.) Ausstattung von Dorst und Hermann mit Nachtsichtgeräten zur Überwachung des Dachs

3.) Aufstellung einer zusätzlichen mobilen Alarmanlage mit Bewegungsmeldern im Bereich der großen Wendeltreppe im Erdgeschoss

4.) Kontrolle aller an das Goethehaus angrenzender Keller bzgl. verdächtiger Tunnelspuren am Samstagnachmittag

5.) Installation einer Videokamera im Bereich der Wendeltreppe

Mehr war nicht möglich, da wir nur einen Tag zur Vorbereitung hatten. Von einer Stationierung polizeilichen Personals im Goethehaus wurde nach längerer Diskussion abgesehen, da Göschke meinte, das Risiko, den Täter unabsichtlich zu warnen, sei zu hoch. Siggi sah das anders. Da er aber auf die Schnelle kein schlüssiges Alternativkonzept entwickeln konnte, blieb uns nichts anderes übrig, als Göschkes Vorschlag mit der Videokamera den Zuschlag zu erteilen. Treffpunkt war morgen Abend um 19 Uhr im Polizeipräsidium zur Lagebesprechung, Einsatz ab Dunkelheit.

Die Moderation und die Absage meiner Verabredung mit Hanna hatten an meinen Nerven gezerrt. Kurz nach Mitternacht fiel ich völlig erschöpft ins Bett.

Ich wusste, dass Hanna eine Frühaufsteherin war und samstags immer auf den Markt ging. Meine angepeilte Ankunftszeit 8 Uhr schaffte ich nicht. Mit zwei Tüten in der Hand stand ich 20 Minuten später vor Büchlers Gartentor.

Ich klingelte. Ring-Ring. Warten. Ring-Ring.

Hannas Mutter öffnete. »Wir kaufen nichts!«, rief sie entrüstet und schien entsetzt über die frühe Belästigung.

»Hallo, Frau Büchler, ich bin's, der Hendrik von nebenan!«

Sie hatte die Tür fast wieder geschlossen. »Der Hendrik von nebenan?« Sie nahm die Brille ab und versuchte mich zu fixieren.

Ich öffnete das Gartentor und trat näher.

»Hendrik Wilmut?«, fragte sie.

»Ja, genau!«

Sie war gerührt. Als ich die Treppe hinaufkam, umarmte sie mich.

»›Der Hendrik von nebenan.‹ So hast du dich immer gemeldet, wenn du Hanna besucht hast, in den Sommerferien.«

»Das ist schon lange her!«

»Ja, allerdings ...«, sie zögerte, »... seitdem hat sich viel verändert. Die Wende, deine Großeltern ... mein Mann!«

»Ich weiß, es tut mir sehr leid.«

»Komm doch rein, Hendrik!«

»Danke!«

Das Haus war unverändert: geradlinig, ohne Schnörkel, schätzungsweise aus den 20er-Jahren, mit einem riesigen Kachelofen im Flur, der über entsprechende Züge das ganze Haus erwärmte. Im Garten drei Tannen – hoch und dunkel, wie seit Jahren. Ich ging in die Wohnküche und legte die Tüten auf den Tisch, frische Brötchen, ein Glas Erdbeer-Rhabarber-Marmelade und ein halbes Pfund gekochten Schinken. Ich fühlte mich wie zu Hause.

»Ich dachte mal, du wirst mein Schwiegersohn!«

Ich war vollkommen überrascht. Hannas Mutter hatte schon immer eine sehr direkte Art gehabt. Sie lächelte.

»Ja«, sagte ich leise. »Nach dem Abitur kam eine Art ... Bruch, Bundeswehrzeit, da durfte ich nicht in die DDR, Studium und so weiter ...« Beinahe hätte ich gesagt: Was nicht ist, kann ja noch werden.

Auf der Treppe waren Schritte zu hören.

»Wir haben Besuch!«, rief Frau Büchler.

»Was, so früh?«, tönte es leicht missmutig.

Dann kam Hanna um die Ecke und erblickte mich. Unwillkürlich begann sie zu lächeln. Ich stand auf. Keiner von uns beiden sagte etwas.

»Er hat deine Lieblingsmarmelade mitgebracht, Erdbeere mit Rhabarber«, sagte ihre Mutter.

»Dass du dich daran noch erinnerst?«

Frau Büchler setzte Kaffee auf.

Ich räusperte mich. »Es tut mir leid, Hanna, dass ich gestern Abend keine Zeit hatte, dir die Situation zu erklären ...«

»Ich erhebe keinen Anspruch auf eine Erklärung.«

Diese Frau hatte einfach Klasse. »Also gut, ich habe Brötchen mitgebracht ... ich dachte ... äh ...«

»Ich nehme an, du wolltest mit uns frühstücken, oder?«

»Ja, genau.«

»Na, dann setz dich doch bitte!«

Ich kam mir vor wie in den Sommerferien, damals, als die Sommer noch heißer und die Schmetterlinge noch zahlreicher waren. Hanna trug ein rotes Sommerkleid, mit kurzen Ärmeln und einer eng geschnittenen Taille. Sie strahlte einen unbeschreiblichen Charme aus.

Ich ließ mich auf dem kurzen Teil der Eckbank nieder.

»Da hast du früher auch immer am liebsten gesessen«, stellte Frau Büchler liebevoll fest.

»Mama!« Hanna warf ihrer Mutter einen tadelnden Blick zu. »Nun lass uns doch mal von der Gegenwart reden und nicht immer nur von der Vergangenheit!«

»Natürlich, mein Kind.«

Sie schenkte Kaffee ein und fragte, ob ich verheiratet sei. Ich verneinte und erzählte ein wenig von meinem Beruf und von meiner Mutter in Offenbach. Hanna schmierte sich ein Marmeladenbrötchen. Ich nahm gekochten Schinken.

»Fühlst du dich immer noch wohl hier?«, erkundigte sich Frau Büchler weiter.

»Was meinen Sie mit *hier*?«, entgegnete ich.

»Na hier ... in der Gegend.«

»Also im Osten?«

»Ja.«

Frau Büchler war politisch stets sehr interessiert gewesen und wir hatten zu DDR-Zeiten lebhafte Diskussionen geführt.

Ich dachte nach. »Ich fühle mich immer noch sehr wohl hier.

In erster Linie weil es meine Heimat ist, unabhängig von den politischen Gegebenheiten.«

»Die politischen Gegebenheiten spielen aber eine große Rolle, oder?«

»Das ist richtig!«

»Und?«

»Wie bitte?«

»Na, ich meine, bist du zufrieden mit der politischen Entwicklung hier … im Osten?«

»Nein«, antwortete ich. Sie sah mich gespannt an. »Dieses gesellschaftliche Experiment …«

In diesem Moment klingelte mein Handy. Es war Benno. Ich entschuldigte mich und ging hinaus in den Garten. Benno hatte sich inzwischen um seine Sekretärin gekümmert. Sie wusste in der Tat nicht, worum es bei unseren Sitzungen ging und er schärfte ihr ein, alles, wirklich alles, auch die Zusammensetzung unserer Expertenkommission, als *streng geheim* einzustufen. Andernfalls setze sie ihre Arbeitsstelle aufs Spiel. Sie war beeindruckt und versicherte, niemandem etwas zu sagen. Der OB hatte inzwischen mit Hans Blume gesprochen. Als dieser erkannte, dass er verdächtigt wurde, rastete er förmlich aus. Er schrie Peter Gärtner an, wollte ihn verklagen, ihn vor den Kadi zerren und ähnliche Dinge. Gärtner war offensichtlich – so berichtete Benno – vollkommen ruhig geblieben und drohte ihm mit einem Disziplinarverfahren, falls er irgendetwas von der Angelegenheit an Personen außerhalb der Expertenkommission weitergeben sollte. Blume meinte, das sei ihm scheißegal und er solle sich zum Teufel scheren. Mephisto lässt grüßen. Ich erklärte Benno, dass ich im Gespräch sei und ihn später zurückrufen würde.

Ich ging wieder zurück in die Küche. Während ich in mein drittes Schinkenbrötchen biss, überfiel mich ein unbändiger

Wunsch nach Espresso. Aber leider war weit und breit keine Maschine zu entdecken.

»Experiment ist wohl ein passendes Wort«, nahm Frau Büchler den Gesprächsfaden wieder auf, »aber ich glaube, das Thema ist zu wichtig und zu umfangreich, um es eben mal so nebenbei beim Frühstück zu behandeln.«

»Ja, Mama!« Mehr sagte Hanna nicht. Ihr Tonfall beinhaltete jedoch mehr: eine kleine Portion ›Nicht jetzt‹ und einen Hauch von ›Das ist *mein* Gespräch‹. Wahrscheinlich musste sie jeden Tag politische Diskussionen mit ihrer Mutter führen. Und mir war es auch sehr recht, weil ich nach der kurzen Nacht nicht vollends aufnahmefähig war. Und natürlich weil ich wegen Hanna gekommen war.

Frau Büchler öffnete einen Joghurt und versuchte den verbalen Bogen zum Alltäglichen zu schlagen. »Na, Hendrik, bist du eigentlich immer noch so ein Goethe-Verehrer?«

»Wie, ähm … was meinen Sie denn mit ›immer noch‹?«, stammelte ich.

Sie lachte. »Sag bloß, du weißt nicht mehr, wie du dir ständig Goethe-Bücher bei uns ausgeliehen und dann die halben Ferien damit verbracht hast.«

Ich war sprachlos.

»Und mein Mann«, Hannas Mutter sah gedankenverloren in den Garten hinaus, »der kannte sich gut aus, hat dir oft ein Buch ausgesucht, meistens ein paar Worte dazu gesagt und du warst völlig begeistert, hast die Bücher förmlich verschlungen!«

»Ich … ich muss sagen, daran kann ich mich überhaupt nicht mehr erinnern!«

Frau Büchler blickte mich an. »An was kannst du dich denn erinnern?«

»An Hanna!«, antwortete ich wie aus der Pistole geschossen.

Die beiden lächelten. Hanna strich mir kurz über den Arm.

Ich war ziemlich verwirrt. »Ich dachte immer, mein Interesse für Goethe und die deutschen Klassiker sei einfach so … gekommen, mehr zufällig, meine ich.«

»Nein«, sagte Frau Büchler freundlich, »das war kein Zufall. Du bist oft gekommen, um ein neues Buch auszusuchen. Vielleicht hast du die Bücher auch nur als Vorwand benutzt, um Hanna zu sehen. Doch geblieben ist deine Vorliebe für beides!«

»Es stimmt, Hendrik«, sagte Hanna vorsichtig, »aber derjenige, der an deinem Interesse für Goethe und Weimar einen großen Anteil hat, kann dir leider nichts mehr dazu sagen.«

Ich spürte, wie mir die Tränen in die Augen schossen. »Muss mal auf die Toilette«, presste ich hervor und ging hinaus.

Es war ein wunderschöner Morgen. Ich saß lange mit Hanna im Garten, während ihre Mutter nach dem täglichen Gang auf den Friedhof die Einkäufe übernahm. Nach ungefähr zwei Stunden machte ich mich schließlich auf den Heimweg. Ich umarmte Hanna zum Abschied. Sie fühlte sich sehr gut an, so zart und warm. Ich wollte sie schon fragen, ob ich ihre Zahnbürste benutzen dürfe, doch das war wohl nicht der passende Augenblick.

»Danke für den Besuch«, sagte sie leise.

*

Freunde – ja Freunde! Freunde konnten sehr hilfreich sein, gegen Einsamkeit, gegen trübe Gedanken, gegen böse Gedanken. Sofort fielen ihm die beiden Humboldt-Brüder ein, sie hatten eine gute Beziehung zu ihm und Friedrich unterhalten. Sie pflegten einen regen Gedankenaustausch, und Wilhelm von Humboldt heiratete eine Freundin von Friedrichs Schwägerin

Caroline von Wolzogen. Der weitaus bekanntere jedoch war Alexander von Humboldt, der Naturforscher, der lange Forschungsreisen durch Südamerika unternommen hatte. Er hatte sich überall in der Welt Anregungen geholt. Keine deutschen Namen wurden weltweit so oft genannt und gebraucht wie die von Goethe und Humboldt. Ob Straßen und Plätze, Pflanzen und Tiere, Minerale und Bergwerke, Bücher und Zeitschriften, Stiftungen, Medaillen, Denkmäler, Schulen und Hochschulen oder physikalische Erscheinungen – überall tauchten diese beiden Namen auf. Und er war stolz darauf!

*

Zu Hause angekommen, schaltete ich zuerst die Espressomaschine ein. Dann setzte ich mich gemütlich in den Sessel unter dem Dachfenster und ließ meine Gedanken schweifen. Ich wusste, dass ich verliebt war und genoss es. Lange saß ich so und *freute herzlich Ihres Wertes mich und meiner Liebe*. Dazu genoss ich meinen Espresso. Vielleicht auch zwei oder drei.

Da ich früh aufgestanden war und die Nacht lang werden würde, gönnte ich mir einen ausgiebigen Mittagsschlaf. Gegen halb sieben machte ich mich auf den Weg ins Polizeipräsidium. Ein leichter, lauer Wind wehte durch die Weimarer Straßen.

Wir waren so unauffällig wie möglich auf Position gegangen. Die Dämmerung legte sich allmählich über die Stadt. Der Mond schien durch die dünnen, vorüberziehenden Wolken. Dahinter zeigte sich ein dunkelblauer Himmel von unendlicher Schönheit. Langsam kamen die Sterne hervor, sie vermehrten sich zusehends, von Minute zu Minute. Siggi und ich saßen im Garten des Goethehauses zwischen den beiden großen Hecken, die parallel zur hinteren Gartenmauer an der Ackerwand verliefen. Es war ein ideales Versteck, da man durch die Hecke hindurch die gesamte Rückfront im Auge behalten konnte, gleichzeitig jedoch gut getarnt war. Kommissar Hermann und der Psychologe, der als vierter Mann eingesprungen war, hatten in einem schräg gegenüberliegenden Haus am Frauenplan Posten bezogen. Im Erdgeschoss befand sich ein Restaurant, das mit seinen Tischen, Stühlen und Sonnenschirmen fast den gesamten Platz vor dem Goethehaus einnahm. Unser Aussichtsposten befand sich in der Wohnung des Restaurantbesitzers im dritten Stock, mit guter Sicht auf die Front und das Dach des Goethehauses. Siggi kannte den Mann recht gut und hatte ihm erklärt, es handle sich um die Observierung seiner Konkurrenz im ›Weißen Schwan‹. Daraufhin war er sehr kooperativ gewesen und versorgte Hermann und den Psychologen sogar mit Kaffee und belegten Brötchen. So gut hatten wir es hinter der Hecke nicht, dafür konnten wir die frische Luft und den Sternenhimmel genießen. Hermann und Siggi hatten ihre Nachtsichtgeräte vorbereitet, an der Wendeltreppe waren zwei Videokameras installiert worden, die eine lückenlose Aufzeichnung während der gesamten Nacht gewährleisteten, und am Fuß der Wendeltreppe im Erdgeschoss befand sich eine neue Alarmanlage mit drei Bewegungsmeldern. Mehrere Streifenwagen standen gut versteckt bereit, einer in einem Hinterhof der Steubenstraße, ein anderer in der Tiefgarage am Beethovenplatz, zwei weitere in der Puschkinstraße und am Haus der Frau von Stein. So konnte in Kürze das ganze Viertel abgeriegelt werden. Die Einsatzzentrale mit dem Kriminalrat und Martin Wenzel befand sich im Kaminzimmer des ›Weißen Schwan‹. Die seit Mittwoch eingerichteten Doppel-Wachposten umkreisten das Gebäude regelmäßig, aber unauffällig von der Seifengasse über den Frauenplan, hinauf zum Wielandplatz, links hinein in die Ackerwand bis zum Ende der Gartenmauer, hinter der Siggi und ich saßen, am Gebäude des Goethemuseums vorbei, um links durch eine kleine Querverbindung wieder hinunter auf die Seifengasse zu stoßen, und das Ganze von vorne zu beginnen.

Die Seifengasse ist eine der romantischsten Gassen Weimars, schmal, mit altem Kopfsteinpflaster belegt, gesäumt von historischen Häusern, die größtenteils bereits dort standen, als Goethe seine berühmten Zettelgen ans andere Ende der Gasse zu Charlotte von Stein schickte. Charlotte von Stein – seine ständige Kritikerin, seine Geliebte im Geiste, seine Kontrollinstanz und seine Verbündete. Oft hatte ich mich gefragt, wie diese eigenartige Verbindung zwischen einem Staatsminister und einer verheirateten Frau aus dem unmittelbaren Kreis der Herzogin in der damaligen Zeit des religiösen und gesellschaftlichen Scheuklappendenkens toleriert werden konnte. Vielleicht war es die herausragende Stellung dieser beiden Personen, die ihnen einen größeren Spielraum verschaffte, vielleicht auch das künstlerische Flair im damaligen Weimar, das ihnen eine gewisse Freiheit schuf.

Goethe jedenfalls scherte sich überhaupt nicht um die öffentliche Meinung. Er schrieb ihr etwa 1700 Briefe und Briefchen in gut zehn Jahren, also im Schnitt jeden zweiten Tag einen Brief. Und das über einen solch langen Zeitraum, zusätzlich zu den persönlichen Gesprächen. Das zeigt die intensive Beziehung dieser beiden Menschen. Die beiden ergänzten sich auf eigenartige Weise. Sie war eine kühle Frau, ohne Charme, aber mit einer ihr eigenen Nahbarkeit und Offenheit, mit gesundem Menschenverstand und gleichzeitig einer tiefen Ernsthaftigkeit. Er wollte sie wieder erblühen lassen als Frau, als Weib – obwohl er dieses Wort nie benutzte, nein, sie war immer die *hohe Frau*, die *Herrin*. Sie wiederum wollte ihn formen, im Benehmen, im Standes- und Staatsdenken. Wollte ihn kulturstrategisch leiten. Und sie kannte sein Seelenleben wie kein zweiter Mensch.

In ihrem Testament verfügte sie, dass ihr Sarg nicht durch die Seifengasse an Goethes Haus vorbei getragen werden sollte, obwohl dies der normale Weg gewesen wäre. Das hätte seinen Seelenfrieden gestört.

Mein eigener Seelenfrieden war in einem mentalen Chaos untergegangen. Langes Warten war sowieso nicht meine Stärke, doch dabei auch noch so aufmerksam zu sein, um nichts zu verpassen, war eine besondere Herausforderung. Siggi war das gewohnt. Eine akkurate Regelmäßigkeit sei sehr wichtig, hatte er mir zuvor eingeschärft, sonst schläft man ein oder driftet in eine andere Gedankenwelt ab, die die Konzentration stört. Alle 15 Minuten musste sich jeder per Funk bei der Einsatzzentrale melden. Alle zwei Minuten piepste ganz leise Siggis Armbanduhr, woraufhin er einen routinemäßigen Scannerblick mit dem Nachtsichtgerät von links nach rechts über das gesamte Gebäude gleiten ließ. Da er vorwiegend die visuelle Komponente abdeckte, hatte ich die Hauptaufgabe, mein Gehör einzusetzen.

Gegen Mitternacht wurde es angenehm kühl und die Geräusche von den Restaurantgästen, den Touristen und den Pferdekutschen verstummten allmählich. Somit konnte ich meine Hör-Aufgabe besser wahrnehmen. Es wurde nebliger und dünne Schwaden zogen vom Ilmpark kommend durch den historischen Garten. Je mehr Lichter ausgingen, desto mehr Details konnten wir erkennen. Gelegentlich unterstützte uns das Mondlicht, das zwischen den Wolken hindurch schien. Ein leichtes Flirren lag in der Luft, fast wie Elfengesang.

Siggi meldete sich übers Funkgerät. »Zentrale, hier Posten 2, keine Vorkommnisse!«

»Verstanden Posten 2, Ende!«

Die Worte waren gedämpft, doch in der Stille der Nacht kamen sie mir vor wie ein Schrei.

Ich horchte. »Siggi, da war was!«

»Wo?«

»Da vorne links, klang wie eine Tür!«

Er lenkte sein Nachtsichtgerät auf die beiden Bauten zwischen dem Goethe-Wohnhaus und dem Coudray'schen Torhaus. »Nichts!«

»Wie eine zugeschlagene Tür klang das«, flüsterte ich aufgeregt.

»Bleib hier!«

Unsere Unterhaltung musste sich auf ein Minimum beschränken. Er lief vorsichtig nach links Richtung Torhaus und spähte am Ende der Hecke in Richtung des vermeintlichen Geräuschs. Nach fünf Minuten kam er zurück. »Nichts«, wiederholte er.

Er machte trotzdem eine Meldung per Funk. Alle Vorgänge wurden in der Zentrale genau registriert. Siggi und ich beschlossen, uns etwa drei Meter voneinander zu entfernen, damit ich nicht mehr durch die Geräusche des Funkgeräts irritiert wurde. Im Mondschein konnten wir uns dennoch gut erkennen.

Während der nächsten zehn Minuten passierte nichts. Ich spähte auf die Uhr: 1.09 Uhr.

Siggi schien mit jemandem zu sprechen, obwohl der nächste regelmäßige Funkspruch erst um 1.15 Uhr fällig war. Neugierig geworden, schlich ich zu ihm hinüber.

»Hermann hat sich gemeldet«, flüsterte er, »die Lampe über dem Eingang des Goethehauses ist plötzlich ausgegangen!«

»Und?«

»Weiß nicht, vielleicht ist die Birne kaputt.«

»Wahrscheinlich.«

Er zuckte mit den Achseln.

»Psst!«, machte ich.

»Was ist?«

»Da spielt jemand Klavier.«

Siggi horchte angestrengt. Alles war ruhig. »Mitten in der Nacht?«, flüsterte er.

»Kann doch sein …«

»Aber bestimmt nicht unser Mann, der würde sich ja selbst verraten!«

»Stimmt!«, pflichtete ich ihm bei, ohne restlos davon überzeugt zu sein. Unser Mann hatte seine eigenen Maßstäbe. »Es klang jedenfalls wie ein Klavier, und zwar wie ein verstimmtes. Ich kenne das von zu Hause.«

»Kam es aus der Richtung des Goethehauses?«

»Eindeutig!«

Wir horchten erneut. Nichts.

Siggi machte eine Meldung. Wahrscheinlich irgendein Betrunkener, der bei geöffnetem Fenster ein spätes Ständchen bringen wollte.

Ruhe. Der Elfengesang umfing uns erneut.

»Da ist was!«, rief Siggi und drehte aufgeregt an seinem Nachtsichtgerät.

Meine Nerven waren bis zum Äußersten gespannt. Deutliches Türenschlagen ertönte von links.

Siggi nahm das Funkgerät: »Hier Posten 2, verdächtige Person auf 9 Uhr, flüchtet in Richtung Wielandplatz!« Seine Stimme zitterte.

Die Reaktion von Göschke erfolgte ohne Zögern: »Zentrale an alle. Sofortiger Zugriff!«

Die Nacht war zu Ende. Blaulicht und Sirenen zerrissen die dunkle Stille. Der Polizeiapparat funktionierte wie am Schnürchen. Die schmale Gestalt, die sich vom Wielandplatz Richtung Steubenstraße bewegte, hatte keine Chance. Der Mann lief geradewegs in den Streifenwagen Weimar 3 hinein. Die Beamten reagierten sofort und absolut professionell.

»Hier Weimar 3, wir haben ihn!«

»Verstanden, Weimar 3, sonstige Vorkommnisse?«

»Hier Weimar 1, keine Vorkommnisse!«

Der gleiche Funkspruch folgte von den anderen beiden Streifenwagen.

»Danke, meine Herren, Abbruch!«

Kurz vor 2 Uhr trat ich ins Kaminzimmer. Der Verdächtige wurde bereits zur Vernehmung ins Polizeipräsidium gebracht. Ich würde ihn schon noch zu sehen bekommen. Die Lage war ruhig, aber gespannt. Göschke und Siggi meinten, es würde vielleicht sehr lange dauern, bis erste Erkenntnisse vorlagen. Zuerst sollten die Fußspuren sorgfältig mit der Infrarotkamera fotografiert werden, dann erst konnte die Auswertung der Videoaufnahmen und die Inspektion des Gebäudes erfolgen. Das würde bis morgen früh dauern. Ich war hundemüde und bat Siggi, mich nach Hause bringen zu lassen.

Weimar 1 setzte mich in der Hegelstraße ab.

Als ich direkt vor meinem Haus ausstieg, meinte der Beamte, es sei ja eine Schande, dass diese unflätigen Sprayer so schöne alte Häuser verunzierten. Erst als er bereits außer Sichtweite war, fiel mir auf, was er gemeint hatte. Über der gesamten Fassade am Erdgeschoss unseres Hauses stand in riesigen roten Lettern: ›Danke für den Besuch!‹

Ich erstarrte vor Schreck. Die rote Farbe lief noch an der Hauswand herunter. Das war für mich bestimmt – das wurde mir sofort klar! Er wusste, wo ich wohnte, er kannte mein Haus, meine Wohnung, sein Ring zog sich enger um mich.

In Panik öffnete ich die Haustür, ließ zweimal den Schlüssel fallen und knallte die Haustür so laut zu, dass die alte Frau Semarak aufwachen musste. Dann rannte ich die Treppe hoch, riegelte meine Wohnungstür ab und setzte mich im Dunkeln in meinen Sessel. Die leere Espressotasse stand noch daneben.

Ich zwang mich zur Ruhe, zum langsamen Atmen. Es gelang nicht. Ich verfolgte den Sekundenzeiger meiner Uhr. Gleichzeitig fühlte ich meinen Puls. Ein Herzschlag pro Sekunde – nicht mehr! Darauf konzentrieren, nichts anderes denken für einige Zeit! Langsam kam mein Puls wieder herunter, pendelte sich irgendwo zwischen 60 und 70 Schlägen pro Minute ein. Ich atmete tief durch. Was sollte ich tun?

›Danke für den Besuch!‹

Was hatte das zu bedeuten? Ich musste überlegen, ich musste in Ruhe überlegen. Danke für welchen Besuch? Für den Besuch im Goethehaus heute Nacht? Dann hätten wir den Falschen verhaftet. Konnte das möglich sein? Und er machte sich wieder über uns lustig. Dieser hinterhältige, ironische ... Halt! Nicht ärgern, langsam und systematisch denken. Er wollte uns lächerlich machen, doch er wollte uns damit auch etwas sagen.

›Danke für den Besuch!‹

›Der Besuch‹ ... das war ein Gedicht, ja sicher ... ein sehr bekanntes Gedicht ... es handelt von Christiane! Ich hatte es geahnt, es wurde immer persönlicher. Ich war zu aufgeregt, um klar denken zu können. Wie ein Idiot wühlte ich in meinen Gedichtbüchern, ›Der Besuch‹ ... ja, da war es!

Auf dem Saale fand ich nicht das Mädchen,
Fand das Mädchen nicht in ihrer Stube; ...

Nein, wir fanden es nicht, das Mädchen – das Mädchen auf dem Bild – oh mein Gott – zu dem Gedicht gab es ein Bild, eine Zeichnung von Goethe. ›Christiane Vulpius auf einem Sofa schlafend‹.

Zum Glück lag Siggis Handynummer auf einer der Kurzwahltasten meines Handys. Er meldete sich sofort. Ich war jetzt ganz ruhig und konzentriert.

»Hier Hendrik«, sagte ich mit fester Stimme, »wo bist du jetzt?«

»Noch im Goethehaus.«

»Wo genau?«

»Im äh … in diesem gelben Raum in der Mitte, warum?«

»Pass auf, tu jetzt bitte genau, was ich dir sage!«

»Was?«

»Bitte frag nicht, tu's einfach!«

»Ist ja gut.«

»Geh in Richtung Garten durch das Brückenzimmer, da stehen lauter Büsten.«

»Alles klar, bin auf dem Weg.«

»Dann weiter, bis zu der Gartentür.«

»Ja, bin dort.«

»Jetzt nach links zu den Christiane-Zimmern.«

»Okay.«

»Durch den Vorraum in Christianes große Stube, dann durch den Torbogen in ihr Wohnzimmer.«

»Da ist links so'n Podest!«

»Genau! Und rechts zur Straße hin siehst du zwei Fenster, links davon zwei Bilder – nein, halt, nur noch ein Bild, das eine ist ›Goethes Gartenhaus von der Rückseite‹, wurde ja geklaut!«

Stille am anderen Ende der Leitung.

»Siggi, antworte bitte!«, schrie ich fast ins Telefon. »Siehst du links neben dem Fenster eine Bleistiftzeichnung ›Christiane Vulpius auf einem Sofa schlafend‹?«

»Nein, Hendrik, da ist keine Zeichnung mehr.«

Mein Handy fiel auf den Fußboden und zersprang in mehrere Teile. ›Danke für den Besuch!‹

8. EIGENTUM

Am Sonntag Mittag traf ich mich mit Benno und Siggi zum Essen beim Schlosswirt in Kromsdorf. Es war bereits sehr heiß, fast 30 Grad im Schatten, als ich Weimar auf der Tiefurter Allee verließ und durchs Webicht fuhr. Eingangs Tiefurt bog ich rechts ab und folgte der Landstraße aus dem Ort hinaus. Nach wenigen Minuten öffnete sich rechts von mir ein weiter Blick über die Felder. Die LPG Kromsdorf hatte hier in den 80er-Jahren riesige Erdbeerfelder angelegt, ich fand das damals faszinierend.

Benno und Siggi warteten bereits seit einer halben Stunde im Café unter den imposanten Baumkronen des Kromsdorfer Schlossparks. Hermann und der Psychologe wollten später dazustoßen. Der Kriminalrat erwartete bis Montagmorgen einen Lagebericht von uns. Und die Lage war schlecht.

Der festgenommene Mann entpuppte sich als Landstreicher, der in einer Geschäftspassage am Wielandplatz übernachtet hatte und durch die Streifenwagen in Panik geraten war. Im Keller des Goethehauses war die Hauptsicherung herausgesprungen, wahrscheinlich durch den zusätzlichen Strombedarf der Videokameras, was zur Folge hatte, dass das Außenlicht ausgefallen war. Damit wurde vermutlich auch die zusätzliche Alarmanlage außer Kraft gesetzt und es gab keine Videoaufnahmen von dem entscheidenden Zeitraum. Das Türenschlagen konnte nicht zurückverfolgt werden. Der Täter wusste, wo ich wohnte, hatte mir eine persönliche Nachricht an die Hauswand gesprayt und Christiane auf dem Sofa gestohlen. Wie immer ein Original, von Goethe selbst gezeichnet, das Motiv: seine Liebste. Es wurde immer persönlicher. Wo sollte das noch hinführen? Ich war ziemlich verzweifelt.

Wir bestellten Mineralwasser, was den Wirt nicht eben begeisterte. Alle waren müde und angeschlagen. Siggi hatte stundenlang den Landstreicher vernommen, Kommissar Hermann hatte bis 6 Uhr morgens die Spurensicherung geleitet. Und das bisherige Ergebnis glich einem ermittlungstechnischen Offenbarungseid.

Göschke wollte zum Segeln auf die Saaletalsperre und Gärtner fuhr zu einer Familienfeier in den Westen. Abschalten. Keine schlechte Idee. Während wir an unserem Wasser nippten, trudelten Hermann und der Psychologe ein. Sie setzten sich seelenruhig und bestellten jeder ein Bier.

Missmutig musterte ich die beiden. »Gibt's was zu feiern?«

»Vielleicht?«, meinte Kommissar Hermann.

Wir horchten auf. Ein leichtes Grinsen umspielte seinen Mund. Das Grinsen eines Mannes, der sich überlegen in seinem Informationsvorsprung sonnte.

»Ja, es gibt etwas Neues, das uns zumindest ein Stück weiterbringt.« Er machte eine Kunstpause.

»Na, nun reden Sie schon!«, drängte Siggi.

»Wir wissen jetzt, wie er ins Gebäude gekommen ist.«

»Herr Ober, bitte drei Bier!« Das war Benno.

»Wir konnten mittels Infrarotlicht die Fußspuren des Täters verfolgen. Sie führen in den Keller.«

»In den Keller?«

»Ganz genau. Hier gibt es eine uralte dicke Holztür, die zu dem Nachbargebäude Am Frauenplan 3 führt. Dort endet die Spur.«

»Was?«

»Das heißt«, fuhr Hermann fort, »dass er durch diese Tür aus dem Keller des Nachbarhauses gekommen ist.«

»Aus dem Nachbarhaus – also nichts mit Dach und Tunnel?«

»Nichts mit Dach und Tunnel!«

»Hat er denn einen Schlüssel?«

»Er muss einen Schlüssel haben, denn es gibt keinerlei Zeichen eines gewaltsamen Eindringens. Diese alten Schlüssel sind zwar nichts Besonderes, jeder einigermaßen erfahrene Schlüsseldienst kann so etwas nachmachen. Dennoch braucht er dazu einen Originalschlüssel und das ist der Punkt, der weiterhin völlig unklar ist!«

Alle schienen das Gesagte einen Moment auf sich wirken zu lassen.

»Diese Tür ...«, meinte Benno nach einer Weile, »diese alte Tür, wieso haben wir die nicht bereits früher ... in Betracht gezogen?«

Hermann sah ihn achselzuckend an: »Eine Tür von Achtzehnhundertirgendwas – da denkt doch niemand, dass die überhaupt noch funktioniert, geschweige denn, den Zugang zum Nachbarhaus ermöglicht!«

Benno sah Siggi an, halb fragend, halb vorwurfsvoll. Siggi wich seinem Blick aus.

»Und wie kam er in das Nachbarhaus?«, fragte ich.

»Das wissen wir nach wie vor nicht – Wenzel muss uns morgen eine offizielle Zugangsberechtigung besorgen. Aber uns ist immerhin bekannt, *wo* er in das Nachbarhaus eingedrungen ist.«

Ich war vollkommen perplex. Gerade eben im tiefsten Jammertal, und nun entwickelten sich die Erkenntnisse plötzlich in rasantem Tempo.

»Er kam durch den Garten!«, sagte Hermann mit Nachdruck.

Siggi und ich wechselten einen Blick.

»Ja, er hat eindeutig die Tür in der Mauer zwischen den Nebengebäuden und dem Coudray'schen Torhaus geöffnet, ist dann ein paar Schritte durch den Garten gelaufen, hat die Hintertür des Nebengebäudes geöffnet, wie, ist weiterhin unklar, und ist dann in den Keller eingedrungen. Alles sehr professionell, kaum zu sehen, aber eindeutig nachweisbar.«

»Nicht zu fassen ...« Siggi konnte es kaum glauben. »Das war das Türenschlagen, das Hendrik gehört hat. Der ist tatsächlich zweimal an uns vorbeigelaufen!«

»Moment mal, er ist nur einmal an uns vorbeigelaufen«, korrigierte ich, »beim zweiten Mal hast du ihn bemerkt.«

»Stimmt, aber trotzdem ist er entkommen. Ich möchte nur wissen, wie er das gemacht hat!«

Hermann dachte nach: »In Richtung Steubenstraße hätten wir ihn geschnappt, das zeigt die Festnahme des Landstreichers. In Richtung Frauenplan hätten wir ihn auch gehabt, da hatten wir genug Leute.«

»Er kann also nur in die Ackerwand rein sein«, warf Siggi ein.

»Stimmt!«

»Aber da war doch Weimar 2«, warf ich ein.

»Ja, schon«, entgegnete Hermann, »doch die standen in der Tiefgarage unter dem Beethovenplatz, zwecks Tarnung. Deswegen brauchten sie einen Moment länger als die anderen. Vielleicht war das der kurze Moment, den er zur Flucht nutzte.«

»Aber wohin?

Wir tranken unser Bier und grübelten. Keiner hatte eine Antwort.

»Und noch etwas ...« Hermann hatte einen weiteren Trumpf im Ärmel.

Wir stellten die Gläser wieder ab.

»Die Sicherung im Keller ist nicht durch Zufall herausgesprungen. Er hat sie ausgeschaltet.«

»Was?« Benno riss die Augen auf. Nervös zupfte er sich am Kinnbart.

»Entweder hat er von unserer Aktion Wind bekommen, oder es war eine reine Vorsichtsmaßnahme. Deshalb kein Alarm und keine Videoaufzeichnung.«

»Scheiße.«

»Verdammte Scheiße!«

»Bitte noch fünf Ehringsdorfer.«

Der Schlosswirt machte inzwischen ein wesentlich freundlicheres Gesicht. Er war nicht gerade vom Erfolg verwöhnt hier draußen.

»Woher wissen Sie das?«, fragte ich.

»An den Sicherungen haben wir Talkumspuren gefunden.«

»Aha!«

»Übrigens ... Herr Wilmut, Sie haben ein gutes Gehör. Er hat tatsächlich Klavier gespielt.«

»Wie bitte?«

»Ja, auf dem alten Flügel im ... äh ...«

»Junozimmer«, ergänzte ich.

»Genau, auch dort haben wir Talkumspuren gefunden.«

»Nicht zu glauben«, Siggi schüttelte den Kopf, »da klaut der Kerl wie ein Rabe und spielt währenddessen auch noch Klavier. Ich fasse es nicht!«

»Ich kann das schon verstehen«, sagte der Psychologe zu unserer großen Verwunderung, »das ist eben unser Mann. Er hat seine eigene Gedankenwelt. Und die will er uns zeigen. Er will persönliche Gegenstände von Goethe besitzen, er will sich in seinem Haus aufhalten, auf seinem Flügel spielen ... ich weiß nicht, was noch alles. Vielleicht in seinem Bett schlafen.«

»Aber das war doch sehr riskant«, entgegnete ich.

»Ja, allerdings. Er spielt mit uns, er führt uns vor. Und er spielt mit dem Feuer ... er wird unvorsichtig, fühlt sich allmächtig – das ist gut für uns. Diesmal war es knapp, das nächste Mal krie-

204

gen wir ihn. Und ich denke, er ahnt das. Auf eine Art wünscht er sich womöglich sogar, dass wir ihn erwischen.«

Siggi sah ihn überrascht an: »Sie meinen, er legt es darauf an, sich erwischen zu lassen?«

»Ja«, bestätigte der Psychologe und nestelte an seinem Rollkragen, »denn nur *wir* können ihn von seinem Zwang befreien.«

Ich nickte. Die Einschätzung des Psychologen schien mir plausibel.

»Aber wie sollen wir das machen?«, fragte Benno. »Jetzt ist er doch gewarnt und wird sicher nicht erneut ins Goethehaus eindringen!«

»Wir kriegen ihn, Benno«, sagte ich voller Überzeugung, »wir kriegen ihn bald, er wird einen Fehler machen und dann haben wir ihn.« Ich musste tief durchatmen. »Die Frage ist nur, welchen Preis wir dafür zahlen müssen.«

Die dritte Woche meiner Mitarbeit an dem Goethehaus-Fall hatte begonnen. Und sie begann früher, als mir lieb war. Am Montag, um kurz nach 7 Uhr riss mich das Klingeln meines Telefons aus dem Schlaf. Es war Benno. Er entschuldigte sich für den frühen Anruf und meinte nur, ich solle doch mal in die ›Thüringer Nachrichten‹ reinschauen. Dann legte er wieder auf. Ich versuchte, ihn sofort zurückzurufen, doch einige Tasten meines Handys funktionierten nicht mehr, nachdem ich es gestern Nacht nur notdürftig wieder zusammengesetzt hatte. Technik war nicht eben mein Hobby.

Wider aller Gewohnheit ging ich in Boxershorts, ungekämmt und mit nacktem Oberkörper, ohne Dusche und ohne Espresso die Treppe hinunter und zog die Zeitung aus dem Briefkasten. Eigentlich wollte ich sie erst oben lesen, doch bereits im ersten Stock fiel mein Blick unweigerlich auf die fett gedruckte Titelzeile:

›Mehrfacher Raub im Goethehaus –
Polizei machtlos! Wohin verschwindet die deutsche Kultur?‹

Ich ließ mich auf eine Treppenstufe sinken, unfähig zu denken, geschweige denn etwas zu sagen.

Frau Semarak verließ ihre Wohnung mit der Einkaufstasche. Ich war nicht in der Lage, mich zu bewegen. Sie quetschte sich an mir vorbei und drehte sich zu mir um.

»Geht's Ihnen gut, Herr Wilmut?«

Mein ungewöhnlicher Aufzug schien ihr Sorgen zu bereiten. Ich hob nur kurz die Hand als Zeichen, dass alles in Ordnung sei, und sie ging kopfschüttelnd weiter. Kurze Zeit später lief die achtjährige Tochter von Müllers aus dem zweiten Stock an mir vorbei.

»Du siehst aber blöd aus«, rief sie.

»Was?«

»Du siehst blöööööd aus!«

Ein aufgewecktes Kind. Ich zog mich am Treppengeländer hoch und trottete ganz langsam, Stufe für Stufe hoch in meine Wohnung. Es kam mir so vor, als hätte ich eine halbe Stunde dazu gebraucht. Ich schleppte mich zur Kaffeemaschine, schaltete sie ein und ging ins Bad. Ich drehte den Wasserhahn voll auf und hielt meinen Kopf unter den eiskalten Strahl. Brrr … keine gute Idee! Als ich mit dem Kopf wieder hochkam, stieß ich mich am Spiegelschrank, dann lief das kalte Wasser an meinem Oberkörper herunter und in die Boxershorts hinein. Gar keine gute Idee! Mein Bademantel und ein doppelter Espresso hellten meine Stimmung etwas auf. Ich kämmte mir notdürftig die Haare, den Rasierapparat würdigte ich keines Blickes. Dann nahm ich mir den Zeitungsartikel vor. Der Schreiberling mit dem Namenskürzel ›SaSch‹ berichtete ziemlich ausführlich von den geraubten Gegenständen, bis zu einem gewissen zeitlichen

Level auch von den Ermittlungen. Nur der Frankfurter Diebstahl und der fünfte Diebstahl von Samstagnacht waren nicht erwähnt. Der Anfang des Artikels war recht sachlich gehalten, gegen Ende wurde er allerdings immer polemischer, griff die Polizeiarbeit an, nach dem Motto ›Unprofessionelle Provinzpolizei‹ und drückte in puncto ›Deutscher Kulturbesitz‹ mächtig auf die Tränendrüse. Auch die mögliche Schmach vor der UNESCO-Kommission wurde lang und breit ausdiskutiert. Nur der Informant wurde nicht genannt.

Aber da brauchte ich nicht lange zu überlegen: Der Artikel trug eindeutig die Handschrift von Hans Blume. Er wollte sich offensichtlich dafür rächen, dass der Oberbürgermeister ihn von unserem Fall abgezogen hatte. Ich war schockiert. Schockiert über so viel Dummheit und Gewalt. Ja, ich spürte tatsächlich eine Form von Gewalt, der ich ohnmächtig ausgesetzt war. Wut machte sich in mir breit. Eine einfache, urmenschliche Wut. Am liebsten hätte ich irgendwelche Einrichtungsgegenstände in die Ecke geworfen, konnte mich dann aber so weit beherrschen, dass ich nur die Schlafzimmertür zuknallte. Danach legte ich mich aufs Bett und starrte lange an die Decke.

Gegen Mittag raffte ich mich endlich auf und fuhr ins Polizeipräsidium, immer noch unrasiert und völlig übermüdet. Sie saßen alle in Göschkes Konferenzraum. Als ich die Tür einen Spalt öffnete, winkte Benno mich sofort herein. Inzwischen gehörte ich ja schon fast zum personellen Inventar. Der Schreiberling von den ›Thüringer Nachrichten‹ namens Sandro Scherer wurde gerade vernommen. Er berief sich auf die Pressefreiheit und weigerte sich, seinen Informanten preiszugeben. Jeder muss überleben, und natürlich war dies seine Story, die wollte er auskosten bis zum Schluss. Der eigentlich Schuldige war der Informant.

»Hast du den Artikel ausführlich gelesen?«, fragte mich Benno.

»Ja, habe ich. Meiner Ansicht nach kann der Informant nur Hans Blume sein. Er wusste von allen Raubzügen, außer vom Cornelia-Bild und der Statue, zu diesem Zeitpunkt war er bereits von dem Fall abgezogen.«

Ich hatte keine Lust, mit meiner Meinung hinter dem Berg zu halten. Scherer verzog keine Miene.

»Vorsicht, bitte«, sagte Siggi, »bisher ist das nur deine persönliche Meinung. Wir haben zu wenig Beweise, um ihn rechtlich belangen zu können. Aber zumindest wird der OB ein Anhörungsverfahren einleiten.«

»Gut so«, antwortete ich aufgewühlt, »das Ganze riecht so sehr nach Hans Blume wie …«

Der Schreiberling wollte protestieren, doch Benno schritt sofort ein. »Herr Scherer, ich rate Ihnen, den Mund zu halten!« Er war ziemlich aufgebracht. »Es ist besser, wenn Sie vorläufig nichts mehr zu diesem Thema sagen und insbesondere nichts mehr darüber schreiben. Ich kann es Ihnen natürlich nicht verbieten, denn ich respektiere die Pressefreiheit. Doch nach all der Diskussion hier heute morgen sollte Ihnen klar sein, wie wichtig es ist, bis zur Festnahme des Täters Stillschweigen zu bewahren und jegliche Form von journalistischer Inkontinenz zu unterlassen!« Er fixierte Sandro Scherer, der seinem Blick standhielt. »Ansonsten …«

»Ansonsten was?«

»Ansonsten … werde ich dafür sorgen, dass alle städtischen Anzeigen aus Ihrem Blatt zurückgezogen werden!«

»Das ist Erpressung!«, schrie Scherer entrüstet.

»Moment mal«, Siggi ging ungewohnt laut dazwischen, »wir machen Ihnen ein Angebot: Wenn Sie bis zur Festnahme des Täters nichts mehr veröffentlichen, erhalten die ›Thüringer

Nachrichten‹ nach Abschluss des Falls die Exklusivrechte für die gesamte Story.«

Scherers Miene hellte sich auf.

»Aber nur, wenn Sie sachlich bleiben, und das Märchen von der ›Unprofessionellen Provinzpolizei‹ vergessen!«

»Einverstanden!«

Göschke war nicht sehr glücklich über diesen informationstechnischen Kuhhandel, doch bevor er etwas einwenden konnte, fügte Siggi hinzu: »Dann können Sie jetzt gehen, Herr Scherer!«

Als dieser den Raum verlassen hatte, machte Benno sofort weiter Druck: »Hendrik, welchen Einfluss hat die Veröffentlichung deiner Ansicht nach auf das Verhalten des Täters?«

Einen kurzen Moment war ich überrascht, dass Benno zuerst mich fragte und nicht den Psychologen. »Einen schlechten Einfluss«, antwortete ich dann, »weniger auf seine Beziehung zu uns, die ist klar. Doch nun wird er durch die öffentliche Meinung zusätzlich unter Druck gesetzt, und es steht zu befürchten, dass er etwas Unüberlegtes tun wird. Und das kann erhebliche Gefahren bergen.«

Ich sah den Psychologen an. »Richtig«, ergänzte er. »Bisher hat er nur gestohlen, doch es kann passieren, dass es nun zu einer Eskalation kommt, hervorgerufen durch die Kombination von innerem und äußerem Zwang.«

»Was heißt das? Gewalt gegen Personen?«

Stille im Raum.

»Schwer zu sagen«, entgegnete der Psychologe, »sehr schwer zu sagen …«

Ich hatte fast den Eindruck, dass ihm sein Rollkragenpullover zu eng wurde.

»Falls er ein berechnender Straftäter ist«, fuhr er fort, »kann es durchaus zu Gewalthandlungen kommen, insbesondere wenn er sich in die Enge getrieben fühlt. Falls unsere These der psychischen Erkrankung stimmt, sehe ich die Gefahr der Gewalt gegen andere Personen nicht so hoch. Er wird eher seinen inneren Zwang bekämpfen und damit ist die Wahrscheinlichkeit der Autoaggression höher.«

»Mann, Sie reden ja manchmal wie ein Gelehrter«, schnarrte das Fagott laut.

Ich hatte fast vergessen, dass dieser Mensch noch im Raum war. »Selbstverletzendes Verhalten«, übersetzte ich leicht genervt.

»Nur gut, dass wir Sie als Sprachexperten dabei haben«, tönte Göschke sarkastisch.

»Auch Selbstmord?«, fragte Benno dazwischen.

»Möglich«, gab der Psychologe zurück.

»Dann wären wir den Kerl wenigstens los!« Die Stimme des Kriminalrats klang so gefühllos, dass ich für einen Moment Mitleid mit dem Dieb empfand. Aber nur für einen kurzen Moment.

*

Er liebte besonders die Gedichte von Goethe. Nicht die Balladen, die waren ihm zu lang und zu schwülstig, nein – die kurzen, inhaltsvollen Zeilen, die hatten es ihm angetan.

Ich weiß, daß mir nichts angehört,
als der Gedanke, der ungestört,
aus meiner Seele will fließen.
Und jeder günstige Augenblick,
den mich ein liebendes Geschick,
von Grund aus läßt genießen.

Er wusste nicht mehr, aus welchem Gedicht diese Worte stammten, doch sie hatten es ihm angetan. Vor Kurzem erst hatte er sie in einem Café gelesen, in einem schäbigen Rahmen an der Wand hängend, eines Genies völlig unwürdig. Aber er hatte sie verinnerlicht, diese Zeilen. Man konnte ihm alles wegnehmen, sein Zuhause, sein Klavier, seine Schwester, vielleicht auch seine Bücher – doch nicht seine Gedanken.

Es war gegen Mittag, als er den Artikel entdeckte, auf der Rückseite der Zeitung, die sein Tischnachbar im Straßencafé am Frauenplan las. Er zahlte sofort, eilte zum Kiosk in der Schillerstraße und kaufte sich die gleiche Ausgabe. Zuerst musste er lachen über die dilettantische Recherche. Es wurden nicht einmal alle Raubzüge erwähnt. Doch dann machte sich der Druck bemerkbar, der auf ihm lastete. Er wurde gesucht, es wurde überall nach ihm gefahndet. Auch wenn sie gar nicht wussten, wen sie eigentlich suchten, so spürte er doch ihre Blicke auf sich gerichtet. Als zwei uniformierte Polizisten vorbeikamen, wandte er unwillkürlich sein Gesicht ab. Nein, so einfach würden sie ihn nicht bekommen. Wieder machte sich diese Wut in ihm breit. Er war sich nicht sicher, ob er sich diesmal beherrschen konnte.

Sicherheitshalber musste er das Zeug unbedingt loswerden. Er beschloss, mit seinem Verbindungsmann Kontakt aufzunehmen.

*

Kurz vor zwölf klingelte das Telefon in Göschkes Konferenzraum, es war der Oberbürgermeister. Peter Gärtner hatte Hans Blume suspendiert. Daraufhin hatte sich dieser bei Ministerpräsident Adler in Erfurt beschwert. Adler hatte die Suspendierung zunächst aufrechterhalten, telefonierte danach aber lange mit dem OB. Gärtner musste ihm nun natürlich reinen Wein einschenken. Der Ministerpräsident wollte am Donnerstag nach

Weimar kommen, um die Angelegenheit mit dem OB persönlich zu besprechen. Peter Gärtner wusste, dass dem Ministerpräsidenten Weimar besonders am Herzen lag, zum einen, weil es seine Geburtsstadt war, und zum anderen, weil seine Tochter hier lebte und arbeitete.

Der Fall zog weiter seine Kreise. Beim Haftprüfungstermin für Oliver Held wurde festgestellt, dass er nicht der Seriendieb sein konnte, da er Samstagnacht noch in Untersuchungshaft saß und deshalb dem Goethehaus keinen Besuch hätte abstatten können. Trotzdem blieb er in Haft, da der Verdacht des Drogenhandels nicht ausgeräumt war. Onkel Leo war sehr betrübt über dieses Ergebnis, da er zunächst gedacht hatte, Oliver Held sei nun vollkommen aus dem Schneider. Er zog sich nach Hause zurück und grübelte.

Das Frankfurter Goethehaus am Großen Hirschgraben war ebenfalls geschlossen worden. Die Museumsleitung nutzte die Zeit, um längst fällige Reparaturarbeiten an der Elektroinstallation durchführen zu lassen. Der Frankfurter Kulturdezernent wurde ohne Umschweife eingeweiht, ebenso die Oberbürgermeisterin, sonst niemand. Eine Abgeordnete der Frankfurter Ausbau Gegner brachte eine Anfrage dazu ins Stadtparlament ein und wollte wissen, warum genau das Goethehaus geschlossen wurde und was die Renovierung kosten würde. Mehr als einen fünfzeiligen Vermerk war dies der Redaktion des ›Frankfurter Anzeiger‹ jedoch nicht wert und sodann war die ganze Geschichte in der Versenkung verschwunden.

Die Spurensicherung im Nebengebäude des Weimarer Goethehauses durch Kommissar Hermann und seine Leute war inzwischen abgeschlossen. Das Gebäude gehörte ebenso wie das Goethehaus selbst zur Klassik Stiftung Weimar, stand zurzeit aber leer. Hier waren keinerlei Alarmanlagen installiert, denn die einzige Verbindung zum Goethehaus bestand in der besagten schweren alten Holztür im Keller, die als unbenutzbar eingestuft worden war. In den Außentüren waren moderne Sicherheitsschlösser installiert, an denen keine Spuren von Gewaltanwendung zu erkennen waren, der Täter musste also einen Nachschlüssel benutzt haben. Hermanns Mitarbeiter hatten sich einige Stunden mit dieser Spur beschäftigt. Keiner der betreffenden Schlüssel war aus dem zentralen Schlüsselkasten des Goethemuseums jemals vermisst worden. Als einzige Besonderheit stellte sich heraus, dass die Schlüssel des Nebengebäudes von einem lokalen Weimarer Schlosserbetrieb geliefert worden waren, während alle Schlüssel des Goethehauses und des Museums unter strengen Sicherheitsauflagen von einer zentralen Bundessicherheitsschlüsselvergabestelle in Berlin bezogen werden mussten.

Hermann hatte den Weimarer Schlosserbetrieb bereits aufgesucht. Laut dem Besitzer seien in letzter Zeit keine besonderen Ereignisse zu vermelden gewesen. Hermann fragte auch nach dem Personal, nach besonderen Spannungen, Kündigungen etc. Der einzige Fall war der eines jungen Mannes namens Thomas Reim, der vor ungefähr einem Jahr in Verdacht geraten war, Material gestohlen zu haben, und anschließend selbst gekündigt hatte. Hermann notierte sich seine Adresse. Er wohnte in Richtung Jena auf dem Lindenberg. Der Versuch, ihn ausfindig zu machen, endete ziemlich schnell und unerfreulich. Seine Mutter berichtete, dass ihr Sohn vor einigen Wochen mit dem Motorrad zwischen Weimar und Umpferstedt tödlich verunglückt sei. Die Strecke hatte schon viele Verkehrstote gefordert.

Ich wandte mich zunächst dem Telekom-Laden in der Schillerstraße zu, bevor abends der nächste Literaturkreis anstand.

Der Verkäufer, ein junger Mann mit grünen Haaren, betrachtete mein altes, reichlich demoliertes Handy, sah mich an, sah wieder auf das Handy und … dachte sich seinen Teil.

»Meine Frau hat sich so über mich geärgert, dass sie mein Handy aus dem Fenster geworfen hat«, erklärte ich locker.

»Und Ihren Ehering hat sie wohl gleich mit rausgeworfen?«, entgegnete er mindestens ebenso locker.

»Nicht schlecht«, grinste ich, »um die Wahrheit zu sagen, ich bin ein bisschen zitterig, in meinem Alter lässt man schon mal was fallen.«

»Geht meinem Opa auch so …«

Sein Ton war ein wenig frech, aber nicht respektlos.

»Hier hab ich das ideale Handy für Sie!«

Er legte mir ein Mickey-Mouse-Telefon hin, das als Klingelton ein Schweinegrunzen vernehmen ließ.

»Hey, toll, das finden meine Studenten sicher ganz abgefahren!«

»Oh, Sie sind Professor?«, fragte er nun in ernstem Ton.

»Nein, kein Professor, aber Dozent an der Universität.«

»Oh, ja«, meinte er sehnsuchtsvoll, »ich wollte auch immer studieren, war aber leider nicht drin.«

»Schade, warum? Finanzielle Probleme?«

»Ja, Vater arbeitslos, Schwester behindert, keine Chance. Ich bin der einzige, der Geld verdient. Und das auch nicht viel.«

»Aber sie sind doch technisch interessiert und versiert, oder?«

»Wieso?«

»Sonst würden Sie doch nicht für die Telekom arbeiten!«

Er grinste. »Stimmt!«

»Das ist doch das Wichtigste. Interesse und Neugier für eine Sache!«

»Sie meinen, das reicht?«

»Es ist zumindest die Grundlage. Zum Erfolg gehören natürlich auch Fleiß und Anstrengung und manchmal etwas Glück, doch mit der inneren Passion für eine Sache gehen Anstrengung, Fleiß und Glück Hand in Hand.«

»So hab ich das noch nie betrachtet ...« Er starrte mich an. »Ich hab aber nur Mittlere Reife und 'ne Lehre als Funkfuzzi!«

»Wie heißt das offiziell?«

»Rundfunk- und Fernsehtechniker.«

»Na, das ist doch was. Hier ist meine Visitenkarte. Wenn Sie wollen, kläre ich mal, unter welchen Bedingungen Sie damit an einer Fachhochschule studieren können. Rufen Sie mich so etwa in zwei Wochen mal an.« Ich drückte ihm meine Karte in die Hand.

Er war völlig perplex. »Das würden Sie für mich tun?«

»Sicher! Ich kann Ihnen zwar nichts versprechen, aber einen Versuch ist es wert.«

»Dr. Hendrik Wilmut, Institut für Literaturgeschichte, Johann-Wolfgang-Goethe-Universität Frankfurt«, las er vor. »Aber ... Sie kennen mich doch gar nicht?«

»Das macht nichts. Der erste Eindruck genügt mir. Ich glaube, dass Sie eine Chance verdient haben.«

Er sah mich mit großen Augen an und verkaufte mir das beste Handy der Welt.

»Silbergrau, passend zu Ihrer Haarfarbe«, kommentierte er lächelnd.

»Dann müsste Ihr Handy aber grün sein«, entgegnete ich.

Er zog sein Mobiltelefon aus der Hosentasche. Es war giftgrün.

Als ich den Laden verließ, wusste ich, was Onkel Leo und Oliver Held verband.

Es hatte angefangen zu regnen, ein leichter aber konstanter Landregen. Ich parkte auf dem Rollplatz, schnappte meinen großen schwarzen Schirm und stieg aus. Da sah ich Felix Gensing mit seinem alten roten Golf neben mir einparken. Er wirkte ziemlich mitgenommen.

»Hallo, Felix!«

»Ach ... Hendrik, hab dich gar nicht ... entschuldige!«

Er gab mir die Hand.

»Kann ich dir irgendwie helfen, Felix?«

»Was, wieso?«

»Entschuldige, aber du machst den Eindruck, als hättest du ... ein Problem.«

Seine Augen öffneten sich weit. »Ja, ja ... ein Problem.«

»Möchtest du darüber reden?«

»Ach ... ich weiß nicht. Ist wirklich nicht so wichtig ...«

Ich ließ ihm einen Moment Zeit. »Wir können auch später darüber sprechen.«

»Ja, nein – es ist wegen ... Jens.«

»Aha, was ist denn mit ihm?«

»Er ist ... im Krankenhaus.«

»Oh, das tut mir leid, hoffentlich nichts Schlimmes?«

»Also ja, doch, irgendwie schon, er ist seit zwei Jahren ... und darf nur manchmal nach Hause, es ist nicht ...«

Ich wartete einen Moment, um zu sehen, ob er über die Erkrankung seines Sohnes sprechen wollte, aber offensichtlich wollte er nicht.

»Das tut mir leid. Sag ihm gute Besserung!«

Er bedankte sich und sah mich unsicher an. Ich hatte den Eindruck, als wollte er mir noch etwas sagen, doch es kam nicht über seine Lippen.

»Ich hoffe, Anna kommt damit zurecht«, sagte ich etwas unbeholfen, nur um eine Gesprächsbrücke zu bauen.

»Ach, weißt du, ich liebe Anna sehr, aber mit ihrem esoterischen Getue ... Jens ist sowieso recht labil und lässt sich sehr stark von ihr ...« Er zögerte.

»Beeinflussen?«

Er nickte.

»Ach ja, ich erinnere mich, die Reinkarnation.«

»Ja genau, das ist für sie sehr ... na ja, ich kann das einfach nicht nachvollziehen.«

»Ich auch nicht, Felix, aber ich denke, das ist eine philosophische Frage. Wenn sie damit gut durchs Leben kommt, solltest du es besser akzeptieren.«

»Ja, ja, da hast du recht. Nur ... wenn man sich ihre abstrusen Theorien anhören muss, den ganzen Tag lang, dann ...«

Er fuhr sich mit der Hand durch die wirren Haare.

»Ich verstehe.«

Wir standen noch immer auf dem Parkplatz neben meinem Auto.

»Ich will dich nicht drängen, Felix, aber falls du irgendwann mal Hilfe brauchst, dann ruf bitte an!«

Scheu lächelte er mich an. »Danke, Hendrik!«

»Sollen wir reingehen? Oder willst du lieber wieder nach Hause?«

»Nein, bloß nicht, ich hab mich sehr auf das Literaturtreffen gefreut.«

Ich gab ihm einen Klaps auf die Schulter. »Na, dann los!«

Wahrscheinlich war ich mit meinen Gedanken schon so sehr beim Literaturkreis, dass ich das Wichtigste aus diesem Gespräch nicht mitbekam. Denn das Wichtige stand – wie oft – zwischen den Zeilen.

Cindy konnte ihre Neugier gerade noch zügeln, bis alle ein Getränk vor sich stehen hatten, doch dann brach es aus ihr heraus. »Was denkt ihr eigentlich von diesem Diebstahl im Goethehaus?«

Benno und ich wurden völlig überrumpelt. Natürlich hatten wir damit gerechnet, dass dieses Thema heute Abend zur Sprache kommen würde, doch Benno wollte zunächst die übliche Diskussion abwarten und dann von sich aus etwas dazu sagen. Nun ja, schließlich waren wir nur ein bescheidener Literaturkreis, der sich montags in der ›Brasserie Central‹ traf und nicht freitags im ›Wittumspalais‹. Wahrscheinlich ahnte Cindy, dass ich etwas von der Raubserie wusste, denn nun stand fest, dass der Sterbeschemel gestohlen und nicht zur Reparatur gebracht worden war. Sie hatte darüber bisher nicht gesprochen, doch nun musste es einfach aus ihr heraus.

Nach einer kurzen Erklärung von Benno entstand erwartungsgemäß eine rege bis hitzige Debatte. Jeder wollte Einzelheiten wissen, Details der Ermittlungen erfahren, schließlich sei der Literaturkreis besonders betroffen, einige wollten sofort auf eigene Faust den Dieb suchen und die wertvollen Gegenstände retten. Benno hatte alle Hände voll zu tun, um klarzumachen, dass er keine Ermittlungsergebnisse preisgeben durfte. Auch nicht seinen Freunden vom Literaturkreis. Ich half ihm dabei, wir blieben diskret aber standhaft. Es war insgesamt rührend, wie sich jeder Sorgen machte und seine Hilfe anbot.

Benno brach die Diskussion nach einer knappen Stunde ab, er war müde, und ich konnte das verstehen. Nachdem sich endlich alle beruhigt hatten und auf dem Heimweg waren, standen Benno, Sophie und ich draußen auf dem Rollplatz um uns zu verabschieden.

»Meine Güte, war das ein verrückter Tag«, stöhnte Benno, »ich kann einfach nicht abschalten, lasst uns irgendwo etwas essen gehen, ich hab einen Riesenhunger.«

Sophie hob die Schultern nach dem Motto ›Ich mach alles mit‹.

»Im Prinzip gerne«, antwortete ich, »aber …«

»Was aber?«

»Nun ja …«

»Bist du verabredet?«, fragte Sophie.

Ich grinste. »Ja, du alles ahnende Frau!«

Sie lachte. »Hanna?«

»Ja …« Ich wurde leicht verlegen.

»Dann grüß sie schön!«

»Ich glaube, sie würde sich freuen, wenn ihr mitkommt … zu ›Pepes Pizzeria‹ in der Windischenstraße«, sagte ich.

»Na, ich weiß nicht …«, zögerte Sophie, wohl wissend, dass ich mit Hanna allein sein wollte.

»Gute Idee«, unterbrach sie Benno, »lass uns gehen!«

Das mit dem Unterschied zwischen Männern und Frauen ist eine lange Geschichte. Früher habe ich mich immer geweigert, eine grundsätzliche, angeborene Andersartigkeit anzuerkennen. Auch die Literaturwissenschaft hat mich in dieser Sache nicht wirklich weitergebracht. Seit einiger Zeit frage ich mich jedoch ernsthaft, ob da nicht doch ein Körnchen Wahrheit dran sein könnte – an diesem grundsätzlichen Unterschied.

Ich rief Hanna an. Sie war von der Wendung des Abends nicht sonderlich überrascht, wahrscheinlich hatte sie sich an meine Art der Terminplanung bereits gewöhnt. Außerdem freute sie sich, Sophie und Benno wiederzusehen, der Abend bei den beiden zu Hause mit Rotkäppchen-Sekt und Goethes Frauengeschichten hatte ihr gut gefallen.

Eine Viertelstunde später saßen wir vier alle bei Pepe. Benno hielt zärtlich Sophies Hand und ich rückte ganz nah an Hannas Stuhl heran. Wir waren alle in einer Stimmung, in der Schweigen nicht als unangenehm empfunden wurde. Unangenehm war nur ein junger Mann am Nebentisch, der die Gabe hatte, ständig etwas lauter und aufdringlicher zu reden als alle anderen Menschen in seiner Umgebung.

Unsere Pizza kam, und wir aßen schweigend. Ich bestellte eine zweite Flasche Rotwein, der hervorragend schmeckte. Ich dachte an mein Gespräch mit Felix.

»Hallo, Hendrik, träumst du?«, fragte Hanna.

Ich schüttelte den Kopf. »Entschuldige ... ich war gerade in Gedanken.«

»Das hat man gemerkt. Was beschäftigt dich denn so?«

»Felix Gensing. Vor dem Literaturtreffen habe ich ihn draußen auf dem Parkplatz getroffen«, erzählte ich, »er hat ziemliche Sorgen, sein Sohn ist im Krankenhaus.«

»Oh! Was fehlt ihm denn?«, fragte Sophie interessiert.

»Das weiß ich nicht, er wollte es nicht sagen. Jedenfalls ist Jens seit zwei Jahren mit Unterbrechungen im Krankenhaus.«

»Hier in Weimar?«, fragte Sophie. Ihre Stirn kräuselte sich nachdenklich.

»Ja, hat er gesagt.«

»Also, bei uns im Klinikum liegt er nicht. Das wüsste ich, weil ich neulich nach unserem letzten Gespräch seine Akte durchgesehen habe, um wie besprochen mit seinem Hausarzt zu reden. Den habe ich aber nicht erwischt, er hat Urlaub. Jedenfalls war Jens nie stationär bei uns. Ich habe extra unsere Patientendatenbank durchgesehen, nach ›Jens Gensing‹ und ›Jens Werner Gensing‹, so heißt er nämlich vollständig.«

»Und sonst gibt es kein anderes Krankenhaus in Weimar?«, fragte ich.

»Nein, sonst gibt's keins mehr. Das Sophienhaus und die Hufelandkliniken wurden ja vor Kurzem in der Berkaer Straße zusammengelegt. Außer ...« Sie stockte.

»Außer was?«

»Die Psychiatrie.«

Ich sah sie an und begriff nicht, was sie da gesagt hatte.

»Die Psychiatrie befindet sich im alten Gebäude der Hufelandkliniken in der Eduard-Rosenthal-Straße, die werden erst später ins neue Klinikum eingegliedert. Wenn er dort wäre …«

»… dann wäre er nicht als stationärer Patient in eurer Datenbank geführt«, kombinierte Hanna. Sophie nickte.

»Psychiatrie … das könnte schon passen«, sagte ich nachdenklich. »Sophie, hast du sonst noch etwas Besonderes in seiner Krankenakte gefunden?«

Sie überlegte. »Ja, etwas Seltsames fällt mir gerade wieder ein. Als er angeblich vom Baum gefallen war und unbedingt wollte, dass wir seinen Kopf röntgen, gab er an, sein Os Intermaxillare sei gebrochen.«

»Was?«, rief ich laut. Einige Gäste drehten sich um. Selbst der überpräsente junge Mann am Nebentisch war aufmerksam geworden.

Hanna legte mir beruhigend die Hand auf den Arm. »Was ist denn ein Os…dingsbums?«, fragte sie.

»Ein kleiner Zwischenkieferknochen!«, antwortete ich aufgeregt.

»Woher weißt *du* das denn?«, fragte Sophie verblüfft.

»Diesen Knochen hat Goethe entdeckt!«

Sophie wurde so blass wie Pepes Tischtuch.

Auch Benno wurde die Dimension der Sache nun langsam klar. »Du meinst …?«

»Ich weiß es nicht«, sagte ich leise, »aber alles passt zusammen. Er ist ein langjähriger, möglicherweise psychiatrischer Patient, und er hat Goethes Verhaltensweisen angenommen – die Sache mit dem Os Intermaxillare ist nur *ein* Zeichen …«

»Welche Zeichen gibt es noch?«

»Er mag keine Pudel!«

»Ja und?«

»Goethe hasste Pudel, überhaupt alle Hunde, aber besonders Pudel. Schon in Sesenheim bei Straßburg haben die kläffenden Köter oft seine Treffen mit Friederike Brion gestört. Und später in Weimar wollte Karoline Jagemann ihrem Pudel eine Hauptrolle in einer Aufführung des Weimarer Hoftheaters geben. Das hat Goethe abgelehnt. Sie hat sich aber mithilfe von Herzog Carl August durchgesetzt, woraufhin Goethe die Intendanz abgab.«

»Ach, du liebe Zeit!«

»Ja, und bei Faust …«

»Bei Faust?«

»Ja. Goethe lässt Mephisto als Pudel auftreten, als dieser aber dann sein wahres Gesicht zeigt, fällt der bekannte Spruch: *Das also ist des Pudels Kern!*«

Alle waren in Gedanken versunken.

»Sonst noch was?«, fragte Benno.

Ich überlegte. »Sophie, als Jens bei dir in der Notaufnahme war, war er da eine Zeit lang allein, so ein paar Minuten?«

»Natürlich, am Wochenende sind wir unterbesetzt, ich musste die MTA anrufen und so weiter …«

»Hätte er in dieser Zeit irgendwo OP-Handschuhe stehlen können?«

Sie antwortete ohne Zögern: »Ja, sicher!«

Bennos Gesicht hellte sich auf. »Das Talkum?«

Jetzt witterte ich die Spur. »Stand in der Akte etwas von seiner Berufsausbildung?«

»Das steht immer drin, wegen möglicher Berufskrankheiten, aber ich weiß es nicht mehr.«

Ich zog mein neues graues Handy aus der Hosentasche und reichte es Sophie. »Bitte!«

Sie zögerte kurz. »Also gut!«

Dann wählte sie. »Guten Abend, Dr. Sophie Kessler von der Chirurgie, ich brauche dringend mal den diensthabenden Chirurgen.«

»Ja, danke, ich warte!«

Es dauerte nicht lange.

»Hallo, Gerhard, hier Sophie, ich möchte dich um einen Gefallen bitten, es ist sehr wichtig. Such doch bitte mal die Akte des Patienten Jens Werner Gensing heraus ... ja, genau G – E – N – S – I – N – G!«

Gerhard schien sehr hilfsbereit zu sein. Nach einer Minute war er wieder am Apparat.

»Gut, dann schau jetzt bitte mal nach dem angegebenen Beruf! ... Aha ... alles klar, vielen Dank!«

»Moment!«, rief ich in das Gespräch hinein.

»Warte mal«, sagte Sophie und verdeckte das Mikrofon mit ihrer Hand. »Was denn noch?« Sie war leicht gereizt.

»Frag bitte nach seiner Körperlänge und seiner Schuhgröße!«

»Du spinnst wohl, in einer Krankenakte steht doch nicht die Schuhgröße drin!«

Dann sprach sie wieder mit Gerhard: »Ich brauche auch die Körpergröße, bitte! Gut, ich danke dir, bis morgen!«

Sie gab mir das Handy zurück.

»Seine Körpergröße beträgt 1,83 Meter, als Beruf ist Schüler eingetragen.«

»Schüler?« Ich war enttäuscht.

»Ja, und zwar an der Karl-Liebknecht-Schule.«

»Kennt die jemand?«

»Ja, sicher«, antwortete Benno, »das ist eine Fachoberschule für Metallbearbeitung.«

Meine Enttäuschung war wie weggeblasen. Ich war total aufgeregt. Erst nach einem Schluck Rotwein konnte ich weitersprechen. »Er ist psychiatrischer Patient, er passt in das Alters-raster, er hat Mechaniker-Kenntnisse, seine Körperlänge passt zur Schuhgröße 46, er hatte die Gelegenheit, OP-Handschuhe zu klauen und er benimmt sich wie Goethe. Seine Mutter hat großen Einfluss auf ihn und sie ist eine vehemente Anhängerin der Reinkarnationstheorie!«

»Der Reinkarnationstheorie?« Hanna starrte mich fassungs-los an.

»Ja, sie glaubt ernsthaft daran, in ihrem früheren Leben ein Kolibri gewesen zu sein.«

»Mein Gott!« Hanna schüttelte ungläubig den Kopf.

»Und noch etwas. Unser Psychologe hat einige der infrage kommenden psychischen Erkrankungen so beschrieben, dass bei den Patienten eine Art innere Leere entsteht, die gefüllt wer-den muss. Zum Beispiel durch die selbstaufwertende Identifi-kation mit einer berühmten Person.

»Aha, und was heißt das jetzt?«, fragte Benno verwirrt.

Der junge Mann am Nebentisch redete erneut lauter als die anderen Gäste, was mir in diesem Moment fast recht war, denn so war ich sicher, dass niemand hören konnte, was ich jetzt zu sagen hatte. Ich beugte meinen Oberkörper nach vorn und die anderen taten es mir nach. Dann raunte ich: »Ich bin mir ziem-lich sicher, dass Jens Werner Gensing mit den Initialen JWG, die zufällig auch die Initialen von Johann Wolfgang Goethe sind, glaubt, die Reinkarnation von Goethe zu sein!«

9. RASTLOSE LIEBE

Eine fast euphorische Stimmung machte sich in mir breit, als ich am Dienstagmorgen erwachte. Wir kannten seinen Namen. Wir hatten den Fall so gut wie gelöst.

Ich trank einen Espresso und stellte die leere Tasse neben die anderen vier vom Vortag, die wegen der überraschenden Ereignisse nicht mehr den Weg in die Spülmaschine gefunden hatten. In den ›Thüringer Nachrichten‹ war zu meiner Zufriedenheit nichts Außergewöhnliches über den Goethehaus-Fall zu lesen. Nach dem Frühstück gönnte ich mir eine heiße Dusche. Als ich im Bad stand und mich rasierte, klingelte mein Telefon. Leicht unwirsch ob der unpassenden Störung meldete ich mich.

»Wie weit sind Sie?« Es war der Redakteur aus Frankfurt. Er hielt es nicht für notwendig, sich mit seinem Namen zu melden. Wut stieg in mir auf.

»Was wollen Sie eigentlich so früh am Morgen?«, fuhr ich ihn an.

»Aha!«, blaffte er zurück, »dann wundert mich gar nichts mehr. Für den Herrn ist also 10 Uhr ›früh am Morgen‹?«

Ich warf einen Blick auf die Uhr. Fünf Minuten nach zehn. Ausgerechnet bei diesem Kerl sank meine Schlagfertigkeit regelmäßig auf den Nullpunkt. »Das geht Sie gar nichts an, ich schreibe, wann ich will!«

»Gut, gut, ist mir ja recht, Hauptsache Sie schreiben überhaupt mal was.«

Sein Tonfall war unverschämt. Ich konnte nichts sagen, war wie paralysiert.

»Sind Sie noch dran, oder sind Sie wieder eingeschlafen?«

»Sie können mich mal!«, schrie ich ins Telefon.

»Ach ja, und was heißt das genau?«

Ich zögerte. Verwegene Gedanken gingen mir durch den Kopf. »Bis Ende der Woche bin ich fertig«, gab ich mich kleinlaut geschlagen.

»Freitag 18 Uhr und keine Minute länger!«, sagte er frostig und legte auf.

Im selben Moment war meine Wut verflogen. So konnte man nur werden, wenn das Kreative komplett von geschäftlichen Zwängen überlagerte wurde. Und eines war klar: an diesen Punkt wollte ich nie kommen. Gleichwohl wurde mir aber bewusst, dass es sehr schwierig ist, sich von diesem negativen Magnetpol der Literatur fernzuhalten.

Ich zwang mich, gedanklich wieder zum Fall JWG zurückzukehren. Es war, als hätte dieses rüde Telefongespräch meinen Kopf zu Wahrheit und Klarheit getrieben. Denn plötzlich tauchten Fragen auf – Fragen, die meine Zufriedenheit über die Ereignisse des Vortags erheblich erschütterten.

Konnte ich Göschke, Siggi und den Psychologen von meiner Theorie überzeugen?

Ich lief rastlos in der Wohnung herum und strich die Teppichfransen glatt. Je länger ich nachdachte, desto mehr Fragen tauchten auf, die ich nicht beantworten konnte.

Warum hatte Jens die Exponate gestohlen, und was hatte er damit vor?

Ich öffnete das Dachfenster und ließ frische Luft herein.

Woher wusste er von meiner Mitarbeit?

An der Badezimmertür entdeckte ich einige dunkle Fingerabdrücke. Ich holte Putzmittel und einen Wischlappen.

Woher hatte Jens den Nachschlüssel zum Nebenhaus und den Schlüssel zur Kellertür?

Wie war er aus der Psychiatrie entkommen?

Hatte er tatsächlich auf Goethes Flügel gespielt?

Ich ging in die Küche und räumte schmutziges Geschirr in die Spülmaschine. Dann schaltete ich sie ein, ohne Spülmittel hineingegeben zu haben. Die rote Warnleuchte blinkte. Die Espressotassen standen weiterhin im Wohnzimmer.

Was hatte Jens mit dem Diebstahl in Frankfurt zu tun?

Kannte er Oliver Held?

Wie war er uns Samstagnacht entkommen?

Wie würde Felix darauf reagieren?

Was würde er als Nächstes tun?

Oh mein Gott! Die Fragen hörten nicht auf, aus meinem Hirn zu sprudeln. Die Spülmaschine blubberte gleichmäßig vor sich hin. Und dann war da schließlich die Frage aller Fragen: Wo waren die gestohlenen Gegenstände?

Meine Aufgabe war noch lange nicht erfüllt.

Zweifel nagten an mir. War es wirklich Jens Gensing? Konnte ich mit den bisherigen Tatsachen wirklich zu Felix gehen und ihm sagen, dass ich seinen Sohn verdächtigte, der gesuchte Kunstdieb zu sein?

Die Zweifel gingen in Verzweiflung über. Wo war Hanna? Unterwegs in Gera. Ich versuchte, sie anzurufen. Keine Antwort.

Ich vermisste sie sehr. Ich ging ins Bad, von dort in die Küche und wieder zurück ins Wohnzimmer. Es hatte angefangen zu regnen, so musste ich das Dachfenster wieder schließen. Wie ein Rastloser lief ich hin und her. Wie ein rastlos Liebender.

Wie soll ich fliehen?
Wälderwärts ziehen?
Alles vergebens!
Krone des Lebens,
Glück ohne Ruh,
Liebe, bist Du!

Ich wünschte, sie könnte mir helfen. Konnte sie das überhaupt? Zumindest durch ihre mentale Stärke. Nein, nicht nur das – auch durch ihr klares, analytisches Denkvermögen. Und durch ihr unvoreingenommenes Zugehen auf andere Menschen und ihr damit verbundenes tiefes Verständnis. Wobei Verständnis bei Hanna nie gleichzusetzen war mit Verbrüderung, eher mit Respekt. Sie konnte eine klare Trennlinie ziehen zwischen dem Verständnis für persönliche Argumente anderer und ihrem eigenen Standpunkt. Genau das machte sie in Diskussionen so wertvoll und genau das konnte nützlich sein für die Betrachtung des Täters.

Er war offensichtlich krank, aber höchst intelligent. ›Er will studieren, aber wir wissen noch nicht was!‹ Er besaß einen hohen Bildungsgrad, aber er war ohne fremde Hilfe nicht lebensfähig. Und seine Mutter wusste das. Deswegen übte sie großen Einfluss auf ihn aus. Ob das immer zu seinem Besten geschah, sei dahingestellt. Viele Mütter auf der Welt tun Dinge, von denen sie überzeugt sind, sie wären gut für ihre Kinder. Das ist wohl der Mutterinstinkt. Ja – Instinkt ist das richtige Wort. Instinkt ist etwas Evolutionäres, Unabwendbares. Genauso unabwendbar wie heftig und überwältigend. Ein gesunder Mensch kann sich dieser überwältigenden Welle irgendwann liebevoll entziehen, kommt ab und zu in ihren Schutz zurück, doch bleibt grundsätzlich auf Distanz, um nicht überrollt zu werden. Nicht so Jens Werner Gensing. Er war von seiner Mutter abhängig, wahrscheinlich mehr, als sie selbst wusste.

Eigentlich war ich um 11 Uhr mit Benno und Siggi verabredet, aber ich war so unruhig, dass ich es nicht mehr bis dahin aushielt. Ich rief in Siggis Büro an. Er nahm sofort ab. Und er glaubte mir. Natürlich war er verpflichtet, jedes einzelne Detail zu prüfen. Er tat das sofort während ich ungeduldig wartete.

Jens Gensing war tatsächlich Patient in der Psychiatrie. Das hatte Siggi innerhalb einer Viertelstunde herausgefunden. Zumindest so weit stimmte meine Theorie. Kommissar Hermann war unterwegs ins Krankenhaus zu Sophie, um ihre Aussage bezüglich Jens Gensings Krankenhausaufenthalt zu protokollieren. Gleichzeitig wurde Jens Werner Gensing gesucht, um ihn zur Vernehmung ins Präsidium zu bringen.

Eine Stunde später stand fest, dass Jens Gensing verschwunden war. Es fehlte jede Spur von ihm. Ein Pfleger in der Psychiatrie hatte ihn am Morgen gegen halb neun zuletzt gesehen, mit der Zeitung in der Hand. In der Klinik wurden die ›Thüringer Nachrichten‹ gelesen. Allerdings hatte Jens keinen Ausgang, und niemand wusste, wie er die Anstalt verlassen hatte. Da musste es noch ein Geheimnis geben. Er wurde auf die Fahndungsliste gesetzt.

Kommissar Hermann rief an, um mir mitzuteilen, dass er unterwegs in die Psychiatrie war, um dort Jens Gensings Zimmer zu durchsuchen und den Weg zu finden, über den Jens Gensing aus der Anstalt fliehen konnte und wieder hereinkam. Er fragte, ob ich ihn begleiten wolle. Natürlich wollte ich. Ich musste mehr über Jens Gensing erfahren. Insbesondere über seine Erkrankung.

Bis zur Klinik in der Eduard-Rosenthal-Straße brauchte ich knapp 20 Minuten. Keine schöne Gegend, Industrie- und Bahndamm-Idylle, ein altes graues Gebäude. Zum Glück war der Neubau am Klinikum in der Berkaer Straße bald fertig. Zuerst wollte ich mit dem Chefarzt sprechen, um mir sein Einverständnis zu holen. Kommissar Hermann stand mir mit seiner Polizeiautorität zur Seite. Professor Waskowski machte keine Schwierigkeiten, im Gegenteil, er war froh, dass wir intensiv nach Jens Gensing suchten. Von einer kriminellen Entwicklung seines Patienten wollte er allerdings nichts wissen.

Der zuständige Arzt war Doktor Dietrich Wagenknecht, ungefähr 65 Jahre alt und seit 30 Jahren in der Anstalt. Nach fünf Minuten Unterhaltung war ich nicht mehr sicher, wer hier der Patient und wer der Arzt war. Ich gab Hermann einen Wink und wir gingen hinaus auf den Flur.

»Hören Sie, Hermann, aus dem kriegen wir nichts raus«, meinte ich, »gibt es noch einen anderen Arzt?«

Er dachte nach. »Es gibt da eine weitere Oberärztin, die machte einen ganz vernünftigen Eindruck. Und ich glaube, sie kennt Gensing auch ganz gut.«

Frau Doktor Schlipsack war eine attraktive Frau mit einem unattraktiven Namen. Sie war ungefähr 40 Jahre alt, schlank, mit schulterlangen, brünetten Haaren.

Wir stellten uns vor.

»Was kann ich für Sie tun, meine Herren?« Sie hatte eine dunkle, weiche Stimme. Auf dem Namenschild konnte ich ihren Vornamen lesen: Desiree.

»Hören Sie, Desiree ... oh, entschuldigen Sie, Frau Doktor Schlip...«

»Kein Problem, nennen Sie mich ruhig beim Vornamen!« Sie lächelte leicht und strahlte dabei eine unheimliche Ruhe aus. Sie hatte ganz offensichtlich den richtigen Beruf gewählt.

»Danke, ich heiße Hendrik!«

»Hendrik Wilmut?«

Ich war verunsichert. »Ja ... äh ..., kennen wir uns?«

Sie lächelte wieder »Nein, aber ich kenne Ihre Bücher.«

»Tatsächlich?«

»Ja, ich interessiere mich sehr für die deutsche Klassik – und natürlich für Goethe.«

»Welches Buch haben Sie denn gelesen?«

»Sind Sie gekommen, um mich das zu fragen?«

Ich sah Hermann grinsen. »Oh, äh nein, natürlich nicht«, antwortete ich schnell, »es geht um Jens Werner Gensing.«

Desiree musterte mich interessiert. »Was ist mit ihm?«

»Kennen Sie ihn und seine Krankengeschichte?«, fragte ich.

»Ja, ich kenne ihn. Auch sein Krankheitsbild. Aber …«

»Professor Waskowski schickt uns zu Ihnen«, warf Hermann ein, »wir bräuchten einige Informationen für eine polizeiliche Ermittlung.«

Sie vermied weitere Nachfragen, auch wenn es ihr offensichtlich schwerfiel. »Er leidet seit mehreren Jahren unter paranoiden Zwangsvorstellungen, erheblichen Apperzeptionsstörungen in allen Sinnesbereichen und einer schweren Identitätskrise. Leider konnten wir das Fortschreiten der Erkrankung nicht stoppen und gehen inzwischen von einer schweren dissoziativen Störung aus. Genaueres kann ich derzeit nicht sagen, da sowohl Jens also auch seine Eltern äußerst unkooperativ sind. Wir können nur versuchen, Schritt für Schritt weiterzukommen.«

»Aha, und was bitte bedeutet Apperzeption?«

»Apperzeption ist die klare und bewusste Erfassung eines Erlebnis- oder Denkinhalts. Apperzeptionsstörungen in allen Sinnesbereichen heißt also, dass die betreffende Person mit ihren Sinnesorganen nicht mehr die reale Welt wahrnimmt, sondern eine eigene Welt mit eigenen Bewertungsmaßstäben. Reale Ereignisse werden ganz anders erlebt und gedeutet als von einem gesunden Menschen.«

Eine ähnliche Beschreibung kannten wir aus dem Täterprofil des Psychologen, es schien also zusammenzupassen.

»Interessant. Aber ich kann mir das noch nicht richtig vorstellen, ich meine … hätten Sie vielleicht ein konkretes Beispiel?«

Sie überlegte eine Weile. »Also gut, nehmen wir an, sie fahren im Stadtbus durch Weimar. Sie sitzen am Fenster, neben Ihnen ein älterer grauhaariger Mann. Sie schauen ab und zu gelangweilt hinaus, nehmen dann und wann mal einige Gesprächsfetzen von zwei Frauen auf, die über ihre Männer lachen, schauen ein paar kleinen Kindern zu und warten ansonsten geduldig auf Ihre Station.« Sie machte eine Pause, um zu sehen, ob wir ihr folgen konnten.

»Ja, kann ich mir vorstellen«, bestätigte ich.

»Gut. Hätten Sie eine schwere Apperzeptionsstörung, dann würden Sie die Situation ganz anders empfinden. Sie würden gar nicht aus dem Fenster schauen, sondern nur die Situation im Bus wahrnehmen, damit hätten Sie genug zu tun. Sie würden sich eventuell von dem älteren Herrn bedroht fühlen, weil er Ihnen so nah auf die Pelle rückt. Er verletzt den Mindestabstand von circa 50 Zentimetern, den ein Mensch natürlicherweise respektiert. Der alte Mann hat aber keine andere Wahl, weil die Sitze im Bus enger zusammenliegen. Vielleicht würden Sie sich auch durch seine grauen Haare bedroht fühlen. Wahrscheinlich würden Sie annehmen, dass alle Leute im Bus über Sie reden und dass die beiden Frauen nur über Sie lachen. Sie würden plötzlich alle Gesichter auf sich gerichtet fühlen, nur weil ein paar kleine Kinder Sie anglotzen. In Panik würden Sie den Bus an der nächsten Station verlassen, obwohl Sie gar nicht aussteigen wollten und würden somit Ihr Ziel nicht rechtzeitig erreichen. Ihre Lebensqualität wäre also erheblich eingeschränkt.«

»Sehr eindrucksvoll!«

Desiree nickte mit dem Kopf, sagte aber nichts.

Ich dachte nach. Und ich versuchte, mich in Jens hineinzuversetzen. »Hat er sich jemals eingebildet, Goethe zu sein?«

»Nein, ist mir jedenfalls nicht bekannt. Er bildet sich zwar manchmal tatsächlich ein, jemand anderes zu sein. Dabei handelst es sich aber nie um berühmte Personen, sondern meistens um jemanden aus seinem Familien- oder Bekanntenkreis.«

»Wer zum Beispiel?«

»Einmal war es Professor Bernstedt.«

»Bernstedt?«, rief ich erstaunt.

Sie hob die Schultern. »Na ja, sein Vater und Bernstedt kennen sich sehr gut, sie sind seit vielen Jahren zusammen im Schützenverein.«

»Im Schützenverein?« Dass sich Felix und Bernstedt so gut kannten, war mir neu.

»Hatte er auch Angstzustände?«, wollte Hermann wissen. Dasselbe hatte ich mich auch gerade gefragt.

»Ja, allerdings«, antwortete Desiree ohne Zögern, »wobei weiterhin unklar ist, wodurch die Angstzustände ausgelöst werden. Es besteht jedenfalls keine direkte Beziehung zwischen irgendwelchen konkreten Bedrohungssituationen und seinen Angstreaktionen, das haben wir in zahlreichen Tests herausgefunden.«

»Gibt es vielleicht einen Bezug zu seiner Kindheit?« Bei dieser Mutter drängte sich solch ein Gedanke förmlich auf.

»Das vermute ich sehr stark, aber er redet überhaupt nicht über seine Kindheit, und wie gesagt – die Kommunikation mit seinen Eltern ist mehr als schwierig.«

»Verstehe, das passt«, bemerkte ich nachdenklich, »das passt alles. Und die Hauptbezugsperson ist seine Mutter, oder?«

»Richtig!« Sie schien verwundert.

Bevor sie etwas dazu sagen konnte, schaltete sich Hermann wieder ein: »Gibt es irgendwelche äußerlichen Krankheitszeichen, an denen wir ihn erkennen könnten?« Da sprach der Polizist.

»Ja, eine erhebliche Funktionsverlangsamung, den gesamten Körper betreffend. Er läuft langsam, spricht langsam und schläft mehr als ein gesunder Mensch. Vorausgesetzt, er nimmt seine Medizin regelmäßig ein.«

»Und wenn nicht?« Hermann blieb am Ball.

Desiree hob die Hände. »Dann würden Sie diese eben erwähnten körperlichen Zeichen nicht erkennen, und ...« Sie stockte.

»Und?«

»Er wäre in einem ... unberechenbaren Zustand.«

»Was bedeutet das?«

Es fiel ihr offensichtlich schwer, das zu beschreiben, sie suchte nach den richtigen Worten. Ich sah sie an und fragte in einem offiziellen Ton: »War Jens jemals zuvor gewalttätig?«

»Nein, noch nie.«

»Können Sie nach bestem Wissen und Gewissen ausschließen, dass er gewalttätig werden könnte?«, bohrte Hermann nach.

Ohne zu zögern antwortete Desiree: »Nein, das kann ich nicht.«

Hermann zog die Augenbrauen hoch.

»Aber das ist eine falsch gestellte Frage ...«, meinte sie akzentuiert, »das kann ich bei keinem Menschen ausschließen, weder bei Ihnen«, sie zeigte auf Hermann, »noch bei Ihnen!« Diesmal deutete sie auf mich. »Aber das wissen Sie ja selbst sehr genau, meine Herren!« Der gleiche offizielle Gerichtstonfall.

»Auf eine gewisse Art kenne ich Jens Werner Gensing auch ...«, sagte ich nachdenklich. »Wir haben den Verdacht, dass er der gesuchte Kunsträuber ist, der wertvolle Gegenstände aus dem Goethehaus entwendet hat.«

Desiree wurde leichenblass. Sie schwieg.

»Halten Sie das für möglich?«, fragte Hermann.

Ihre Miene zeigte Entsetzen. »Jens ist derzeit in einem sehr labilen Zustand, deswegen ...«

»Ja?«

»... halte ich vieles für möglich.«

Sie ahnte wohl, was mein fragender Blick zu bedeuten hatte. »Auch das halte ich für möglich. Insbesondere dann, wenn er seine Tabletten nicht nimmt.« Sie stand auf und begann rastlos im Zimmer umherzulaufen. Das Ganze schien sie doch sehr mitzunehmen.

»Haben Sie irgendeine Idee, wo er sich jetzt aufhalten könnte?«, fragte Kommissar Hermann.

»Nein, tut mir leid, da kann ich Ihnen nicht helfen.«

Ich zuckte mit den Achseln.

Hermann ruderte aufgeregt mit den Armen. »Wir vermuten sehr stark, dass er die Anstalt mehrmals nachts verlassen hat und wieder hineinkam«, sagte er, »haben Sie eine Idee, wie er das angestellt haben könnte?«

Sie war nun vollends verwirrt. Mit solchen konkreten Fragen hatte sie offensichtlich nicht gerechnet. »Nein, tut mir leid, keine Ahnung.«

»Gibt es einen Raum hier im Gebäude oder einen Gebäudeteil, in dem er sich bevorzugt aufgehalten hat?«

Sie dachte nach. »Ich weiß nicht ...«

»Bitte, Desiree ...«, sagte ich mit ultra-sanfter Weichspülerstimme, »es ist *sehr* wichtig!«

Sie sah mich an und zog die Stirn in Falten. »Ich bin nicht sicher, aber ich glaube, er hielt sich oft in der Küche auf. Manchmal half er sogar freiwillig beim Kochen oder Abwaschen. Das ist sehr ungewöhnlich. Ich dachte erst, er hätte eine Liebschaft dort unten, aber dann wechselte das Mädchen von der Küche in die Wäscherei und seine Besuche in der Küche hielten an.«

Hermann nahm sein Handy und dirigierte die Kollegen von der Spurensicherung in die Küche.

Frau Doktor Schlipsack erzählte uns weitere Begebenheiten von Jens und machte uns einen Kaffee. Zwar nicht so gut wie mit meiner alten Gaggia, aber doch recht lobenswert. Währenddessen fiel ihr ein, dass in der Zeit, die Jens außerhalb der Klinik verbracht hatte, niemand darauf achten konnte, dass er seine Medikamente einnahm. Etwa 15 Minuten später klingelte

Kommissar Hermanns Handy. Sein Kollege schien ihm recht ausführlich einige Neuigkeiten zu berichten.

»Wir müssen in den Keller, kommen Sie mit?«, fragte er mich.

»Ja, natürlich«, antwortete ich. »Desiree, bitte halten Sie sich zur Verfügung, sie kennen den Verdächtigen sehr gut, vielleicht brauchen wir Sie zu einem späteren Zeitpunkt!«

Wir stiegen in einen Aufzug und fuhren nach unten. Kurz bevor das Fenster in der Aufzugtür von der Schachtwand verdeckt wurde, meinte ich, einen Schatten zu sehen, den Schatten eines dünnen Mannes. Bilder ziehen durch das Gedächtnis und verschwinden wieder. Der Keller dieser psychiatrischen Anstalt war kein Ort, an dem man gerne leben oder sterben würde. Ein penetranter, muffiger Geruch durchzog alle Räume, der Umzug in den Neubau war dringend notwendig. Von der Küche aus kam man direkt in einen Kellerraum, in dem alte Küchengeräte und Möbel aufbewahrt wurden. Hier lagerten auch Konserven. Hermanns Kollegen hatten ein großes Regal zur Seite gerückt. Dahinter gab es in Schulterhöhe ein Gitter, hinter dem eine Öffnung in der Mauer auszumachen war. Das Gitter war nicht verstaubt, im Gegenteil – es war penibel sauber. Hermanns Kollegen berichteten, das sie es bereits auf Fingerabdrücke untersucht hatten – ohne Ergebnis. »Wo kommt man dort hin?«, fragte ich.

»In das Kanalsystem.«

Ich war beeindruckt. Jens schien viel auf sich zu nehmen, um seine wirren Vorstellungen von einer heilen Welt in die Tat umzusetzen. Er scheute sich nicht vor Küchenarbeit und Kanalgeruch.

Hermann telefonierte mit Siggi und sie beschlossen, eine Kriminalbeamtin als Küchenhilfe einzuschleusen. Die Kollegin würde sich freuen über diesen exquisiten Arbeitsplatz. Ich gab Hermann ein Zeichen, dass ich auch mit seinem Chef sprechen wollte.

»Siggi, pass auf, ich habe mich mit der Ärztin von Jens Gensing unterhalten. Sie meint, dass der Schlüssel zu seinem Verhalten möglicherweise in seiner Kindheit zu finden ist.«

»Möglicherweise?« Er klang ziemlich skeptisch.

»Ja, ja, jedenfalls hat Desiree …«

»Wer, bitte?«

»Na, die Ärztin …«

»So, so, also Desiree. Ist sie nett?«

Ich ging etwas beiseite, um nicht alle Polizeikollegen mithören zu lassen. »Ja, Siggi, sie sieht sogar sehr gut aus, aber darüber wollte ich jetzt nicht mit dir sprechen.«

»Nein?«

»Nein!« Ich atmete tief ein und aus. Er lachte.

»Bitte, Siggi! Sie hat keine Möglichkeit, Nachforschungen anzustellen, und Felix und Anna sind offensichtlich nicht sehr kooperativ. Kannst du nicht mal ein bisschen recherchieren?«

»An was denkst du denn da so?«

»Alles über die Familie Gensing in den 8oer-Jahren, die Schulzeit von Jens, seine Freunde, seine Onkel und Tanten, Großeltern, mögliche Konflikte und dergleichen, du weißt schon …«

»Das hört sich aber nach wesentlich mehr an als nur nach ›ein bisschen recherchieren‹, dir ist sicher klar, dass wir voll beschäftigt sind.«

»Ja, aber …«

»Bist du sicher, dass das was bringt?«

»Nein, ehrlich gesagt nicht, deswegen wollte ich das Ganze auch nicht als offizielle Anfrage laufen lassen.«

»Ahaaa!« Siggi lachte. »Na gut, mal sehen, eventuell musst du mir bei der Auswertung der Daten helfen.«

»Gerne! Wichtig ist, überhaupt erst mal Daten zu bekommen.«

»Gut, ich frag mal Ella.«

»Wer ist Ella?«

»Na ja, ein Mädel aus dem Archiv.«

»Aha«, sagte ich mit provozierend neutraler Stimme. »Ist sie nett?«

»Na und ob sie nett ist. Außerdem sieht sie sehr gut aus. Doch darüber wollte ich jetzt gar nicht mit dir reden.« Ich konnte förmlich durch die Telefonleitung hören, wie er grinste.

»Wenn du magst, suche ich dir ein schönes Gedicht heraus, das kannst du dann in ein kleines Büchlein schreiben und Ella schenken.«

»Ach, das würdest du machen?« Seine Freude klang echt.

»Na klar!«

»Super, vielen Dank!«

»Ich habe zu danken!«

»Wie – für was?«

»Na, für die Gensing-Recherche.«

»Ach ja, die hatte ich schon fast vergessen.«

Die dritte Expertensitzung der Sonderkommission JWG sollte morgen, am Mittwoch, um 10 Uhr stattfinden. Heute Abend war ich mit Hanna verabredet, wir wollten ins Kino gehen. Immerhin hatten wir eine der vielen Fragen beantwortet – wir wussten nun, wie Jens aus der Psychiatrie entwischt und wieder hineingekommen war. Richtig zufrieden war ich allerdings noch nicht.

Zu Hause angekommen, sah ich das Täterprofil durch, fügte einige Informationen hinzu, die ich von Desiree bekommen hatte, und versuchte die Puzzleteile gedanklich zusammenzusetzen. In meinem Kopf braute sich ein schweres Gewitter zusammen, ein Szenario entstand, das die übelsten Folgen vermuten ließ. Ich war derart davon eingenommen, dass ich das Klingeln an der Tür fast überhört hätte. Beinahe widerstrebend öffnete ich, obwohl ich hätte wissen müssen, dass es nur Hanna sein konnte.

»Hallo«, sagte sie leicht süffisant, »ich kenne einen guten Ohrenarzt.«

Ich lachte. »Danke für das Angebot, aber das müsste dann schon ein Gehirnarzt sein.«

»Wieso?«

»Kein Grund zur Besorgnis«, versicherte ich, »es lag nur daran, dass mein Gehirn dermaßen von den Gedanken unseres Falls okkupiert war, dass es keine Kapazitäten mehr fürs Hören freisetzen konnte.«

»Na, das ist aber nicht mehr als die wissenschaftliche Beschreibung einer typischen Eigenschaft, die dem männlichen Gehirn zugeschrieben werden kann!«

»Nämlich?«

»Dass Männer weniger als Frauen dazu in der Lage sind, mehrere Dinge gleichzeitig zu tun, sozusagen eine relativ verminderte Multitasking-Fähigkeit.«

Ich legte meine Stirn in Falten. »Ach ja, ist das so?«

»Ja!« Sie lächelte liebreizend und leicht provokant. »Schaffst du es trotzdem, mir einen Espresso zu machen, während du mit mir redest?«

»Nein, leider nicht …«

»Das wäre jetzt aber von großem Nutzen!«

»Da bin ich ganz sicher, aber ich habe keine saubere Espressotasse mehr.«

Sie warf einen fachkundigen Blick auf die Spülmaschine. »Und was ist damit, die ist doch fertig, oder?«

»Ja, fertig schon, aber ohne Espressotassen.« Ich zeigte auf den Wohnzimmertisch mit der kompletten Galerie meiner Tassen.

Sie schüttelte den Kopf. »Typisch Mann!«

»Da wäre ich vorsichtig. Vielleicht eher typisch Hendrik.«

Sie lächelte. »Gut – akzeptiert!«

Wir sahen uns beide in die Augen mit einer Mischung aus verbaler Streitlust und gegenseitiger Zuneigung. Eine große Portion Humor, den Willen zur Achtung und Respekt vor dem jeweilig anderen. Alles zusammen waren das die idealen Voraussetzungen für eine gut funktionierende Partnerschaft. Jedoch, was mir in diesem Moment wichtiger erschien, war die Tatsache, dass ich sie am liebsten sofort geküsst hätte.

Sie sah mich mit ihren großen blauen Augen an. Ich ging langsam auf sie zu. Sie wich nicht zurück.

Da erklang plötzlich eine grelle Kinderstimme: »Jetzt siehst du aber wieder besser aus!«

Die Tochter von Müllers aus dem zweiten Stock stand in der Diele. Wir hatten vergessen, die Wohnungstür zu schließen. Eine enorme Wut kam in mir auf.

Ich ging auf das Kind zu: »Sag mal, haben deine Eltern dich nie gebeten, von zu Hause wegzulaufen?«

»Nö, das mach ich schon dann, wenn es *mir* passt!« In der Tat ein aufgewecktes Kind. Ich beförderte sie nach draußen und schlug die Tür zu.

»Nur Geduld, Hendrik«, flüsterte Hanna, »die Vorfreude ist fast so schön wie die Freude!«

Hatte ich das nicht schon einmal gehört? »Wie meinst du das?«

»Die Vorfreude aufs Kino natürlich. Welche Filme gibt's heute überhaupt?«

Ich holte die Zeitung und blätterte eine Weile darin herum. Meine Begeisterung hielt sich in Grenzen. »Terminator fünf …«

Hanna schüttelte den Kopf.

»Der Kettensägenmörder vom Rennsteig?«

Hanna schlug sich mit der Hand vor die Stirn.

»Eis am Stil – Folge 22 ...«

Eine kurze abwehrende Geste genügte.

»Schloss Gripsholm?«

Sie wiegte den Kopf nachdenklich hin und her. »Nicht schlecht ...«

Ich zog hörbar die Luft ein. »Das ist doch die Geschichte von Tucholsky, oder?«

»Ja, genau.«

»Tut mir leid, Hanna, ich musste mich in letzter Zeit zu viel mit dem Thema Selbstmord beschäftigen, deswegen möchte ich zu Tucholsky heute abend lieber Abstand halten.«

»Was machen wir dann?«

Ich überlegte. Meine Hormone schienen durchaus in Wallung zu sein. »Wie wär's mit einem gemütlichen Abend zu Hause?«

»Bei mir oder bei dir?«

»Bei mir?«

»So etwas kann aber gefährlich werden ...«

»Ach, mein persönliches Gefahrenpotenzial ist recht niedrig!«

»Davon musst du mich aber erst überzeugen!«

»Gern, wie wär's mit einer Flasche Rotkäppchen, trocken?«

»Hmm, das wäre ein Anfang ...«

»Du siehst umwerfend aus!«

»Danke!«

»Leider muss ich dich für ein paar Minuten verlassen.«

»Wieso? Bist du meiner schon überdrüssig geworden?«

»Nein, nein, der böse Wolf muss nur das Rotkäppchen aus dem Keller befreien!«

Sie lächelte so umwerfend, dass ich beinahe all meine gute Erziehung vergessen hätte. »Dann bis gleich, du böser Wolf!«

Ich rannte die Treppe hinunter und klingelte Sturm bei Frau Semarak. Sie war schwerhörig, aber immer gut mit Sekt ausgestattet. Nach dem dritten Klingelsturm öffnete sie die Tür. Obwohl sie allein lebte, war sie immer sehr gut gekleidet, mit dezentem, echtem Schmuck und einem sehr gepflegten Äußeren.

»Herr Wilmut, ich bin doch nicht schwerhörig!«

»Nein, nein Frau Semarak, natürlich nicht, bitte entschuldigen Sie – die Ungeduld der Jugend.«

Sie war versöhnt. »Was gibt's denn so Wichtiges?«

»Ich brauche ganz dringend eine Flasche Sekt, bitte!«

Sie sah mich über ihren Brillenrand prüfend an. »Wird auch Zeit, dass Sie mal 'ne Frau finden!«

Ich rannte mit der eiskalten Flasche wieder nach oben. Hanna saß auf der Couch und tat, als könne sie kein Wässerchen trüben. Nur die Espressotassen waren verschwunden. Später stellte ich fest, dass sie auf wundersame Art und Weise sauber in den Küchenschrank gewandert waren.

Sie sah mich prüfend an. »Da hast du ja ein praktisches Sekt-Depot im … äh … Keller!«

Ich lächelte. »Stimmt, als Gegenleistung muss ich sie aber einmal im Monat nach Bad Berka zum Tanzcafé fahren.«

»Echt?«

»Ja!«

»Wie alt ist sie denn?«

»72.«

»Super, so möchte ich auch drauf sein, wenn ich alt bin!«

»Ja, sie ist eine tolle Frau. Sie war in erster Ehe mit dem recht bekannten und erfolgreichen Künstler von Brockwitz verheiratet. Der sah sich aber als den Nabel der Welt an und terrorisierte sie auf eine Art, die man intelligent und liebenswürdig nennen könnte, aber trotzdem setzte er sie ständig unter Druck. Nach zwölf Jahren Ehe war sie so mutig, ihn zu verlassen, um einen weniger egozentrischen, verarmten Naturburschen namens Volzgen zu ehelichen.«

»Oh, Respekt. Sozusagen vom ›sanften Joch der Vortrefflichkeit‹ in die ›profanen Stunden des Glücks‹.«

»Besser hätten es weder Goethe noch Schiller ausdrücken können!«

Ich goss ein, goldperlend strömte der Sekt in die Gläser.

»Zum Wohl, auf Altmeister Goethe!«

»Zum Wohl – auf uns!«

Wir stießen an und tranken, während wir in der Mitte des Wohnzimmers standen.

»Ich habe mich oft gefragt, welcher seiner Frauenfiguren ich wohl am nächsten käme?«

»Interessante Frage! Meinst du seine literarischen oder seine zeitgenössischen Figuren?«

»Ich meine seine tatsächlichen Lebensbegleiterinnen!«

»Aha.«

»Und?«

»Was, und?«, fragte ich.

»Na, wem käme ich deiner Meinung nach am nächsten?«

»Ich glaube, Christiane.«

»Klein, dumm und dick?«, meinte sie herausfordernd.

»Du hast ja nur gefragt, wem du am nächsten kommst. Ich würde eher sagen, Christiane kommt dir am nächsten. Eine andere könnte dir nie das Wasser reichen.«

Sie schaute mich ernst an. Wahrscheinlich fragte sie sich jetzt nach der persönlichen Tragweite dessen, was ich gerade gesagt hatte. Und ob ich nicht etwas übertrieben hatte, um ihr zu schmeicheln. Aber ich hatte nicht übertrieben, es kam ehrlich und vollkommen authentisch tief aus meinem Herzen.

»Wieso Christiane?«, wollte sie wissen.

»Du hast diese Kombination aus natürlichem Gefühlsleben und praktischer Lebensbewältigung.«

»So?«

»Ja, so empfinde ich das.«

»Aber war sie nicht auch quasi … von Goethe abhängig?«

»Nein, das glaube ich nicht. Sie hat viel für ihn getan, seinen Haushalt geführt, auch während er in Italien war, zusätzliche Personen beherbergt, sogar Fritz, den Sohn der Charlotte von Stein, seinen Garten in Ordnung gehalten und sein Bett gewärmt. Einmal hat sie ihn sogar vor den napoleonischen Soldaten gerettet. Doch ich glaube, das alles tat sie aus Liebe, nicht aus Abhängigkeit. Gleichzeitig ging sie oft zum Tanzen in die umliegenden Dörfer, zum Beispiel nach Bad Lauchstädt – allein, ohne ihn. Die Weimarer Bürger zerrissen sich natürlich die Mäuler darüber, doch Goethe hat das nie gestört, er ließ ihr diese Freude.«

»Und *er* – liebte er sie denn wohl auch, oder hat er sie nur geheiratet, weil sie ihn vor den Franzosen geschützt hat?«

Ich kam einen Schritt näher. Langsam nahm ich ihre Hand und sagte leise: »Natürlich hat er sie geliebt, sehr sogar!«

Ich hielt immer noch ihre Hand. Ein wohliger Schauer lief meinen Rücken hinunter. Gerade als sie etwas sagen wollte, klingelte mein neues Handy. Es war kein Schweinegrunzen sondern die Titelmelodie von Mission Impossible, die der junge Mann mit den grünen Haaren mir eingestellt hatte. Zunächst konnte ich das Geräusch gar nicht einordnen, doch dann drehte ich mich um.

Hanna hielt meine Hand fest. »Bitte geh jetzt nicht dran!«

Unschlüssig blieb ich stehen. Mission Impossible erklang

zum zweiten Mal. Sie ließ meine Hand nicht los. Nur widerwillig folgte ich ihrem Wunsch. Mission Impossible ertönte ein drittes Mal, dann sprang die Mailbox an.

»Wenn es aber nun etwas Wichtiges ist, wegen des Falls – du weißt schon ...«

»Der Fall kann doch mal einen Abend ruhen, oder?«

»Sag das mal dem Täter.« Ich stand unter einer enormen inneren Anspannung und konnte nichts dagegen tun.

»Wie du meinst«, sagte Hanna resignierend und ließ meine Hand los. Sofort rannte ich zum Handy.

Die Nachricht kam von Siggi. Sie hatten einen Tipp aus der Hehlerszene erhalten.

»Ich komme gleich!«, rief ich über die Schulter zu Hanna und wählte Siggis Nummer.

Er meldete sich prompt.

»Was für ein Tipp ist das?«, fragte ich.

»Bardo trifft sich morgen früh in Großkochberg mit einem wichtigen Mann aus der Hehlerszene. Und es soll sich um sehr wertvolle Kunstgegenstände aus einem kürzlich verübten Raub handeln.«

»Wer ist Bardo?«

»Das ... kann ich dir nicht sagen«, antwortete er zögerlich.

»Na schön, dann komme ich nicht mit.«

»Meine Güte ... er ist mein wichtigster Informant, das muss aber streng geheim bleiben.«

»Okay. Und Bardo ist so eine Art Künstlername?

»Könnte man so sagen.«

»Wann?«

»Morgen früh um 7 Uhr. Wir müssen uns allerdings heute Abend mit ihm und einem seiner Kumpel treffen, der weitere Details hat. Ich möchte gerne, dass du mitkommst, um zu klären, ob sich die Fahrt nach Großkochberg lohnt.«

»Ja, aber doch nicht gerade heute Abend!«

»Warum?«

»Hanna ist hier …«

»Oh!«

Einige Sekunden herrschte Stille.

»Bring sie doch mit!«

»Echt?«

»Aber Hallo!«

»Gut, holst du uns ab?«

»Bin in zehn Minuten da.«

»Wo fahren wir hin?«

»Oberweimar, eine kleine Kaschemme an der Ilm, keine noblen Klamotten, bitte.«

»Geht in Ordnung, bis gleich.«

Als ich mich umdrehte, war Hanna verschwunden.

Einen Moment lang überlegte ich, ihr nachzulaufen. Doch dann beschloss ich, sie zunächst in Ruhe zu lassen. Trotz dieses Fauxpas blieb ich innerlich recht gelassen. Ich liebte sie und war mir sicher, dass sie sich wieder beruhigen würde.

Schnell zog ich mir ein paar Klamotten an. Jeans, Turnschuhe, ein graues T-Shirt und eine alte, abgewetzte Lederjacke, die ich von meinem Vater geerbt hatte.

Als ich unten auf der Hegelstraße ankam, fuhr Siggi gerade vor. Er war in seinem Dienstwagen unterwegs, einem schwarzen Passat. Das war sicher klüger als in einem roten Alfa Romeo vor einer drittklassigen Kaschemme aufzutauchen.

»Hat Hanna keine Lust mitzukommen?«

»Nein«, antwortete ich einsilbig.

Siggi begriff und fragte nicht weiter nach. Wir nahmen die Belvederer Allee stadtauswärts, bogen dann links ab Richtung Oberweimar, überquerten die Ilm und fuhren in Richtung Taubach. In der Nähe der Kipperquelle lenkte Siggi den Wagen rechts auf einen schmalen Feldweg. Dieser führte uns direkt ans Ilmufer. Nach ungefähr hundert Metern erreichten wir ein kleines, dunkles Gebäude, dem der Begriff Kaschemme zur Ehre gereicht hätte. Zwei Fahrzeuge standen vor dem Haus, nur spärliches Licht drang durch die Fenster. Siggi parkte in sicherer Entfernung. Beim Näherkommen entpuppte sich das Gebäude mit dem zugehörigen Gelände als eine Mischung aus Einsiedlerhof und Schrottplatz. Im Inneren schienen alle nur möglichen Vorurteile den Weg ins reale Dasein gefunden zu haben. Schummrig, rauchig, schmutzig und unfreundlich – mit einem Wort: widerwärtig! Ich folgte Siggi mit langsam emporsteigender Übelkeit an einen Tisch im hinteren Teil des Gastraums nahe den Toiletten. Wenigstens hatte ich es nicht weit, falls ich mich übergeben musste. Wir setzten uns den beiden Männern gegenüber. Keiner stellte sich vor, Namen waren hier nicht von Belang, eher sogar unerwünscht. Der eine hatte ein schmales, blasses Gesicht und war komplett in Blau gekleidet, ich vermutete, dass es Bardo war. Der andere passte hervorragend zur Umgebung: schmutzig, unfreund-lich und abstoßend. Sein Alter war schwer zu schätzen, es mochte zwischen 40 und 60 liegen. Seine Haare hingen in langen, fettigen Strähnen herunter. Jedes Mal, wenn sie in sein Bierglas fielen, suchte ich mit verstohlenem Blick die rettende Toilettentür.

Siggi bestellte eine Cola, ich entschied mich für einen Nord-häuser Doppelkorn. Zum einen war der gut für meinen Magen, zum anderen schützt etwas Hochprozentiges am besten vor möglichen Keimen.

Siggi sah Bardo an: »Und, was ist jetzt?«

»Ja, Moment, Meister!«

Ich hasse es, wenn mich jemand mit Meister anredet. Siggi offensichtlich auch.

»Pass auf, erstens bin ich nicht dein *Meister*, und zweitens wollen wir nicht mehr Zeit als nötig in diesem … Laden hier verbringen, also los jetzt!«

»Gut, gut!«, meinte Bardo und hob beschwichtigend die Hände. Dann drehte er sich zu seinem Kumpan um und sagte: »Hey, Ede, jetzt kannste ma befidalen!«

Zuerst nahm ich an, mich verhört zu haben, doch dann bemerkte ich, dass dies eine Art Aufforderung zum Reden zu sein schien.

»De Schval kommt oft hier zu sein Klunde, schwächt sein Fusel un holcht dann hortig in de Ballert. D' Schickses kenne den all hier.«

Ich traute meinen Ohren kaum. War das Deutsch? Extrem-Thüringisch? Eine ausländische Sprache? Ich warf Siggi einen ratlosen Blick zu.

»Das ist Rotwelsch!«, flüsterte er.

»Rotwelsch?«, wisperte ich zurück.

»Eine Gauner- und Diebessprache aus dem Mittelalter, wird in diesem Milieu auch heute noch gesprochen.«

Ich glaubte, in einer anderen Welt gelandet zu sein. Es war doch gut, dass Hanna nicht mitgekommen war.

»Und was heißt das nun?«

»Der Kerl … der Halunke – oder so ähnlich – kommt oft hier her zu der … Zuhälterin, trinkt was und haut dann ab in den Wald. Die Mädels von der Zunft kennen ihn alle.«

»Ach so, ein Bordell ist das hier auch noch?«

»Na, schau dich doch mal um!«

Offensichtlich war ich eine Spur zu naiv, um alles zu registrieren, was sich vor meiner Nase abspielte. »Und hierher sollte ich Hanna mitbringen?«

Er zuckte mit den Achseln. »Anders hätte ich dich doch nie herlocken können!«

»Stimmt!«

»Na also.«

»Was heißt hier ›Na also‹?«

»Dann war's doch richtig so!«

»Drecksack!«

»Selber Drecksack!«

»Prost!«

»Prost!«

»Und weiter?«, rief Siggi seinem Gegenüber zu.

Bardo stieß seinem Kumpel kurz in die Rippen. Der schlürfte an seinem Bier und lutschte das restliche Gebräu von einer klebrigen Haarsträhne ab, die ins Glas gefallen war. Ich schloss kurz die Augen.

»De ein Schicke …« Er zeichnete mit den Händen einen üppigen Frauenkörper nach.

»Ja, ist ja gut!«, unterbrach ihn Siggi.

»… de ein Schickse hatem en Geflitter getschornt, denkt's is 'n Plan für Kieschen!«

Ich wartete auf Siggis Übersetzung.

»Eines der Mädels hat dem Typ ein Papier geklaut, weil sie dachte, es sei eine Schatzkarte oder so was.«

Bardos Strähnenbierkumpel hielt ein zusammengefaltetes Blatt hoch. Ich wollte danach greifen. Lachend zog er es zurück.

»Leim!«

»Er will Geld«, meinte Bardo.

»Warum in aller Welt heißt Geld nun Leim?«, raunte ich Siggi zu.

»Geld ist das, was die Welt zusammenhält!«

»Aha, aber woher wissen wir, dass die Information auf dem Zettel auch einen Wert für uns hat?«

»Bardo!«, sagte Siggi streng.

Bardo wandte sich seinem Kumpel zu. Sie schoben sich mehrmals unter dem Tisch verschiedene Geldscheine zu und murmelten unverständliche Worte. Es sah aus wie eine Mischung aus Hütchenspiel und Offiziersskat. Endlich, nach ungefähr zehn Minuten, schienen sie sich handelseinig zu sein.

»120 Mark«, flüsterte Siggi mir zu.

»Na, das geht ja noch.«

»Eigentlich bräuchte ich dafür eine Quittung.«

»Die wirst du hier wohl kaum bekommen.«

»Nein, sicher nicht.«

Siggi gab Bardo das Geld. Der zählte es nach und gab es dann seinem Kumpel, völlig selbstverständlich, ohne irgendein Anzeichen von Scham oder schlechtem Gewissen, als stünden wir gerade an der Kasse eines Supermarkts. Langsam schob der Strähnenlutscher den Zettel zu mir rüber. Erst als er ihn in der Mitte des Tisches losgelassen hatte, griff ich langsam aber zielstrebig danach. Siggi gab sich völlig unbeteiligt. Ich faltete den Zettel langsam auseinander.

Mir war sofort klar, dass sich die 120 DM gelohnt hatten. Es war eine Liste mit den gestohlenen Gegenständen aus dem Goethehaus. Genauer gesagt: Es war eine Kopie der handschriftlichen Liste, die Martin Wenzel für die erste Sitzung der Expertenkommission angefertigt hatte. Sozusagen das Zeugnis meiner ersten Konfrontation mit diesem Fall.

»Wir fahren nach Großkochberg«, stellte ich lakonisch fest.

*

Stimmen auf dem Gang unterbrachen seine Gedanken. Er öffnete vorsichtig die Tür und wollte gerade sein Zimmer verlassen, da sah er ihn vor sich den Flur hinuntergehen. Er sah ihn zwar nur von hinten, erkannte ihn aber zweifelsfrei: Hendrik Wilmut. Fast wäre er ihm hinterhergelaufen, einfach so, aus Interesse. Doch dann erinnerte er sich daran, dass Wilmut sein Feind war, der größte Feind, den es jemals für ihn gegeben hatte. Schnell verschwand er wieder in seinem Zimmer. Die laute Musik seines Nachbarn war unerträglich. Er würde sich bei Herbert rächen, eines Tages würde er es ihm heimzahlen.

Warum war Wilmut hier? Er suchte ihn, er war ihm dicht auf den Fersen. Sicher war es das Mädchen aus der Küche, das ihn verraten hatte. Dieses dämliche, junge Huhn! Er würde sie abstrafen müssen. Allerdings hatte das Zeit. Zunächst musste er hier verschwinden. Er wusste auch bereits wohin, alles war vorbereitet. Schließlich hatte er mit solch einer Situation gerechnet und sein Plan beinhaltete immer eine Ausweichmöglichkeit.

Er schloss die Zimmertür ab, packte seinen Rucksack und bereitete sich darauf vor, in dieser Nacht unterzutauchen. Er würde aber nicht nur einfach verschwinden, nein – er würde seine Operationsbasis verlegen. In ein anderes Haus. In die Höhle des Löwen.

*

Am nächsten Morgen um 5.15 Uhr traf mich das Klingeln des Weckers wie ein Hammerschlag. Nachdem der erste Espresso nicht genügend Wirkung gezeigt hatte, ließ ich zwei weitere folgen. Zum Glück hatte ich wieder saubere Tassen im Schrank – Hanna sei Dank. Danach ging es mir wesentlich besser. Punkt 6 Uhr traf ich mich mit Siggi vor dem Sophienhaus.

Heute fuhr er seinen privaten Alfa Romeo. Für die ungefähr 40-minütige Fahrt nach Großkochberg war ihm das angenehmer. Mir nicht unbedingt, denn er hatte einen flotten Fahrstil. Bei einer anderen Person hätte ich ihn als riskant bezeichnet, aber ich wusste, dass Siggi – ebenso wie alle seine Kollegen – einmal jährlich ein spezielles Fahrertraining absolvieren musste.

Es war bereits hell, jedoch sehr neblig. Wir nahmen die Landstraße nach Bad Berka, fuhren von dort über Blankenhain und Teichel nach Großkochberg. Ich kannte die Strecke recht gut, denn ich hatte bereits einige Male Schloss Kochberg besucht, es war der Sommersitz derer von Stein gewesen und auch Goethe hatte hier einige Zeit zugebracht.

»Woher kennst du eigentlich diese Gaunersprache, dieses ...«

»Rotwelsch?«

»Ja!«

»Nun, während meines Studiums ...«

Ich muss wohl sehr überrascht reagiert haben.

»... Kriminalist«, erklärte er. »Jedenfalls war Rotwelsch das Thema meiner Abschlussarbeit. Der offizielle Titel lautete ›Die deutsche Gaunersprache‹. Die Arbeit enthielt sogar ein kleines ›Wörterbuch der Gauner- und Diebessprache‹.«

»Du kannst sie also auch sprechen?«

»Relativ gut, ja, natürlich nicht so wie Bardo oder sein Kumpel, die haben mehr Übung, aber ich verstehe alles.«

»Interessant, ich dachte immer, Kriminalisten müssen etwas Technisches oder Ermittlungstaktisches als Thema ihrer Abschlussarbeit wählen?«

»Grundsätzlich ja, meine Thematik war durchaus ungewöhnlich, doch ich hatte einen Kriminaldirektor im BKA als Promotor, der suchte einen Spezialisten für dieses Gebiet, half mir, die Arbeit durchzubringen und verschaffte mir dann direkt einen Job.«

Ich war beeindruckt.

»Später habe ich mich beruflich viel mit Fotografie beschäftigt, seit ein paar Monaten mit Digitalfotografie«, berichtete Siggi weiter.

»Aha.«

Er zeigte auf den Rücksitz. »Dreh dich mal um.«

Ich war selbst begeisterter Anhänger der digitalen Fotografie, aber eher aus privaten Gründen, zum Beispiel um auf Porträtfotos von Familienangehörigen irgendwelche Hautunreinheiten zu retouchieren. Bei Siggi handelte es sich natürlich um berufliche Gründe, ebenso professionell war seine Ausrüstung. Eine voll ausgestattete Olympus Spiegelreflexkamera mit digitalem Rückteil und einem kompletten Arsenal von Wechselobjektiven. Das war etwas anderes als meine kleine Taschenknipsarmatur.

»3.000 DM?«, mutmaßte ich.

»Mit einigem speziellen Zubehör waren es fast 5.000!«

Ich pfiff anerkennend durch die Zähne.

Kurz vor der Ortseinfahrt rief Siggi Bardo auf seinem Handy an. Es war alles vorbereitet und Bardo dirigierte uns durch einige kleine Seitenstraßen in die Nähe eines alten Fabrikgeländes. Wir parkten in einiger Entfernung und verschafften uns zunächst einen Überblick.

Zwei ältere flache Backsteinbauten von ungefähr zehn Meter Länge standen parallel auf dem Gelände. Quer dazu gab es eine Art Turm, ebenso aus Backstein, mit fünf bis sechs Stockwerken und einem Kran auf dem Dach. Rund um die drei Gebäude wucherte das Gras, seit Jahren hatte hier niemand mehr nach dem Rechten gesehen. Überall standen Schilder, die vor dem Betreten des Geländes warnten. ›Eltern haften für Ihre Kinder.‹ Der Treffpunkt lag blickgeschützt zwischen den beiden niedrigen Gebäuden im Hof. Siggi hängte sich Kamera und Fernglas um, und wir näherten uns vorsichtig dem Turmgebäude. Er hatte seine Waffe gezückt, denn man konnte nie wissen, ob die Hehler Wachposten aufgestellt hatten. Doch offensichtlich fühlten sie sich sicher – der Turm war menschenleer. Wir postierten uns im dritten Stock an einem zum Teil mit Brettern vernagelten Fenster. Hier hatten wir gute Deckung und konnten den Hof komplett überblicken. Mir war plötzlich kalt. War es die Aufregung? Oder zu wenig Kaffee? Siggi nahm das Fernglas und kontrollierte jeden Quadratmeter des Hofs. Sein Handy piepste leise. Bardo gab ein paar kurze Informationen durch, Siggi sagte kein Wort. Er nickte mir nur zu.

Kurz darauf sahen wir einen weißen Wagen in den Hof rollen. Vier Männer stiegen aus und stellten sich gelangweilt neben dem Auto auf. Einer öffnete den Kofferraum und begutachtete offensichtlich irgendwelche Gegenstände, die wir nicht erkennen konnten. Der Mann war blass und trug blaue Kleidung. Kurz darauf tauchte ein schwarzer Mercedes auf. Allein die Art, wie er majestätisch in den Hof rollte, ließ keinen Zweifel aufkommen: Das war der Boss. Ich kam mir vor wie in einem Mafia-Film. Zuerst stiegen seine beiden Gorillas aus. Dann folgte der Boss selbst. Er trug einen schwarzen Mantel und einen breitkrempigen Hut, sodass wir sein Gesicht nicht erkennen konnten. Er ließ sich irgendwelche Gegenstände in dem Kofferraum des anderen Wagens zeigen. Dann nahm er etwas heraus und hielt es ans Tageslicht. Es war ein Gemälde. Siggi gab mir das Fernglas und machte einige Fotos mit dem Teleobjektiv. Ob man das Gemälde darauf erkennen konnte, war fraglich. Langsam drehte der Boss sich um. Ich setzte das Fernglas an die Augen und versuchte, ihn zu fokussieren. Leider blendete mich die tief stehende Morgensonne. Doch dann trat der Mann in den Schatten. Ich drehte an meiner Fernglaseinstellung, um ihn scharf zu bekommen. Einen Moment lang hatte ich das Gefühl, er sähe mir direkt in die Augen. Ich musste diesem Blick standhalten. Das Gesicht kam mir bekannt vor, doch dauerte es einen Moment, bis ich ihn identifiziert hatte: Es war Hans Blume.

Erst viel später konnten wir rekonstruieren, was dann geschah. Blume hatte wohl durch Reflexionen der Sonne in meinem Fernglas bemerkt, dass ihn jemand beobachtete. Er gab seinen Männern Anweisung, den Turm zu umstellen. Derweil überlegte ich angestrengt, was Blume wohl mit der ganzen Sache zu tun haben könnte. Hatte er die Information an die ›Thüringer Nachrichten‹ doch nicht nur aus Rache gegenüber Benno weitergegeben, sondern aus geschäftlichen Gründen? Hatte er vielleicht sogar die Diebstähle begangen, nicht Jens? Aber auf die eine oder andere Art war Jens darin verstrickt, das war zu offensichtlich.

»Hendrik, verdammt, wir müssen abhauen!«

Siggi hatte bereits mehrmals gerufen, doch ich war geistig abwesend, während mein Körper regungslos an dem zertrümmerten Fenster verharrte. An seinem Gesichtsausdruck erkannte ich, dass es ernst war. Wir stürmten die Treppe hinunter. Da – ein Türenschlagen im Turm unter uns. Wir blieben schlagartig stehen und bewegten uns nicht. Ich war wieder anwesend – Geist und Körper bildeten eine Einheit. Leider stand diese Einheit auf der Treppe eines ausgestorbenen Fabrikgebäudes in Hinterthüringen und wartete auf drei Mafiakiller. Ich hätte in diesem Augenblick viel für einen ruhigen Blick aus meinem Dachfenster in der Hegelstraße und einen Espresso gegeben. Siggi gab mir einen Wink. Langsam und leise bewegten wir uns nach oben. Währenddessen zog Siggi sein Handy heraus und drückte auf der Tastatur herum. Wie? Wollte er jetzt telefonieren? Seine Stimme würde im Treppenhaus des Turms so laut hallen, dass Blumes Leute jedes Wort verstehen würden. Wir stiegen vorsichtig die Treppe empor. Siggi streckte sein Handy in die Luft, als wollte er sagen: Es hat geklappt! Er hatte aber mit niemandem gesprochen. Da begriff ich: SMS. Gute Idee!

Ich schaute mich um. Zwei Stockwerke über uns entdeckte ich einen Lichtschein, dort schien es eine Verbindung nach draußen zu geben. Aufs Dach? Warum nicht – immer noch besser mit dem Blick zum Himmel erschossen zu werden als mit dem Blick auf eine alte, verrostete Treppe. Ich schwitzte, meine Handflächen wurden feucht, ich konnte mich kaum am Geländer festhalten. Ich wusste, dass mir das Fernglas jetzt auf keinen Fall aus der Hand rutschen durfte.

Jeder kennt diesen Effekt: Man hofft inständig, dass etwas Bestimmtes nicht passieren möge, und dann passiert es doch. Das Fernglas glitt mir aus der Hand, fiel über das Geländer und knallte auf die Metallstufen ein Stockwerk unter uns. Einen solchen Lärm hatte ich noch nie in meinem Leben verspürt. Ich sage ausdrücklich ›verspürt‹, denn es schmerzte, nicht nur in den Ohren, sondern im ganzen Körper. Siggi begann zu rennen und ich spurtete hinterher. Es blieb uns nur eine Fluchtmöglichkeit: nach oben. Die Schritte der Verfolger hallten von unten durchs Gebäude. Eine schwere Metallluke führte zum Dach, Siggi und ich konnten sie nur unter größter Anstrengung gemeinsam öffnen. Ich schwebte irgendwo zwischen Todesangst und der Gier nach der Lösung des Falls. Die Dachluke war unsere Rettung. Oben angekommen, ließen wir sie krachend fallen. Wir sahen uns um. Wir mussten etwas sehr Schweres finden, um die Luke zu blockieren, denn diese menschlichen Bulldozer würden bestimmt keine so großen Probleme haben wie wir, die Luke anzuheben. Etwa zwei Meter entfernt lag ein Eisenträger – genau das Richtige. Nur, wie sollten wir den bewegen? Siggi fand zwei kleinere Eisenstangen, die wir als Hebel einsetzen konnten. Es gelang uns, den Eisenträger um die eigene Achse zu drehen, zweimal, dreimal. Stück für Stück kamen wir der Luke näher. Etwa einen halben Meter vor dem Ziel hörten wir Blumes Leute kommen.

»Stell dich auf die Luke!«, schrie Siggi, während er weiter an dem Eisenträger arbeitete. Ich sprang hinüber. Die Metallplatte

begann unter mir zu wackeln. Sie versuchten, sie von unten hoch-
zudrücken. Ich wünschte mir, in den letzten Tagen etwas mehr
gegessen zu haben. Immerhin wog ich gut 80 kg, doch im Moment
kam ich mir vor wie ein Fliegengewicht. Die Platte hob sich ein
paar Zentimeter, ich konnte es nicht verhindern. Siggi schuftete
wie ein Berserker. Es fehlten immer noch zehn Zentimeter.

»Beeil dich!«, stieß ich hervor.

In diesem Moment klingelte Siggis Handy. Zu meinem größten Entsetzen fingerte er es aus der Jackentasche.

»Bist du verrückt?«, brüllte ich.

Siggi steckte das Handy in die Brusttasche und machte weiter.
Eine Hand kam durch die Lücke und griff nach dem Rand der
Metallplatte. Das war meine Chance. Ich stieß einen tierischen
Schrei aus, sprang hoch und ließ 80 kg Lebendgewicht auf dem
Handrücken von Blumes Gorilla landen. Ein zweiter tierischer
Schrei folgte, diesmal von dem Handrückenbesitzer. Im gleichen
Moment kippte Siggi den Eisenträger auf die Luke. Der Gorilla
hatte keine Chance mehr, seine Hand zurückzuziehen. Knochen
splitterten und hellrotes Blut spritzte auf das Dach. Der Schrei
ging in ein Stöhnen über, der Mann hatte wohl das Bewusstsein
verloren. Blanke Knochen standen aus der Hand hervor. Ich
wandte mich ab. Unwillkürlich musste ich würgen und wusste
sofort, dass ich es nicht aufhalten konnte. Auf eine Art war ich
sogar froh, dass mein Körper dermaßen reagierte. Das half, den
gesamten Frust, die Enttäuschung und meinen Ekel loszuwerden.
Ich lief schnell zu einer alten, dreckigen Wassertonne, um mich
zu übergeben. Alles kam aus mir heraus, selbst der Ärger über
mein eigenes Verhalten Hanna gegenüber und die Abscheu vor
Hans Blume – einfach alles! Ich kann mich nicht erinnern, jemals
mein gesamtes Innenleben derart nach außen gestülpt zu haben.
Gelbe Galle und Reste von Nordhäuser Doppelkorn mischten
sich in meinem Mund zu einem widerlichen Geschmack.

Siggi telefonierte währenddessen in aller Seelenruhe mit Kommissar Hermann.

»Sie sind bereits unten vor dem Turm«, rief er mir zu, als er das Gespräch beendet hatte. Ich wunderte mich zwar, wie sie so schnell hierher gekommen waren, hatte aber genug mit mir selbst zu tun.

Durch einen Nebel von Übelkeit hörte ich wildes Geschrei, Drohungen, Flüche. Und zwei Schüsse. Dann war Stille.

»Es ist vorbei, Hendrik!«, sagte Siggi. Jetzt wusste ich, warum ich nicht Polizist geworden war. So analytisch und geistesgegenwärtig zugleich, noch dazu in höchster Gefahr – das war einfach nicht meine Sache. Ich brauchte immer meine Zeit und vor allem eine vertraute Umgebung, um vernünftige Gedanken fassen zu können. Später erfuhr ich, dass Hermann schon auf Siggis SMS reagiert und Siggi ihn während des Eisenträgerhebelns an den richtigen Ort dirigiert hatte. Er war einfach auf Empfang geblieben, hatte das Handy in die Brusttasche gesteckt, auf diese Weise mit Hermann kommuniziert und dabei weitergehebelt.

Blume und seine Leute wurden festgenommen, lediglich einer hatte im Gewirr des alten Fabrikgeländes entkommen können. Nur unter größten Anstrengungen gelang es mir, nach fast einer Stunde, durch dieselbe Luke wieder nach unten zu steigen.

Als ich die Treppe hinunterging, hatte ich die Vision, Hanna würde mich draußen erwarten, mich als Helden begrüßen, mich trösten und mir alles verzeihen. Vor dem Turm standen jede Menge Polizeifahrzeuge und zwei Krankenwagen. Selbst ein paar Schaulustige hatten sich eingefunden. Nur Hanna war nirgends zu entdecken.

10. VERMÄCHTNIS

Es war bereits nach 9 Uhr, sodass wir uns beeilen mussten, um rechtzeitig zur dritten Expertensitzung nach Weimar zu kommen. Siggi fuhr in Anbetracht meines Zustands sehr rücksichtsvoll. Wir redeten kaum. Alles Wissenswerte würde er während der bevorstehenden Sitzung sowieso komplett aufrollen, sodass ich die Fahrzeit zur Erholung nutzen konnte. Selbst nach dem Schuss zu fragen, kostete mich zu viel Kraft.

Kurz nach zehn betraten wir Bennos Konferenzraum. Die anderen hatten uns erwartet. Da sie in der Zwischenzeit von einer Schießerei gehört hatten, waren sie sehr beunruhigt. Siggi und ich sahen zwar beide recht mitgenommen aus, doch waren wir unverletzt und äußerlich wohlauf. Auch mein Magen und meine Nerven hatten sich inzwischen beruhigt. Benno und Onkel Leo klopften mir auf die Schulter und versicherten sich mehrmals, ob es mir gut ginge. Auch der Psychologe, Göschke und Martin Wenzel machten einen besorgten Eindruck. Die Zuwendung tat gut, erschöpft ließ ich mich auf einen Stuhl fallen.

»Gibt's hier keinen Kaffee?«, fragte ich. Natürlich gab es Kaffee, in Thüringen gibt es immer Kaffee.

»Dann sollten wir wohl als Erstes die Ereignisse von heute Morgen rekapitulieren«, begann Benno. Der OB stimmte zu.

»Jaaa …«, übernahm Kriminalrat Göschke, »wir bekamen gestern einen Hinweis von einem unserer Informanten, dass sich dieser mit einem wichtigen Hehlerboss treffen wolle. Daraufhin hat die Sonderkommission JWG beschlossen, dieses Treffen zu überwachen und den Hehlerboss festzunehmen. Dabei mussten wir allerdings darauf achten, dass unser Informant nicht verraten wurde und zu Schaden kam.«

»Oh«, rief Peter Gärtner, »riskant!«

»Stimmt«, bestätigte Göschke, »aber dieses Risiko mussten wir eingehen, um weiterzukommen, wir konnten nicht noch länger warten.«

»Und das Risiko hat sich gelohnt«, ergänzte Siggi.

»Genau so ist es«, fuhr die Fagottstimme des Kriminalrats schnarrend fort, »wir haben ihn heute Morgen in Großkochberg in flagranti bei der Übergabe gefälschter Gemälde erwischt.«

»Was für Gemälde?«

»An wen hat er sie übergeben?«

»Was war denn mit der Schießerei?«

»Moment, Moment, meine Herren, alles der Reihe nach. Dorst, bitte übernehmen Sie!«

»Am besten zeige ich Ihnen gleich ein paar Bilder von diesem Treffen«, sagte Siggi.

Der Digitalfotografie sei Dank. Siggi schaltete den Projektor ein und rief vom PC das erste Bild ab. Das alte Fabrikgelände und der Ort des Treffens war zu sehen. Siggi gab ein paar kurze Erklärungen zu den Örtlichkeiten. Das zweite Foto zeigte die Männer an dem weißen Wagen, dann folgten einige Aufnahmen der gefälschten Gemälde. Goethes Gartenhaus war deutlich zu erkennen. Schließlich tauchte der Boss auf der Leinwand auf, seinen schwarzen Hut tief ins Gesicht gezogen. Noch war er nicht zu erkennen.

»Wer ist denn das?«

»Das ist der Boss«, antwortete Siggi, »der unangefochtene Chef der Hehlerbande. Und jetzt zeige ich Ihnen sein Gesicht.«

Die Spannung war spürbar. Siggi drückte eine Taste. Ein klares, deutliches Konterfei von Hans Blume füllte den Raum.

Peter Gärtner ließ seinen Stift fallen und stand abrupt auf. »Das ... das ist doch nicht möglich.«

»Doch, Herr Oberbürgermeister, leider ist das der Boss der Thüringer Hehlerszene, Hans Blume. Er war schon lange in kriminelle Aktionen verstrickt. Als er von den gestohlenen Exponaten erfuhr, witterte er eine Riesenchance. Er ließ Goethes Gartenhaus-Bild in einer Fälscherwerkstatt kopieren und versuchte es als Original zu verkaufen. Als ihm das über seine ausländischen Kanäle nicht gelang, weil das Bild in London als Fälschung enttarnt wurde, blieb er hier in Thüringen am Ball und ließ kurzerhand drei weitere Fälschungen anfertigen. Die wollte er heute Morgen über unseren Informanten unter die Leute bringen.«

Peter Gärtner sah uns ungläubig an, jeden einzelnen, der Reihe nach. »Und so etwas war jahrelang mein persönlicher Referent!«, rief er wütend, als er sich vom ersten Schock erholt hatte. »Wo ist er jetzt?«

»Wir haben ihn verhaftet.«

»Sehr gut, sehr gut. Ich will ihn sprechen, dieses Schwein!« Onkel Leo legte ihm die Hand auf die Schulter. »Bitte, Peter, beruhige dich. Das hat so keinen Zweck, du bist zu aufgebracht. Außerdem brauchen wir dich jetzt hier!«

Der OB fixierte ihn mit flackernden Augen. »Entschuldigung, ich bin nur … sehr, sehr enttäuscht. Danke Leo. Machen Sie bitte weiter, äh … Dorst!«

Siggi war ebenso beeindruckt wie wir alle. »Danke, Herr Oberbürgermeister. Bei der Observation wurden Hendrik Wilmut und ich leider entdeckt. Wir konnten uns auf das Dach retten, bis Kommissar Hermann mit unseren Leuten eintraf, die die Situation unter Kontrolle brachten.«

Die kühle und präzise Wiedergabe eines aufwühlenden Ereignisses.

»Bei der Festnahme wurden zwei der Verdächtigen verletzt. Einer wurde von unseren Kollegen während eines Schusswechsels angeschossen, nichts Lebensbedrohliches, nur ein Streif-schuss. Der andere erlitt eine schwere Handverletzung.«

Der Würgereiz meldete sich wieder, ich konnte ihn nur mit Mühe unterdrücken, indem ich an einen Palmenstrand dachte, an dem Hanna mit ausgebreiteten Armen auf mich zugelaufen kam.

»Ein Verdächtiger konnte entkommen, er ist allerdings nur ein kleiner Fisch.« Er warf mir einen kurzen Blick zu. »Wir kennen ihn. Er trägt meistens blaue Kleidung. Die wichtigen Männer wie Hans Blume und seine Helfer haben wir gefasst.«

»Gute Arbeit, Dorst!«, sagte Göschke trocken.

»Ja, sehr gute Arbeit!«, pflichtete Benno ihm bei und die anderen klopften anerkennend auf den Tisch.

»Noch eins …«, unterbrach Siggi die Ovationen und drehte sich zu mir um, »es tut mir leid, Hendrik, dass ich dich da mit reingezogen habe, aber für einen Amateur hast du dich ganz ordentlich gehalten!«

Beifall prasselte auf mich nieder. Es tat gut, doch ich war trotzdem unzufrieden mit mir. Schließlich hatte ich das Fernglas fallen gelassen und uns dadurch in Gefahr gebracht. Ich hörte Mutter Hedda förmlich sagen: ›Junge, du setzt dir selbst zu hohe Maßstäbe. Das kann jedem mal passieren!‹ In Gedanken antwortete ich: ›Ja, Mutter, du hast ja recht.‹

»Deswegen hat Blume wohl auch die Nachricht an die Zeitung gegeben, um den Schwarzmarktpreis für die Bilder in die Höhe zu treiben?«, fragte Benno.

»Genau!«, flötete Göschke.

Martin Wenzel meldete sich zu Wort. »Und Sie kennen die Fälscherwerkstatt nicht?«

»Nein«, gestand Siggi. »Das hatte zunächst auch nicht die höchste Priorität, doch wir wollen sie natürlich ausfindig machen, um den Burschen das Handwerk zu legen. Außerdem ...« Er stockte.

»Was, außerdem?«

»Na ja, wir sind nun zwar ein erhebliches Stück weiter und haben einige Verhaftungen vorgenommen, aber wir wissen immer noch nicht, wo sich die gestohlenen Exponate befinden. Falls die Fälschungen direkt vom Original kopiert wurden, könnten wir über die Fälscherwerkstatt vielleicht an die Originale kommen.«

»Das ist möglich«, antwortete Wenzel, »aber eine Federzeichnung mit Tusche kann man auch von einem guten Foto oder aus einem hochwertigen Katalog reproduzieren.«

»Also könnte Blume quasi nur ein Trittbrettfahrer sein«, überlegte Siggi laut.

Wenzel wiegte den Kopf hin und her. »Wir haben die Fälschung aus London in einem Berliner Labor untersuchen lassen. Die Qualität ist nicht sehr gut. Die Machart und das Material weisen gemäß der dortigen Datenbank auf einen Fälscher hin, der Tscherbo genannt wird. Er arbeitet hauptsächlich im Raum Dresden.«

»Aha, sehr gut, Herr Wenzel, vielen Dank. Der Namen ist mir geläufig, wir überprüfen das!« Siggi griff zum Telefon und gab Anweisungen, nach einem gewissen Tscherbo zu fahnden.

Ich fand, der Name klang ziemlich nach diesem Rotwelsch.

»Gut«, drängte Benno, »wir müssen weitermachen. Hendrik, du wolltest etwas loswerden?«

Er blickte zu mir herüber.

»Ja, ich möchte gerne nochmals das Täterprofil durchgehen und zudem habe ich eine ... Neuigkeit.« Ich erhob mich, um meinen Ausführungen mehr Nachdruck zu verleihen. »Liebe Kollegen!« Das war zwar etwas förmlich, entsprach aber durchaus meinen Empfindungen. Was ich zu sagen hatte, war von entscheidender Bedeutung für den Fortgang der Untersuchung. »Die Eckdaten des letzten Täterprofils sind Ihnen sicher in Erinnerung geblieben: Geschlecht wahrscheinlich männlich, Alter 16–30, gute Kenntnisse von Goethes Leben und Werken, hat wahrscheinlich das Abitur oder ist zumindest Gymnasiast. Schuhgröße 46, Körpergröße 1,80–1,95 Meter, handwerkliches Geschick, wahrscheinlich Übung im Umgang mit Metall, eventuell gelernter Schlosser oder Ähnliches. Unser psychologisches Profil …«, der Psychologe hob zustimmend die Hand, »… bestand aus zwei Alternativen: Entweder der Täter ist ein berechnender Verbrecher oder ein Mensch mit erheblichen psychischen Auffälligkeiten. In letzterem Fall kommen verschiedene Erkrankungen infrage, die unser Psychologe beim letzten Expertentreffen ausführlich erläutert hat. Eine motorische Verlangsamung ist wahrscheinlich. Ursachen der Krankheit können in der Kindheit liegen. Wir gehen von einem Serientäter aus, die Abstände der Taten werden immer kürzer. Über das Potenzial zur Gewalttätigkeit lässt sich wenig sagen. Das nur als kurze Zusammenfassung.«

Den Gesichtern meiner Zuhörer entnahm ich Zustimmung. Also fuhr ich fort: »Inzwischen wissen wir zusätzlich, dass der Täter gut Klavier spielt, das heißt er muss einige Jahre Unterricht gehabt haben. Weiterhin besitzt er Graffiti-Erfahrung, ihm ist bekannt, dass ich an dieser Untersuchung beteiligt bin, er kennt meine E-Mail-Adresse und auch meinen Wohnort. Wir kennen nun einige Details aus der Thüringer Hehlerszene und wissen, dass Hans Blume dort eine wichtige Rolle spielt …«

»Gespielt hat«, warf der OB ein, »jetzt ist er aus dem Verkehr gezogen!«

»Stimmt«, pflichtete ich ihm bei, »jetzt hat er ausgespielt. Wir haben nun einige Informationen mehr als bei unserem letzten Treffen, dennoch konnten wir keinen Zusammenhang zwischen dem Kunstdieb und der Hehlerszene herstellen. Seine Identität bleibt weiter unbekannt.«

Kriminalrat Göschke nickte grimmig, ohne einen Ton abzugeben.

»Parallel dazu erfuhren wir zufällig, dass seit gestern ein junger Mann namens Jens Gensing verschwunden ist.«

»Wer ist denn das?«, wollte Gärtner wissen.

»Jens Gensing ist Patient in der Psychiatrie hier in Weimar, er leidet laut seiner Ärztin an einer schweren Persönlichkeitsstörung, ist 1,83 Meter groß und hat Kenntnisse in der Metallverarbeitung. Er hat sich vor einiger Zeit unter einem bestimmten Vorwand ins Weimarer Krankenhaus eingeschlichen und somit die Möglichkeit, dort OP-Handschuhe zu stehlen. Sie verstehen – wegen des Talkums.«

Göschke unterbrach mich. »Und Sie meinen, wegen dieser zufälligen Übereinstimmungen sei dies unser Mann?«

»Herr Kriminalrat, es mag so aussehen, als seien dies alles rein zufällige Übereinstimmungen, doch für mich – und nicht nur für mich allein – sind dies exakt ineinanderpassende Teile eines Puzzles. Das Problem ist nur, dass die fehlenden Teile nicht hier auf dem Tisch liegen, um eingepasst zu werden, sondern dass wir sie erst finden müssen!«

»Was heißt hier ›nicht nur für mich allein‹?«, hakte Peter Gärtner nach.

Ich räusperte mich und wechselte einen Blick mit Benno und Siggi. »So, so!« Der Oberbürgermeister zog die Augenbrauen hoch.

»Und was denken Sie?«, fragte Göschke in Richtung des Psychologen. Das war ein entscheidender Moment.

Der Psychologe drehte sich zu mir um.

»Angenommen, dieser …«

»Jens Gensing!«

»… dieser Jens wäre wirklich der Täter, wodurch würden dann seine Zwangshandlungen gesteuert?«

»Die Ursache kennen wir noch nicht, sie liegt möglicherweise in seiner Kindheit. Vielleicht können Sie da etwas herausbekommen. Aktuell werden seine Zwangshandlungen jedenfalls dadurch gesteuert, dass er sich einbildet, die Reinkarnation Goethes zu sein.«

»Was?« Der OB schoss von seinem Stuhl hoch. »Na, das ist aber doch wirklich … etwas sehr weit hergeholt, finden Sie nicht?«

»Nein«, erwiderte ich langsam, »seine Mutter hat einen sehr großen Einfluss auf ihn, und sie ist eine vehemente Verfechterin der Reinkarnationsphilosophie. Das hat sie mir selbst bestätigt.«

Peter Gärtner starrte mich weiterhin ungläubig an. Jetzt war es an der Zeit, meinen Trumpf aus dem Ärmel zu ziehen.

»Was Jens Gensing in seiner Meinung, die Reinkarnation von Goethe zu sein, bestärken könnte, ist sein voller Name«, erklärte ich.

»Wie, was?«

»Was meinen Sie damit?«

Der Psychologe und Göschke sahen mich verwirrt an. Der OB und Onkel Leo schüttelten unwillig den Kopf.

Ich holte tief Luft. »Er heißt mit vollem Namen Jens Werner Gensing, woraus sich die Initialen JWG ergeben!«

»JWG?«, wiederholte Gärtner, »so wie Johann Wolfgang Goethe?«

»So wie unsere Sonderkommission?«, schnarrte das Fagott.

»Richtig«, erwiderte ich, »und so wie die E-Mail-Adresse des Täters: ›jwg2@fun.de‹. Das Kürzel jwg2 interpretiere ich dabei als zweiter Goethe!«

Einen Moment herrschte Stille. Die Autorität des Oberbürgermeisters zog automatisch alle Blicke auf sich.

»So gesehen könnten Sie recht haben«, meinte er zögernd.

»Finde ich auch«, ergänzte Onkel Leo, »gute Arbeit, mein Junge!«

Das Wichtigste jedoch war die Zustimmung des Psychologen. Gespannt wartete ich auf sein Urteil.

»Hat die Ärztin etwas von Apperzeptionsstörungen und eventuell einer psychomotorischen Verlangsamung gesagt?«

»Soweit ich mich erinnere, sprach sie von ausgeprägten Wahrnehmungsstörungen und einer Art ... Funktionsverlangsamung.«

»Aha ... ja, das passt zusammen.« Er überlegte. »Wie lautet die exakte Diagnose der Ärztin?«

Ich zog einen zerknitterten Notizzettel aus der Hosentasche. »Sie bezeichnete es als ... dissoziative Störung.«

»Und gibt es Zusammenhänge mit irgendwelchen Ereignissen in seiner Kindheit?«

»Bis jetzt hatten wir keine Gelegenheit, uns ausführlich damit zu befassen ...«

»Doch!«

Verwundert drehte ich mich zu Siggi um. »Hat Ella etwas gefunden?«

»Aber Hallo!« Er grinste spitzbübisch.

»Wer ist Ella?«, wollte Benno wissen.

»Eine Kollegin aus unserem Archiv«, antwortete Siggi, »sie hat herausgefunden, dass die Krankheit von Jens Gensing ausbrach, als im Dezember 1989, direkt nach der Wende, sein Großvater plötzlich wieder auftauchte!«

»Was heißt ›auftauchte‹, wo war er denn vorher?« Ich war höchst angespannt.

»Das wissen wir nicht. Seltsamerweise gibt es aus der DDR-

Zeit keinerlei Akten über ihn, nicht beim Rat der Stadt, nicht bei den Kirchengemeinden – nirgends.«

»Und was schließt du daraus?«

Siggi zuckte mit den Schultern.

Das Fagott begann sich aufzublasen und meinte: »Das ist recht einfach: Entweder er befand sich im Westen – sozusagen untergetaucht – oder er saß in einem Stasi-Gefängnis.«

Das klang für mich plausibel. »Ich denke, wir sollten das herausfinden; was meinen Sie, Herr Kriminalrat?«

»Aber natürlich. Ella erhält einen offiziellen Auftrag. Dorst, kümmern Sie sich darum!«

Siggi machte eine zustimmende Handbewegung und dachte sich seinen Teil. Ich beschloss, nie wieder in ein klassisches Konzert zu gehen, nur um kein Fagott mehr hören zu müssen. Es fehlte weiterhin der endgültige Segen des Psychologen. Ich blickte ihn fragend an.

»Ich bin immer für praktische Lösungen«, meinte er nachdenklich, »die Hinweise von Herrn Wilmut sprechen sehr stark für Jens Gensing als Täter. Die Beeinflussung durch die Reinkarnationstheorie seiner Mutter und die Diagnose der Ärztin passen zusammen. Ich werde mit dieser Frau Doktor …«

»Schlipsack!«, ergänzte ich.

»Ich werde also mit Frau Doktor Schlipsack Kontakt aufnehmen. Wir sollten uns auf Jens Gensing konzentrieren, müssen aber dafür offen bleiben, dass es auch jemand anders gewesen sein kann!«

Benno stand auf: »Dann an die Arbeit, und vielen Dank für deine Hilfe, Hendrik. Morgen kommt der Ministerpräsident und ich werde ihm über alle Details Bericht erstatten. Die Sitzung ist beendet!«

Es war fast 12 Uhr mittags und ich war hundemüde. Die Ereignisse in Großkochberg hatten mich mehr mitgenommen als ich zunächst zugeben wollte. Während ich mein Auto aufschloss, hörte ich Benno nach mir rufen.

»Hendrik ... warte mal bitte ...«

Ich drehte mich um.

»Wir müssen zu Felix ... wir müssen ihm das sagen!«

»Meinst du wirklich?«

»Ja!«

Ich überlegte einen Moment. Mein Gehirn war müde und träge.

»Ich, also ... ich finde, wir sollten einen Tag abwarten. Die Sache ist zu heikel. Immerhin müssen wir Felix mitteilen, dass sein Sohn höchstwahrscheinlich ein Verbrecher ist!«

»Vielleicht wissen wir morgen mehr«, sagte Benno.

»Ja, vielleicht.«

»Gut, dann ... kommst du mit – etwas essen?«

»Sei mir nicht böse, aber der Vormittag hat mich ziemlich geschlaucht, ich möchte nach Hause!«

»Na klar, ruh dich etwas aus. Und grüß Hanna!«

Ich kam nicht mehr dazu, Hanna zu grüßen. Ich schaffte es mit viel Mühe in die Hegelstraße. Dann fiel ich aufs Bett und schlief durch bis zum nächsten Morgen.

Voller Tatendrang startete ich in den Donnerstag, Ich fühlte mich ausgeschlafen und hatte gute Laune. Zunächst nahm ich zwei Tassen Espresso zu mir. Danach versuchte ich, Hanna anzurufen, aber sie war nicht erreichbar.

Auf dem Anrufbeantworter befanden sich zwei Nachrichten. Die erste kam von meinem netten Redakteur, der mich in süffisantem Ton an den vereinbarten Termin am Freitag um 18 Uhr erinnerte und anmerkte, dass er noch einen anderen Experten für Herder und sein Verhältnis zu Goethe an der Hand hätte. Kurzerhand löschte ich seine Nachricht. Die zweite war von

Benno, er hatte heute Abend einen Gesprächstermin mit Felix vereinbart. Mir wurde fast übel bei dem Gedanken an dieses Gespräch. Das Frühstück fiel aus.

Zum Mittagessen traf ich mich mit Siggi, Hermann und dem Psychologen bei Thomas in der Brasserie am Rollplatz. Benno und Peter Gärtner tafelten mit Ministerpräsident Adler im Hotel Elephant. Hanna blieb unerreichbar. Langsam wuchs meine Unruhe.

Thomas begrüßte mich wie einen alten Kumpel, und sofort – ohne zu bestellen – hatte ich einen Espresso vor mir stehen.

»Wie weit seid ihr mit Oliver Held?«, fragte ich in Richtung Siggi.

»Tja«, meinte der Hauptkommissar und fuhr sich mit der Hand über seinen kahlen Schädel, »es ist nicht einfach. Wir haben inzwischen auch in seinem Rucksack Heroinspuren entdeckt. In genau dem Rucksack, den er immer mit zur Arbeit ins Goethehaus nimmt. Er behauptet, das seien nur geringfügige Mengen für den Eigengebrauch gewesen, derzeit können wir ihm nicht das Gegenteil beweisen. Wir glauben, dass er jemanden schützen will – jemanden, der ihm den Stoff besorgt. Hermann hat inzwischen herausbekommen, dass seine Schwester in Frankfurt am Main wohnt und dort vor etwa einem Jahr wegen Drogenhandels angeklagt war. Sie wurde aber nicht verurteilt. Möglicherweise hat sie ihn als Drogenkurier benutzt. Wir haben Kontakt mit den Kollegen in Frankfurt aufgenommen.«

»Apropos Frankfurt«, meinte Kommissar Hermann. »Wir haben einen anonymen Hinweis bekommen, dass ein alter roter Golf mit dem Kennzeichen WE - FG 223 kurzzeitig als gestohlen gemeldet war.«

»Aha«, erwiderte ich, »einen *anonymen* Hinweis!?«

»Ja, der Informant wollte partout seinen Namen nicht nennen.«

»So, so ...« Ich warf Siggi einen dankbaren Blick zu.

»Jedenfalls haben wir alle Verkehrsdelikte in Frankfurt nach diesem Kennzeichen durchsuchen lassen.«

»Aha, und?«

»Der Wagen wurde am Tag des Frankfurter Goethehaus-Diebstahls auf der Theodor-Heuss-Allee stadtauswärts wegen überhöhter Geschwindigkeit geblitzt. Der Wagen ist zugelassen auf Felix Gensing. Und hier ist das Foto des Fahrers!«

Ich betrachtete die Aufnahme ausgiebig. Dann reichte ich sie dem Psychologen. »Es gibt keinen Zweifel«, sagte ich mit trockener Stimme, »das ist Jens Werner Gensing!«

»Sicher?«, fragte Siggi.

»Ganz sicher!«

»Haben Sie Gensing denn schon mal gesehen?«, hakte der Psychologe nach.

Ja«, antwortete ich, »hier, an gleicher Stelle, genau an diesem Tisch.«

Mein Wunsch nach mehr Beweisen hatte sich schneller erfüllt als gedacht. Inzwischen waren insgesamt etwa 50 Leute mit dem Fall beschäftigt, in Weimar, Frankfurt, Jena, Berlin und Dresden. Und das hatte sich bezahlt gemacht.

»Ich frage mich nur«, überlegte Hermann, »warum Jens Gensing dazu extra so weit gefahren ist?«

»Wie meinen Sie das?«, erkundigte sich Dorst.

»Na, er hat doch hier in Weimar all die schönen Besitztümer vor der Haustür, ob er nun viermal oder fünfmal ins Weimarer Goethehaus einsteigt, ist doch egal.«

»Das stimmt.«

»Ich glaube, er wollte ein Stück aus Goethes Kindheit besitzen«, erklärte ich.

Der Psychologe hob unschlüssig die Arme. »Kann sein. Vielleicht ist es auch nur ein Roter Hering.«

»Das halte ich auch für wahrscheinlich«, bestätigte Siggi.

Hermann sah skeptisch aus. »Möglich«, meinte er.

Ich war etwas verärgert. »Vielleicht hätte einer der Herren mal die Güte, mich aufzuklären, was ein ›Roter Hering‹ ist?«

»Das ist doch wohl klar, ein Hering in Tomatensoße!«

Allgemeines Gelächter.

»Hendrik, lass dich nur nicht veräppeln, das ist ein nackter Hering, der sich schämt!«

Erneut schallendes Gelächter.

»Vielleicht ist es auch ein Hering mit Hautausschlag?«

»Ihr seid wirklich dämlich!«, rief ich in die Runde, was allerdings nur zur weiteren Erheiterung beitrug.

Dann kam Thomas mit dem Essen und stellte mir zusätzlich einen Averna hin, mit Eis und Zitrone, so, wie ich ihn gerne trinke. »Der geht aufs Haus, weil die dich hier fertigmachen. Ein Roter Hering ist übrigens eine vom Täter absichtlich falsch gelegte Spur.«

»Oho, woher wissen *Sie* das denn?«, lachte Siggi.

»Hab ich gerade in einem Krimi gelesen.«

»Danke«, triumphierte ich und prostete Thomas zu, »wenigstens einen Freund habe ich hier noch!«

In diesem Moment klingelte mein Handy. Es war Benno. Der Ministerpräsident wollte Siggi und mich sehen. Im Hotel Elephant – und zwar sofort. Ich stand auf. »Siggi, wir müssen gehen, der MP will uns sprechen!«

Augenblicklich verstummte das Gelächter.

»Ist das wahr?«, fragte Siggi verwundert.

»Aber Hallo!« Die Benutzung seines eigenen Lieblingsausdruckes unterstrich die Wichtigkeit. »Würde ich sonst freiwillig vom Essen aufstehen?«

Siggi erhob sich ebenfalls. »Na, dann los!«

»Thomas, bitte schreib unser Essen an, ich bezahl später!«

»Geht klar, Hendrik!«

Wir waren schon fast an der Tür, da rief ich in einer plötzlichen Eingebung: »Hermann, könnten Sie bitte klären, wer Jens Gensings Deutschlehrer war und ob er Klavierspielen gelernt hat!«

»Gut, mach ich!«

Offensichtlich hatte ich an Glaubwürdigkeit gewonnen, denn niemand widersprach meinem Wunsch.

Vom Rollplatz zum Hotel Elephant sind es nur gut zehn Minuten zu Fuß, also ließen wir die Autos stehen. In der Karlstraße klingelte erneut mein Telefon.

»Hello, Hendrik, this is John!«

»Hi, John, how are you doing?«

»Actually not quite well, I'm missing Cindy, she disappeared!«

John Valentine machte sich große Sorgen. Seit zwei Tagen war Cindy verschwunden. Am Dienstagabend hatte er sie aus München anrufen wollen, konnte sie aber nicht erreichen. Zunächst dachte er, sie sei auf einer Party bei Freunden, doch als sie am Mittwoch immer noch nicht auftauchte, fuhr er zurück nach Weimar. Er hatte bereits die halbe Stadt abgesucht und mit vielen Freunden telefoniert, auch in Dallas. Nun fragte er mich um Rat.

»John, I'm just on the way to an important meeting, I'll be able to see you in about one hour, I'm going to call you, okay?«

»Fine, thanks!«

Ich legte auf. »John Valentine, ein Freund. Er ist Amerikaner«, erklärte ich auf Siggis fragenden Blick hin.

»Und?«

»Seine Frau ... Cindy – sie ist verschwunden. Komische Sache.«

»Verschwunden?«

Ich zuckte mit den Achseln.

»Sollen wir etwas unternehmen?«, fragte er.

»Ich weiß nicht ... jetzt sprechen wir erst mal mit dem MP, dann könntest du vielleicht mit mir zu John gehen, er wohnt in der Geleitstraße.«

»Klar, mach ich!«

Wir waren inzwischen am Ende der Windischenstraße angekommen und überquerten den Marktplatz an der Südseite. An diesem Donnerstag war kein Marktbetrieb, sodass wir schnell vorankamen. Benno wartete bereits im Foyer des Hotels. Er führte uns in ein Sitzungszimmer im ersten Stock. Es wirkte recht düster, dunkelbraune Holzvertäfelung, schwere Vorhänge. Zwei Sicherheitsbeamte überprüften uns kurz. Siggi sollte seine Waffe abgeben, doch der MP gab durch ein kurzes Zeichen zu verstehen, dass dies nicht nötig sei.

Ministerpräsident Adler war ein imposanter Mann, groß gewachsen, mit breiten Schultern, einer markanten Nase und einem gebräunten Teint – rein äußerlich ein Erfolgsmensch.

Wir begrüßten uns, ohne die üblichen Höflichkeiten auszutauschen, es herrschte eine nüchterne Atmosphäre. Zunächst wollte Adler von Siggi nochmals die momentane Lage aus Sicht der Polizei hören. Kurz und prägnant fasste Siggi alles zusammen, Adler hörte aufmerksam zu.

»Wissen Sie«, gestand er dann, »ich mache mir große Sorgen.«

»Wegen Ihrer Wiederwahl im November?«, fragte ich spitz.

Benno wollte gerade protestieren, doch Adler winkte ab. »Lassen Sie nur, Kessler, ich kann Herrn Wilmut verstehen, es gibt leider genug Politiker, bei denen dies der alleinige Grund ist.« Er nahm einen Schluck Wasser. »Ich kann Sie nur bitten, mir zu glauben: Ich mache mir Sorgen – zum einen weil dies meine Stadt ist, ich bin hier geboren ... woher stammen Sie, Herr Wilmut?«

Ich zögerte. »Äh ... aus Weimar, ich bin ebenfalls hier geboren.«

Er vermittelte den Eindruck, als hätte er nichts anderes erwartet. »Und zweitens weil meine Tochter hier lebt, sie arbeitet als Lehrerin. Außerdem ist das Goethehaus ein Bestandteil unseres gesellschaftlichen Lebens und der Imageschaden, den dieser Mensch unserer Stadt zugefügt hat, ist erheblich.«

Eigentlich hätte ich allen Grund gehabt, beeindruckt zu sein. Doch meine bisherigen Erfahrungen mit Politikern machten mich misstrauisch.

In diesem Moment ertönte Mission Impossible. Ich hatte vergessen, mein Handy auszustellen. Ein kurzer Blick auf das Display genügte – es war Hanna.

»Entschuldigen Sie, meine Freundin«, raunte ich Adler zu und drückte die grüne Taste.

»Hendrik, ich muss dringend mit dir reden.« Hanna klang leicht unterkühlt.

»Hallo, Hanna, entschuldige bitte, ich habe dir auch eine Menge zu sagen, aber ich bin gerade im Gespräch mit dem Ministerpräsidenten ...«

»Und ich habe einen Termin beim Bundeskanzler!«, entgegnete sie verärgert und legte auf.

Damit war meine innere Ruhe dahin. Am liebsten wäre ich aufgesprungen und geradewegs zu Hanna gelaufen. Aber auch John wartete noch auf mich. Ich fühlte, wie mir der Schweiß auf die Stirn trat.

»Probleme?«, fragte Adler knapp.

Ich winkte ab. »Offensichtlich glaubt sie nicht, dass ich hier mit Ihnen sitze.«

Adler lächelte. »Hier haben Sie meine Visitenkarte, vielleicht hilft Ihnen das weiter!« Er schrieb ›Für Hanna‹ darauf und reichte mir die Karte.

Damit hatte er mich gewonnen. Trotz meines Fluchtimpulses blieb ich sitzen und wir diskutierten eine Weile über den Fall. Adler interessierte sich natürlich besonders für den Verbleib der geraubten Gegenstände.

»Wenn man nur wüsste, was er mit den Exponaten vorhat!«, sagte er besorgt.

»Da bin ich ehrlich gesagt ganz zuversichtlich«, antwortete ich.

»Wie bitte?«

»Schauen Sie, er hat ausschließlich Werke geraubt, die in engem thematischen Zusammenhang mit Leben und Schaffen Goethes stehen, zum Teil von Goethe selbst angefertigt. Es sieht so aus, als fühlte er sich ein wenig wie … Goethes Stellvertreter, der diese besonderen Werke sozusagen in Schutzhaft nehmen will. Ich bin deswegen überzeugt, sobald wir den Täter haben, haben wir auch die gestohlenen Ausstellungsstücke, und zwar unversehrt.«

Der Ministerpräsident schien ebenso wenig von dieser Theorie überzeugt zu sein wie die Kollegen des Expertengremiums zuvor. Kurz darauf piepste mein Handy und meldete eine eingehende SMS.

»Meine Güte, was ist denn heute los?« Es war mir peinlich, erneut für eine Unterbrechung zu sorgen.

»Das ist bestimmt Hanna«, mutmaßte Adler lächelnd.

Doch es war Kommissar Hermann, der bereits erste Ergebnisse lieferte. Ich las laut vor: »Er spielt Klavier, Lehrer unklar, Deutschlehrerin Clarissa Singer, Weimar, Bechsteinstraße 5.«

»Wessen Deutschlehrerin?«, fragte der Ministerpräsident. Er schien plötzlich sehr aufgeregt zu sein.

»Die von Jens Werner Gensing, unserem Hauptverdächtigen«, antwortete ich verwundert.

»Oh Gott!« Adlers Bräune war schlagartig aus seinem Gesicht gewichen. »Clarissa Singer ist meine Tochter!«

Ich war entsetzt. Hatte die Tochter des Ministerpräsidenten etwas mit unserem Fall zu tun? War sie in Gefahr? Adler wirkte komplett verändert. Der souveräne Politiker war zum besorgten Familienvater geworden.

Siggi reagierte sofort. Seine professionelle Art schätzte ich immer mehr. Er griff zum Telefon und rief Hermann an. »Schicken Sie sofort zwei Beamte in die Bechsteinstraße 5 zu Clarissa Singer. Ja, Singer, Clarissa. Personenschutz ab sofort rund um die Uhr ... ja, nein, Hermann, das erzähle ich Ihnen später.«

Hermann schien nicht begeistert zu sein.

»Das ist mir egal, wo Sie die Beamten hernehmen!«, rief Siggi verärgert ins Telefon, »Jetzt sofort werden dort zwei Mann gebraucht und das hat allerhöchste Priorität, ist das klar?«

Nun schien auch Hermann die Dringlichkeit einzusehen. Siggi legte auf.

»Herr Ministerpräsident, es ist vielleicht am besten, Sie informieren Ihre Tochter selbst, wir haben noch kurz etwas zu erledigen und sind in einer halben Stunde bei ihr.«

Adler nickte. Benno versuchte, ihm Mut zuzusprechen.

Siggi ging zur Tür. »Komm Hendrik, wir müssen los!«

Ich folgte ihm bereitwillig, froh darüber, dass er die Initiative ergriffen hatte. Zehn Minuten später standen wir in der Geleitstraße vor Johns Wohnungstür. Meine Gedanken schweiften zurück zu dem schönen Abend mit Hanna und

Cindy und der selbst zubereiteten Pizza. Was war nur plötzlich los? Irgendwie löste sich alles um mich herum in Einzelteile auf.

Ich klingelte. John sah schlecht aus. Dunkle Augenringe und fahle Haut ließen ihn um einige Jahre älter aussehen.

»Come in!«

Ich ging voraus ins Wohnzimmer. »Das ist Siggi, er ist Kriminalhauptkommissar!«

»Why a Kommissar?«, fragte John konsterniert.

Ich überließ Siggi die Antwort.

»Kann ich deutsch sprechen?«, fragte er.

»Yes, ja, bitte!«, erwiderte John nervös.

»Hendrik hat mir erzählt, dass Ihre Frau verschwunden ist. Wann haben Sie Cindy zum letzten Mal gesehen?«

»Tuesday morning, here in our flat, at nine in the morning before I left for Munich!«

»Aha, also am Dienstagmorgen um 9 Uhr ...« Siggi machte sich einige Notizen. »Und haben Sie danach noch mit ihr telefoniert?«

»Yes, after I arrived in Munich, about 2 p. m.«

»Um 14 Uhr nachmittags, gut, und das war das letzte Mal, dass Sie mit ihr gesprochen haben?«

»Yes ...«, John kämpfte mit den Tränen. »Sorry!«

Siggi wartete einen Moment, bis John sich wieder gefangen hatte.

»Haben Sie ein Bild von ihrer Frau?«

Er stand ohne ein Wort zu sagen auf, kramte in einer Schublade und zog ein Foto heraus. Es zeigte Cindy im Weimarer Tennisklub.

»Danke«, sagte Siggi, »ich werde dafür sorgen, dass eine Fahndung eingeleitet wird.«

»What does that mean, Fahndung?«

»Wir lassen sie von der Polizei suchen, in ganz Deutschland, und übers Radio«, erklärte Siggi geduldig.

»Through the radio station?« Erst jetzt schien John die Tragweite der Angelegenheit bewusst zu werden. Er ergab sich in sein Schicksal und sank wie ein Häufchen Elend im Sessel zusammen.

»Es tut mir leid, John«, sagte ich, »wir müssen dringend weiter, ich melde mich später wieder.« Ich schärfte John ein, unbedingt sein Mobiltelefon eingeschaltet zu lassen und gab Siggi ein Zeichen zu gehen. Wir rannten die Treppe hinunter und eilten am Kasseturm vorbei zum Rollplatz. Siggi setzte das Blaulicht aufs Wagendach und fuhr voraus, vom Graben aus rechts durch die Fußgängerzone und über den Goetheplatz direkt in die Schwanseestraße. Ich folgte ihm in meinem alten roten Volvo, dicht an seiner Stoßstange klebend.

Zehn Minuten später standen wir beide vor dem Haus Bechsteinstraße 5, direkt hinter dem Tennisklub. Einer der beiden Bodyguards des Ministerpräsidenten hatte sich vor dem Haus postiert. Er klingelte bei Clarissa Singer und holte sich über die Sprechanlage das Okay seines Kollegen. Dann winkte er uns herein. Drinnen, vor der Wohnungstür stand einer von Siggis Leuten. Er ließ uns herein. Clarissa Singer war eine schmale, blasse Frau mit schulterlangen schwarzen Haaren und der markanten Nase ihres Vaters, insgesamt eine elegante, fast aristokratische Erscheinung. Sie war Anfang 30, verheiratet mit einem Elektroingenieur und Mutter von drei Kindern. Heute trug sie ein schlichtes, schwarzes Kleid und hatte die Haare zu einem Pferdeschwanz gebunden. Im Gegensatz zu ihrem Vater schien sie in keiner Weise beunruhigt zu sein.

»Ich bin Hauptkommissar Dorst«, stellte sich Siggi vor und gab ihr die Hand, »das ist Hendrik Wilmut.«

Ihre Finger waren kalt, aber sie strahlte menschliche Wärme aus.

»Mein Vater hat mir schon von Ihnen erzählt, und von Jens … ich kann das alles gar nicht glauben. Bitte, nehmen Sie Platz!«

Wir setzten uns auf eine helle Ledercouch. Der Ministerpräsident saß in einem großen Sessel und hörte aufmerksam zu, hielt sich ansonsten aber angenehm zurück.

»Frau Singer, ich muss Ihnen zunächst ein paar Fragen stellen …«, begann Siggi.

»Ja, ja, selbstverständlich!«

»War Jens Werner Gensing ihr Schüler?«

»Ja, drei Jahre lang in der Oberstufe des Karl-Liebknecht-Gymnasiums, er hat letztes Jahr sein Fachabitur gemacht.«

»Ist er das?« Er hielt ihr das Bild hin.

»Ja, das ist er, zweifelsfrei!«

»Und Sie unterrichten Deutsch?«

»Deutsch und Geschichte, um genau zu sein. Jens hatte ich aber nur in Deutsch.«

»Haben Sie mit seiner Klasse auch Werke von Goethe behandelt?«

»Aber natürlich, erstens ist das Teil des Curriculums und außerdem lese ich Goethe sehr gern.« Sie sah mich an. »Ebenso wie Sie, Herr Wilmut!«

Ich schenkte ihr ein verständnisvolles Lächeln.

»Was genau haben Sie mit Jens durchgenommen?«, fragte ich.

»Nun, in seinem Kurs hatten wir den Götz …« Sie dachte nach. »Den Werther und verschiedene Gedichte.«

»War Jens ein guter Schüler?«

»In Deutsch war er nicht nur gut – er war exzellent!«

»Was meinen Sie damit?«

»Nun, er war höchst interessiert an Literatur, sehr belesen und ungemein ausdrucksstark.«

»Könnte man sagen, dass er eine besondere Affinität zu Goethes Werken hatte?«

Sie überlegte. »Ich weiß nicht, ich würde das nicht nur auf Goethe beschränken, er war auch sehr interessiert an anderen Dichtern: Schiller, Lessing oder Wieland.«

»Hmm ... ist Ihnen sonst irgendetwas Seltsames an Jens' Verhalten aufgefallen?«

»Nein, eigentlich nicht. Außer ... eine Sache vielleicht ...«

»Ja?«

»Das ist wahrscheinlich nur für mich als Lehrerin von Belang: Er hat in Deutsch nur beste Noten bekommen und am Ende im Abiturzeugnis 15 Punkte. Nur ein einziges Mal schrieb er eine Literaturarbeit, die war so einseitig und miserabel, dass ich ihm gerade mal eben fünf Punkte geben konnte.«

»Erinnern Sie sich an das Thema?«, fragte ich.

»Natürlich, es ging um einen Vergleich von Goethes Werken mit denen von Herder. Er ließ kein gutes Haar an Herder und konnte kaum kritische Punkte bei Goethe finden, obwohl wir im Unterricht einige herausgearbeitet hatten!«

»Bringt uns das irgendwie weiter?« Siggi sah mich fragend an.

Ich war unschlüssig. »Jedenfalls bestätigt es mein Bild von Jens ...«

»Und Sie meinen, Jens hat etwas mit dem Kunstraub im Goethehaus zu tun?«, erkundigte sich Frau Singer.

Siggi zögerte. »Es sieht ganz danach aus, aber es gibt weiterhin Unklarheiten, bitte sprechen Sie vorläufig mit niemandem darüber!«

»Selbstverständlich nicht.«

»Wann haben Sie Jens zuletzt gesehen?«

»Vor ungefähr drei Monaten.«

»Telefoniert?«

»Nein, aber er schreibt mir ab und zu eine E-Mail.«

»Aha, darf ich nach dem Inhalt fragen?«

»Aber natürlich. Es geht meistens um literarische Themen, um Gedichte, um Figuren und so weiter. Zuletzt ging es um ein Gedicht ...«

Ich forderte sie mit einer Handbeweging auf, weiterzusprechen.

»›Vermächtnis‹!«

»*Kein Wesen kann zu nichts zerfallen!*«, begann ich. »*Das Ewge regt sich fort in allen, am Sein erhalte dich beglückt!*«

Sie ergänzte: »*Das Sein ist ewig: denn Gesetze, Bewahren die lebendgen Schätze, ...*«

Ich sah Clarissa Singer an. Besser gesagt, ich sah durch sie hindurch. *Kein Wesen kann zu nichts zerfallen* ... war das sein Halt, seine Hoffnung auf dem Weg zum geistigen Zerfall? Einen kurzen Moment spürte ich so etwas wie Mitleid mit Jens Gensing.

»Hat er irgendetwas geschrieben von seiner derzeitigen Situation, was er macht oder was er vorhat?«, fragte Siggi.

»Nein, überhaupt nichts!«

»Wissen Sie, dass er in psychiatrischer Behandlung ist?«

»Wie bitte?«

»Ja«, bestätigte ich, »er leidet an einer schweren Persönlichkeitsstörung, die sein Wesen zunehmend verändert.«

»Ach du liebe Zeit, das ... das tut mir leid!« Sie war offensichtlich geschockt. Sie stand auf und ging zum Fenster. Ihr Vater trat zu ihr, um sie tröstend in den Arm zu nehmen.

»Könnten Sie uns einige dieser E-Mails ausdrucken?«, bat Siggi, »Herr Wilmut sollte sie sich ansehen, vielleicht bringt uns das weiter.«

»Ja, natürlich«, murmelte sie und verschwand im Nebenzimmer. Kurz darauf hörten wir einen Drucker brummen. Siggi unterhielt sich mit dem Ministerpräsidenten über die Bewachung seiner Tochter. Ich saß auf der Couch und überlegte. Nach ein paar Minuten kam Clarissa Singer zurück. Sie hielt einige Blätter in der Hand, die sie mir reichte. Ich überflog den Inhalt.

»Irgendwas Auffälliges?« Siggi sah mir über die Schulter. Ich schüttelte den Kopf.

»Welche E-Mail-Adresse hat er benutzt?«

»Die seines Vaters.« Ich deutete mit dem Finger darauf: »Hier: f.gensing@t-online.de.«

Der Hauptkommissar nickte. Ich blätterte weiter. Ich zeigte Frau Singer einen der Ausdrucke. »Ist dies die letzte Nachricht von Jens?«

»Ja. Da hat er seltsamerweise eine andere Adresse verwendet, ich wollte sie erst gar nicht öffnen, wegen möglicher Viren, Sie wissen schon …«

Obwohl es sommerlich warm war, begann ich plötzlich zu frieren. »Siggi …!«

Ich deutete mit dem Finger auf die Absender-Adresse: jwg2@fun.de.

»Endlich …«, murmelte Siggi.

»Endlich hat er einen Fehler gemacht!«, ergänzte ich.

Siggi gab mir ein Zeichen und ging zur Tür. »Ich muss ins Präsidium, bitte entschuldigen Sie mich!«

Damit war er verschwunden. Er wusste, dass ich die Situation vor Ort klären würde. Ich nahm mir fast eine Stunde Zeit, um mit Adler und seiner Tochter zu sprechen. Es war nicht leicht, weil ich einerseits dem Bedürfnis der beiden nach Information nachkommen musste, andererseits aber keine geheimen Informationen preisgeben durfte.

Mittlerweile schien auch Clarissa Singer den Ernst der Lage erkannt zu haben und wirkte etwas verängstigt.

Ich bestätigte nochmals, dass der Personenschutz in jedem Fall beibehalten würde, so lange, bis der Täter gefasst war. Das war zwar nicht mit Siggi abgesprochen, doch so weit glaubte ich die Gepflogenheiten der Polizei nun zu kennen. Im Notfall konnte das LKA die Bewachung übernehmen, schließlich war ja der Ministerpräsident betroffen. Nachdem ich Clarissa Singer etwas beruhigt hatte, steckte ich die Blätter mit den E-Mails ein und verabschiedete mich.

Es war spät geworden. Ich setzte mich ins Auto und probierte Hanna zu erreichen – ohne Erfolg. Wie konnte ich ihr nur wieder nahekommen? Ich war verwirrt und mein Kopf voll von den Erlebnissen und Eindrücken der letzten Tage. Ich versuchte meine Gedanken zu ordnen. Es dauerte eine Weile, bis ich begriffen hatte, dass wir den endgültigen Beweis hatten: Jens Gensing war der Täter. In dieser Verfassung saß ich ungefähr zehn Minuten lang im Auto, vielleicht waren es auch zwanzig. Dann schaltete ich das Radio ein und fuhr los. John Lennon sang ›Imagine‹. Immer wieder tauchte Hannas Bild vor mir auf. Ich passierte das Stadion und folgte der Fuldaer und der Trierer Straße. Kurz vor der Hegelstraße änderte ich meinen Plan intuitiv und bog ab in die Humboldtstraße. Es ging den altbekannten Berg hinauf. Vor Büchlers Haus hielt ich kurz an und warf die Visitenkarte des Ministerpräsidenten in den Briefkasten. Zufrieden fuhr ich nach Hause. John Lennon hatte gerade seinen Song beendet. John! Den hätte ich beinahe vergessen. Ich wählte Siggis Nummer.

»Gibt's was Neues von Cindy?«

»Nein, tut mir leid, wir lassen sie bundesweit suchen, aber bisher gibt es keine Reaktion.«

»Dann müssen wir wohl abwarten.«

»Ja, auch zu Jens Gensing gibt es keine neuen Entwicklungen.«

»Sag mal, Siggi …«

»Ja?«

»Die E-Mail-Adresse, ist das der endgültige Beweis?«

»Eindeutig. Ich denke, jeder Richter wird das so sehen. Die Frage ist nur, ob Göschke auch dieser Ansicht ist!«

»Du meinst, Göschkes Meinung ist wichtiger als die des Richters?«

Siggi lachte. »Absolut gesehen nicht, aber wenn Göschke Zweifel an unseren Beweisen hat, bekommen wir erst gar keinen Haftbefehl!«

»Hmm ...«

»Außerdem müssen wir Gensing erst mal finden!«

»Das ist wohl das größte Problem.«

»Übrigens, ich habe mir eben die persönlichen Daten von Clarissa Singer nochmals aufmerksam durchgesehen, und da ist mir etwas aufgefallen!«

Ich wartete.

»Frau Singer heißt mit vollständigem Namen Clarissa *Viola* Singer!«

»Und?«

»Bei Jens Gensing hatte der zweite Name Werner ja auch eine Bedeutung, da dachte ich ...«

»Gut, Siggi, danke, ich denke mal drüber nach!«

»Hendrik, der große Denker!«, lachte er. Doch mir war nicht nach Scherzen zumute.

Ich rief John an und teilte ihm mit, dass es noch nichts Neues von Cindy gab. Er tat mir sehr leid. Ich konnte allerdings nicht zu ihm fahren, da Benno und ich mit Felix verabredet waren. Eine heikle Mission wartete auf uns.

*

Er wartete vor ihrem Haus. Es roch nach frischem Fleisch und er schüttelte sich vor Ekel. Doch er musste durchhalten. Nach fast zwei Stunden kam sie endlich heraus. Sie ging zu Fuß in die

Einkaufszone und verschwand zwischen den Leuten. Er folgte ihr unauffällig. Einmal hätte er sie fast verloren. Er ärgerte sich, denn das konnte weitere Stunden vor ihrem Haus bedeuten. Doch zum Glück fand er sie wieder, sie stand vor einem Schaufenster. Dann lief sie in Richtung Herderkirche. Wir haben wieder mal Glück, dachte er. Sie bog in eine kleine Gasse ein. Er kannte sich hier gut aus, rannte durch die Parallelstraße, um sie zu überholen, und kam dann wie zufällig vor ihr am Herderplatz an. Gelangweilt schlenderte er direkt auf sie zu.

Sie blieb stehen und fragte, was er hier mache. Er spielte den Überraschten und erklärte, er sei gerade auf dem Weg zum Herderhaus. Im selben Moment biss er sich auf die Lippen. Es gab gar kein offizielles Herderhaus, nur das Herdermuseum im Kirms-Krackow-Haus und ein altes, zerfallenes ehemaliges Herder-Wohnhaus. Doch sie schien den Fehler nicht bemerkt zu haben.

Er musste seine gesamte Überzeugungskraft einsetzen. Er appellierte an ihre Lehrerseele, er habe etwas Interessantes entdeckt, etwas Historisches, und wo sie doch zufällig gerade hier sei, wolle er ihr das unbedingt zeigen, es dauere auch gar nicht lange.

Sie zögerte nach wie vor. Doch er war geschickt. Und er kannte sie gut. Er wisse eigentlich gar nicht genau, ob das, was er entdeckt hatte, wirklich von so großer historischer Bedeutsamkeit sei, wie er annehme, und er brauche ihre Hilfe, das herauszufinden. Seine gespielte Unsicherheit schien zu wirken. Sie murmelte etwas wie ›Also gut, aber höchstens eine halbe Stunde.‹

Er strahlte. Dann folgte sie ihm.

*

Benno bog von der Jenaer Straße rechts ab in Richtung Lindenberg. Kurze Zeit später hielten wir vor dem Haus Am Sportplatz 17. Felix öffnete und bat uns herein. Es war ein älteres Haus aus DDR-Zeiten mit den damals üblichen hellgrünen Kacheln und der zeitgemäßen Einrichtung. Es wirkte, als sei die Zeit stehen geblieben. Anna war nirgends zu entdecken. Im Flur standen jede Menge Schuhe, wir fielen fast darüber. Darunter entdeckte ich auch ein paar moderne Turnschuhe. Sie passten überhaupt nicht in diese Umgebung.

»Sind das Jens' Turnschuhe?«, fragte ich.

»Ja, die gehören ihm«, antwortete Felix leise.

»Er ist ja fast so groß wie ich«, stellte ich fest, »sieht aus wie Schuhgröße 46?«

»Nein, nein, er hat Größe 44 …«

Ich suchte Bennos Blick. Er schien die Tragweite dieser Bemerkung nicht zu verstehen.

»Kommt ins Wohnzimmer und setzt euch doch bitte!«

Er brachte Kaffee und schenkte Apfelsaft ein.

»Über was wolltet ihr denn mit mir sprechen?«

»Ja, Felix, es geht um deinen Sohn«, begann Benno. Ich trat ihm unter dem Tisch gegen den Fuß. Er sah mich an wie ein beleidigter Dackel.

Ich schüttelte unmerklich den Kopf. Ich würde die Gesprächsführung übernehmen müssen, um das Ganze nicht aus dem Ruder laufen zu lassen. »Hast du etwas Neues von Jens gehört?«

Felix machte ein trauriges Gesicht. »Nein, er ist immer noch verschwunden.«

»Das tut mir leid. Ich habe mit seiner Ärztin gesprochen, sie hat mir alles über seine Krankheit erzählt.«

»Du weißt Bescheid?«

»Ja …«

Er schien fast ein wenig erleichtert, nun musste er sich nicht mehr verstellen. Gleichzeitig schämte er sich. Tränen liefen seine Wangen herab.

»Entschuldige, Felix, es tut uns leid, dass wir so in euer Privatleben eindringen ...«

»Ist schon gut«, presste er hervor.

»Wir müssen mehr über Jens erfahren, besonders über seine Jugendzeit.« Das war meine neue Taktik, ich wollte mich auf die Informationen beschränken, die für die Suche nach Jens nützlich sein konnten. Ganz nebenbei bekritzelte ich einen kleinen Zettel: ›Der Täter hat Schuhgröße 46!‹ Dann schob ich ihn schnell zu Benno rüber.

»Wieso aus seiner Jugendzeit, was ... warum das?«, fragte Felix sichtlich verwirrt.

»Jens ist krank und wir brauchen mehr Details zu seinem Krankheitsbild, insbesondere zum Ausbruch der Krankheit – das kann uns helfen, ihn zu finden.«

»Na, gut, das verstehe ich zwar nicht ganz, aber wenn es hilft, Jens zu finden ist mir alles recht.«

»Sehr gut!«, ermutigte ich ihn.

Benno sah mich entgeistert an. Er hatte den Zettel gelesen.

»Ja, sehr gut, Felix«, schloss er sich geistesgegenwärtig an.

»Was tat Jens denn nach der Wende?«, fragte ich nun konkreter.

»Nach der Wende? Wieso ...? Nichts Besonderes, er ging zur Schule und spielte Handball, wie zuvor auch.«

»Hatte er Freunde?«

»Ja, schon, ein paar wenige Freunde hatte er. Einer war Thomas Reim von nebenan, aber der ...«

»Ja, das haben wir gehört, er ist tot.«

»Woher wisst ihr denn *das*?«

Ich zögerte.

»Na ja«, schaltete sich Benno ein, »es stand damals in der Zeitung und ... es war so dramatisch, das bleibt im Gedächtnis haften.«

»Und wie war das Verhältnis zu seinem Großvater?«, fragte ich behutsam.

»Sein Großvater? Ach, mein Vater starb schon 1985 an einer schweren Herzkrankheit.«

»Und sein anderer Großvater?«

»Annas Vater?« Er sah uns ängstlich an.

»Wirklich, Felix, wir *müssen* das wissen! Alles kann jetzt hilfreich sein, Jens zu finden.«

Er wiegte seinen Kopf hin und her. Dann flüsterte er: »Aber sagt Anna auf keinen Fall etwas davon, sie meidet das Thema total und möchte auch nicht, dass ich mit jemandem darüber rede …«

Plötzlich sprach er wieder ganze, zusammenhängende Sätze.

»Abgemacht!«

»Annas Vater hieß Werner«, sagte Felix leise.

»Aha, von ihm hatte Jens also seinen zweiten Namen.«

»Richtig. Werner war Regimegegner. Er saß viele Jahre im Zuchthaus in Bautzen. Erst mit der Wende kam er frei.«

Felix schluckte. Es fiel ihm offensichtlich schwer, das zu erzählen. Benno und ich ließen ihm Zeit.

»Jens hatte danach ein sehr gutes Verhältnis zu ihm. Er vergötterte ihn regelrecht. Sie haben oft zusammen Gedichte gelesen, Fußball gespielt und all so was. Doch Werner zerbrach an seiner Vergangenheit. Ein knappes Jahr nach der Wende setzte er seinem Leben ein Ende.«

Man sah Felix immer noch die Betroffenheit an.

»Jens hat das nie verkraftet. Anna hat immer wieder auf das DDR-Regime geschimpft und wollte sich irgendwie rächen. Doch ich habe gefragt, wie sie sich an etwas rächen wolle, das nicht mehr existiert?«

»Jens war damit wahrscheinlich völlig überfordert?«, fragte ich.

»Ja, das stimmt. Er war ja erst zehn Jahre alt ...« Erneut konnte er seine Tränen nicht zurückhalten.

»Weswegen war Werner im Zuchthaus?«

»Das weiß ich nicht, Anna hat es mir nie verraten, es spielt auch keine Rolle mehr.«

»Stimmt.« Ich ließ es dabei bewenden. »Eins würde mich noch interessieren: Wo hat Jens Klavierspielen gelernt?«

»Bei einer privaten Klavierlehrerin.«

»Wie heißt sie?«

»Das weiß ich nicht mehr, da müsste ich Anna fragen ...«

»Es wäre wichtig. Könntest du dich bitte bei ihr erkundigen?«

In diesem Moment stand Anna in der Tür. »Wonach soll er sich bei mir erkundigen?«, fragte sie scharf.

Sie sah schlecht aus, sehr dünn, abgemagert, ihr Gesicht grau, die Haare ungekämmt, bekleidet mit einem verblichenen Bademantel.

»Hallo, Anna«, begrüßte ich sie und versuchte, einen milden, versöhnlichen Ton zu treffen, »wir möchten gerne wissen, wo Jens Klavierspielen gelernt hat ...«

Sie unterbrach mich sofort: »Das geht euch einen Scheißdreck an, klar!«

Benno erschrak. »Anna!«

»Lasst uns in Ruhe, ihr Schwachköpfe, und lasst Jens in Ruhe, er kommt zurück, wenn er es für richtig hält. Und jetzt raus hier!«

Ich wandte mich Benno zu und deutete Richtung Tür. Ohne ein weiteres Wort standen wir auf und verließen das Haus. Desirees Bezeichnung ›unkooperativ‹ war sicher untertrieben – zumindest im Bezug auf Anna. Im Hinausgehen warf ich einen Blick in Jens' Turnschuh: Größe 44. Es stimmte also tatsächlich.

Felix folgte uns vor die Tür und entschuldigte sich.

Von drinnen tönte es scharf: »Typisch, dir tut immer alles leid!«

Felix senkte die Stimme: »Ich glaube, Jens hatte wegen der Klavierlehrerin eine Zeitungsanzeige aufgegeben, mehr weiß ich wirklich nicht ...«

»Danke, Felix!« Ich klopfte ihm aufmunternd auf die Schulter, dann drehte ich mich um und folgte Benno zum Auto.

Während der Rückfahrt rief ich Siggi an und erzählte ihm von der nicht passenden Schuhgröße und Jens Gensings Großvater. Wir entschieden, dass Ella die Angaben zu seinem Großvater überprüfen und dann herausfinden sollte, weshalb er nach Bautzen gekommen war. Siggi wollte außerdem nachforschen, ob Jens Gensing eine Anzeige wegen Klavierunterrichts bei der Zeitung aufgegeben hatte.

»Ist Jens Gensing jetzt aus dem Schneider?«, fragte ich.

»Sieht so aus«, brummte Siggi. »Trotzdem passt das überhaupt nicht zu der Erkenntnis aus seiner letzten E-Mail an Clarissa Singer ...«

Wir waren ratlos.

Als Benno mich zu Hause absetzte, war es bereits 21 Uhr. Ich hatte den ganzen Tag über nichts gegessen. Durch die Unmengen von Kaffee in der Brasserie, beim Ministerpräsidenten im Hotel, bei Frau Singer, und schließlich mit Felix, hatte ich das bis jetzt nicht gemerkt. Doch plötzlich kam es durch, mit Macht, das nagende Gefühl im Bauch. Mit ein paar Handgriffen setzte ich Spaghettiwasser auf und mixte eine Hackfleischsoße mit Peperoni und Sambal Oelek. Während die Soße brutzelte, versuchte ich erneut, Hanna anzurufen, wieder ohne Erfolg, nur der Anrufbeantworter meldete sich. Wenigstens hatte ich ihre

Stimme kurz gehört. Danach ging ich nochmals den E-Mail-Verkehr zwischen Jens Gensing und Clarissa Singer durch, fand jedoch kein weiteres wichtiges Detail. Ich rührte die Soße um und schmeckte ab. Ein wenig zu viel Peperoni, egal, es musste jetzt schnell gehen. Noch zwei Minuten für die Nudeln. Zeit genug, um mich kurz an den Laptop zu setzen und meine Mails durchzusehen. Eine Nachricht sprang mir sofort ins Auge, sie war von Hanna: ›Hast Du morgen Abend Zeit für eine Pizza?‹ Das war alles. Und doch war es sehr viel. Ich atmete tief durch und antwortete ebenso knapp: ›Ja, für eine Pizza und mehr!‹.

Eine Sekunde später wich meine Freude einem Schock: Eine Mail von jwg2@fun.de.

Er war wieder da. Er wollte sein Spiel weiterführen. Seine Energie war ungebremst, sein Zwang brauchte Erfüllung. Langsam griff ich zur Maus und öffnete mit einem Klick die E-Mail.

Erlkönig – nur dieses eine Wort. Erlkönig – das war alles.

11. ERLKÖNIG

Ich weiß nicht, wie lange ich auf dieses Wort starrte. Die halbe Nacht brütete ich über der Ballade und überlegte, in welcher Beziehung sie zu unserem Fall stehen könnte – ohne Ergebnis. In der Küche quoll eine dicke, weiche Spaghettimasse aus dem Topf. Ich wollte den anderen wenigstens eine Idee präsentieren, irgendeinen noch so waghalsigen Zusammenhang mit den bisherigen Geschehnissen – schließlich war das meine Aufgabe. Doch mein Kopf war leer, ebenso leer wie mein Magen. Spät in der Nacht fiel ich ohne Ergebnis todmüde ins Bett. Die Herdplatten liefen weiterhin auf niedriger Stufe. Die Spaghettimasse hatte sich inzwischen über den heißen Herd verteilt und war mit diesem eine unheilvolle Verbindung eingegangen. Die Soße war zu einer undefinierbaren roten Masse reduziert worden, die wie Magma vor sich hinblubberte. Von all dem bekam ich jedoch nichts mit, denn ich schlief – unruhig, aber tief, nicht ahnend dass mich meine Küche am nächsten Tag an die Grenzen meiner hausmännischen Fähigkeiten bringen würde.

Als ich am Freitagmorgen die Augen aufschlug, waren meine Gedanken sofort bei Jens Gensing. Selbst das Chaos in der Küche konnte mich nicht ablenken. Ich schaltete die Herdplatten ab, würdigte die Küche ansonsten keines Blickes und fuhr direkt ins Polizeipräsidium. Ich traf Siggi und Hermann auf dem Büroflur. Sie spendierten mir einen Automatenkaffee, was ich normalerweise als Beleidigung angesehen hätte. Aber heute war es mir egal. Wir diskutierten über die abweichende Schuhgröße und über den Erlkönig. Ebenso über die Mail von Jens an seine Deutschlehrerin. Kriminalrat Göschke kam vorbei, stellte einen Plastikbecher in den Automaten und drückte den Latte-Macchiato-Knopf. Während sich der Becher mit bräunlichem Wasser und Milchpulver füllte, entschied er, dass keine weiteren Nachforschungen bezüglich Jens Gensing angestellt werden sollten. Er sei schon immer gegen eine Täterschaft von diesem Gensing gewesen und die abweichende Schuhgröße bestätige das ja nun auch. Auf meine Frage, wie er denn die eindeutige E-Mail an seine Deutschlehrerin in diesem Zusammenhang interpretiere, sah er mich mild lächelnd an und meinte, ein Nachahmungseffekt sei leicht möglich, wenn meine Mitwirkung an dem Fall und meine E-Mail-Adresse bekannt geworden sei, warum dann nicht auch die des Täters? Solch eine E-Mail-Adresse könne sich schließlich jeder leicht im Internetcafé zulegen. Um ganz sicher zu gehen, schickte er Kommissar Hermann in die Eduard-Rosenthal-Straße, um die Schuhe von Jens Gensing zu kontrollieren. Kurze Zeit später rief Hermann aus der Psychiatrie an und bestätigte die Übereinstimmung mit der von mir in Gensings Haus festgestellten Schuhgröße 44. Jens Gensing war rehabilitiert. Jedenfalls für den Kriminalrat.

Ich ging mit Siggi in sein Büro. Wir holten die Flasche aus dem Versteck und genehmigten uns jeder einen Aro. Das musste jetzt sein. Erich lag auf seiner Decke und knurrte. Was sollten wir tun? Auch Siggi hatte keine zündende Idee. Das Einzige, was ihm einfiel, war, Blume erneut durch die Mangel zu drehen. Mir kam in den Sinn, dass Göschke mit einer Sache falsch lag: Kein Provider und keine Software kann zulassen, dass zwei E-Mail-Adressen exakt identisch sind. Also war die Geschichte von der Nachahmung kompletter Unsinn. Siggi stimmte zu, klärte mich jedoch darüber auf, dass der Kriminalrat von solchen Dingen nichts verstand und auch nichts verstehen wollte. Das war also mein persönliches Resümee für die letzten knapp drei Wochen: Die Buchrezension wartete, ich hatte bisher keine Fachhochschule für den jungen Mann mit den grünen Haaren gefunden, Cindy war verschwunden, ich hatte Hanna vernachlässigt und die gestohlenen Exponate aus dem Goethehaus blieben weiterhin verschwunden. – Eine reife Leistung!

Immerhin hatte ich eine Verabredung mit Hanna zum Mittagessen bei Pepe. Ich beschloss, zuvor John zu besuchen, und wünschte Siggi viel Glück bei dem Versuch, Hans Blume auszuquetschen.

John saß wieder in seinem Sessel. Er hatte dort geschlafen, weil er sich nicht in das leere Ehebett legen wollte. Er sah sehr mitgenommen aus. Die Polizei hatte inzwischen seine Wohnung nach möglichen Spuren durchkämmt, aber nichts gefunden. Sie hatten drei Stunden mit John gesprochen, alle Möglichkeiten abgeklopft, mit Freunden und Bekannten geredet – nichts. Ich machte ihm eine Tütensuppe und räumte seine Wohnung auf. Dann gingen wir etwas spazieren und setzten uns in ein Eiscafé in der Schillerstraße. Es war ein ruhiger Freitagmittag in der Weimarer Innenstadt. Die Julisonne schien von einem klaren, blauen Himmel, eine angenehme Brise wehte durch die Stadt. In Frankfurt tobte zur gleichen Zeit der Verkehr, Leute rannten gehetzt umher und taten so, als seien sie unersetzlich. Nicht so in Weimar. Ein Stück provinzieller Beschaulichkeit schien hier gewahrt zu werden, die Menschen strahlten eine gewisse Behäbigkeit aus. Ich grübelte. War Behäbigkeit der richtige Ausdruck? Ich versuchte, der Stimmung nachzuspüren. Nein – es war keine Behäbigkeit, eher eine Art innere Ruhe.

Nach dem Cafébesuch fühlte sich John etwas besser. Ich ermunterte ihn, weiter nach Cindy zu suchen. Er beschloss, alles aufzuschreiben, was Cindy in den drei Tagen vor ihrem Verschwinden getan hatte. Das fand ich sehr gut – zumindest war er beschäftigt und schöpfte neue Hoffnung. Ich versprach ihm, nach dem Mittagessen wiederzukommen. Insgeheim hoffte ich, dass Hanna mich vielleicht begleiten würde.

Gegen 12 Uhr verließ ich John, um ein kleines Geschenk für Hanna zu besorgen. In der Pizzeria eine Rose zu überreichen, fand ich zu kitschig, so entschied ich mich für einen kleinen Gedichtband von Hölderlin.

Friedrich Hölderlin stammt aus der schwäbischen Kleinstadt Lauffen, nördlich von Stuttgart, nicht weit entfernt von Schillers Geburtsstadt Marbach am Neckar. Solche Städtchen schmücken sich heutzutage gerne mit dem Namen ihres berühmten Sohnes: ›Hölderlinstadt Lauffen‹ und ›Schillerstadt Marbach‹. Weimar hätte, diesem Prinzip folgend, wohl einen ellenlangen Namen, der auf kein Ortsschild passen würde.

Eine halbe Stunde später traf ich in Pepes Pizzeria in der Windischenstraße ein. Hanna saß bereits hinten am Fenster und wartete. Sie trug eine weiße Jeans und eine blau-rote Sommerbluse.

»Hallo, Hanna«, sagte ich mit einer leichten Unsicherheit in der Stimme. Ich überreichte ihr das Büchlein und gab ihr einen Kuss auf die Wange.

»Danke«, antwortete sie schlicht.

Ich setzte mich und sagte nichts. Ich wollte ihr das erste Wort überlassen.

Nach einer Weile brach sie das Schweigen: »Weißt du Hendrik, der Fall ist natürlich wichtig und es geht um seltene Kunstwerke, aber irgendwie ... ich finde ... du hast doch auch ein Privatleben.«

Ich hob zustimmend die Hand.

»Da brauche ich doch nur an Schiller zu denken«, fuhr sie fort, »der hat sich in seinen Elfenbeinturm zurückgezogen und seine Frau und Kinder zeitweise einfach ignoriert. Und Goethe hat das auch noch unterstützt!«

Das war die weibliche Sicht des großen Dichtertums, sicher irgendwie berechtigt.

»Manchmal glaube ich, dass Männer sich so in eine Sache verbeißen können, dass sie ihre Umwelt einfach vergessen!« Sie klang sehr aufgewühlt. »Du bist teilweise richtig besessen – fast wie dieser …« Sie sprach nicht weiter. Das war auch nicht nötig. Mein Hals war trocken.

Während ich überlegte, was ich zu meiner Verteidigung sagen sollte, fanden sich unsere Hände in der Tischmitte. Wie von selbst.

»Hanna …«

»Ja?«

»Entschuldige bitte!« Ich sah ihr tief in die blauen Augen. »Ich freue mich sehr dich wiederzusehen und verspreche, mich zu bessern. In Zukunft werde ich meine Umwelt nur noch wegen dir vergessen!«

Sie lächelte.

Ganz tief in mir begann sich eine scheinbar verschlossene Tür wieder zu öffnen.

»Es tut mir leid, dass ich dir den Ministerpräsidenten nicht abgenommen habe«, sagte sie, »ich hoffe, er war nicht böse?«

»Nein, nein, er war sogar sehr verständnisvoll, er hat ja auch … er hat Familie und kennt solche Situationen.«

Hanna lächelte. »Aber nun ist der Fall ja zum Glück gelöst!«

Ich war verwirrt. »Wie … was meinst du damit?«

Sie sah mich entgeistert an. »Ja, weißt du es etwa noch nicht?«

Damit holte sie die ›Thüringer Nachrichten‹ aus ihrer Handtasche und breitete sie auf dem Tisch aus. Eine riesige Schlagzeile leuchtete mir von der ersten Seite entgegen: ›Ehemaliger Referent des Oberbürgermeisters als Kunstdieb entlarvt! Hans

Blume gesteht den Diebstahl von Kunstgegenständen aus dem Goethehaus in Weimar.‹

Mir blieb fast die Luft weg.

Hans Blume war der Täter?

›Geraubte Kunstgegenstände immer noch verschwunden!‹

Wo waren die Exponate?

›Oberbürgermeister vor Rücktritt?‹

War nun alles vorbei?

Ich konnte nicht weiterlesen. »Ich ... das ist mir neu«, stammelte ich.

Hanna sah mich ungläubig an. »Wieso das denn? Haben sie dich nicht informiert?«

»Doch, doch, aber ...« Ich war ratlos. Angesichts unserer gerade überstandenen Auseinandersetzung konnte ich meinem inneren Ruf nach einem Telefonat mit Siggi zunächst widerstehen.

»Eigentlich müsste ich jetzt Siggi anrufen ...«, versuchte ich es zaghaft.

»Ich weiß, aber entspann dich doch bitte erst mal und lass uns die Pizza essen, so lange passiert sowieso nichts.«

Da hatte sie allerdings recht. Die Pizza kam, doch meine Lieblingskombination mit Salami, Sardellen und Peperoni schmeckte heute irgendwie fad, was wahrscheinlich an mir lag. Ich grübelte, und Hanna ließ mich in Ruhe meinen Gedanken nachgehen. Wollten die Kollegen mich aus dem Fall herausdrängen? Nein, das konnte nicht sein. War das wieder so eine illegale Aktion von Sandro Scherer?

»Nachdem, was du mir von diesem Blume erzählt hast, ist das ein ganz krummer Typ, ich wette, der hat da irgendwas gedreht«, mutmaßte Hanna.

»Irgendwas gedreht? Was meinst du damit?«

»Keine Ahnung. Vielleicht will er sich rächen, oder sich selbst in den Vordergrund spielen.«

»Weibliche Intuition?«

»Ja«, antwortete sie selbstbewusst.

Ich griff zum Handy.

Aber Hanna legte mir ihre Hand auf den Arm. »Weißt du was, solche Sachen klären sich doch besser persönlich, lass uns zu Siggi fahren. Ich komme mit.«

Es war eine dieser Situationen, in denen eine Frau einen Mann fast unmerklich steuert. Als wir in Siggis Büro eintraten, saßen Hermann und Benno bei ihm. Hanna begrüßte Benno herzlich.

»Das ist Hauptkommissar Siegfried Dorst«, stellte ich vor, »und das ist Kommissar Hermann!«

Beide erhoben sich höflich und begrüßten sie.

»Das ist Hanna Büchler, eine ... gute Freundin, sie hat mir schon einige Denkanstöße gegeben, unseren Fall betreffend. Ich hoffe, ihr habt nichts dagegen, dass ich sie mitgebracht habe.«

»Hallo, Hanna, nett Sie kennenzulernen«, antwortete Siggi, »wir können jeden Hinweis brauchen. Allerdings ist der Fall inzwischen so gut wie gelöst!« Seine Stimme klang triumphierend.

»Ich hab's gelesen«, sagte ich, »aber warum habt ihr mich nicht gleich angerufen?«

»Wieso gleich angerufen, wir wissen es selbst erst seit zehn Minuten, eben hat Blume alles gestanden!«

Ich zog die Zeitung aus Hannas Handtasche. »Und wieso steht es dann seit heute früh in der Zeitung?«

Siggi lief so rot an, als sei sein Blutdruck auf 200 angestiegen.

»Dieses Schwein! Der hatte das alles so geplant. Erst sagt er gar nichts, hält uns hin, dann gibt er die komplette Information an die Presse und erst danach gesteht er alles. Das ist ein ganz übler, arroganter Selbstdarsteller!«

»Er hat das Ganze also nur inszeniert, um sich ins Rampenlicht zu rücken?«, fragte Hanna.

»Aber Hallo!«, knurrte Siggi.

»Das würde dem Typ ähnlich sehen«, meinte Benno.

Ich schüttelte ungläubig den Kopf. »Und ihr seid wirklich sicher, dass er der Täter ist?«

»Er hat fast alle Details gestanden«, erzählte Kommissar Hermann, »er kennt jeden Raum des Goethemuseums und alle Kunstwerke. Er hat sie verkauft und hat angeblich keine Ahnung, wo sie jetzt sind!«

Ich sah Hanna an. »Mir ist schlecht.«

»Mir auch.«

»Wo ist der Psychologe?«, wollte ich wissen.

»Er spricht mit Blume in der Hoffnung, noch etwas herauszubekommen ...«

»Und, gibt es irgendwelche Hinweise, an wen er die Exponate verkauft hat?«

»Ja, er hat drei Namen genannt, einer ist dieser Tscherbo in Dresden, die anderen überprüfen wir derzeit.«

»Aber dieser Tscherbo ist doch ein Fälscher und kein Händler, oder?«

»Ach, wissen Sie, das kann man in dieser Szene nicht so klar unterscheiden.« Hermann ruderte mit den Armen, als wollte er zeigen, dass diese Welt voll von undefinierbaren Subjekten sei.

Ich schüttelte konsterniert den Kopf.

Siggi klopfte mir auf die Schulter. »Wir tun, was wir können.«

Daran hatte ich keinen Zweifel. »Was Neues von Ella?«

Siggi zog die Mundwinkel hoch und meinte: »Allerdings, da

gibt's einiges. Der Großvater von Jens Gensing saß im Zuchthaus, weil er entartete Kunst und Literatur gesammelt und ver-
breitet hatte. Du kennst das ja, in jedem totalitären Staat gilt
irgendeine Kunstrichtung als entartet. Allerdings muss er seinen Standpunkt ziemlich rigoros vertreten haben, manche haben
ihn als ›sehr seltsam‹ bis ›ausgeflippt‹ bezeichnet. Die meisten
haben nicht verstanden, weshalb er für solche Bagatellen eine
Verhaftung riskiert hatte. Da gab es natürlich wichtigere Dinge
in der DDR, für die sich dieses Risiko gelohnt hätte. Tja, so
war er eben.«

»Ich verstehe. Klavierlehrerin?«

»Keine Anzeige bei den ›Thüringer Nachrichten‹, nichts zu
finden. Ella hat eine Freundin dort im Archiv, Susi, sehr ver-
lässlich.«

»Wie ist Blume denn ins Goethehaus hineingekommen?«,
fragte ich.

»Den Zugang zum Nebenhaus erhielt er dank Thomas Reim,
Blume ist sein Onkel, das haben wir bereits überprüft. Reim
hat ihm einen Nachschlüssel verschafft. Ins Goethehaus kam er
angeblich mit einem alten Schlüssel, den er in einer Baugrube im
Ilmpark gefunden hat – muss wohl fast 200 Jahre alt sein. Die
Gravur JWG hat ihn auf die Spur ins Goethehaus gebracht. Den
Rest hat er mit handwerklichem Geschick erledigt, er sagt, er sei
ein guter Heimwerker, hat viel zu Hause gebastelt. Wie er auf
die Zuordnung des Schlüssels genau zu dieser Kellertür kam, ist
weiter unklar, aber das kriegen wir mit Sicherheit heraus!«

»Ein 200 Jahre alter Schlüssel, finden Sie das glaubhaft?«,
fragte Hanna skeptisch.

»In diesem Fall halte ich inzwischen alles für möglich«,
meinte Siggi lakonisch.

Das war's dann wohl, dachte ich. »Kann ich noch irgendetwas tun?«

»Ich glaube nicht, Hendrik«, antwortete Siggi, »es sei denn, dir fällt etwas ein, das uns den geraubten Gegenständen näherbringt.« Ich schüttelte den Kopf. »Oder du hast eine Idee zum Erlkönig. Ansonsten – vielen Dank für deine Hilfe!«

»Was ist mit dem Erlkönig?«, erkundigte sich Hanna.

Ich berichtete ihr kurz von der E-Mail.

Gerade als wir gehen wollten, kam Benno auf mich zu. Er sah müde aus. »Ich bin auch sehr in Sorge, die Zeit wird nun langsam knapp bis zum Besuch der Kommission. Trotzdem, auch ich danke dir sehr für deine Unterstützung. Immerhin haben wir den Kerl hinter Schloss und Riegel!«

Ich nickte ihm zu und verließ mit Hanna den Raum.

»Von Cindy gibt's auch noch nichts Neues!«, rief Siggi uns hinterher.

»Was ist denn mit Cindy?«, fragte Hanna besorgt, als wir bereits draußen auf dem Flur standen.

Ich nahm zärtlich ihre Hand. »Hanna ... Cindy ist verschwunden, schon seit drei Tagen. Wir lassen sie überall suchen.«

Ihre sonst so strahlend blauen Augen wurden dunkel und ängstlich. »Was heißt das, Hendrik?«

Ich nahm sie in die Arme. »Ich weiß es nicht!«, sagte ich leise.

Tränen liefen ihre Wangen hinunter. Ich versuchte, sie vorsichtig wegzustreichen und zog Hanna fest an mich.

Alles hat seine Zeit: Freude und Traurigkeit, Abstand und Nähe, Erwartung und Erfüllung, Leben und Tod. Doch ich hätte nie damit gerechnet, dass wir uns zum ersten Mal auf dem Flur eines Polizeipräsidiums küssen würden. Und ich hätte auch nicht damit gerechnet, dass dabei zuerst Göschke, dann Hermann und später Benno und Siggi diskret an uns vorbeigehen würden. Doch wir bemerkten niemanden. Dieser fast öffentliche Kuss fand für uns in unserer eigenen, abgeschlossenen Welt statt, in einer schweigsamen, warmen Hanna-Hendrik-Welt. Erst viel später, als die anderen längst wieder in ihren Büros saßen, verließen wir Hand in Hand das Präsidium.

Ohne ein Wort zu sagen, liefen wir in die Innenstadt, direkt in die Geleitstraße zu John. Er freute sich sehr, uns zu sehen. Hanna umarmte ihn und sprach ihm Mut zu. John hatte inzwischen herausgefunden, dass Cindy am Dienstag um 11.20 Uhr in einer Drogerie in der Schillerstraße einkaufen war, er hatte den Kassenbon entdeckt. In der Wohnung gab es keine Hinweise auf eine Abreise, ihre Schminksachen, ihre Zahnbürste und all ihre Kleidung waren noch da. Hanna meinte, wir sollten die Nachbarn befragen, doch ich wusste, dass die Polizeikollegen das bereits erledigt hatten. John hatte alle Bekannten und Freunde angerufen, lediglich eine Freundin hatte morgens gegen 9 Uhr mit ihr telefoniert, es sei aber um nichts Besonderes gegangen, sie hätten nur ein normales Gespräch unter Freundinnen geführt. Auch an Cindys Arbeitsplatz in der Weimarer Musikhochschule hatte John sich bereits erkundigt, auch hier war keinem etwas Besonderes aufgefallen. Ihr Auto stand auf dem Parkplatz, ihre Handtasche war verschwunden. Ich versprach John, die wenigen neuen Erkenntnisse an Siggi weiterzugeben und ihn ansonsten auf dem Laufenden zu halten. Er war sehr dankbar, dass wir uns um ihn kümmerten und schlug vor, bald wieder gemeinsam Pizza zu essen, wenn Cindy wieder aufgetaucht war.

Am späten Nachmittag machten wir uns auf den Heimweg. Schweigsam gingen wir zu meinem Auto. Es war schwül und mir wurde es eng um den Hals.

»Lass uns bitte etwas spazieren gehen, ich muss hier raus!«

»Aus der Stadt? Oder aus deiner Haut?«, fragte Hanna sanft.

»Aus beidem!«

Wir parkten am Beethovenplatz und gingen direkt in den Ilmpark. Die kühle Luft, die vom Fluss hochstieg, tat sehr gut. In der Nähe von Goethes Gartenhaus setzten wir uns auf eine halbkreisförmige Steinbank, die von dunkelroten Rosen und blauen Glockenblumen eingerahmt wurde. Wir hielten uns an den Händen und ich lehnte mich langsam zurück, um in die Baumkronen blinzeln zu können. Wie erholsam und beruhigend doch ein Blick in das natürliche Grün immer wieder sein kann. Wer hatte das wohl so eingerichtet?

»Hendrik?«

»Ja?«

»Sag bitte mal den Erlkönig auf.«

»Was?«

»Komm, bitte!«

»Also gut:

Wer reitet so spät durch Nacht und Wind?

Es ist der Vater mit seinem Kind.

Er hat den Knaben wohl in dem Arm,

Er faßt ihn sicher, er hält ihn warm.«

Meine Lust am Rezitieren hielt sich sehr in Grenzen.

»Ach, Hendrik, so geht das nicht«, schmollte Hanna, »wenn du das so runterleierst, ganz ohne Stil und Pathos, dann … kann ich nicht überlegen!«

Ich erhob mich und stellte mich einige Meter vor ihr auf. Eine Hand steckte ich in die Hosentasche, die andere zeigte galant in Richtung Gartenhaus.

»Mein Sohn, was birgst du so bang dein Gesicht? –

Siehst Vater, du den Erlkönig nicht?

Den Erlenkönig mit Kron und Schweif? –

Mein Sohn, es ist ein Nebelstreif. –«

»Gut so, weiter!«

»Du liebes Kind, komm, geh mit mir!
Gar schöne Spiele spiel ich mit dir,
Manch bunte Blumen sind an dem Strand,
Meine Mutter hat manch gülden Gewand.«

Irgendjemand klatschte. Wir sahen uns um. Es war Desiree
Schlipsack, die attraktive Psychiaterin mit dem unattraktiven Nachnamen. Sie führte ihren Hund spazieren. Es war ein
großer, mächtiger Berner Sennenhund, der eigentlich gar nicht
zu der zierlichen Person passte. Ich stellte die beiden Frauen
einander vor und Desiree setzte sich zu Hanna auf die runde
Bank.

»Was machen Sie denn hier im Park, mit dem ... Erlkönig?«

»Wir versuchen, den Kunstdieb zu finden«, antwortete
Hanna.

Ich war überrascht.

Desiree auch. »Ich dachte, der sei bereits gefasst?«, meinte
sie vorsichtig.

»Ja, das berichten jedenfalls die Zeitungen«, erklärte Hanna
langsam und mit Nachdruck.

Nach einer Weile fragte Desiree: »Warum machen Sie nicht
weiter, mit dem Erlkönig?«

Ich sah Hanna an und sie machte eine auffordernde Geste.

»Mein Vater, mein Vater, und hörest du nicht,
Was Erlenkönig mir leise verspricht? –
Sei ruhig, bleibe ruhig, mein Kind;
In dürren Blättern säuselt der Wind. –

Willst, feiner Knabe, du mit mir gehn?
Meine Töchter sollen dich warten schön;
Meine Töchter führen den nächtlichen Reihn
Und wiegen und tanzen und singen dich ein.«

Ein weiterer Fußgänger war stehen geblieben und hörte zu.

»Mein Vater, mein Vater, und siehst du nicht dort
Erlkönigs Töchter am düstern Ort? –
Mein Sohn, mein Sohn, ich seh es genau:
Es scheinen die alten Weiden so grau. –

Ich liebe dich, mich reizt deine schöne Gestalt;
Und bist du nicht willig, so brauch ich Gewalt!«

»Halt!« Hanna sprang auf. Sie war blass und vollkommen aufgeregt. »Ich hab's!«

»Was denn?«, fragte ich. Meine Stimme klang blechern.

Sie schluckte schwer. »Er hat Cindy entführt!«

»Waaas?« Ich schrie so laut, dass man es im ganzen Park hören konnte.

»Ist es dir denn gar nicht aufgefallen? *Und bist du nicht willig, so brauch ich Gewalt!«*

»Du meinst, er ist in eine Gewalt-Phase gekommen?«

»Ja!«

Erwartungsvoll blickten wir beide zu Desiree.

»Möglich«, meinte sie, »bestimmte Ereignisse können als Trigger wirken und eine psychotische Impulshandlung auslösen.«

»Der Zeitungsbericht?«

»Ja, zum Beispiel.«

Ich setzte mich erschöpft zu den beiden auf die Steinbank.

Wir dachten nach. Der unbekannte Fußgänger ging kopfschüttelnd weiter. Desirees Hund legte sich zu unseren Füßen.

»Wie heißt er?«, fragte ich.

»Wer?«

»Na, Ihr Hund?«

Desiree strich dem Tier über den großen Kopf: »Er heißt Pudel!«

Ich schüttelte ungläubig den Kopf. »Pudel?«

Sie hob die Schultern. »Mein Vater hat ihn so genannt, weil er einen Pudel wollte, ich aber mit einem Berner Sennenhund nach Hause kam.«

Interessante Denkweise. Demnach hätten viele Väter ihre Tochter Sohn nennen müssen.

Ich beobachtete Hanna. Ihre Augen spiegelten große Sorge. Ihr war nun wohl klar geworden, dass sie genau so tief in den Fall verstrickt war wie ich. Und sie hatte Angst. Angst um Cindy – und um uns. Wir mussten aufpassen, dass die neu gewonnene, traute Zweisamkeit nicht nach kurzer Zeit wieder in Gefahr geriet.

In diesem Moment fasste ich einen Entschluss. Ich nahm mein Telefon und wählte die Nummer des Redakteurs der ›Frankfurter Neuen Presse‹. Er nahm sofort ab.

»Wilmut hier!«, meldete ich mich frostig. Man muss sich ja nicht auf das gleiche Niveau des namenlosen Losplapperns begeben.

»Ach, der Herr Schriftsteller, guten Morgen, Sie haben noch genau eine Stunde Zeit!«

Nur nicht provozieren lassen. »Sie haben doch noch einen anderen Spezialisten, der über Herder und Goethe schreiben kann, nicht wahr?«

Für einen kurzen Moment schien er verunsichert. Doch dann fing er sich wieder. »Natürlich. Und?«

»Dann geben Sie ihm den Auftrag. Ich arbeite nicht mehr für Sie.«

»Was soll das heißen?«, empörte er sich.

»Das heißt, dass Sie ein unverschämter Mensch sind, rücksichtslos und ohne Einfühlungsvermögen. Unsere Geschäftsbeziehung ist hiermit beendet. Guten Tag!«

Ich hörte noch ein verzweifeltes »Wilmuuut!« aus dem Telefon, dann legte ich auf.

Hanna strich mir sanft über die Hand. Sie wusste, dass es ein schwerer Entschluss für mich gewesen war. Aber sie wusste auch, dass ich eine gute Entscheidung getroffen hatte.

Desiree unterbrach den kurzen Moment der Nähe. »Jens war heute in der Klinik«, sagte sie leise, fast entschuldigend.

Ich war sofort wieder bei der Sache.

»Er war bei *Ihnen* in der Klinik?«

»Ja!«

»Und die Polizistin in der Küche?«

»War zu dieser Zeit bereits abgezogen worden, Anordnung des Kriminalrats.«

»Ach ja …«

»Ich selbst bin ihm nicht begegnet, aber einer unserer Pfleger sah ihn kurz vorbeihuschen und auch sein Zimmernachbar behauptet, er sei da gewesen.«

»Das heißt, er ist wieder verschwunden?«

»Ja. Sein Zimmernachbar war ziemlich aufgebracht, weil Jens wie zuvor des Öfteren seine Schuhe benutzt hat, ohne ihn zu fragen.«

»Ist nicht wahr!«

»Doch, warum?«

»Hat der Zimmernachbar größere Schuhe als Jens?«

»Keine Ahnung, jedenfalls ist er vom Körperbau her kräftiger. Warum?«

»Das passt!«

»Was passt?«

In diesem Moment klingelte mein Telefon. Es war Susi.

»Ich bin die Freundin von Ella, im Archiv der ›Thüringer Nachrichten‹, verstehen Sie?«

»Ja, ja, Hauptkommissar Dorst hat mir von Ihnen erzählt.«

»Ella hat mich nach diesem … Jens Gensing gefragt, und ob er bei uns eine Anzeige wegen Klavierstunden aufgegeben hat. Sie sagte, wenn ich doch noch was rausfinden würde, solle ich Sie anrufen!«

»Ja, das ist gut so, und …?«

»Ich habe zunächst nichts in den Aufträgen gefunden, doch dann kam mir die Idee, bei den Zahlungsbelegen zu suchen, und da hatte ich mehr Erfolg.«

Meine Hand zitterte.

»Jens Gensing hat im Oktober letzten Jahres unter falschem Namen eine Anzeige aufgegeben, in der er eine Klavierlehrerin suchte.«

»Das heißt, er hat ausdrücklich eine Frau gesucht?«

»Richtig!«

»Und, hat jemand geantwortet?«

»Ja, drei Interessenten haben sich gemeldet, ich konnte sie über die Auftragsnummer zuordnen …«

Ich sprang auf und wartete gespannt.

Hanna und Desiree starrten mich an.

»Die Namen, Susi, die Namen, bitte!«

»Moment, äh … hier: Herta Wander, Birgit Hennemann und … äh, Augenblick bitte …«, sie blätterte hörbar in den Akten, »… eine gewisse Cindy Valentine!«

Der Park, nein, die ganze Welt schien sich zu drehen – ich hatte Mühe, stehen zu bleiben.

»Danke!«, sagte ich gedehnt und sackte auf die Parkbank.

Diese Bank, dieser Park und diese Stunde kamen mir plötzlich vor wie der Fokus aller kriminalistischen Geschehnisse, wie ein Fixpunkt, um den die Welt unseres Falles sich drehte. Ich sah Cindy vor mir, ich sah ihre Gestalt und plötzlich wusste ich, was er vorhatte.

»Hanna hat recht. Er hat sie. *Mich reizt Deine schöne Gestalt...* Cindy und Christiane, das sind die gleichen Gestalten – sie ist sein Christiane-Ersatz, lebenslustig, anziehend, natürlich, voll im Leben. *Und bist Du nicht willig, so brauch ich Gewalt ...* Er hat sie sich geholt, er will sie bei sich haben!«

Hanna hielt die Hände vor den Mund. Sie hatte diesen Gedankengang in Bewegung gebracht und nun wurde er zur beängstigenden Gewissheit.

»Und außerdem haben sie die gleichen Initialen – Cindy Valentine und Christiane Vulpius – beide CV!«

Es dauerte eine Weile, bis wir die neue Dimension des Falles begriffen hatten.

»Wir müssen sofort zu Siggi!«, meinte Hanna.

Ich zögerte. Dieser Park – hier war irgendetwas. Etwas, das unsere Gedanken beflügelte und uns voranbrachte.

»Kleinen Moment!« Ich rief Siggi an: »Wir haben etwas sehr Wichtiges herausgefunden. Jens Gensing hat aller Wahrscheinlichkeit nach Cindy Valentine entführt. Du musst sofort hierher kommen!«

»Wo seid ihr?«

Es tat gut, dass Siggi alles ernst nahm, was ich sagte. Jeder andere Polizist hätte mich jetzt wahrscheinlich für verrückt erklärt. »Auf einer Bank im Ilmpark, direkt neben Goethes Gartenhaus.«

Er stockte einen Moment.

»Bitte komm zu uns«, wiederholte ich, »hier kann man freier seinen Gedanken nachgehen als in eurem alten Bunker.«

Das schien ihn zu überzeugen. »Na gut, bis gleich!«

Wir redeten wenig, hingen unseren Gedanken nach und versuchten uns abzulenken, indem wir mit Desirees Hund spielten.

Siggi hatte sich wirklich beeilt. Zehn Minuten später kam er uns entgegen. Sein blanker Schädel leuchtete in der Abendsonne, seine drahtige Gestalt wirkte sympathisch.

»Das ist Hauptkommissar Dorst, äh … Siggi«, sagte ich, »und das ist Desiree, sie ist die Ärztin von Jens Gensing.«

Siggi setzte sich im Schneidersitz auf den Rasen, wir taten es ihm gleich, Pudel kam in die Mitte. Ich erklärte ihm in kurzen Worten unsere Theorie von Christiane und Cindy. Seine Stirn lag in Falten, während er überlegte. Dann rief er Kommissar Hermann an.

»Hier Dorst! Hermann, fahren Sie bitte umgehend in die Psychiatrie und prüfen Sie die Schuhgröße eines Patienten namens …?« Er sah Desiree an.

»Brauer, Herbert Brauer!«

»… namens Herbert Brauer. Ja … nein, nicht er selbst, wahrscheinlich hat Gensing seine Schuhe benutzt, das machte er wohl immer wieder. Nein, ja … gut. Unser neues Hauptquartier befindet sich jetzt übrigens im Ilmpark, eine kleine Sitzgruppe direkt neben Goethes Gartenhaus … nein nicht *im* Gartenhaus, daneben, zwischen den Blumen. Ja klar haben wir hier Telefon, ungefähr vier Handys, meine Nummer und die von Hendrik Wilmut haben Sie ja … alles klar, danke, bis später!«

Wir warteten gespannt.

»Wenn die Schuhgröße passt, wäre die Täterschaft für uns klar, aber ob das für den Haftrichter reicht – ich weiß nicht …«

»Zusammen mit der E-Mail an Clarissa Singer?«

Siggi wiegte den Kopf hin und her. »Für eine vorläufige Festnahme sollte es genügen, dann sehen wir weiter!«

Die Sonne stand tief, aber es war noch sehr warm. Pudel beschnupperte Siggis Hosenbein. Der Hauptkommissar warf ein Stöckchen auf die Wiese vor dem Gartenhaus und der Hund sprintete davon. Siggi machte einen in sich ruhenden Eindruck.

Plötzlich hielt er inne. Pudel stand erwartungsvoll vor ihm.

»Hendrik!« Er tippte mir mit dem Stöckchen auf die Schulter, »wenn ich das richtig verstehe, hat unser Mann ein zwanghaftes Bestreben, sich mit Personen zu umgeben, die engen Vertrauten des wirklichen Goethe in Charakter und ... Verhalten sehr ähnlich sind.«

»Besser hätte man es nicht ausdrücken können«, bestätigte ich.

»Und die zudem die gleichen Initialen besitzen?«

»Genau.«

»Deswegen glaube ich, dass Clarissa Viola Singer mit den Initialen CVS seine persönliche Symbolperson für Charlotte von Stein ist.«

Ich stand auf und sah ihn erstaunt an. »Du meinst also, er hat die sogenannten Zettelgen, die Goethes Bote durch die Seifengasse hin- und hertragen musste, durch E-Mails ersetzt?«

»Genau so ist es!«

»Junge, du bist genial!«

Er hob die Schultern. Die beiden Frauen sahen ihn respektvoll an.

»Er hatte zwar angeblich nur eine platonische Beziehung zu ihr«, überlegte ich laut, »insofern ist Frau Singer wohl nicht wirklich in Gefahr, aber erstens ist das nie hundertprozentig geklärt worden ...«

Siggi hob die Augenbrauen.

»... und zweitens ist sie die Tochter des Ministerpräsidenten!«

»Richtig.« Damit griff Siggi zum Handy und veranlasste, die Personenschützer bei Clarissa Singer zu verdoppeln.

Ich musste meine Gedanken ordnen. Während die anderen sich unterhielten, legte ich mich auf die Wiese und blickte in den dunkelblauen Abendhimmel. Ich musste Jens Gensing sehen, wie ich Goethe sah, das war die Herausforderung. Und Goethe kannte ich gut. So langsam kam ich ihm immer näher, oder er mir – wie man es sehen wollte.

»Das heißt also, dieser komische Blume hat das alles nur erfunden, um sich wichtig zu machen?«, hörte ich Hanna fragen.

»Sieht so aus«, antwortete Siggi, »er ist ein krankhafter Selbstdarsteller, hat ein übersteigertes Ego und ist eigentlich nur ein ...«

»Was?«, fragte Desiree.

»Ein Arschloch!«

»Das war ja deutlich!«

»Entschuldigung, ist aber wahr.«

»Vielleicht begegne ich ihm ja noch mal in der Klinik«, sagte Desiree.

»Das kann gut sein.«

Irgendwo klingelte ein Handy, jemand telefonierte.

»Hallo, Hendrik!« Wie aus der Ferne hörte ich Siggis Stimme.

»Ja?«

»Nun schlaf mal nicht ein, wir müssen Cindy finden!«

Ich setzte mich auf.

»Herbert Brauer hat Schuhgröße 46!«

Die Puzzleteile fügten sich zusammen.

»Passt auf«, erklärte der Hauptkommissar, »ich muss jetzt Göschke davon überzeugen, dass wir Jens Gensing erneut zur Fahndung ausschreiben, nur so bekommen wir den gesamten Polizeiapparat wieder hinter uns.«

»Wie stehen die Chancen?«

»Ich denke, gut, da eine Entführung natürlich anders behandelt wird als die Suche nach einem entlaufenen Psychiatrie-Insassen. Möglicherweise wird die morgige Expertensitzung dafür entscheidend sein. Wir müssen uns gut vorbereiten.«

Ich machte eine zustimmende Geste.

Er wandte sich an Desiree. »Sie kennen Jens am besten. Wir müssen als Erstes *ihn* finden, dann haben wir auch Cindy und die entwendeten Kunstgegenstände.«

»Ich verstehe.«

»Sie machen sich bitte auf den Weg in die Klinik und gehen die Patientenakte von Jens Gensing Stück für Stück nochmals durch. Führen Sie sich seine Persönlichkeit vor Augen. Wo könnte er sich verstecken? Was könnte er jetzt tun? Bitte – Sie kennen ihn am besten von uns allen!«

»Gut, mache ich«, antwortete Desiree.

»Und Sie, Hanna ...«

»*Du*, bitte!«

Siggi lächelte.

»Danke. Und dich, Hanna, möchte ich bitten, morgen früh mit zu unserer Expertensitzung zu kommen!«

Siggi wirkte sehr entschlossen, ging konzentriert zu Werke. »Hendrik, du musst versuchen, dich in Jens hineinzuversetzen, oder besser, dich in Goethe hineinzuversetzen, denn er denkt und handelt wie Goethe. Du musst also herausfinden, was Goethe in dieser Situation getan hätte!«

»Ja, du hast recht. Er will sein wie Goethe, und fühlen wie Goethe. Ich glaube, er will sich quasi ... mit ihm geistig vereinigen. Nur Goethe hat nie die Prinzipien der Menschlichkeit verlassen.«

»Was meinst du damit?«

»Goethe hat nie jemanden entführt!«

12. MEPHISTOPHELES SPRICHT

Hanna hatte mich überzeugt, nach Hause zu fahren, um in Ruhe nachdenken zu können. Sie wollte sich um John kümmern. Es war gegen 21 Uhr, als ich zurück in die Hegelstraße kam. In der Küche sah es immer noch verheerend aus. Zuerst holte ich meine kleine Digitalkamera, um das Chaos abzulichten und als warnendes Beispiel an die Küchenwand zu hängen. Dann ging ich hinunter zu Frau Semarak und bat sie um Rat bezüglich der Küchenreinigung. Als sie hörte, was mir passiert war, schlug sie die Hände über dem Kopf zusammen und kramte drei verschiedene Putzmittel heraus: eins für die Herdplatten, eins für die verchromten Oberflächen und eins für die Tischplatte. Sie war nicht nur gut mit Sekt bestückt, sondern auch mit Reinigungsmitteln. Ich bedankte mich mit einem Kuss auf ihre Wange. Sie stand gerührt in der Tür, als ich sie verließ.

Nach einer Stunde mit Tina Turner auf voller Lautstärke und zwei Flaschen Ehringsdorfer Urbräu hatte ich die eingebrannten Nudeln endlich besiegt und die gesamte Küche auf Hochglanz gebracht. Ich öffnete alle Fenster und ließ die kühle Abendluft herein. Die Stunde körperlicher Arbeit hatte mir gut getan, meinen Geist irgendwie geklärt, meine Sinne geöffnet.

In der Hoffnung, dass mir eventuell etwas Neues auffallen könnte, nahm ich nochmals die Liste mit den geraubten Kunstwerken und den zugehörigen Nachrichten von jwg2 zur Hand.

1.

Bucht von Palermo und Monte Pellegrino
Kleines Esszimmer
Christoph Heinrich Kniep, 1788
Federzeichnung, aquarelliert
Wie ich hereingekommen, ich kann's nicht sagen

2.

Goethes Gartenhaus von der Rückseite
Christianes Wohnzimmer
Goethe, 1779/80,
Grafit, Feder mit Tusche und Blister, blaue Wasserfarbe
Sag ich's euch, geliebte Bäume

3.

Fußschemel vor Sterbestuhl
Goethes Schlafzimmer
Tabonret, 1828
Füße aus bronziertem Messingblech mit Bacchusköpfen, Seiten
mit grünem Leder, bezogen mit Handstickerei (stilisierter anti-
ker Kopf), Geschenk der Pianistin Maria Szymanowska
Alles Vergängliche ist nur ein Gleichnis;
Das Unzulängliche hier wird's Ereignis;
Das Unbeschreibliche hier ist's getan.

4.

Porträt von Cornelia
Dichterzimmer, Frankfurt a. M.
Goethe, 1771/73, handgezeichnet
schwarze Kreide auf grauem Papier
Schwester von dem ersten Licht,
Bild der Zärtlichkeit in Trauer!
Nebel schwimmt mit Silberschauer
Um dein reizendes Gesicht

5.
Italienische Venus, Bronzestatuette auf Holzpodest
15 cm hoch, 2. Hälfte des 16. Jahrhunderts, Original aus Italien
Großes Sammlungszimmer, Sammlungsschrank
Und Hintendrein kommen wir bey Nacht
Und vögeln sie daß alles kracht!

6.
Bleistiftzeichnung: Christiane Vulpius auf einem Sofa schlafend
Goethe 1788
Christianes Wohnzimmer
›Danke für den Besuch‹

Satz für Satz ging ich alles durch, wieder und wieder. Und jedes Mal stolperte ich über den seltsamen Vers aus Hanswursts Hochzeit. Warum verwendete er hier den Plural statt des Singulars? Desirees Worte zu Jens und seiner Krankheit kamen mir in den Sinn. ›Wir‹ … warum ›wir‹ – plötzlich hatte ich es verstanden. Er war abgedriftet in eine multiple Persönlichkeitsstruktur!

Aus dem Nebel des Unklaren tauchte die Erkenntnis auf, langsam aber deutlich. Er führt ein inneres Doppelleben. Eine seiner beiden Persönlichkeiten ist der brave Sohn, der Abiturient, der mit viel Rotz und Tränen versucht, dem Idealbild seiner Eltern gerecht zu werden. Die andere Persönlichkeit ist der Goethe der Neuzeit, der schlecht geklonte Dichterfürst, der mit viel Schweiß und Blut versucht, das goldene Zeitalter wiedererstehen zu lassen.

Ich rief den Psychologen an und ließ mir das Krankheitsbild der multiplen Persönlichkeit genau erläutern. Er erklärte mir, dass es bei diesen Patienten sogar passieren könne, dass beide Persönlichkeiten verschiedene Namen haben, die von dem Individuum auch benannt werden. Der Kranke spricht dann von seiner zweiten Persönlichkeit wie von einer anderen Person und von sich selbst als ›Wir‹. Es ist auch möglich, dass mehr als zwei Identitäten nebeneinander existieren, wobei jede eine andere persönliche Geschichte und ein anderes Selbstbild hat. Gewöhnlich existiert eine primäre Identität, die den Namen des Individuums trägt. Diese ist in der Regel passiv bis depressiv und hat Schuldgefühle.

Ich muss gestehen, dass ich die extremen Ausuferungen, die dieses Krankheitsbild mit sich bringen kann, nicht in diesem Umfang erwartet hatte. Auf meine Frage, wie die dissoziative Identitätsstörung entsteht, berichtete der Psychologe, dass es in den Patienten Selbstanteile gibt, die auseinandergehalten werden müssen, da ein Aufeinandertreffen zu schmerzlich wäre. In der Regel geht es dabei um ins Bewusstsein einschießende traumatische Erinnerungen, die nur verarbeitet werden können, wenn sie einer anderen Persönlichkeit zugeordnet werden.

Zuletzt wies er mich noch darauf hin, dass diese Erkrankung sehr gefährlich für den Patienten werden kann, da sich die verschiedenen Identitäten häufig feindselig gegenüberstehen, sich wechselseitig kontrollieren und sogar zerstörerisch aufeinander einwirken.

Als ich auflegte, bemerkte ich, dass es bereits 23 Uhr war, doch den Psychologen schien das nicht gestört zu haben.

Ich trat an das Dachfenster und sah hinaus über die Dächer von Weimar. Die Nacht hatte von der Stadt Besitz ergriffen. Und in gewisser Weise auch von Jens Gensing.

War die Erkenntnis von der multiplen Persönlichkeitsstruktur wichtig? In Bezug auf die Analyse seiner Kommunikation durchaus, und – falls ich ihm irgendwann gegenüberstehen sollte – dann war sie extrem wichtig. Aber sollte ich ihn überhaupt jemals zu Gesicht bekommen?

Kurz nach neun am nächsten Morgen traten Hanna und ich in Bennos Sitzungsraum ein. Die anderen saßen bereits alle am Konferenztisch. Neugierige Blicke fielen auf Hanna. Benno ergriff das Wort: »Ich möchte Ihnen Hanna Büchler vorstellen. Sie ist Hendriks Lebenspartnerin.« Er sagte das mit einer Selbstverständlichkeit, die mir das Blut in den Kopf schießen ließ. Hanna lächelte mir zu.

»Sie hat uns bereits gestern unterstützt, deswegen freue ich mich sehr über ihre Anwesenheit!«

Der OB und Göschke schienen bereits informiert zu sein, sodass diese kurze Einführung genügte.

Benno versicherte sich mit einem Blick zum OB, dass er fortfahren könne. »Gut, »dann möchte ich zunächst das Thema Hans Blume abhandeln, wer gibt einen abschließenden Bericht?«

»Unser Psychologe übernimmt das«, antwortete Kriminalrat Göschke.

Der Psychologe berichtete in knappen Worten von den Mühen seiner Vernehmung Blumes und kam schließlich zu der Einschätzung, dass dieser sehr wahrscheinlich an den drei letzten Einbrüchen nicht beteiligt gewesen war. Möglicherweise wusste Blume überhaupt nichts von den letzten Raubzügen, sondern hatte sein Wissen allein aus amtsinternen Quellen bezogen, solange das noch für ihn möglich gewesen war. Ganz sicher hingegen war er sich in seiner Einschätzung bezüglich Blumes Persönlichkeit: egozentrisch, narzisstisch, selbstdarstellerisch – das waren die wichtigsten Charaktermerkmale. Sandro Scherer würde das auszumalen wissen.

»Gut, dann denke ich, wir können die Akte Hans Blume in dieser Runde schließen, den Rest erledigt die Staatsanwaltschaft«, sagte Benno.

»Wer bearbeitet den Fall?«, wollte Peter Gärtner wissen.

»Staatsanwalt Dr. Stöckel«, antwortete Göschke.

Der OB wirkte zufrieden. Wie ich später erfuhr, war Stöckel als harter Hund bekannt.

Benno blätterte in seinen Papieren. »Dann möchte ich nun bitte den aktuellen Stand der Ermittlungen hören. Siggi?«

Siggi erhob sich. Er trug heute ausnahmsweise ein Jackett, darunter ein weißes T-Shirt. »Wie bereits gehört, ist Blumes Geständnis mehr als unklar, zumindest was die drei letzten Einbrüche betrifft. Hingegen deuten alle Zeichen auf eine klare Täterschaft von Jens Gensing hin.«

»*Die Botschaft hör ich wohl, allein mir fehlt der Glaube*!«, schnarrte das Fagott.

»Ja, das verstehe ich.« Siggi ließ sich heute nicht beeindrucken.

»Doch ein Ausschlusskriterium, nämlich die falsche Schuhgröße, hat sich inzwischen in Luft aufgelöst, da er die Schuhe seines Zimmernachbarn benutzt – Größe 46. Ob nun absichtlich oder nicht, sei dahingestellt. Seit der Veröffentlichung des Falles ist er verschwunden, er ist als Fahrer des gesuchten roten Golfs in der Frankfurter Innenstadt erkannt worden, und zwar genau an dem Tag, als dort das Cornelia-Bild gestohlen wurde. Er hatte Kontakt zu dem verstorbenen Thomas Reim, der Zugang zu den Schlüsseln des Nebengebäudes hatte. Und nicht zu vergessen, seine individuellen Merkmale: Er entspricht dem Altersraster, hat eindeutige Erfahrung mit Metallarbeiten, hatte Zugang zu OP-Handschuhen, kann Klavierspielen und kennt sich hervorragend mit Goethe aus. Zudem ist er geistig verwirrt und trägt die Initialen JWG. Zehn Gründe, die für Jens Werner Gensing als Täter sprechen!«

Das klang überzeugend.

»Und es gibt einen weiteren Grund, der uns im Übrigen auch zu schnellem Handeln zwingt!«

Der OB zog die Augenbrauen hoch.

Siggi wandte sich mir zu: »Hendrik?«

Ich blickte in die Runde: »Wir haben leider Grund zu der Annahme, dass Jens Gensing seine Klavierlehrerin Cindy Valentine entführt hat!«

Augenblicklich entstand ein Riesengemurmel. Weder Benno noch der OB oder Onkel Leo hatten tatsächlich damit gerechnet, dass es zu Gewalttaten kommen würde. Ich erklärte in Ruhe die Sache mit der Erlkönig-E-Mail und wie Hanna auf diesen Zusammenhang gekommen war.

Der OB erhob sich. »Frau Büchler, Herr Wilmut, Sie führen uns da an eine Denkweise heran, mit der sicher so mancher hier im Raum seine Schwierigkeiten hat. Das klingt zwar alles auf eine Art logisch, doch mir fehlt der zwingende Beweis, ein Fingerabdruck, ein sonstiges Indiz. Sind Sie sich bewusst, dass Sie uns auf eine schwierige Reise mitnehmen?«

»Ja, Herr Oberbürgermeister, dessen sind wir uns bewusst. Aber es geht uns jetzt wie Faust und seinem Freund Wagner. Beide waren Teil des gleichen Wissensdiskurses. Doch Wagner kam nicht vorwärts, weil er sich immer nur innerhalb der traditionellen Denkweise bewegte. Faust hingegen versuchte diese alten Ketten zu sprengen. Auch wir müssen das tun, uns bleibt keine andere Wahl. Cindy ist seit vier Tagen verschwunden und die UNESCO-Kommission kommt in Kürze!«

»Doch soweit ich weiß, ist Faust mit diesem Ausbruch aus der traditionellen Betrachtungsweise gescheitert«, warf Peter Gärtner ein.

»Das stimmt. Weil er sich der Magie verschrieben hat, doch das haben *wir* sicher nicht vor, wir sind praktizierende Wissenschaftler, keine Magier. Dennoch dürfen wir eines nicht vergessen: *Es irrt der Mensch, solang er strebt!* Das heißt: Ein Restrisiko bleibt immer!«

Auf einmal wurde es ganz still im Raum. Es war fast wie eine Gedenkminute.

Als Erster brach der Psychologe das Schweigen: »Gibt es eigentlich etwas Neues von Gensings Jugend und seinem Großvater?«

»Eigentlich nicht«, antwortete Siggi, »Jens hatte ein sehr enges Verhältnis zu seinem Großvater, wie hieß der noch ...?«

»Werner Mühlberger«, antwortete Hermann.

Der Psychologe schoss aus seinem Stuhl hoch: »Wie bitte?«

»Werner Clemens Mühlberger«, wiederholte Hermann.

»Werner Clemens Mühlberger, geboren am 1.3.1930 in Bad Berka?«

Hermann blätterte in seinen Unterlagen. »Stimmt genau!«, antwortete er verblüfft.

Der Psychologe setzte sich wieder, er war leichenblass. Alle warteten. Benno wollte etwas sagen, doch Onkel Leo winkte ab. Der Psychologe wirkte sehr betroffen, er musste sich erst wieder fangen.

»Ich kenne Mühlberger«, presste er hervor, »ich ... wollte eigentlich gar nicht mehr daran denken, doch ... jetzt muss ich wohl.«

Er wischte sich mit dem Handrücken den Schweiß von der Stirn.

»Ich äh ... ich musste ihn mal verhören!«

»Bei der Stasi?«, fragte ich.

»Ja!«

»Ach, du Schande!«, entfuhr es mir.

»Er wurde beschuldigt, mit entarteter Kunst gehandelt zu haben. Das war aber nur ein ... Vorwand, er war einfach unbequem, ein Querulant, ein Dickkopf – aber kein Verbrecher!«

»Und was hat das jetzt mit unserem Fall zu tun?«, erkundigte sich Martin Wenzel. Auch wenn seine Art zu fragen etwas unsensibel war, so schien die Frage doch berechtigt.

»Er hat während der Verhöre mehrmals behauptet, bei Bauarbeiten in der Nähe der Ilmparkhöhlen einen Schlüssel gefunden zu haben, einen Schlüssel, der alles verändern könne, sozusagen den *Schlüssel zu seinem Leben*. Genau das waren seine Worte – immer und immer wieder.« Der Psychologe hob entschuldigend die Hände. »Und ich habe damals gedacht, dass er sich nur wichtigmachen will!«

»Was soll das für ein Schlüssel gewesen sein?«, fragte Onkel Leo.

Der Psychologe hob den Kopf. »Er behauptete, es sei ein Schlüssel zum Goethehaus!«

»Was? Und das fällt Ihnen erst jetzt ein?«, rief ich.

»Tut mir leid«, antwortete der Psychologe leise, »ich hatte diese Zeit aus meinem Gedächtnis gestrichen, ich wollte nicht mehr darüber nachdenken, das war abgehakt, vergessen. Aber jetzt muss ich alles neu aufrollen, und das … das ist nicht leicht.« Er schluckte. »Ich tue das nur für euch!« Sein Blick war auf den Tisch gerichtet, während er eine weit ausholende Geste machte.

Keiner sagte etwas.

»Wir machen zehn Minuten Pause«, sagte Benno und stand auf. Dann drehte er sich wieder um und fragte den Psychologen: »Sagen Sie, Blume kommt doch nicht zufällig auf dieselbe Idee wie Werner Mühlberger. Ich meine, … woher wusste er von diesem ominösen Schlüssel?«

Der Psychologe blickte immer noch starr auf die Tischplatte. »Blume war gleichzeitig mit mir bei der Stasi. Er war ein hoher Offizier und hatte Zugang zu allen Akten!«

Jemand öffnete die Fenster, die frische Luft tat gut. Der Psychologe blieb auf seinem Platz sitzen, den Kopf in seine Hände gestützt. Wir ließen ihn in Ruhe. Im Vorraum der Herrentoilette traf ich Siggi »Was hältst *du* denn von dieser Schlüsselsache?«, fragte er.

»Ich weiß nicht, Siggi, ein 200 Jahre alter Schlüssel erscheint mir fast zu literarisch, zu fantastisch. Aber möglich wär's dennoch. Dann hätte Jens den Schlüssel von seinem Großvater bekommen, sozusagen als Vermächtnis!«

»Als Vermächtnis?«

»Ja, Werner Mühlberger war ein ungewöhnlicher Mensch, wie wir mehrfach gehört haben. Vielleicht hat er den Schlüssel tatsächlich als eine Art *historisches Zeichen* verstanden und hat ihn Jens quasi feierlich vererbt. Jens hat den Schlüssel ausprobiert und auch tatsächlich benutzt. Allerdings in einer unlauteren Art und Weise, beeinflusst von der Sympathie für seinen Großvater, der Reinkarnationstheorie seiner Mutter und … natürlich stark beeinflusst von seinem eigenen geistigen Zerfall.«

»Hmm«, gab Siggi von sich. »Du willst damit sagen, er hat ihn dann im vermeintlichen Sinne Goethes benutzt, um seine persönlichen Gegenstände an sich zu bringen?«

»Richtig!«

»Unglaublich …«

»Ja, irgendwie schon, aber im wahren Leben gibt es manchmal Dinge, die würde dir keiner glauben, wenn du sie niederschreibst, sodass dir nichts anderes übrigbleibt, als sie offiziell der Fiktion zu übergeben.«

Siggi starrte mich verwirrt an.

Benno steckte den Kopf zur Tür herein: »Wo bleibt ihr denn?«

»Wir kommen!«, rief ich.

Peter Gärtner schien immer noch nicht von meiner Theorie überzeugt zu sein. »Herr Kriminalrat, wie ist Ihre Meinung?«

Göschke richtete sich auf. »Gut, meine Herren – Entschuldigung, Damen und Herren – der Bericht des Psychologen hat ein weiteres Detail erbracht, das die Täterschaft von Jens Gensing unterstützt, er wird ja auch bereits gesucht. Doch mit dieser Entführungstheorie ... das gefällt mir nicht. Gibt es keinen Hinweis auf den Verbleib von Cindy Valentine?«

Siggi schüttelte den Kopf: »Nein, nichts – rein gar nichts!«

»Na schön«, meinte Benno, »dann stellen wir das Thema Cindy Valentine erst mal zurück und machen weiter mit dem Status Goethemuseum. Herr Wenzel, bitte!«

Martin Wenzel erhob sich: »Das Goethemuseum, das Goethehaus und die beiden angrenzenden Häuser bis zum Coudray'schen Torhaus am Wielandplatz wurden hermetisch abgeriegelt. Wir haben für alle genannten Gebäude eine zusätzliche Alarmanlage mit einer USV installieren lassen, und ...«

»Moment bitte«, unterbrach Benno, »was ist eine USV?«

»Eine Unabhängige Stromversorgung. Die stellt sicher, dass die Alarmanlage funktioniert, falls die gebäudeeigene Stromversorgung ausfallen sollte. Die ominöse Kellertür des Goethehauses wurde zubetoniert. Der Publikumsbetrieb wurde wie beschlossen eingestellt und ungefähr 40 extrem wertvolle Gegenstände wurden in Tresoren verstaut.«

Mitten in Wenzels Bericht kam Bennos Sekretärin herein und bat mich mit einem Handzeichen ans Telefon. Ich wollte Martin Wenzel nicht unterbrechen und bat Hanna meinerseits mit einem Handzeichen, dass sie das Gespräch für mich entgegennehmen solle. Sie ging hinaus, während Wenzel weitersprach und wir seinen Bericht diskutierten.

»Jeden Tag wird der gesamte Bestand zweimal exakt kontrolliert«, fuhr Wenzel fort, »seit dem Beginn dieser Maßnahmen ist kein Gegenstand mehr aus dem Goethehaus oder dem Museum verschwunden.«

Nach fünf Minuten kam Hanna wieder. Sie gab mir zu verstehen, dass es eine wichtige Neuigkeit gab.

»Meine Herren«, unterbrach ich lautstark die allgemeine Diskussion, »Frau Büchler hat eine neue Information!«

Benno gab ihr ein Zeichen zu sprechen.

»Nun ...«, sie räusperte sich, »ich habe eben mit Frau Doktor Schlippsack gesprochen. Sie ist die Ärztin von Jens Gensing und hat dessen Akte erneut durchgesehen. Dabei fand sie die Notiz eines Kollegen, er heißt Dr. Wagen...«

»Wagenknecht!«, ergänzte ich.

»Danke, Hendrik. Diese Notiz berichtet von einer Art sexueller Vision, die aber nur so weit führte, dass er eine natürliche, lustige Frau mit weiblicher Figur«, sie blickte in die Runde, »die Einzelheiten können wir uns ersparen – dass er diese Frau in seine Nähe bringen wollte. Er hat sie aber nie angefasst oder gar vergewaltigt!«

Erleichterung machte sich in den Gesichtern breit.

»Danke, Hanna!«, sagte Benno.

»Passt diese Beschreibung auf Cindy Valentine?«, fragte Göschke.

Natürlich passte sie, für uns alle, die wir Cindy kannten, war das völlig klar. Ein weiteres wichtiges Puzzleteil.

»Ja, die Beschreibung passt genau«, bestätigte Hanna.

Siggi und Göschke sahen sich an und nickten sich zu.

»Alle Polizeibeamten gehen unverzüglich an die Arbeit«, befahl der Kriminalrat, »absolute Priorität hat nun die Suche nach Cindy Valentine. Alle anderen können hier bleiben, danke, meine Herren!«

Die Polizisten verließen den Raum, auch der OB und Martin Wenzel hatten zu tun. Nur Benno, Onkel Leo, Hanna und ich blieben zurück.

»Wir wissen nichts«, murmelte Benno deprimiert, »wir glauben so viel zu wissen, doch von den Menschen selbst wissen wir eigentlich gar nichts. Ich komme mir mit meinen 50 Jahren vor, wie der berühmte Tor, der so klug ist als wie zuvor!«

Onkel Leo lächelte. »Als du ungefähr zehn Jahre alt warst, wolltest du unseren Gartenzaun abreißen, weil er dich beim Fußballspielen gestört hat, seitdem finde ich, bist du um einiges klüger geworden!«

Bennos Sekretärin brachte Kaffee und Schneewittchenkuchen. Wir machten es uns bequem und versuchten, in lockerer Atmosphäre Ideen auszutauschen. Der Kuchen war hervorragend.

»Was hat Frau Singer eigentlich mit der Sache zu tun?«, fragte Onkel Leo.

»Nun, sie stand die gesamte Zeit mit Jens Gensing in Kontakt«, antwortete ich, »aber lediglich per E-Mail, möglicherweise spielt sie die Rolle der Charlotte von Stein in der Welt des JWG2.«

Onkel Leo nickte. »Er hat sich also seine eigene Welt geschaffen, sozusagen die Welt des wiederauferstandenen Goethe?«

»Richtig, seine eigene Goethe-Welt mit Freunden und Feinden und allem Drum und Dran.«

Wir tranken Kaffee und ließen unsere Gedanken schweifen.

»Übrigens«, meinte Hanna, »wir haben bisher viel über seine Freunde philosophiert, vielleicht sollten wir auch mal über seine Feinde nachdenken …«

»Hmm …« Benno schien der Idee zugeneigt. »Sind *wir* nicht seine Feinde?«, fragte er.

»Schon«, antwortete ich, »aber Hanna meint wohl eher die Feinde Goethes, die auch Jens Gensing als dessen historische Feinde betrachtet, oder?«

»Ja, genau.«

»Diese Idee gefällt mir. Einige wurden nachträglich zu Goethes Feinden erklärt, aber zum Teil nur, um zu polarisieren und Bücher zu verkaufen. Das Thema Goethe ist ein lukratives Geschäft.«

»Du hast aber selbst gesagt, dass es Punkte an Goethe gibt, bei denen man kritischer Meinung sein kann«, warf Benno ein.

»Natürlich, doch müssen die fundiert sein und gut recherchiert. Nicht so platt daherkommend wie dieser Hans-Jürgen … Dingsda.«

»Wer ist denn das?«

Ich winkte ab. Hanna warf mir einen wissenden Blick zu.

»Es gibt bestimmt noch mehr Leute, die das genauso simpel sehen wie dein Hans-Jürgen … Sowieso«, überlegte Benno.

»Und was ist mit den Verwandten der Frau, die angeblich ihr Kind getötet haben soll und mit der entscheidenden Stimme des Geheimrats zum Tode verurteilt wurde?«, fragte Onkel Leo.

»Na, ich weiß nicht …«, brummelte ich. Plötzlich ging ein Ruck durch meinen Körper. ›Es gibt bestimmt noch mehr Leute, die das genauso simpel sehen‹, hatte Benno gesagt. Unvermittelt stand ich auf. »Ich muss los!«

Onkel Leo setzte eine sorgenvolle Miene auf: »Was hast du vor?«

»Ich hab da so 'ne Idee …«

»Aber keinen Alleingang!«, befahl Benno.

»Nein, nein, Herr Stadtrat, keine Sorge!«

»Ich passe auf ihn auf«, versicherte Hanna und erhob sich ebenfalls. Hand in Hand verließen wir Bennos Büro.

Wir fuhren Richtung Innenstadt. Ich war unruhig und Hanna bemerkte das.

»Was hast du vor?«, fragte sie.

»Wenn Bennos Idee stimmt, dann ist es Herder!«

»Wieso Herder? Ich dachte, du bist gegen diese Feindtheorie zwischen Goethe und Herder!«

»Ja, richtig, aber offensichtlich gibt es genügend Leute, die das anders interpretieren, das ist mir während der Buchrezension klar geworden. Und es ist gut möglich, dass Jens Gensing dazugehört, denk an seine verkorkste Literaturarbeit!«

»Und was machen wir jetzt?«

»Das weiß ich auch nicht genau, aber ich *muss* noch mal in die Herder-Kirche, am Original-Schauplatz kommt mir vielleicht eine Idee.«

Wir parkten direkt auf dem Herderplatz und gingen sofort in die Kirche. Wir ließen die Stimmung nochmals auf uns wirken, das Dunkle, ja fast Düstere dieses Bauwerks. Während wir neben der eisernen Gussplatte standen, die Herders Grab bedeckte, fiel mein Blick zum Cranach-Altar hinüber. Was mochte sich Jens Gensing wohl bei seiner seltsamen Arbeit gedacht haben? Es musste etwas mit dem persönlichen Verhältnis von Goethe und Herder zu tun haben. Schließlich entschloss ich mich, in Herders Wohnhaus weiter zu suchen, hier hatte Johann Gottfried Herder schließlich 27 Jahre gewohnt und gearbeitet. Ich gab Hanna ein Zeichen und wir gingen wieder hinaus.

Die grelle Mittagssonne blendete uns, wir blinzelten und brauchten einige Minuten, um uns wieder an das helle Licht zu gewöhnen. Das Herder'sche Wohnhaus liegt vom Herderplatz aus gesehen links hinter der Kirche. Leider wurde es gerade renoviert, überall waren Absperrungen, Bauzäune und kleine Materialdepots. Wir ignorierten die Absperrungen und suchten einen Weg ins Gebäude – keine Chance. Hanna schlug vor, die Polizeikollegen um Hilfe zu bitten, doch ich war überzeugt, dass diese mit der Suche nach Cindy jetzt Wichtigeres zu tun hatten. Links des Wohnhauses führte ein großer Torbogen zu einem Hinterhof, der von mehreren alten, teils baufälligen Gebäuden gesäumt wurde. Von hier aus inspizierte ich die Rückseite des Herderhauses, allerdings war auch hier keine Zugangsmöglichkeit zu erkennen. Schließlich bemerkte ich einen Trampelpfad zu einem alten Nebengebäude. Wir folgten dem Weg. Die Tür war angelehnt, sie war so verzogen, dass sie nicht mehr geschlossen werden konnte. Wir sahen uns an. Ich zögerte kurz, dann schob ich die Tür langsam auf. Hanna und ich betraten das Gebäude.

*

Ehe sie wusste, was geschah, zerrte er sie die Kellertreppe hinunter. Die schwere Holztür fiel ins Schloss und keiner konnte mehr ihre Schreie hören. Er versuchte, sie zu beruhigen und redete sie dabei fortwährend mit Christiane an. Sie nannte ihn nur ›damn idiot‹.

Immer weiter zog er sie die Treppe hinunter. In einem halbherzig aufgeräumten kleinen Kellerraum deutete er auf eine Matratze, die in der Ecke auf dem Boden lag, und befahl, sie solle sich dort hinlegen.

Sie antwortete nicht und blieb stehen. Er lief kurz in den Nebenraum und kam mit einer Statue zurück. Es war eine kleine Bronzefigur auf einem Holzpostament. Dies sei ein Geschenk, erklärte er. Am liebsten hätte sie die Statue in die Ecke geworfen, doch trotz ihrer Angst registrierte sie, dass es sich um ein wertvolles Stück handeln musste. So beschloss sie, sich zunächst ruhig zu verhalten. Vielleicht konnte sie auf diese Weise mehr bewirken.

Dann legte sie sich hin. Er brachte ihr einige Dosen mit Fertiggerichten, einen Dosenöffner und Wasser. Dann verschwand er.

Langsam wurde sie müde. Sie schlief ein, erwachte wieder und schlief erneut ein. Der Raum hatte kein Fenster, sodass sie nicht wusste, ob es Tag oder Nacht war. Sie aß von dem kalten Boh-

neneintopf und trank von dem Wasser. Sie fror. Eine Decke gab
es nicht, auch kein Kissen. Sie schlief trotzdem wieder ein.

Als sie erwachte, erschrak sie, denn er saß neben ihr. Offen-
sichtlich hatte er sie beobachtet. Ja, dachte sie, er hat mich im
Schlaf beobachtet, wie Christiane auf dem Sofa. Der Besuch.
Endlich wurde ihr klar, was hier vor sich ging.

Er sah schlecht aus. Ungekämmt, mit dunklen Ringen unter
den Augen. Fast hatte sie Mitleid mit ihm. In diesem Moment
hörte sie Stimmen von oben. Sie warf ihm einen Blick zu. Er
hatte es auch gehört. Langsam schlich er aus dem Raum und
zog die Tür hinter sich zu, der Riegel fiel ins Schloss.

*

Das Gebäude stand leer, niemand war zu sehen, es gab keine
Anzeichen dafür, dass sich hier jemand aufhielt. Wir horchten
angestrengt nach Geräuschen, doch es war totenstill.

Der Flur war eng und mündete zur Hausmitte hin in ein großes Treppenhaus. Wir spähten vorsichtig durch die Türen im
Erdgeschoss. Alte, kaputte Möbel, herunterhängende Tapeten,
Schimmelgeruch, keine Anzeichen von eventuell hier lebenden Menschen. Hanna lachte über einige lustige Sprüche an
den Wänden. Vorsichtig betrat ich die Treppe nach oben. Die
Holzdielen knarrten. Ich war inzwischen überzeugt, dass niemand im Haus war und wurde mutiger, ignorierte das Knarren
und stieg zügig hinauf. Im ersten Stock bot sich das gleiche
Bild: verlassene Räume ohne Inventar in einem völlig herunter-
gekommenen Zustand. Wasserrohre standen aus der Wand,
nicht isolierte Elektrokabel hingen von der Decke, die Türen
waren teilweise gesplittert, die Fenster schief mit zerbroche-
nem Glas. Plötzlich nahm ich Stimmen wahr. Sie kamen aus
dem Erdgeschoss. Erst jetzt merkte ich, dass Hanna mir nicht

nach oben gefolgt war. Ein Gefühl der Panik stieg in mir auf, ohne Vorwarnung, genauso schnell und schwallartig wie die Übelkeit auf dem Fabrikdach in Oberkochberg. Ich stürmte zur Treppe.

*

Er schlich die Kellertreppe hinauf und öffnete leise die Tür. Vorsichtig lugte er durch den Spalt. In etwa fünf Meter Entfernung sah er eine blonde Frau vor der Treppe stehen. Er kannte sie nicht, er wusste nur, dass sie seinen Plan gefährden konnte. Sie war attraktiv. Weibliche Figur, ein leichtes Sommerkleid. Sie gefiel ihm.

Plötzlich kreuzten sich ihre Blicke. Blitzschnell schoss er auf sie zu und hielt ihr das Messer an den Hals.

»Bist du allein?«, zischte er.

»Nein«, gurgelte sie und ruderte mit den Armen.

Im selben Moment hörte er Schritte von oben.

*

Was ich sah, ließ mir das Blut in den Adern gefrieren: Ein Mann stand hinter Hanna und hielt ihr ein Messer an die Kehle. Sie starrte mich angstvoll an. Der Mann sah fürchterlich aus: Die Haare waren ungekämmt und verfilzt, seine Kleidung mit Flecken übersät, sein Blick fahrig, seine Augen unstet und suchend. Es dauerte eine Weile, bis ich die Situation erfasst hatte.

Dann sagte ich ganz ruhig: »Hallo, Jens!«

»Hallo ... Hallo, Hendrik!«

Es wunderte mich nicht, dass er genau wusste, wer ich war.

»Danke für den Besuch«, sagte er.

»Gern geschehen.«

»Was ... was willst du hier?«

In der Tat eine gute Frage. Ich durfte jetzt kein Risiko eingehen, ihn nicht reizen. »Ich möchte euch helfen.«

»Wie ... wobei?«

»Ihr sucht doch persönliche Gegenstände von Goethe, oder?«

»*Er* sucht so was, ich nicht!«

»Er?«

»Wolfgang!«

Ich hatte richtig vermutet, er sprach von seiner zweiten Persönlichkeit.

Hanna warf mir einen Hilfe suchenden Blick zu. Ich gab ihr ein Zeichen, ruhig zu bleiben.

»Wer ... wer ist sie?«, fragte Jens Gensing.

»Das ist Hanna.«

»Deine Freundin?«

Ich überlegte, was nun am besten zu sagen sei, hatte aber nicht die Absicht, unsere Beziehung zu leugnen.

»Ja«, antwortete ich.

»Wolfgang hat keine Freundin, ich auch nicht!« Plötzlich kippte seine Laune. Er schrie mich an: »Warum hast *du* eine Freundin und wir nicht? Kannst du uns das erklären?«

Gedanken an meinen Großvater schossen mir durch den Kopf, die Alzheimer-Symptome, seine zunehmende Aggressivität, seine Entfremdung. Was hatte der Arzt uns damals geraten ...? Ihn ernst nehmen, seine verborgenen Wünsche ansprechen. Validation hatte er das genannt. Ich musste es versuchen.

»Ihr hättet wohl gerne eine Freundin, oder?«

»Natürlich, du Blödmann!« Er schrie nach wie vor.

Ich musste Ruhe bewahren, zumindest äußerlich. »Verstehe«, ich kann euch helfen, eine Freundin zu finden.«

»Ah, gut!« Er lachte. Das war wohl die richtige Strategie.

»Am besten, du gibst uns einfach *deine* Freundin«, rief er triumphierend.

Verdammt schlechte Strategie.

»Das finde ich keine gute Idee.«

»Haha, wir aber, wir aber!« Es klang wie ein schlechter Kinderreim. Damit zerrte er Hanna in Richtung Kellertür.

»Hendrik, tu was, *bitte*!«

Ich überlegte fieberhaft. Er hatte die Kellertür fast erreicht.

»Jens ... äh, Johann!«

Er blieb stehen.

»Ich habe euch versprochen, eine Freundin zu suchen, doch Hanna hier, die ist nicht die Richtige, sie hat keine Ahnung von Literatur.«

Er blickte Hanna von der Seite an. »Stimmt das?«

»Ja, das stimmt!«, bestätigte sie.

»Hmm, das ist schlecht ...«

Er fixierte mich. Seine Augen flackerten nervös. »Und du bringst uns eine bessere Freundin?«

»Ja, ganz sicher!«

»Ich weiß nicht, ob wir dir vertrauen können ...« Er ruderte mit der rechten Hand in der Luft herum.

Ich musste ihn irgendwie an mich binden. »Und ich bringe euch einen beliebigen Gegenstand aus eurem Haus am Frauenplan mit!«

»Wirklich? Meinst du ... meinst du das ernst?«

»Absolut!«

Er überlegte.

»Also gut. Dann bring das Tintenfass aus dem Arbeitszimmer mit. Du hast eine Stunde Zeit. Hat deine Freundin ein Handy?«

Hanna nickte.

»Dann ruf uns an, in genau einer Stunde!«

Damit zog er sie in den Keller, flink und geschmeidig, schneller als ich irgendetwas unternehmen konnte. Die schwere Holztür fiel zu und ich hörte drei Riegel einrasten.

In solchen Momenten gehen einem seltsame Sachen durch den Kopf. Unwichtige Sachen. Ich dachte zuerst daran, dass das Tintenfass heute zum ersten Mal seit über 150 Jahren Goethes Haus verlassen würde. Und ich würde es hinaustragen.

Ich stürzte nach draußen und rannte zum Auto. Wo war mein Handy? Ich wühlte nervös in der Mittelkonsole, kramte im Handschuhfach. Verdammt! Dann spürte ich etwas Hartes in meiner Brusttasche. Bloß keine Panik jetzt! Ein Blick auf die Uhr: 12.07.

Jens hatte sich sicher und gezielt bewegt, von Funktionsverlangsamung keine Spur. Offensichtlich hatte er seine Medikamente nicht genommen, seit er aus der Psychiatrie geflohen war. Umso unberechenbarer war er.

Zuerst versuchte ich es bei Siggi. Er nahm nicht ab. Dann bei Kommissar Hermann – besetzt. Wer nun? Benno! Er meldete sich sofort.

»Benno, ich brauch dringend deine Hilfe!«

»Hendrik, was ist denn los? Du bist ja ganz aufgeregt!«

»Er hat Hanna in seiner Gewalt!«

»Was, wer denn?«

»Jens Gensing!«

»Wie, woher weißt du das?«

»Benno, bitte hör mir jetzt genau zu: Hanna und ich sind zufällig auf Jens Gensing gestoßen. Er hat sie mit einem Messer bedroht und in seine Gewalt gebracht, ich konnte nichts machen. Um sie zu retten, habe ich ihm versprochen, einen Gegenstand aus dem Goethehaus zu besorgen, verstehst du?«

»Verstehe. Wo bist du jetzt?«

»Am Herderplatz!«

»Am Herderplatz?«

»Benno, bitte!«

»Ist ja gut, komm sofort zum Frauenplan, ich versuche, Wenzel zu erreichen. Weiß Siggi schon Bescheid?«

»Nein, er hat nicht abgenommen, bei Hermann war besetzt!«

»Alles klar, ich regle das. Bitte bleib ruhig, wir holen Hanna da raus!«

»Danke, Benno, bitte …« Ich hätte auf der Stelle losheulen können.

»Wir holen sie da raus, glaub mir! Bis gleich.«

Ich rannte los. Den Wagen zu benutzen, hatte keinen Sinn, das hätte nur noch länger gedauert. Ich musste mich extrem zusammenreißen, um nicht loszurennen wie ein Irrer. Nur keine Kurzschlusshandlung, dachte ich, das würde Hanna überhaupt nicht helfen.

Benno traf kurz nach mir am Goethehaus ein.

»Wo ist Wenzel?«, fragte ich hektisch.

»Er kommt gleich, Siggi ist auch unterwegs.«

»Kommt er hierher?«

»Nein, er fährt direkt zum Herderplatz, erzähl mir bitte genau, wo sie sind!«

Ich schilderte den Weg zu dem Nebengebäude. »Die sollen aber nicht stürmen, ich gehe selbst mit dem Tintenfass rein.«

»Ist klar.«

Er telefonierte mit Siggi und klärte alle Einzelheiten.

Nach mir endlos erscheinenden zehn Minuten traf endlich Wenzel ein. Ich klärte ihn kurz auf. Eigentlich hatte ich erwartet, dass er sich sträuben würde, doch in Anbetracht zweier entführter Frauen stimmte er sofort zu. Er schaltete die Alarmanlage aus und wir betraten das Goethemuseum. Von dort gingen wir direkt in Goethes Wohnhaus. Es war eine Situation, die ich mir nie hätte träumen lassen: Ich ging in dieses Gebäude, das mir so viel bedeutete, um die Frau zu retten, die ich liebte, indem ich einen der persönlichsten Gegenstände von Goethe entfernte. Einen Gegenstand, der in engem Zusammenhang mit dem Zustandekommen seiner Werke stand: sein Tintenfass.

Wir waren im ersten Stock angelangt – ›Salve‹. Wenzel ging voran durch das Brückenzimmer ins Gartenzimmer und dann rechts ab – entgegen der üblichen Besucherroute – in den Bereich Goethes persönlicher Gemächer. Kurze Zeit später standen wir vor dem hüfthohen Gitter im Durchgang zum Arbeitszimmer.

»Steigen Sie bitte darüber, ich habe den Schlüssel so schnell nicht gefunden.«

Mit einem Satz sprang ich über die Absperrung. Vorsichtig ging ich zum Schreibtisch. Es war ein seltsames Gefühl, hier zu stehen – hier, in diesem Raum, in dem ich so gerne nur einmal im Leben hatte stehen wollen. Wenn alles gut ging, würde Hanna bestimmt mit einem Augenzwinkern sagen, dass ich das nur ihr zu verdanken hätte.

Behutsam nahm ich das Tintenfass und steckte es in die Plastiktüte, die Wenzel mir entgegenhielt. Er hatte eine kleine Holzbox mitgebracht und legte die Tüte dort hinein.

»So ist es einigermaßen sicher aufgehoben«, meinte er.

Ich hob den Daumen als Zeichen meiner Zustimmung und kletterte wieder über das Gitter. Wir eilten zurück zum Ausgang, Türen fielen eilig ins Schloß, Schlüssel klapperten. Fünf Minuten später waren wir wieder im Freien. Bevor ich losrannte, stockte ich einen Moment und drehte mich um:

»Danke, Wenzel!«

Er lächelte: »Ich heiße Martin!«

»Hendrik.«

»Viel Glück!«

Es blieb keine Zeit für einen Händedruck. Ich sprintete los

in Richtung Herderplatz. Die Digitaluhr im Schaufenster des Seifenladens in der Kaufstraße zeigte 13.02 Uhr. Noch 5 Minuten. Ich schwitzte wie verrückt. Eine Minute später bog ich links in den Herderplatz ein. Siggi wartete bereits mit mehreren Streifenwagen und einem ganzen Haufen Polizisten. Ich wählte Hannas Nummer und gab Siggi ein Zeichen, mitzuhören. Über die Freisprechanlage erklang Jens Gensings Stimme: »Die Zeit ist um, Hendrik!«

»Ich hab das Tintenfass!«

»Sehr gut, und was ist mit der Freundin?«

Mir blieb fast die Luft weg – die Freundin hatte ich vollkommen vergessen. Ich hatte mich nur darauf konzentriert, das Tintenfass zu besorgen.

»Die bekommt ihr natürlich auch, ist doch klar, ich bin in fünf Minuten da!«

»Okay – aber keine Minute länger, klar!« Dann legte er auf.

Meine Hand zitterte. »Pass auf, Siggi, ich brauche eine Polizistin, die die Freundin von Jens Gensing spielt, bitte schnell, sie soll sich umziehen.«

»Was soll *das* denn?«

»Bitte, Siggi, schnell, ich erklär's dir gleich!«

»Moment mal, Hendrik, zuerst will ich genau wissen was hier läuft, sonst bringen wir noch eine dritte Frau in Gefahr!«

Ich holte tief Luft. Er hatte recht. Ich musste mich beruhigen. »Gensing will in zwei Minuten eine sogenannte Freundin sehen und dieses Tintenfass aus dem Goethehaus, sonst droht er mit Gewalt gegen Cindy und Hanna.« Ich hielt die Holzbox hoch.

»Ist Cindy denn auch da im Gebäude?«

»Ich bin mir ziemlich sicher!«

»Gut, dann ruf ihn wieder an und sag, dass sich seine Freundin gerade für ihn hübsch macht.«

Gute Idee. Ich wählte Hannas Nummer.

Inzwischen sah ich, wie eine junge Polizistin sich umzog. Jemand reichte ihr ein neutrales T-Shirt, die braune Hose behielt sie an, die schwarzen Schuhe ebenfalls. Jemand holte eine hellblaue Windjacke, die sie darüber zog.

Siggi schärfte ihr ein, wie sie sich zu verhalten hatte. »Ohne Waffe!«, sagte ich scharf.

»Okay. Aber mit Peilsender, damit wir immer wissen, wo sie ist!«

»Und wenn er den Sender entdeckt?«

»Hendrik, nichts ist ohne Risiko, wir können aber nicht noch eine dritte Frau dort reinschicken ohne die Möglichkeit, einzugreifen, das gilt insbesondere im Interesse von Cindy und Hanna!«

Ich stimmte zu und schärfte der Polizistin ein, dass sie Jens Gensing unbedingt im Plural anreden sollte. »Ich erkläre Ihnen später, warum, bitte tun Sie's jetzt einfach!«

Sie schien es zu akzeptieren.

»Und noch was, wir müssen einen vertrauten Eindruck machen, deshalb müssen wir uns duzen, einverstanden?«

»Ja, klar!«

»Ich heiße Hendrik.«

»Gut, ich heiße Nicole.«

Ich gab ihr die Hand. »Also ... Nicole, dann wollen wir mal!«

Vorsichtig betraten wir den Flur. Ich klopfte an die Kellertür und wartete. Es dauerte ein paar Minuten, bis sich etwas tat. Ein paar endlose Minuten.

Klack, klack, klack! Die Riegel wurden beiseite geschoben. Langsam öffnete sich die Tür. Jens Gensing streckte vorsichtig seinen Kopf heraus. Er sah schrecklich aus, Nicole zuckte zusammen. »Sie soll herkommen!«

Ich hielt Nicole fest.

»Nein, so geht das nicht, zuerst müsst ihr mir Hanna und Cindy zeigen, ich will wissen, ob es den beiden gut geht!«

Seine Augen verengten sich zu schmalen Schlitzen. »Cindy?« Offensichtlich hatte er nicht damit gerechnet, dass ich von ihr wusste.

»Ja, Cindy Valentine!«

»Wir … wir haben dich wohl unterschätzt, Hendrik.«

Ich wollte etwas erwidern, doch ich durfte ihn nicht reizen. Ich hielt die kleine Holzbox hoch. »Hier ist das Tintenfass.«

»Ist es wirklich das … das Original?«

»Natürlich, hier, schaut's euch an.«

Ich reichte ihm vorsichtig die Holzbox. Damit war er vorerst abgelenkt. Er inspizierte das Tintenfass genau und war offensichtlich zufrieden.

»Ich will Hanna sehen, wenigstens Hanna.«

»Also gut.« Er verschwand im Keller und ließ die Tür offen. Ich überlegte, ob wir etwas unternehmen sollten. Nicole winkte ab. »Geben Sie mir Ihr Handy, ich muss Hauptkommissar Dorst anrufen«, sagte sie leise.

Ich tat, was sie verlangte. »Du musst mich duzen«, raunte ich ihr zu.

»Oh, entschuldige.«

Siggi nahm ab.

»Hier Nicole, er holt jetzt Hanna nach oben, ihr könnt vorsichtig das Haus umstellen. Wenn ich unten bin, versuche ich, einen Zugang für euch zu schaffen. Muss jetzt aufhören!« Damit brach sie das Gespräch ab und gab mir schnell das Handy zurück.

Im selben Moment hörten wir von unten Geräusche. Er hatte Hanna die Hände auf den Rücken gebunden. Sie sah müde, aber gefasst aus.

340

»Hier ist sie!«

Ich zwinkerte Hanna zu, um ihr Mut zu machen. »Hast du Cindy gesehen?«

»Ja, sie ist wohlauf«, antwortete sie, »sie friert nur unheimlich.«

»Gut …«

Ich wechselte zu einem strengen, bestimmten Ton: »Johann, ich möchte Cindy und Hanna zurück, dafür bekommt ihr eure Freundin!«

Er musterte Nicole. »Was ist das für eine komische Hose?«

Nicole blickte an sich herunter. Sie trug die braune Polizeihose. »Kalahari-Beige, ist gerade modern«, erklärte sie.

Nicht schlecht.

»Hat sie wirklich Ahnung von Literatur?«

Ach, du liebe Zeit! Das hatte ich vergessen, ihr zu sagen …

»Natürlich«, entgegnete Nicole selbstbewusst, »*Schwester von dem ersten Licht, Bild der Zärtlichkeit in Trauer …*«

Er strahlte: »Oh, ›An Luna‹, dass du das kennst – toll!«

Mir fiel ein zentnerschwerer Stein vom Herzen, Nicole war offensichtlich sehr nervenstark.

»… *Nebel schwimmt mit Silberschauer*«, zitierte Jens weiter, »*um dein reizendes Gesicht.*« Er verlor sich völlig geistesabwesend in das Goethe-Gedicht.

Erst viel später erfuhr ich, dass Siggi von allen an dem Einsatz beteiligten Beamten verlangt hatte, vorab die Akten zu lesen.

»Und – was ist jetzt mit dem Tausch?«, fragte ich auffordernd.

»Wir sind doch nicht blöd und … und tauschen *eine* Frau gegen *zwei*, ha!«

Er schwankte so, dass ich Angst hatte, er könnte mit Hanna

die Kellertreppe hinunterfallen. Ich wollte schon zu ihr springen, da zog er sein Messer und setzte es Hanna wieder an die Kehle. »Bleib stehen!«, befahl er.

»Pass auf, du tust ihr doch weh!«, brüllte ich zurück. Vor lauter Angst um Hanna hatte ich vergessen, ihn im Plural anzureden.

Er grinste. Es war ein verschlagenes, krankes Grinsen. »*Blut ist ein ganz besondrer Saft!*«, zischte er und fuchtelte mit dem Messer an Hannas Hals herum. Ich musste mich zwingen, ruhig zu bleiben.

»Ach, ihr spielt jetzt also Mephisto?«

»Natürlich, schon … schon eine ganze Weile, diese Welt hier … hat uns dazu gebracht!« Dann schlug seine Laune von leiser Verschlagenheit wieder um in offene Aggressivität. »Also, was ist jetzt?«

Nicole hielt mich zurück. »Gut«, antwortete sie, »gebt ihm Hanna und ihr bekommt mich dafür!«

Ich zögerte. War das richtig? Konnten wir Cindy noch länger dort unten lassen zu Gunsten von Hanna?

»Einverstanden. Wie heißt du?«

Es lief ohne mein Zutun.

»Nicole!«

»Nicole?« Er grinste. »Nicole ist gut, das gefällt uns!«

Ein Strick flog auf mich zu.

»Bind ihr die Hände auf dem Rücken zusammen!«, befahl er.

»Ich?«

»Na wer denn sonst!?«

Ich versuchte, die Fessel relativ locker zu binden.

»Fester!«

Ich hatte keine andere Wahl.

»Herkommen!«, rief er hysterisch.

Nicole ging langsam auf Jens Gensing zu. Klugerweise ließ sie die schwere Kellertür zwischen sich und Jens Gensing, solange er Hanna in seiner Gewalt hatte. Plötzlich stieß er Hanna ruckartig von sich und griff blitzschnell nach Nicole. In Sekundenbruchteilen schlug er die Kellertür zu. Hanna sackte bewusstlos zu Boden.

Siggis Männer hatten das Ganze von der Haustür aus beobachtet und kamen sofort zu Hilfe. Sie trugen Hanna nach draußen an die frische Luft und legten sie in den Schatten auf die Wiese. Sie brachten Decken und kühle Getränke, und nach kurzer Zeit kam Hanna wieder zu sich. Ich stand zu dieser Zeit immer noch vor der Kellertür und konnte nicht fassen, was passiert war. Ich stand wie angewurzelt, unfähig, mich zu bewegen. Hanna war frei. Doch wo war sie geblieben, diese tägliche Leichtigkeit, die ungetrübte Chance auf ein bisschen Glück, die freie Sicht auf die Zukunft? Wo war sie geblieben?

Später, nach ausführlicher Analyse der Situation musste ich mir eingestehen, in einen Schockzustand gefallen zu sein.

Siggi kam näher und zog mich behutsam ans Sonnenlicht. »Ich lasse euch nach Hause bringen und kümmere mich hier um den Rest«, sagte er einfühlsam.

Wortlos nahm ich Hannas Hand und ging mit ihr zum wartenden Streifenwagen.

»Hegelstraße 35, dritter Stock«, sagte Siggi zu dem Streifenpolizisten, »bringen sie die beiden bitte hoch in die Wohnung!«

»Geht klar, Chef!«

Wir stiegen ein und ließen uns ohne ein Wort nach Hause bringen. Es war ein wunderschöner Sommertag, der strahlend auf uns herabschaute. Doch wir konnten ihn nicht genießen. Wir nahmen ihn nicht einmal richtig wahr, da wir Cindy und Nicole zu gleicher Zeit in dem Kellerverlies wussten. Mit viel

Mühe erklommen wir die Treppe in der Hegelstraße, dann ließen wir uns in voller Montur auf mein Bett fallen. Der Polizist versicherte sich, ob auch alles in Ordnung sei, und wir nickten. Eine Minute später waren wir Arm in Arm eingeschlafen.

Dieser Samstag war mein letzter Tag bei der Sonderkommission JWG und zugleich einer der ungewöhnlichsten Tage meines Lebens. Und das, obwohl ich den ganzen Nachmittag verschlief. Immerhin hielt ich dabei Hanna im Arm, das war ungewöhnlich genug. Aber meine Mitmenschen fanden sicher andere Ereignisse viel aufregender. Ereignisse, die sich im Zentrum Weimars nahe der Herderkirche abspielten und von denen ich erst am Abend dieses Tages erfuhr.

Jens Werner Gensing hatte Nicole in sein Kellerversteck im Nebengebäude des ehemaligen Herder-Wohnhauses gezerrt. Er hatte sich seit Monaten hier unten häuslich eingerichtet. Wobei das Wort häuslich wohl übertrieben war, denn der karge Kellerraum war schmutzig und kalt. Besonders die Kälte hatte Cindy zugesetzt, trotz der draußen währenden Sommerhitze. Mehr als ein Tisch mit zwei Stühlen und eine alte Matratze waren in dem Raum nicht zu finden. Über Cindys Matratze hing das gestohlene Christiane-Bild. Die anderen geraubten Stücke bewahrte Jens in einem Nebenraum auf, den Cindy nie betreten durfte. Von Zeit zu Zeit, je nach Gemütszustand, holte er den einen oder anderen Gegenstand hervor und zeigte ihn Cindy, erklärte ihr genau seine Geschichte, wann und wo er ihn gekauft oder geschenkt bekommen habe, warum dieser ihm so wichtig sei und was er damit weiterhin zu tun gedachte. Die Venus wollte er seiner Mutter schenken, das Cornelia-Bild wollte er auf jeden Fall selbst behalten, die Kniep-Zeichnung dachte er Cindy als Entschädigung für ihre Gefangenschaft zuzuerkennen, ohne dabei zu erwähnen, wann diese zu Ende sein sollte, und Goethes Gartenhaus von der Rückseite erwog er sogar eines Tages seinem großen Gegner und Freund Hendrik Wilmut – ja so hatte er sich ausgedrückt – als eine Art sportlichen Fairnesspokal zu überreichen. Nur zu dem Sterbeschemel äußerte er sich nie. Hier unten mit all den Goethe-Gegenständen schien er ein fast normaler Mensch zu sein, hier fühlte er sich wohl. *Hier bin ich Mensch, hier darf ich's sein* – das hatte er mehrmals zu Cindy gesagt. Und das war ein weiteres deutliches Zeichen seines Zustands: nur unter diesen unnatürlichen Umständen mit den gestohlenen Kunstgegenständen und mit Cindy in seiner Nähe konnte er ein Mensch sein.

Ich war sehr erleichtert, als ich später erfuhr, dass er Cindy nie angefasst oder belästigt hatte. Er wollte sie nur ansehen und um sich haben. Er unterhielt sie sogar recht kurzweilig und später erkannte sie, dass sie bei ihm viel über Goethe gelernt hatte. Irgendwie war es eine paradoxe Situation: Sie war gefangen in einem ungastlichen Kellerloch, erfuhr währenddessen aber viel Interessantes und hatte Zeit, darüber nachzudenken, es zu verarbeiten. Ich hatte befürchtet, dass sie über die sechs Tage ihrer Gefangenschaft hinweg vielleicht ein Gefühl der Solidarität mit dem Entführer entwickelt haben könnte, so etwas hatte es schon häufiger gegeben – das sogenannte Stockholm-Syndrom – doch ihre Psyche war stark genug, um das eine vom anderen zu trennen. Sie konnte sich frei im Raum bewegen, durfte in den angrenzenden Toilettenraum gehen, aber nicht hinaus auf den Flur. Sie war gezwungen, sich an einiges zu gewöhnen: Kakerlaken, keine Dusche, weder Handtuch noch Seife, ein paar Mäuse – wenigstens keine Ratten – schlafen ohne Bettdecke und Kissen sowie eintöniges Dosenessen aus dem Keller der Psychiatrie. Zum Glück hatte er ihr die Handtasche gelassen, mit zwei Päckchen Papiertaschentüchern, einem Bild von John und ein paar Kaugummis. Er beobachtete sie oft beim Schlafen. Nach zwei Tagen war sie sich sicher, dass er sie nicht anrühren würde, und schlief in seiner Gegenwart ein. Es kam ihr tatsächlich vor wie bei dem Gedicht ›Der Besuch‹. Goethe hatte Christiane nicht geweckt, sondern ihr Äpfel und Blumen auf den Tisch gelegt. Für Cindy gab es lediglich Apfelmus aus der Dose und ein Gänseblümchen.

Jens war klar, dass er nach seiner Entdeckung von hier verschwinden musste. Das ging nur durch die Kanalisation und dabei konnte er nicht beide Frauen mitnehmen. Er entschied sich für Nicole. Das war sein zweiter Fehler. Nicole war ein anderes Kaliber als Cindy, sie war in solchen Sachen geschult worden und hatte keine Angst. Nach dem Ende der JWG-Aktion erkannte sie ihre Stärken und wechselte zum SEK, dem Erfurter Sondereinsatzkommando des Landes Thüringen. Aus dem Hubschrauber erkannte Siggi anhand des Funksignals, dass Nicole sich nicht mehr in dem Haus aufhielt und ließ den Keller durch das SEK stürmen. Cindy konnte endlich befreit werden. Wie der Psychologe mir später berichtete, sah sie sehr schlecht aus, war dennoch psychisch stabil. Als sie das Haus verließ, applaudierten alle Anwesenden, Polizisten, Nachbarn, Journalisten und Schaulustige. Ich freute mich sehr, dass später in der Zeitung keine Bilder erschienen, die Cindy in diesem erbärmlichen Zustand zeigten. Vielleicht hatte Sandro Scherer doch etwas gelernt.

Als Erstes legte sich Cindy ins Gras vor dem Haus und genoss das Licht und die Wärme auf ihrer Haut. Sie wollte nicht ins Krankenhaus, deshalb rief Benno bei Sophie an und bat sie, zu John zu gehen, um sich dort um Cindy zu kümmern. Siggi sorgte dafür, dass sie sich etwas frisch machen konnte, bevor sie John gegenübertrat. John saß wohl immer noch in seinem Sessel, als Cindy klingelte. Siggi erzählte später, er hätte noch nie zwei Menschen gleichzeitig so herzlich weinen und lachen gesehen. Sophie war ebenso gerührt, sie umarmte Cindy inniglich. Sie untersuchte sie, stellte aber lediglich eine leichte Unterkühlung fest. Sie verabreichte ihr eine Vitaminspritze, packte sie mitten im Sommer mit einer Wärmflasche ins Bett – ungewöhnliche Situationen erfordern ungewöhnliche Maßnahmen – und verordnete ihr strikte Ruhe, dazu mindestens zwei Wochen Urlaub. John rückte seinen Lieblingssessel, der ihm in den letzten Tagen so gut gedient hatte, an Cindys Bett und wich zwei Tage nicht von ihrer Seite. Ich hätte dasselbe für Hanna getan.

Siggi und seine Leute hatten den Funkkontakt zu Nicole verloren. Sie wussten, dass Jens sie nur in die Kanalisation geschleppt haben konnte, vermutlich war das Signal nicht stark genug. Oder Jens Gensing hatte den Sender entdeckt – er war ein schlauer Hund. Trotz intensiver Suche und Nutzung des gesamten Polizeiapparats inklusive SEK und Hundestaffel blieben Jens Gensing und die Polizistin Nicole verschwunden.

Es war bereits 19 Uhr abends an diesem Samstag, als sich Göschke, Benno und Siggi in ihrer Einsatzzentrale im Polizeipräsidium zum Äußersten entschlossen: Hanna und mich zu wecken. Eine halbe Stunde später standen Benno, Siggi und der Psychologe vor meiner Wohnungstür. Da Hanna und ich so fest schliefen, dass wir die Klingel nicht hörten, versuchten sie es der Reihe nach bei meinen Nachbarn. Von unten nach oben. Frau Semarak öffnete. Siggi und Benno überredeten sie, ihnen meinen Wohnungsschlüssel zu geben. Dazu benötigten sie allerdings viel Geduld, Siggis Polizeiausweis und Bennos Autorität als Stadtrat. Hanna und ich schliefen noch fest, als Benno ins Schlafzimmer trat. Er versuchte uns zu wecken, was ihm aber nicht gelang. Dann hatte er die entscheidende Idee. Er schaltete meine Kaffeemaschine ein und bereitete mithilfe der Bedienungsanleitung einen recht passablen Espresso. Den trug er ins Schlafzimmer und hielt ihn mir direkt unter die Nase. Innerhalb von Sekunden schlug ich die Augen auf. Der Espresso rann stark und heiß meine Kehle hinab. Hanna schlief immer noch. Ich stand langsam auf und schob Benno ins Wohnzimmer. Es dauerte einige Minuten, bis ich die Situation erfasst hatte, so viele Leute in meiner Wohnung musste ich erst mal verdauen. Siggi schlug mir aufmunternd auf die Schulter, der Psychologe winkte mir freundlich zu. Selbst Frau Semarak war gekommen. Sie trug eine Flasche Rotkäppchen-Sekt unter dem Arm. Endlich bekam ich mein erstes Wort heraus: »Dusche!« Alle hielten das für eine gute Idee. Keiner hatte mir bisher gesagt, warum sie alle hier waren und im Moment interessierte es mich auch nicht. Erst einmal wach werden. Als ich unter dem wohltuenden Strahl der Dusche stand, kam Hanna ins Bad. Sie zog sich wie selbstverständlich aus und stieg zu mir in die Duschkabine. Das heiße Wasser tat gut und auch Hannas nackter Körper tat gut. Ich hatte Schwierigkeiten zu realisieren, dass dies alles *ein* Tag war. Ein und derselbe Tag, mit so viel Sonne und so viel Schatten.

Gegen 20 Uhr saßen wir alle fünf in meinem Wohnzimmer, Siggi hatte ein paar belegte Brote gezaubert und zwei Flaschen kühles Bier besorgt. Der Psychologe hatte leise Musik eingeschaltet. Benno hatte Frau Semarak davon überzeugt, dass er sich um mich kümmern würde, er versicherte ihr sogar, später bei ihr zu klingeln, um von meinem Zustand zu berichten. Tatsächlich ging es mir inzwischen viel besser, und auch Hanna hatte sich erholt.

»Cindy ist frei!«, verkündete Benno unvermittelt. Hanna und ich fielen uns wortlos in die Arme.

»Es geht ihr gut, Sophie ist bei ihr«, ergänzte Benno. Ich war sehr erleichtert.

»Und John?«, erkundigte sich Hanna.

Benno berichtete kurz von dem Wiedersehen der beiden.

»Das Diebesgut?«, fragte ich.

»Haben wir ebenfalls«, antwortete Siggi, »nur der Sterbeschemel fehlt.«

»Nur der Sterbeschemel?« Ich wusste nicht, was ich mit dieser Information anfangen sollte.

»Und was ist mit Nicole?«, wollte Hanna wissen.

»Tja ...«, Benno zögerte. »Deswegen sind wir hier, er hat sie verschleppt, und wir haben das Signal verloren. Jens und Nicole sind verschwunden.«

Ich hatte gleich das Gefühl, dass noch irgendein dickes Ende kommen würde, deshalb war ich nicht überrascht. Doch Hanna war geschockt. Nicole hatte sich quasi an ihrer statt in die Hände des Entführers begeben und nun saß sie hier, frisch gebügelt auf der Couch, während Nicole sich in höchster Gefahr befand. Unvermittelt begann sie zu weinen. Tröstend nahm ich sie in den Arm.

»Habt ihr irgendetwas von Jens Gensing erfahren, irgendetwas Zusätzliches, das ich nicht weiß?«, fragte ich.

»Er hat das Versteck ausgesucht, weil es Herders Haus war«, antwortete der Psychologe. »So erzählte es jedenfalls Cindy Valentine. Er hat mehrfach auf Herder geschimpft, ihn als Denunziant und Verräter bezeichnet.« Er schilderte einige Einzelheiten des Verstecks, die uns allerdings nicht weiterhalfen.

»Er sieht Herder also tatsächlich als seinen Feind an«, stellte ich fest, »wahrscheinlich hat er deswegen die Beutestücke dorthin gebracht, aus Hass und aus Trotz. Und um zu zeigen: Ich wage mich in die Höhle des Löwen!«

»Das verstehe ich nicht«, meinte Benno.

»Das glaube ich Ihnen«, antwortete der Psychologe, »aber aus der Sicht von Jens Gensing ist es nur logisch, es entspricht seinen wirren Gedankengängen.«

»Und noch etwas«, fuhr Siggi zögerlich fort, »Cindy berichtete mehrmals von einem Gedicht, das er ihr immer und immer wieder vorgetragen habe, das hat sie wohl ziemlich beeindruckt, ich dachte nur, weil Gedichte in diesem Fall immer etwas zu bedeuten haben ...«

Meine Anspannung stieg. »Welches Gedicht?«

»Irgendetwas mit ›Mephistopheles‹, mehr weiß ich nicht mehr.«

»Da gibt es viele Möglichkeiten ...«

Ehe ich weiter reden konnte, griff Siggi zum Telefon und rief John an. Die Unterhaltung war kurz.

»*Mephistopheles spricht!*«

Ich ging zum Bücherregal. Diesmal genügte ein Griff, dann schlug ich das richtige Buch auf.

Hanna wischte sich die Tränen ab. »Nun hört doch mal mit euren Gedichten auf, lasst uns lieber Nicole suchen!«

»Sie hat recht«, befand Benno.

Ich schüttelte den Kopf. »Das ist möglicherweise ein Hinweis:

Mephistopheles spricht
Wer immerdar nach Schatten greift,
Kann stets nur leere Luft erlangen:
Wer Schatten stets auf Schatten häuft,
Sieht endlich sich von düstrer Nacht umfangen!

Einen Moment ließen wir die Worte auf uns wirken.

»Was bedeutet das wohl?«, fragte Siggi.

»Es macht auf mich den Eindruck einer Kapitulation«, sagte

der Psychologe und nestelte an seinem Rollkragen. »Möglicherweise lassen sich diese Zeilen sogar als Kapitulation vor dem Leben interpretieren.«

»Sie meinen, er wird sich umbringen?«, fragte ich.

»Sieht ganz danach aus.«

Ich überlegte. »Keine Spur von dem Fußschemel?«

»Nein, keine Spur.«

Ich war noch unsicher. »Zuerst wollte er persönliche Gegenstände von Goethe, dann wollte er seine Geliebte und nun möchte er vielleicht … sterben wie er?«

Die anderen sahen mich entsetzt an.

»Was denken Sie?«, wandte ich mich an den Psychologen.

»Das ist möglich«, antwortete er, »solche Menschen treiben sich manchmal selbst in eine Sackgasse. Und diese Sackgasse kann den Tod bedeuten.«

Es klang zwar etwas pathetisch, entsprach aber durchaus der Situation. Wieder einmal war ich mit dem Psychologen auf der gleichen Wellenlänge. Und ich hatte aufgehört, mich darüber zu wundern. Ich musste versuchen, weiter in die Gedankenwelt von Jens Werner Gensing einzudringen. Ich begann, in meiner Wohnung hin und her zu laufen. Langsam formte sich in meinem Kopf eine Idee.

»Ich glaube, er hat den Fußschemel mitgenommen, um mit den Füßen auf diesem Schemel zu sterben. Genau wie Goethe!«

Hanna sah mich mit großen Augen an. »Und Nicole?«

»Er wird sie wohl mitnehmen.« Die Zweideutigkeit meiner Bemerkung fiel mir in diesem Moment nicht auf.

»Und ich vermute, er wird das an einem möglichst authentischen Ort tun«, fuhr ich fort. Ich wurde jetzt immer sicherer. »Es gibt nur zwei Möglichkeiten: Entweder er geht ins Goethehaus, also in das Originalzimmer in dem auch Goethe starb, oder in die Goethe- und Schillergruft auf dem historischen Friedhof, wo Goethe begraben liegt.«

»Klingt plausibel«, konstatierte Siggi, »du nimmst einen Ort, ich den anderen. Welchen möchtest du?«

Seine praktische Denkweise überraschte mich erneut.

Es gibt Momente, da weiß man genau, was zu tun ist. Man weiß genau, welches die richtige Entscheidung ist, ohne sagen zu können warum, es ist mehr wie eine Eingebung. »Ich fahre zum Friedhof«, antwortete ich.

»Gut, Hanna, Benno und unser Psychologe fahren mit Hendrik, Hermann und Wenzel kommen mit mir zum Goethehaus, das SEK teilt sich jeweils zur Hälfte auf. Irgendwelche Fragen?«

Ich bat Benno, uns zu fahren, ich war einfach zu nervös. Wir brausten los. Als wir am Poseck'schen Garten einparkten, klingelte mein Handy.

»Ich bin's, Felix!«

Ich war überrascht. »Hallo, Felix, was gibt's denn?«

»Habt ihr Jens gefunden?«

Es war nicht die Zeit für lange Erklärungen. »Nein, wir suchen noch!«

»Hendrik, ich muss dir was sagen ...« Seine Stimme klang gedehnt und unentschlossen.

»Entschuldige, Felix, aber ich hab jetzt wirklich keine Zeit, ruf mich doch später wieder an, ja?«

»Es ist aber wichtig!« Das klang geradliniger.

»Was denn?«

»Jens ...«

»Bitte, Felix!«

»Er hatte von seinem Großvater zwei Pistolen bekommen, so richtig alte Duellpistolen, weißt du?«

Gänsehaut überzog meinen Rücken. »Und jetzt ist eine davon verschwunden?«

»Nein«, antwortete Felix, »*beide* sind verschwunden!«

»Oh Gott!«

»Ich verstehe das gar nicht, er hat sie nur ganz selten herausgeholt, höchstens wenn Oliver mal hier war ...«

»Welcher Oliver?«

»Na, sein Freund, Oliver Held!«

Ich dachte, ich hätte mich verhört. »Oliver Held und Jens waren befreundet?«

»Ja, sicher, viele Jahre lang, bis Jens dann ... du weißt schon – krank wurde!«

»Aber du hast uns bisher nur von diesem Thomas Reim erzählt!«

»Ach ja, hab ich wohl vergessen ... Oliver wohnte auch in unserer Straße, ist mit seinen Eltern dann später weggezogen.«

»Aha!« Meine Gedanken rotierten. Was hatte das zu bedeuten? Und warum hatten Siggi und seine Leute das nicht herausgefunden? Egal – wir mussten uns zunächst um die Geschehnisse am Friedhof kümmern.

»Hendrik, ich hab Angst.«

»Ich weiß, Felix, wir tun, was wir können. Ich muss jetzt Schluss machen, melde mich später wieder.«

»Ist gut ...«

»Moment noch ... hat er die Pistolen geschenkt bekommen oder geerbt?«

»Geerbt hat er sie, und es lag ein Brief dabei. Willst du wissen, was drinstand?«

»Später. Ich muss jetzt aufhören!«

»Ja, aber ...«

Ich legte auf.

Es war bereits spät an diesem denkwürdigen Samstag, die

Dämmerung hatte eingesetzt. Die SEK-Leute standen mit ihrer kompletten Ausrüstung bereit, um eingreifen zu können. Wir warteten alle in dem kleinen Park gegenüber des Haupteingangs zum Friedhof.

Der Einsatzleiter trug einen Kopfhörer, über den er die aktuellen Informationen des Polizeifunks mithören konnte. »Nicole hat sich bei Hauptkommissar Dorst gemeldet«, rief er, »sie konnte sich befreien!«

Es war, als hätte eine imaginäre Hand ihren Griff um meinen Brustkorb gelockert. »Gott sei Dank!«, flüsterte Hanna.

»Er hatte sie in der alten Datsche seiner Eltern am Hohenfelder Stausee eingeschlossen«, berichtete der SEK-Chef weiter.

»In einer alten ... was?«, fragte ich leicht genervt.

»In einem alten Ferienhaus. Sie schaffte es, ihre Fesseln zu lösen.«

Er horchte wieder nach den Informationen, die über den Polizeifunk kamen. »Ich höre gerade, dass er eine dunkelhaarige Frau in seiner Gewalt hat, Passanten haben das gemeldet, sie sind in einem alten roten Golf unterwegs, Kennzeichen WE-FG 223, wir verfolgen ihn!«

»Was heißt denn *in der Gewalt*?«, fragte Benno.

»Er fährt die Humboldtstraße hinauf,« entgegnete der SEK-Beamte statt einer Erklärung, »keine Ahnung, was das soll!«

»Das kann ich Ihnen sagen«, entgegnete ich, »es gibt einen Hintereingang zum Friedhof, vom Silberblick aus, da wird er wohl reingehen!«

»Stimmt, da gibt es ein kleines Tor ...«, bestätigte Hanna.

Wir hatten uns als Jugendliche manchmal dort getroffen. Weil es ein gottverlassenes Eck war, ohne Straßenlaterne, nur ab und zu vom Mondlicht erhellt und weil es romantisch war – sehr romantisch. Irgendwo an diesem Ort hatte ich eine DDR-Münze vergraben, ich glaube, ein goldfarbenes 20-Pfennig-Stück. Wenn

Hanna es nach unserer Schulzeit wiederfinden sollte, wollte ich sie heiraten – so war die Abmachung. Es war aber nicht gegen die Abmachung, auch ohne den Fund zu heiraten.

Das SEK traf seine Vorbereitungen. Die Männer vom Goethehaus wurden abgezogen und zum Osteingang des Friedhofs in der Berkaer Straße dirigiert. Eine weitere Gruppe der Bereitschaftspolizei wurde angefordert. Langsam und vorsichtig wurde der gesamte Friedhof umstellt. Jens Werner Gensing hatte keine Chance zu entkommen.

Wir warteten, bis Siggi eingetroffen war. Hermann war nirgends zu sehen.

»Wo ist er?«, wollte Siggi sofort wissen.

»Er kommt durch den Hintereingang!«

Der Einsatzleiter fuchtelte wild mit den Armen: »Nicole berichtet, er habe eine Pistole!«

Ich schüttelte den Kopf: »Nein, er hat zwei!«

»Woher …?«

»Sein Vater, er hat mich eben angerufen, die Pistolen sind aus dem Schrank verschwunden!«

»Er hat das Auto verlassen, die Frau hat er mitgenommen.« Er schob seine Kopfhörer zurecht. »Er ist jetzt im Friedhof!«

Ich sah den SEK-Einsatzleiter an.

Er schüttelte den Kopf. »Wir müssen noch ein paar Minuten warten, meine Leute müssen den Hintereingang erst abriegeln!«

Ich nickte.

»Erzählen Sie mir von den Pistolen!«

Ich berichtete, was Felix mir gesagt hatte.

»Diese alten Dinger sind unberechenbar, können zu früh losgehen oder gar nicht …«

Der Hauptkommissar diskutierte mit dem Einsatzleiter verschiedene Szenarien. Sicherheitshalber erhielt Siggi vom SEK eine schusssichere Weste. Ich verlangte auch eine, Siggi hatte nichts einzuwenden. Hanna schien das gar nicht zu gefallen. Um abzulenken sagte ich schnell: »Die dunkelhaarige Frau könnte seine Mutter sein.«

»Ist das möglich?«, fragte Siggi den Psychologen.

»Ja, kann gut sein. Eigentlich ist sie seine Vertrauensperson, aber das kann sich rasch ändern ... es kann sich sogar umkehren. Manche Patienten machen in Stresssituationen ihre Mutter für alles verantwortlich, bis hin zu dem Vorwurf, sie überhaupt auf die Welt gebracht zu haben.«

Hanna knetete nervös ihre Hände. Ich blickte in den Himmel und sehnte mich nach einer Thüringer Rostbratwurst und einem kühlen Ehringsdorfer. Die Wolken zogen schnell dahin, gaben den Mond frei, der die Szene in ein blasses, zartblaues Licht tauchte. Hanna lehnte sich an mich und ich legte den Arm um ihre Schultern.

In diesem Moment fiel ein Schuss.

Er traf uns beide tief im Inneren. Hanna krümmte sich, als sei sie selbst getroffen worden. Mein Brustkorb zog sich zusammen und ich hörte auf zu atmen. Einen kurzen Moment lang war es totenstill, als wäre ganz Weimar ein Friedhof. Einen Augenblick lang fühlte ich das, was in Büchern oft als das Stehen bleiben der Zeit beschrieben wird. Doch die Zeit blieb nicht stehen, sie bleibt nie stehen, sie läuft unabänderlich vorwärts. Und sie hatte Jens Werner Gensing besiegt – nicht wir oder ich – nein, die unaufhaltsame Zeit hatte ihn aufgehalten. Sie hatte sein Gehirn mehr und mehr aufgeweicht. All das ging mir in diesem kurzen Moment durch den Sinn.

Dann schlug die Polizeimaschinerie zu: Scheinwerfer leuchteten auf, Megafone erklangen, Sirenen heulten, wir rannten los. Nach ein paar Schritten sah ich das historische Gebäude der Fürstengruft im Scheinwerferlicht. Ich bildete mir sogar ein, das goldene Dach der dahinterliegenden russisch-orthodoxen Kapelle blitzen zu sehen. Wir rannten weiter, nach ein paar Minuten hatten wir das Gebäude erreicht. Das SEK umstellte die Gruft, stürmte sie aber vereinbarungsgemäß zunächst nicht. Siggi wollte sich zuerst allein ein Bild von der Situation machen, um die Geisel nicht zu gefährden. Ich wollte mit ihm hineingehen, da ich das Gebäude im Gegensatz zu Siggi gut kannte. Das lehnte er jedoch vehement ab. So wartete ich mit den Kollegen des SEK dicht neben dem Eingang. Die große Flügeltür der Fürstengruft war angelehnt. Siggi zog seine Pistole und stieß einen der beiden Flügel vorsichtig mit dem Fuß auf. Alles war still. Mit einer schnellen Körperbewegung sprang er durch die Tür. Kein Geräusch drang aus dem Gebäude.

Ich zögerte nicht. Der Einsatzleiter hatte keine Chance, mich aufzuhalten. Mit drei flinken Schritten stand ich neben Siggi. Er tippte sich an die Stirn, um mir zu zeigen, dass er mich für verrückt hielt.

Ich kam nah an sein Ohr und flüsterte: »Ich kenne mich hier drin gut aus, du nicht!«

Wegen der Dunkelheit konnte ich seinen Gesichtsausdruck nicht erkennen. Nachdem wir uns an das spärliche Licht gewöhnt hatten, entdeckten wir Anna. Sie lag kurz vor der ovalen Öffnung, durch die die Särge der Fürsten und Dichter vor vielen Jahren herabgelassen worden waren, auf dem Boden, neben ihr eine der beiden alten Pistolen. Sie bewegte sich nicht. Es war nicht zu erkennen, ob sie noch lebte. Wir lauschten – Totenstille.

Ich zeigte auf die Treppe, die linker Hand in die Gruft hinunterführte. Siggi gab mir aber zu verstehen, dass ich hier oben warten solle. Er trat auf die erste Stufe, langsam und vorsichtig, darauf bedacht, nur kein Geräusch zu verursachen. Dort unten wartete er, Jens Werner Gensing, der kranke Möchtegern-Goethe.

Siggi nahm die nächste Stufe, den Rücken zur Wand, die Waffe im Anschlag, drahtig und katzengleich. Dann die nächste Stufe, es war weiterhin kein Geräusch von unten zu hören. Er wusste sicher, dass wir kamen – was würde er tun? Würde er sich einfach festnehmen lassen?

Die nächste Stufe – knack! Siggi duckte sich. Er musste wohl auf einen kleinen Stein getreten sein. Ich wagte nicht zu atmen. Noch immer kein Geräusch von unten. Und keine Möglichkeit, etwas zu sehen. Sehen – natürlich! Ich musste etwas sehen von hier oben. Ich legte mich auf den Boden und kroch zu der ovalen Öffnung, die von einem kunstvoll geschmiedeten hüfthohen Gitter umgeben war. Anna lag regungslos zwei Meter von mir entfernt. Zentimeterweise kroch ich näher an den Rand. Dann war ich dran, brauchte nur noch aufzustehen und über den Gitterrand zu blicken. Sollte ich es wagen? Würde er mich erwarten? Ich zog mich hoch und schob den Kopf über die Öffnung.

Ich konnte klar die beiden Holzsärge von Goethe und Schiller erkennen. Viel weiter reichte mein Blick jedoch nicht, schemenhaft erahnte ich einige andere Särge, wusste aber nicht mehr, wer darin begraben lag. Das Blut schoss mir in die Schläfe, eine nie gekannte Hitze stieg in mir auf. Und plötzlich wusste ich, dass er mich erwartete. Aber ich konnte ihn nicht sehen.

Von links kam Siggi die Treppe herunter. Er winkte mir zu, mich zurückzuziehen. Die Pistole im Anschlag, kam er Schritt für Schritt näher an die beiden Holzsärge heran. Sein Blick schweifte nervös durch den Raum. Ich zitterte. Draußen herrschte eine drückende Sommerhitze, hier drinnen war es eiskalt. Und ein Teil dieser Kälte kam aus meinem Inneren.

Plötzlich fiel mir auf, dass direkt neben Goethes Sarg der Sterbeschemel stand. Von diesem Gegenstand angezogen, blieb mein Blick an Goethes Sarg hängen. Und dann sah ich etwas, das mich an meinem Verstand zweifeln ließ. Ja, nein! Doch. Tatsächlich: Ganz langsam, Millimeter für Millimeter hob sich der Deckel des Sarges.

Ich musste mir mehrmals innerlich einen Stoß geben und zu mir selbst sagen, dass ich nicht an Geister glaubte. Siggi stand inzwischen mitten in der Gruft und drehte sich langsam um die eigene Achse, die Pistole immer im Anschlag. Als er gerade mit dem Rücken zu Goethes Sarg stand, sah ich einen großen, alten Pistolenlauf unter dem Deckel hervorkommen.

Ich wollte Siggi warnen, etwas rufen, schreien. Ich formulierte es in meinem Kopf: Hinter dir! Vorsicht! Dreh dich um! Doch meine Stimme versagte. Mein Hals war dermaßen trocken, dass ich glaubte, nie wieder im Leben schlucken zu können. Es war wie in einem Albtraum, in dem man etwas rufen möchte, aber nicht kann. Ich wollte wenigstens meine Hand heben, aber auch das funktionierte nicht.

Dann ging alles Schlag auf Schlag. Der Sargdeckel schnellte hoch und Jens Werner Gensing richtete sich zwischen Goethes Gebeinen auf, die Arme weit gespreizt, fast wie ein Gekreuzigter, die Pistole mit der einen Hand gen Himmel gerichtet, in der anderen Hand ein Blatt Papier. Eine grausame Szenerie.

Siggi war gut trainiert. Er schnellte augenblicklich herum und feuerte hintereinander drei Schüsse ab. Der erste zerschlug Schillers Sarg. Der zweite traf Jens Werner Gensing in den Bauch, der dritte schlug mitten in seinen Kopf ein. Seine Schädeldecke wurde von der Wucht der Kugel förmlich zerfetzt, die Gehirnmasse trat aus und während er zusammensackte, verteilte sie sich langsam über Goethes Knochen. Eine Art Vereinigung im Tode. Jens' rechter Arm fiel nach unten, die alte Pistole knallte auf den Sargboden. Dann drehte sich sein Körper langsam zur Seite, in eine unnatürliche, makabre Lage. Fast wie ein Zeichen, ein Zeichen für eine Person, die mit dem Ausdruck ihrer Gefühle nicht klargekommen war – nur die blau-gelbe Kleidung fehlte noch.

Das SEK stürmte augenblicklich die Gruft. Befehle erklangen, Stiefel stampften auf der Treppe, aus Funkgeräten schallten verzerrte Worte, Scheinwerfer machten die Nacht zum Tag.

Mitten in diesem Chaos stand auf einmal Anna neben mir. Sie schien nur langsam zu begreifen, was passiert war. Fassungslos blickte sie hinunter auf den Sarg, den sich ihr Sohn unrechtmäßig als seinen eigenen ausgesucht hatte. Aber was bedeutet im Angesicht des Todes schon unrechtmäßig?

»Warum, Hendrik, warum nur?«

»Ich weiß es nicht, Anna!«

Dann nahm ich sie in den Arm und sie begann bitterlich zu weinen. Und ich weinte mit ihr.

13. EPILOG

Lange hatte ich mir ein gewisses Mitgefühl für Jens Werner Gensing aufgespart, weil ich wusste, dass er krank war. Doch spätestens seit Cindys Entführung war dieser Rest an Mitgefühl in mir gestorben. Der kranke Psychopath hatte sich für mich in einen psychotischen Verbrecher verwandelt. Ich hatte mich oft gefragt, ob das unfair war oder unmenschlich. Doch Hanna meinte, man müsse seinen Gefühlen manchmal freien Lauf lassen, aus dem Innersten heraus. Und man könne auch nicht alles entschuldigen, nur weil jemand krank war. Ja, das waren ihre Worte. Und im Hinblick auf ihren Vater wusste sie, wovon sie sprach. Womit sich erneut zeigt, dass gesunder Menschenverstand oft wichtiger ist als all das mühsam erlernte Wissen. Und mir zeigte es aufs Neue, dass mein Herz für Hanna schlug.

Eigentlich hätten wir beide gerne einen ruhigen Sonntag verbracht. Doch die Presse verlangte ihr Recht – Aufklärung, Informationen und ehrliche Antworten auf direkte Fragen. Zum Glück gab es keine große Pressekonferenz, sondern nur ein kleines Pressegespräch mit Sandro Scherer von den ›Thüringer Nachrichten‹ – so wollte es unser ausgehandelter Kompromiss. Er besaß alle Rechte der Weitervermarktung dieser Informationen, und die wollte er natürlich umgehend nutzen.

Da ich vorläufig weder Bennos Konferenzraum noch das Polizeipräsidium wiedersehen wollte, hatten Siggi und ich uns mit Sandro Scherer in den Redaktionsräumen der ›Thüringer Nachrichten‹ verabredet. Benno wollte sich unbedingt einen Tag Auszeit nehmen und hatte mit dem OB und Göschke für

Montag früh eine Pressekonferenz angesetzt – sozusagen als politische Stellungnahme.

Als ich den Besprechungsraum in der Redaktion am Goetheplatz betrat, erhob sich Kommissar Hermann und begrüßte mich.

»Wo ist denn Siggi?«, fragte ich erstaunt.

Hermann stockte. »Er ... also, es geht ihm nicht gut«, antwortete er.

Ich verstand immer noch nicht.

»Immerhin musste er gestern ...«, Hermann zögerte erneut, »schließlich musste er einen Menschen erschießen.«

Hitze kroch meinen Hals empor. Unwillkürlich griff ich nach meinem Hemdkragen. Siggi – hoffentlich war er nicht wieder dort angekommen, wo seine Reise nach dem Fund der Kinderleiche begonnen hatte. Und ich? Ich hatte überhaupt nicht an ihn gedacht, hatte sogar vergessen, ein Gedicht für Ella herauszusuchen. Scherer wurde unruhig. Widerwillig signalisierte ich ihm mit einer Handbewegung, dass er beginnen solle. Tief in mir wehte ein kalter Wind und ich hatte ihm nichts entgegenzusetzen.

»Die meisten Fakten hat mir Hauptkommissar Dorst gestern Abend bereits erzählt«, begann Sandro Scherer, »deswegen interessieren mich heute hauptsächlich die Hintergründe und Ihre Meinung!«

»Das klingt ja nach ernsthaftem Journalismus«, entgegnete ich sarkastisch.

»Ja, das tut es«, antwortete er ruhig, »unser kleiner Handel macht es möglich. Dadurch habe ich den Rücken frei und kann mich voll auf meine journalistischen Aufgaben konzentrieren. Das kommt leider nicht zu oft vor!«

»Aha!«

»Jede Branche hat ihre Gesetze und Zwänge.«

Ich sah ihn irritiert an.

»Na, dann schießen Sie mal los«, forderte Hermann ihn auf.

Scherer wandte sich zuerst an mich. »Herr Wilmut, wie hat Jens Gensing überhaupt von Ihrer Mitarbeit in der Expertenkommission erfahren?«

»Tja«, antwortete ich, »das weiß ich bis heute nicht!«

»Aber ich«, antwortete Hermann. Mir blieb der Mund offen stehen.

»Ja, es gab da ein paar offene Punkte, die haben Hauptkommissar Dorst und ich geklärt, als Sie einen turbulenten Samstag verlebt haben ...«

»Und?«

»Den entscheidenden Hinweis bekamen wir von Leo Kessler ...«

»Dem ehemaligen Oberbürgermeister?«, fragte Sandro Scherer dazwischen.

»Ja, genau. Er saß an einem lauschigen Freitagnachmittag mit seinem Sohn, Herrn Wilmut und einem guten Freund in seinem Garten beim Grillen. Dabei wurde auch der Fall JWG – wie er intern genannt wurde – erörtert. Es wurde auch eine Skizze angefertigt, die sozusagen als Schaubild die Beziehung der einzelnen Personen zueinander darstellte. Herrn Wilmuts Name stand darauf.« Hermann hatte offensichtlich gute Arbeit geleistet. »Eigentlich sollte diese Skizze sofort vernichtet werden, doch der gute Freund nahm sie mit nach Hause, um sie nochmals zu studieren. Zufällig entdeckte sie dort der Vater des Täters, der mit Herrn Wilmut bekannt ist. Vom Vater muss die Information irgendwie zum Sohn gelangt sein – zu Jens Werner Gensing. Der wiederum kannte Herrn Wilmut natürlich von seinen Büchern und fühlte sich wohl geschmeichelt, von solch einem Experten gejagt zu werden.«

»Und wer ist nun dieser gute Freund?«

363

Ich starrte Hermann an.

»Ach, wissen Sie, Herr Scherer, das ist gar nicht wichtig, ich denke eher, dass es uns genutzt hat, dass Gensing seinen Gegner kannte.«

Sandro Scherer schien nicht überzeugt von dieser Theorie.

»Es wäre für unsere Leser aber ...«

»Nein!«, sagte Hermann bestimmt.

»Immerhin muss ja jemand dafür verantwortlich sein, dass die Skizze in falsche Hände kam, nicht wahr?« Scherer ließ nicht locker.

»Wie schon erwähnt, betrachten wir es im Rückblick sogar als Vorteil, dass Jens Gensing von meiner Mitarbeit wusste«, versuchte ich abzulenken, »ihm war wohl nicht klar, ob er mich als Feind oder Freund betrachten sollte!«

»Tatsächlich?« Scherer war offensichtlich beeindruckt.

»Man könnte es auch so formulieren: Er hat *sich selbst* als meinen Feind betrachtet, obwohl er lieber mein Freund gewesen wäre!«

»Haben *Sie* Jens Werner Gensing denn als Gegner oder sogar als Feind betrachtet?«

»Ja, natürlich. Wenn man auf der Seite des Gesetzes steht, ist der Täter immer ein Feind – ganz einfach!«

»Gilt das auch, wenn er geisteskrank ist?«

Er schien sich tatsächlich ein paar vernünftige Gedanken gemacht zu haben.

»Grundsätzlich nein, außer er schadet anderen Personen. Man kann nicht alles mit Krankheit entschuldigen ...« Dank an meine Souffleuse Hanna. »Im Übrigen, schreiben Sie bitte nicht geisteskrank, heute spricht man in diesem Kontext von psychischen Erkrankungen.«

Er wirkte nicht begeistert angesichts meiner Belehrung, schien es aber zu akzeptieren.

»Nun hat er sich ja selbst gerichtet …«

Ich schüttelte den Kopf. »Er hat seinem Leben indirekt ein Ende gesetzt, richten kann nur einer – unser aller Richter dort oben.«

Er überlegte. »Eine Frage an Sie, Herr Kommissar. Ist nun endgültig geklärt, wie Jens Gensing ins Goethehaus eindringen konnte?«

»Ja, das steht fest. Er hat sich über seinen Freund Thomas Reim einen Nachschlüssel zum Nebenhaus am Frauenplan besorgt und ist dann tatsächlich mit einem Originalschlüssel aus der Goethezeit in den Keller eingedrungen. Es klingt fast unglaublich, aber er hat das alte Schloss dank seines handwerklichen Geschicks wieder funktionstüchtig gemacht.«

»Unglaublich!«

»Ja, unglaublich«, bestätigte ich, »wenn man so etwas niederschreibt, halten es die meisten Leser wohl für Fiktion.«

»Genau das ist mein Problem«, bestätigte Scherer.

»Und ihr Job«, entgegnete ich.

Er grinste. »Stimmt. Woher hatte er diesen Schlüssel?«

Hermann räusperte sich. »Den hat sein Großvater vor einigen Jahren bei Bauarbeiten in der Nähe der Ilmparkhöhlen gefunden. Damals wurden viele alte Sachen zu Tage gefördert, Tonscherben, Werkzeug und so weiter, die Zeitungen waren voll davon.«

»Ich erinnere mich daran«, sagte der Journalist.

»Jedenfalls war der Großvater überzeugt, dies sei ein Originalschlüssel aus dem Goethehaus, hatte selbst aber nicht mehr die Kraft, ihn zu nutzen und hat ihn deshalb seinem Enkel vermacht.«

»Vermacht? Was meinen Sie damit?«

»Werner Mühlberger hat seinem Enkel diesen Schlüssel als Vermächtnis, sozusagen als Schlüssel zum Leben hinterlassen, ich glaube aber nicht, dass er sich seine Nutzung so vorgestellt hatte, wie sein Enkel sie umgesetzt hat.«

»Und unter dem Reinkarnationseinfluss seiner Mutter und seinem fortschreitenden geistigen Verfall kam er dann auf die Idee, ins Goethehaus einzubrechen?«

»Richtig!«

»Wie ist Jens Gensing eigentlich an diesem Samstag, bei der Nachtaktion im Goethehaus entkommen?«

»Nun, wir haben inzwischen ermittelt, dass er sich unter die Gäste des Dorint-Hotels am Beethovenplatz gemischt hat. Er muss das geplant haben, denn er trug einen schwarzen Anzug mit Krawatte. Erst nach zahlreichen Zeugenbefragungen fanden wir eine Frau, die ihn zufällig kannte und die an diesem Abend auf einer Feier im Hotel war. Sie sah ihn zur fraglichen Zeit durch die Lobby gehen und in der hoteleigenen Parkgarage verschwinden. Währenddessen waren wir leider mit einem Obdachlosen beschäftigt, den wir für den Täter hielten.«

»Und kurz danach hat er mir einen Besuch abgestattet«, ergänzte ich.

Scherer hob zustimmend die Hand. »Ein Punkt ist für mich unklar geblieben: Wie kam Jens Gensing an das Frankfurter Gemälde?«

Hermann grinste, als wollte er sagen: Carpe Diem – wir haben den Samstag gut genutzt.

»Auch das wissen wir inzwischen. Jens Gensing war ein Jugendfreund von Oliver Held!«

»Von *dem* Oliver Held?«

»Exakt. Von *dem* Oliver Held, den wir bereits in Verdacht hatten, der Goethehaus-Einbrecher zu sein. Leider wissen wir von ihrer Bekanntschaft erst seit gestern. Die beiden wohnten früher in der gleichen Straße, inzwischen ist die Familie Held umgezogen und Oliver hat sich danach eine eigene Wohnung gesucht, er hat demnach zweimal die Adresse gewechselt.«

Sandro Scherer machte sich fleißig Notizen.

»Oliver Held hat sich zum Drogendealen verleiten lassen. Und von dem Geld hat er sich so manches geleistet. Er ging zum Beispiel regelmäßig in ...«

»Hat er denn bereits gestanden?«, unterbrach ich hastig.

»Ja, und zwar alles. Ein Kurier kam als Tourist ins Goethemuseum, hat ihm dort unbemerkt die Ware übergeben, er hat sie in seinem Rucksack herausgeschmuggelt und nachts im Ilmpark weiterverkauft.«

Ich dachte an Onkel Leo. Es ist eben doch nicht alles schwarz oder weiß, weder im Himmel noch auf Erden.

»Wobei Oliver Held eigentlich ein kleines Licht war«, fuhr Hermann fort, »er hatte einen Hauptkunden – und der hieß Jens Gensing!«

»Was?«, rief ich verwundert.

»Gensing konnte ja jederzeit aus der Psychiatrie heraus und wieder hinein. Er vertickte die Drogen dann innerhalb der Anstalt. Sogar ein Arzt war unter seinen Abnehmern, ein Dr. Wagen...dings.«

»Wagenknecht«, ergänzte ich abermals.

»Richtig«, antwortete Hermann. »Mit dem erlösten Geld hat er dann einen Museumswärter in Frankfurt bestochen. Er hat ihm erklärt, er wolle unbedingt einmal im Leben das Cornelia-Bild allein sehen und zwar im Mondschein – und all so 'n Quatsch!«

»*Schwester von dem ersten Licht ...*«, murmelte ich.

»Wie bitte?«

»Ach nichts!«

»Na, jedenfalls hat er ihm eine tolle Geschichte erzählt, das konnte er ja, und der Kerl ist drauf reingefallen. Auch er hat bereits alles gestanden.«

»Zunächst war Gensing ja *nur* ein Räuber«, fragte Scherer weiter, »seit wann sind Sie eigentlich von einer Gefahr für andere Personen ausgegangen?«

Ich hob den Kopf. »Seit der ungeplanten Veröffentlichung in Ihrer Zeitung!«

Scherer ließ sich heute nicht provozieren. »In *unserer* Zeitung oder in *einer* Zeitung?«

Er hatte ja recht.

»In *einer* Zeitung«, antwortete ich. Damit war das Thema erledigt. Wir wussten alle, auch wenn es unausgesprochen blieb, dass es eigentlich um Hans Blume ging.

»Herr Kommissar, neben Anna Gensing lag eine der beiden Pistolen, wurde aus ihr ein Schuss abgegeben?«

»Ja, es wurde ein Schuss abgegeben, doch die alte Pistole hatte Ladehemmungen, sonst wäre Anna Gensing tot!«

Scherer riss die Augen weit auf. »Er hat also tatsächlich versucht, seine Mutter zu töten?«

»Ja, das hat er. Und seine Mutter hätte alles für ihn getan, sie wäre wohl auch für ihn gestorben.«

Vielleicht war Mutter Heddas Theorie doch nicht so schlecht.

»Welches Drama!«

Hermann nickte.

»Herr Kommissar, was passiert jetzt eigentlich mit dem Goethehaus, werden die Sicherheitsvorkehrungen dort verschärft, oder bleibt alles so, wie es war?«

»Gute Frage«, entgegnete Hermann, »die Veränderungen, die wir in den letzen drei Wochen während der Suche nach den gestohlenen Exponaten eingeführt haben, bleiben auf jeden Fall bestehen. Ich spreche von der Taschenkontrolle und den Bewegungsmeldern im Gebäudeinneren. Die Weimarer Kriminalpolizei befürwortet weitere Maßnahmen, zusätzliche Lichtschranken, Alarmsicherung einzelner Objekte und so weiter.

Ob diese tatsächlich eingeführt werden, ist unklar und da sie eine Menge Geld kosten, bleibt die endgültige Entscheidung den Politikern überlassen.«

»Das heißt … Stadtrat Kessler und dem Oberbürgermeister?«

»Ja, sicher. Aber auch dem Leiter der Klassik Stiftung Weimar und dem gesamten Stadtparlament.«

»Vielleicht warten die Politiker ab, ob wir im Dezember in Kyoto den Welterbetitel zugesprochen bekommen, wenn das geklappt hat, ist denen sowieso alles egal!«

»Das kann schon sein«, warf ich ein, »wäre aber sehr unklug, denn den Welterbetitel kann man auch wieder verlieren.«

»Tatsächlich?« Scherer schien überrascht.

»Na ja«, beschwichtigte ich, »das kommt sehr selten vor, bisher soweit ich weiß erst einmal, aber ich würde trotzdem vorsichtig sein.«

»Kann ich das so schreiben?«

»Ich halte es für klüger, vorher mit Stadtrat Kessler darüber zu sprechen.«

»Gut, mache ich«, versicherte Sandro Scherer.

Hermann warf mir einen skeptischen Blick zu. Wir wussten beide, dass der Journalist das wohl nicht tun würde.

»War das alles, was ich wissen muss?«, fragte Scherer nach.

Ich lächelte. »Wer weiß schon wirklich, wann er genug weiß?«

»Wohl wahr. Faust, die Frage nach der absoluten Erkenntnis!«, konstatierte er.

So dumm schien dieser Scherer doch nicht zu sein. Jede Branche hat ihre eigenen Gesetze.

»Damit schlage ich mich täglich herum«, fügte er lakonisch an.

»Warum das?«, fragte ich.

»Nun, bei jeder Recherche, bei jedem selbst verfassten Artikel frage ich mich, wie weit ich gehen muss, um die Wahrheit zu finden. Die absolute Wahrheit, sozusagen die absolute Erkenntnis.«

So hatte ich Journalismus noch nie betrachtet.

»Nun, ich hoffe, Sie versuchen es nicht mit Magie«, sagte ich lächelnd.

»Nein, nein, bestimmt nicht. Dann halte ich es eher mit Ihrer Version …«

Ich hob die Augenbrauen.

»Dort, wo die Erkenntnis des Menschen aufhört, fängt die Religion an.«

Ich war beeindruckt. »Wir sollten jetzt langsam Schluss machen«, sagte ich vorsichtig, »ich bin nämlich … mit einem Freund verabredet.«

Hermann wusste, wen ich meinte.

»Eine letzte Frage«, warf Scherer hastig ein, »hat man sonst noch irgendetwas bei Jens Gensings Leiche gefunden?«

»Was meinen Sie?«, fragte ich ungeduldig. Mein Freund wartete. Außerdem musste ich mich um den Studienplatz für den jungen Mann mit den grünen Haaren kümmern. Und schließlich gab es da noch eine Frau, die auf mich wartete.

»Na ja, einen Abschiedsbrief vielleicht – oder so etwas in der Art?«, erklärte Scherer.

Ohne zu antworten hielt ich eine Kopie des Papiers hoch, das Jens Gensing bei seinem Tod in der Hand gehalten hatte. Sandro Scherer nahm das Blatt vorsichtig in die Hand und begann vorzulesen:

Absturz

Meine Füße sind reglos,
wollen festen Boden spüren unter sich,
stehen im Nichts, stürzen ab.

Mein Kopf will denken,
kämpft angestrengt und dreht sich,
erliegt der Dummheit, stürzt ab.

Mein Herz ist gespalten,
blutet und weint bitterlich um sich,
zerfällt in zwei Hälften, stürzt ab.

Bald wird der Sand der Zeit sie begraben,
die Reste meines Ichs,
und niemand mehr der Verzweiflung gedenken,
die dort verstreut liegt.

Das war *seine* Wahrheit, die Wahrheit des Jens Werner Gensing. Diese Wahrheit, von der ich bisher annahm, sie sei eindeutig und unbestechlich, von der ich dachte, sie sei immun gegen jegliche schizophrene Angriffe.

ENDE

LITERATURHINWEISE
ZU ›GOETHERUH‹

Einstiegsliteratur (Taschenbücher)

Wer lebte wo in Weimar, Christiane Kruse, Verlagshaus Würzburg, 2007

Goethes Wohnhaus in Weimar, Stiftung Weimarer Klassik bei Hanser, Carl Hanser-Verlag, 1996

Das Frankfurter Goethehaus, Petra Maisak & Hans-Georg Dewitz, Insel Verlag, 1999

Goethe für Eilige, Klaus Seehafer, Aufbau Taschenbuch Verlag, 2003

Frauen um Goethe, Astrid Seele, Rowohlt Taschenbuch Verlag, 1997

Marianne Willemer und Goethe, Dagmar von Gersdorff, Insel Taschenbuch, 2005

Goethe kennen lernen, Jürgen Schwarz, Serie AOL kompakt, AOL-Verlag

Anekdoten über Goethe und Schiller, Volker Ebersbach & Andreas Siekmann, wtv, 2005

Das sanfte Joch der Vortrefflichkeit, Renate Feyl, Diana-Verlag, München 2002

Die profanen Stunden des Glücks, Renate Feyl, Diana-Verlag, München 2003

Weiterführende Literatur:

Goethe Gedichte, H.A. Korff Hrsg., S. Hirzel Verlag, Leipzig, 1949

Goethe – Gedichte, Erich Trunz Hrsg., Verlag C.H. Beck, München 1981

Goethe – Ein Lesebuch für unsere Zeit, Volksverlag Weimar 1955

Goethe – Sein Leben und seine Zeit, Richard Friedenthal, Serie Piper, München 1963

Weimar – Lexikon zur Stadtgeschichte, Verlag Hermann Böhlaus, Weimar 1997

Goethes Leben in Bilddokumenten, Hrsg. Jörn Göres, Bechtermünz Verlag, 1999

Die DDR – Eine Dokumentation, Hermann Vinke, Ravensburger Buchverlag, 2008

Goethes Werke in Zwölf Bänden, Aufbau-Verlag, Berlin und Weimar 1974

DANKSAGUNG

Ich danke allen lieben Menschen, die mir bei dem Projekt Goetheruh geholfen haben, sei es durch Korrekturlesen, Verbesserungsvorschläge, Fachinformationen, persönliche Eindrücke oder Motivieren des Autors.

*Weitere Titel finden Sie auf den
folgenden Seiten und im Internet:*

WWW.GMEINER-SPANNUNG.DE

Dichtung oder Wahrheit

Bernd Köstering
Goethespur
Kriminalroman
256 Seiten, 12 x 20 cm
Paperback
ISBN 978-3-8392-2398-7
€ 12,00 [D] / € 12,40 [A]

Hendrik Wilmut, Literaturdozent an der Universität Frankfurt, fällt aus allen Wolken, als sein alter Freund Eddie darauf beharrt, dass Goethes erste Italienreise in Wahrheit nie stattgefunden hat. Auch Eddies Behauptung, er werde verfolgt, glaubt Wilmut nicht. Erst als ein Attentat auf Eddie verübt wird, beginnt er sich ernsthaft mit dem Thema auseinanderzusetzen. Beide reisen auf Goethes Spuren nach Innsbruck und über den Brenner. Tag um Tag, Kilometer um Kilometer kommen sie dem Attentäter näher …

GMEINER SPANNUNG

WWW.GMEINER-VERLAG.DE
Wir machen's spannend

Falsche **Freunde**

Bernd Köstering
Goethesturm
Kriminalroman
278 Seiten, 12 x 20 cm
Paperback
ISBN 978-3-8392-1330-8
€ 11,90 [D] / € 12,30 [A]

Weimar, 2007. Hendrik Wilmut könnte es gut gehen. Er ist anerkannter Goetheexperte, glücklich verheiratet und seine Espressomaschine läuft einwandfrei. Doch an ruhige Herbsttage ist in Weimar nicht zu denken. Am Deutschen Nationaltheater verschwindet eine Schauspielerin. Dann geschieht ein Mord. Hendrik ist wieder mittendrin in einem Fall und Goethes »Clavigo« scheint der Schlüssel zu sein.

GMEINER SPANNUNG

WWW.GMEINER-VERLAG.DE
Wir machen's spannend

Opfer der Flammen

Bernd Köstering
Goetheglut
Kriminalroman
278 Seiten, 12 x 20 cm
Paperback
ISBN 978-3-8392-1181-6
€ 11,00 [D] / € 11,40 [A]

Weimar im Sommer 2004. In der Ilm wird ein Toter gefunden. Hendrik Wilmut, Literaturexperte aus Frankfurt am Main, gerät unter Mordverdacht. Seine Freunde ziehen sich zurück, nur sein Cousin Benno lässt ihn nicht im Stich. Mit seiner Hilfe vollzieht Wilmut eine erstaunliche Wandlung: Er wird vom Gejagten zum Jäger, vom Angeklagten zum Ermittler. So kommen sie dem Geheimnis des Kassibers sehr nahe. Doch dann verbrennt der vermutliche Beweis seiner Unschuld in der Herzogin Anna Amalia-Bibliothek. Jetzt gibt es nur noch eine Frau, die ihn retten kann …

GMEINER SPANNUNG

WWW.GMEINER-VERLAG.DE
Wir machen's spannend

Hochhaus**romantik**

Köstering / Thee
**Von Bänken und Banken
in Frankfurt am Main**
Lieblingsplätze
192 Seiten, 14 x 21 cm
Paperback
ISBN 978-3-8392-1362-9
€ 14,99 [D] / € 15,50 [A]

Wo sieht Frankfurt wie Nizza aus? Wo wie Florenz? Wo steht das Denkmal für die Grüne Soße? Und wo lassen sich Goethes zwei linke Füße bewundern? Bernd Köstering und Ralf Thee zeigen es ihren Lesern an ihren Lieblingsplätzen. Und nicht nur das – von 11 Bänken aus bekommt der Leser Einblicke in Frankfurter Geheimnisse, beispielsweise das des Meisterschützen am Eschenheimer Turm oder das der Rosemarie Nitribitt. Typisch Frankfurt – Bankgeheimnisse eben.

GMEINER KULTUR

WWW.GMEINER-VERLAG.DE
Mensch, Kultur, Region